KB154780

바람이 너를 지나가게 하라

조셉 M. 마셜 3세
김 훈 옮김

문학의숲

차 례

바람이 너를 그냥 지나가게 하라

초등학교 4학년 때 학교 운동장에서 다른 아이들과 입씨름을 벌인 적이 있었다. 우리 반 아이들인 그 두 백인 아이는 자기네가 알고 있는 온갖 별명으로 나를 불러댔고 한 번씩 부를 때마다 하나같이 인디언을 모욕하는, 점점 더 독한 별명들로 바뀌는 바람에 그 말다툼은 내 완패로 끝나고 말았다. 나는 내가 받은 상처에 버금가는 상처를 안겨줄 만한 혹독한 별명들로 반격하고 싶었지만, 너무 심한 충격을 받은 나머지 어떤 별명도 생각해낼 수가 없었다.

그날 밤, 나는 낮에 받은 모욕으로 여전히 가슴이 쓰라린 상태에서 할아버지께 그 사건을 말씀드렸다.

할아버지는 말씀하셨다.

"말이 상처를 안겨줄 수도 있지. 하지만 네가 그렇게 되도록 허용할 때만 그래. 걔네들은 너를 공격하기 위해 고약한 별명들을 총동원했단 말이야. 그런데 네가 그런 별명들이 뜻하는 것들로 변했니?"

"아뇨."

"그런 말들이 날아올 때 그냥 흘려버릴 수도 있는데 너는 걔네들이 한 말들을 잊을 수가 없는 모양이구나. 만일 네가 그 바람이 너를 그냥 스치고 지나가게 하는 법을 익히기만 한다면 너를 쓰러뜨릴 수도 있는 그 말들의 힘을 없애버릴 수 있어. 바람 같은 그 말들이 너를 화나게 하고 자존심을 건드리게 하는 일 없이 그냥 지나가게 하면 그것들은 네게 아무 영향도 미치지 못할 거야."

할아버지의 지혜로운 조언은 그 후 내가 삶의 많은 폭풍을 이겨내는 데 큰 도움이 되었다. 내가 사람들에게 즐겨 이야기하는 것들 중 하나는 바로 할아버지의 나직하면서도 강력한 힘을 지닌 말씀들이 내게 미친 영향에 관한 것이다. 내가 젊은이들에게 과거 우리 할아버지가 나를 돕기 위해 해주신 말씀들을 전할 때면 그 말씀들이 그 젊은이들의 가슴 깊숙이 파고드는 걸 느낄 수 있다.

어린 시절 나는 어디서나 이야기를 들을 수 있었다. 이야기를 들려주는 분들은 라코타 할아버지 할머니들이었다. 외가 쪽과 친가 쪽 조부모들, 그리고 그 연배의 다른 분들. 이상하게도 내게는 그분들이 늙은 분들 같지가 않았다. 나는 그저 그분들이 세상을 오래 사셨고 모든 걸 다 아는 분들이라는 느낌만 받았다.

그분들이 들려준 이야기들은 그분들보다 훨씬 더 나이를 먹었다. 할아버지 할머니들은 과거 세대들이 대대로 전승해준 온갖 놀라운 이야기들의 살아 있는 보물창고였다. 내가 듣고 배운 이야기들은 내가 나날의 삶에서 적절히 응용할 수 있는 교훈들을 제공해준다. 그 이야기들은 또 나를 과거와 연결시켜준다. 내가 상상할 수 있는 것보다 훨씬 더 오랫동안 지속돼온 삶의 방식과, 그리고 아득한 옛 시절에 그 땅을 걸으면서 해묵은 흔적들을 남긴 이들과. 나나 나 같은 다른 이들이 그 이야기들을 듣고 기억하고 있기에 그런 삶의 방식은 우리를 통해서 계속 살아남을 것이다.

그 이야기들은 아무리 들어도 싫증이 나지 않았다. 그래서 나는 요즘 사람들이 같은 영화를 되풀이해서 보는 것과 마찬가지로 내가 좋아하는 이야기들을 다시 들려달라고 요구하곤 했다. 그 이야기들은 꼭 인간, 곧 '두발 달린 존재들'에만 국한되지 않았다. 그 이야기들은 다른 종류의 사람들에 관한 이야기들이기도 했다. 말하자면 엘크(가장 큰 사슴) 사람들, 곰 사람들, 새 사람들 등등. 그리고 그것들은 땅에 관한 이야기들이기도 했다. 나는 어떤 식으로든 땅이 포함되지 않은 이야기는 들어본 적이 없다.

그 이야기들 속에 등장하는 모든 주인공은 하나같이 살아 있는 존재들이고 다른 모든 것에 영향을 미칠 수 있다. 예컨대 겨울 폭풍도 인격을 지닌 존재가 된다. 그것은 성마르고 강퍅하고 어깨가 넓은 존재일 수도 있다. 어린 사시나무가 흐느껴 울면서 따지고 들 수도 있다. 여름 바람은 입심이 좋아서 모든 풀이파리들을 부추겨 동시에 한 방향으로 허리를 숙이게 할 수도 있다. 라코타 이야기꾼들은 모든 존재가 서로 긴밀하게 연관되어 있다고 믿고 있기에 라코타 이야기들 속에는 이런 메커니즘들이 존재한다. 그러므로 나는 겨울 폭풍 이야기를 들으면서 먹구름이 모여드는 광경을 보고, 내 얼굴에 와 닿는 강풍의 감촉을 느끼고, 내가 그것들과 긴밀하게 연결되어 있다는 걸 느낀다. 나는 그것들을 두발 달린 존재들을 애먹이는 성가신 존재들로만 여기지 않는다.

이야기는 듣는 이들을 즐겁게 해주고 유익한 정보들을 제공해주었다. 하지만 그런 면들은 이야기의 겉에 드러난 기능 정도에 지나지 않았다. 라코타 문화가 살아남을 수 있었던 데는 라코타 노인들이 들려준 이야기들이나 우화들의 직접적인 역할이 아주 컸다. 바로 그것들을 통해서 문화가 전달되었기 때문이다. 내가 성장하는 동안 라코타 노인들은 내게 삶을 가르쳐주고 삶의 목표를 세우게 하고, 앞으로 나아갈 길을 개척하도록 하기 위해 의도적으로 이야기들을 거듭 들려주었다.

그 이야기들은 분명, 아무렇게나 지어낸 이야기들이 아니다. 그 하나하나의 이야기들은 라코타 문화 속에 존재하는, 마음의 평정과 행복에 이르는 데 꼭 필요한 한 가지씩의 미덕을 구체적으로 제시해준다.

겸허함, 존경, 희생, 정직함 같은 미덕들이 라코타 사람들에게 전해주는 무게와 질감은 서구 문화에서 그것들이 갖는 무게와 질감과는 전혀 다르다. 우리에게 그런 미덕들은 추상적이고 공허한 것들이 아니라 나날의 삶에서 꼭 필요한 부분들이다. 그런 미덕들은 미국인들이 입버릇처럼 말하곤 하는 '부탁합니다please', '감사합니다thank you', '신이 당신을 축복하기를bless you' 같은 말들만큼이나 우리 내면에 확고하고 든든하게 자리 잡는다.

성장하면서 나는 내가 언제고 그런 이야기들을 통해서 배운 미덕들에 걸맞은 사람이 되리라는 걸 알았다. 가슴이 따뜻한 사람, 존경스러운 사람, 용감한 사람이. 이야기하는 분들이 이야기를 통해서 전해준 교훈들에 걸맞게 살고 가르친 그대로 실천했기에 장차 나도 그렇게 되리라는 걸 알고 있었다. 그분들은 마음이 따뜻하고 존경스러웠으며, 용감하고 지혜로웠다.

이 책에 나오는 이야기들이 제시하는 미덕들은 라코타 문화의 토대이자 도덕적 자양분이었으며, 지금도 역시 그렇다. 그보다 더 중요한 것은 다시없다. 우리가 육체의 안락함이나 물질적인 소유물들에 무관심해서 그런 게 아니라 우리가 물질적인 것들로 우리 자신이나 다른 이들을 평가하지 않기 때문에 그렇다. 우리는 자신이 삶의 여정에서 미덕을 얼마나 구현했는가에 따라서 평가받는다고 믿는다.

유럽인들이 오면서 우리 삶의 방식이 영원히 바뀌었을 때, 우리 종족 전체가 질병과 알코올, 전쟁, 우리 땅에서 내몰리는 사태 등으로 소멸의 위기에 처했을 때, 우리는 우리의 이야기들을 통해서 배운 미덕에 따라서 생활한 덕에 살아남았다. 우리는 우리의 이야기들이 전해준 조상들의 위대한 면모들을 삶의 지침으로 삼았으며, 그 덕에 우리 자신과 조상들에게 부끄럽지 않은 사람들이 될수 있었고 아직까지도 살아남을 수 있었다.

이야기들은 지식과 영감을 제공해줌으로써 라코타 사회를 계속 강화해주는 역할을 하고 있다. 그리고 우리는 그것들 덕에 우리가 살고 있는 세계 및 시대와 적절히 맞닥뜨릴 수 있다. 미덕에 관한 이야기들은 새 세대들을 위한 문화적 쇄신의 핵심이 된다. 그러나 그보다 훨씬 더 중요한 것은 그 이야기들이 남자건 여자건, 젊은이건 노인이건 간에 상관없이 누구에게나 개별적으로 다가온다는 점이다.

이 책에 수록된 이야기들은 우리의 전통과 관습, 가치들에 대한 경험적인 통찰을 제공해주기 위한 것들이다. 그 이야기들은 오랜 세월에 걸쳐 우리 삶의 틀을 형성해주고 변모시켜온 교훈들이며, 아직까지도 그렇게 할 수 있는 힘을 갖고 있다. 여러분이 받아들여줄 용의가 있다면 그 이야기들은 여러분에게도 그런 역할을 할 수 있다. 그 이야기들은 라코타 사람이 아닌 이를 라코타 사람으로 변모시키지는 않을 것이다. 하지만 삶에 흥미나 호기심을 지닌 이들에게는 많은 걸 제공해줄 것이다. 여러분이 받아들여줄 마음이 있다고 한다면 그것들은 우리가 이 세상에 전해주는 선물이 될 수 있다. 그것들은 우리의 승리와 패배, 우리의 강함과 약함에서 나왔다. 그것들은 깊숙이 꿍쳐둔 비밀 같은 것이 아니다. 그것들은 인생길의 이정표들이요, 지혜의 바람을 타고 우리 삶의 드넓은 초원 위로 솟아오르는 해답들이다. 그것들은 우리를 도와주며 아마 여러분도 역시 도와줄 것이다. 적어도 나는 그렇게 되기를 기원한다.

   나는 내가 들었던 이야기들을 다시 떠올려서 이야기해드릴 용의가 있고 언제나 그럴 준비가 되어 있다. 바람이 불 때는 특히 더 그렇다.

시캉구 오글랄라 라코타

조셉 M. 마셜 3세

1
겸허함

운쉬이시야피

겸손하고, 삼가고, 잰체하지 않는 것

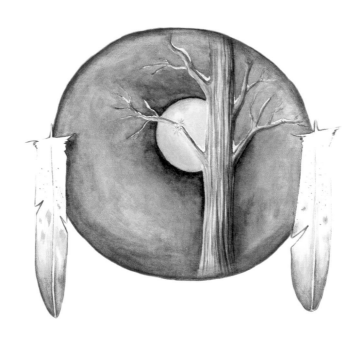

참으로 겸허한 사람은 남들의 인정을 받고자 하는 욕망에서 해방된 사람이기에

그의 짐은 가볍다. 그 반면, 오만한 사람의 짐은 날이 갈수록 더 무거워진다.

다른 이와 더불어 인생길을 걸어야 할 때는 겸허한 사람과 조용한 길을 따라 여행하라.

맨발의 이야기

우리들 가운데서 노인들은 우리가 장차 어떻게 살아야 하는가에 대한 해답을 제시해줄 수 있는 으뜸가는 역할 모델들이다. 모든 노인은 평생에 걸쳐 주위에서 일어난 수많은 일을 목격하고 체험해왔기에 이야기의 보물창고나 다름없는 이들이다. 나는 적어도 한 가지 미덕의 뚜렷한 본보기가 될 수 없는 노인은 생전 만나본 적이 없었다. 그리고 두 가지 이상의 뚜렷한 본보기가 될 만한 노인들도 적지 않았다.

맨발이라고 하는 할머니도 그런 이들 중의 하나였다. 그 할머니는 우리 땅에 말들이 도착하기 이전 시대(서기 1700년 이전)에 사셨던 분이다.

맨발과 그녀의 남편 세뿔은 장수를 누렸다. 그들은 슬하에 아들 하나와 딸 하나, 여러 명의 손자 손녀를 두었다. 사실 맨발은 우리 마을에 사는 모든 사람의 할머니뻘 되는 이였다. 그녀는 체구가 아담했으며, 예순일곱 살이 될 즈음에는 머리가 갓 내린 눈처럼 새하얗게 변했다. 그 얼굴에 난 주름들은 그녀가 평생 걸어온 수많은 자취를 그대로 보여주는 듯했다. 그녀가 살았던 수수하면서도 가지런하게 정리된 천막에 찾아온 손님들 치고 배고픈 상태로 돌아간 이는 아무도 없었고, 대부분이 섬세하게 만든 깃털 장식품 같은 것을 하나씩 선물받았다. 그녀는 깃털들을 정교하고 다채롭게 디자인해서 만든 장식품들 덕에 이름을 떨쳤으며, 많은 여자들이 그 기술을 배우러 그녀를 찾아왔다. 하지만 라코타 사람들 사이에서 그녀가 널리 알려진 것은 세뿔의 아내였기 때문이다.

세뿔은 대단한 명성을 지닌 사람이었다. 그는 대부분의 사람들이 팔다리의 힘을 잃고 모험을 하려는 의지조차도 상실하는 나이를 훨씬 지난 시점에서도 여전히 전사로 활약했다. 그 덕에 그는 평생 수많은 전공을 세웠다. 그가 독수리 깃털들을 꽂아놓은 창은 그 길이가 보통 남자 키의 두 배가량이나 되었다. 물론 그 깃털 하나하나는 그가 올린 전공들을 뜻했고, 그 정도의 전공을 자랑할 수 있을 만한 사람은 다시없었다. 그러다 결국 전사의 자리에서 물러난 뒤에는 원로회의 일원이 되었다. 원로회에서 그는 자신의 지혜를 아무 사심 없이 제공했으며, 그가 얘기하는 전투 기술은 필적할 만한 이가 없을 정도로 뛰어났다.

그는 일흔 번째의 겨울을 난 사람이었지만 그의 모습은 보는 이들의 경탄을 자아냈다. 그는 여느 노인네들처럼 배가 잔뜩 나오지 않았다. 큰 키를 꼿꼿이 세운 채 서 있곤 했으며 허리까지 내려오는 긴 머리는 은백색으로 빛났다.

마을의 모든 사람은 일이 있을 때마다 세뿔에게 조언을 구하러 왔다. 그는 늘 그들 곁에 있어줄 것만 같았다. 그 때문에 그가 병이

들어 임종할 때가 가까워오자 마을의 모든 사람들은 그게 사실이라는 걸 좀처럼 믿지 못했다.

그 소문은 빠르게 퍼져나갔고, 다른 마을들에서 많은 사람이 죽어가는 그 지도자에게 경의를 표하러 왔다. 그 때문에 며칠 동안, 세뿔이 속한 그 작은 마을은 평소의 두 배나 되는 사람들로 북적거렸다. 맨발과 그녀의 딸, 몇몇 다른 여자들은 찾아온 모든 손님들을 접대하기 위해 음식을 만드느라 분주하게 움직였다. 세뿔은 많은 사람이 찾아왔다는 소식을 듣고는 그중에서 가장 나이 든 사람들을 자기 천막집으로 불러달라고 요구했다.

나이 든 네 남자와 두 여자가 맨발과 세뿔이 거주하는 천막집에 찾아왔다. 그들은 그 집의 반 가까이를 차지하는 북쪽 공간에서 독수리 깃털들이 꽂혀 있는 긴 장대, 활과 화살, 창, 들소 가죽으로 만든 방패들을 보았다. 그것들은 한 전사의 영광스러운 생애의 화려한 상징물들이었다. 병으로 쇠약해진 세뿔은 곁에 앉아 있는 맨발에게 낮은 목소리로 이야기했다. 하지만 그는 말을 계속하는 동안 점점 더 기운을 되찾는 듯했다. 맨발은 많은 손님들과 남편을 보살펴주면서도 평소나 다름없이 조용히 침묵하면서 조촐하게 삼가는 자세를 잃지 않았다.

세뿔은 입을 열었다.

"우리 집에 찾아와 주신 친구들과 친지 분들께 감사드립니다. 나는 내 아내와 더불어 이 천막집에서 쉰 번에 가까운 겨울철을 보내는 영광을 누렸어요. 그동안 우리는 착한 아들과 딸, 많은 손자들을 보았습니다. 우리 부족은 좋은 일들과 아울러 어려운 일들도 겪었습니다. 우리는 이따금 한 번씩 전쟁을 치렀고 그때마다 훌륭한 사람들이 죽거나 다쳤습니다. 우리 적들은 우리를 두려워하고 존경합니다. 그동안 우리 부족의 마을과 천막집들의 숫자는 불어났습니다. 우리는 강한 부족입니다. 우리가 영위하는 삶의 방식은 훌륭하고요. 나는 나를 라코타 사람으로 이 세상에 보내주신 것에 '위대한 신비'께 감사드립니다!

그간 나는 흡족한 인생을 살았고 이제는 저승에 갈 준비를 하고 있습니다. 세상을 뜨기 전에 여러분에게 꼭 전하고 싶은 이야기가 하나 있습니다. 여러분은 내일 해가 뜨고 난 뒤 이 마을에 모인 모든 사람에게 그 이야기를 전해주셨으면 합니다. 오늘 여러분에게 여기 와달라고 부탁한 건 바로 그 때문입니다. 지금부터 그 이야기를 들려드리도록 하겠습니다.

젊었을 때 나는 사냥하기 위해 우리 어머니와 아버지가 사시는 마을을 떠나 남쪽으로 여행한 적이 있었습니다. 나는 내달리는 강 바로 북쪽에 캠프를 치고 여름철을 보내는 한 마을에 도착했습니다. 때마침 그 마을 사람들은 남쪽에 있는 적들과 싸워서 큰 승리를 거둔 터라 큰 잔치를 벌이고 춤을 추고 있었습니다. 나는 그 축하연에 초대받았습니다. 그건 아주 근사한 시간이었죠. 우리는 맛있는 음식을 잔뜩 먹고 밤늦도록 춤을 췄습니다.

이튿날 아침 나는 강가의 오솔길에서 깨어났습니다. 그리고 더없이 크고 아름다운 눈과 마주쳤습니다. 그렇게 아름다운 눈은 생전 처음 보았어요. 그 젊은 처녀는 나를 지그시 내려다보다가 말했습니다. '이 길가에 이상한 게 생겨나서 뭔가 했네요.' 나는 얼른 일어나서 그 처녀를 따라 강가로 내려갔습니다. 그리고 강물이 가득 들어찬 가죽 부대들을 둘러메고 처녀의 뒤를 따라 마을로 돌아갔죠. 그때까지 많은 허드렛일을 해보았지만 그렇게 즐거운 일을 해보기는 생전 처음이었어요.

다음 날 저녁 나는 그 처녀에게 구애하러 온 다른 청년들과 함께 그 천막집 밖에서 줄 서서 기다렸습니다. 처녀의 이름은 불나르다 였고, 처녀는 그 이름에 걸맞게 내 가슴에 불을 질렀어요. 그 처녀가 나더러 다음 날 저녁에 다시 오라고 했을 때 나는 무척이나 놀랐습니다. 그러니 내가 가을 사냥이 시작될 때까지 그 마을에 머문 건 전혀 이상한 일이 아니죠.

아무튼 그때 그 처녀는 내가 좋은 남편이 될 거라는 판단을 내렸습니다. 나로서는 그 처녀가 어떤 이유로 그런 판단을 내렸는지 아직까지도 잘 모르고 있습니다만, 어쨌든 나로서는 크게 감사할 일이었죠. 그래서 나는 우리 가족에게 그 소식을 전하기 위해 북쪽으로 되돌아갔습니다. 우리 가족은 처녀의 가족에게 신부 값으로 줄 선물들을 준비해야 했으니까요.

우리는 이듬해 봄에 결혼했습니다. 그 전해 가을과 그해 봄 사이의 겨울만큼 긴 겨울은 생전 처음 겪어봤어요. 아무튼 나는 우리 부족의 관습에 따라 우리 가족 곁을 떠나 그 처녀의 마을에 가서 그 집 식구가 되었습니다. 그로부터 얼마 지나지 않아 남쪽에 사는 적들이 그전에 겪었던 패배를 되갚아주기 위해 처녀의 마을을 습격해서 남자 한 사람을 죽이고 젊은 여자 둘을 납치해 갔습니다. 그러자 한 무리의 전사들이 그 사람들의 자취를 쫓아 남쪽으로 내려갔습니다. 나도 그 일원이 되어 함께 갔습니다.

우리는 보름 동안 그 사람들의 뒤를 쫓았습니다. 그 바람에 내가 생전 본 적도 없는 고장까지 멀리 내려간 것 같았어요. 우리는 빠르게 뒤쫓아간 덕에 그 사람들이 자기네 마을에 도착할 즈음 그 사람들을 따라잡았습니다. 우리는 풀섶에 몸을 숨기고 그 사람들이 두 처녀를 어디로 데려가는지 자세히 지켜보았습니다. 밤이 되었을 때 우리는 보초들이 어디어디 서 있는지 확인하고는 구출 계획을 짰습니다.

우리 일행은 여섯 명이었습니다. 그날 밤 우리 중에서 두 사람은 그 마을 동쪽에 불을 지르고 다른 두 사람은 서쪽에 불을 지르기로 했습니다. 나머지 두 사람은 그 마을 사람들이 불을 끄려고 난리를 치는 사이에 몰래 마을에 숨어들어가 두 처녀를 구출해오기로 했구요. 딱 한 가지를 빼고는 모든 일이 다 순조롭게 진행되었습니다. 그 한 가지란 바로 처녀들을 구출하기 위해 마을에 숨어들어간 두 사람 중의 한 사람인 내가 적들에게 붙잡힌 거였죠.

새벽녘이 되었을 때 나를 뺀 우리 전사들 전원은 두 처녀를 데리고 북쪽으로 달아났습니다. 나는 성공적인 습격 작전의 대가를 치르는 역할을 기꺼이 받아들였습니다. 나를 붙잡은 사람들은 당연히 머리끝까지 성이 났죠. 그 사람들은 나를 노예로 만들었습니다. 그 사람들은 내 옷을 모조리 벗겨버린 뒤 나를 사방으로 끌고다녔습니다. 그 마을의 모든 사람이 벌거벗은 나를 보고 배꼽을 잡으며 웃어대더군요.

그 사람들은 내게 일을 시켰습니다. 나는 두 손바닥과 양 무릎에서 피가 철철 흐를 때까지 개들이 끄는 끌채를 끌어야 했습니다. 그 사람들은 나를 조롱했고 내 얼굴에 쓰레기를 던졌습니다. 여자들은 내 앞에서 치마를 홀떡 걷어 올리고는 깔깔대고 웃어댔습니다. 나를 더 이상 인간으로 보지 않는다고 시위한 거죠. 그 사람들이 내게 먹을 것도 주지 않아 나는 음식찌꺼기를 주워 먹기 위해 개들과 싸움을 벌여야 했습니다. 밤이 되면 그들은 내 손발을 결박한 뒤 그 밧줄들을 두 개의 튼튼한 기둥에 묶어놓았습니다. 탈출할 길은 전혀 없었습니다. 나는 말똥풍뎅이보다 더 비천한 존재가 된 것 같은 기분이 들기 시작했습니다.

나는 붙잡히고 나서 얼마나 지났는지 알 수 없게 되었지만 탈출할 방법을 계속 찾았습니다. 그러나 제대로 먹지를 못해서 내 몸은 아주 쇠약해졌습니다. 나는 너무 약해지기 전에 탈출해야 한다는 걸 깨달았습니다. 얼마쯤 지난 뒤 그 사람들은 밤이 되어도 내 곁에 보초를 세워두지 않았습니다. 밤마다 나는 나를 붙잡아두는 기둥들을 잡아 뽑으려 애썼고, 노력한 보람이 있어서 그것들은 조금씩 헐거워져갔습니다. 그런데 누군가가 내가 그러는 걸 보았고, 그 사람들은 두 기둥을 더 깊이 박아버렸습니다. 그 바람에 나는 기운이 쭉 빠졌죠.

어느 날 밤, 나는 위대한 신비에게 제발 나를 빨리 죽여 달라고 기도했습니다. 이런 얘기를 하는 게 나는 전혀 수치스럽지 않습니다. 그때 나는 몸이 약해질 대로 약해져서 도저히 탈출할 수가 없었으니까요.

또 어느 날 밤에는 날이 몹시 추워진 데다 비까지 내렸습니다. 나는 알몸인 터라 추위로 부들부들 떨었습니다. 날이 너무 추워 주위에는 사람이 전혀 없었어요. 개들조차도 비를 맞지 않을 만한 곳으로 숨어들어가 웅크리고 있었죠. 젊은 아내의 모습을 떠올리고, 또 내가 다시는 그 사람을 보지 못할 거라 생각하니 비통한 심정이 되더군요. 그리고 그 사람을 간절히 생각하다보니 그 사람 얼굴이

내 앞에 생생하게 나타났습니다. 잠시 후 나는 그게 실물이라는 걸 깨달았습니다. 그 사람이 진짜로 거기 나타난 겁니다! 도저히 믿어지지 않아 내 눈을 의심하면서 멍하니 바라보는 동안 그 사람은 칼로 밧줄을 끊고는 나를 일으켜세웠습니다. 그 사람은 나를 잡아끌고 적들의 마을을 빠져나갔습니다.

나는 배를 너무 곯아 몸이 약해진 나머지 정신마저 오락가락했습니다. 하지만 나는 그때 우리가 밤새 걸어 새벽녘에 그 사람이 미리 마련해둔 은신처에 도착했다는 것은 기억하고 있습니다. 밤새 내린 비가 우리의 발자취를 말끔히 씻어내버렸습니다. 집사람으로서는 더 기다렸다 해도 그보다 더 좋은 찬스는 얻지 못했을 겁니다.

집사람은 그 은신처에 먹을 것과 무기들을 미리 숨겨놓았습니다. 이윽고 정신이 맑아지고 난 뒤 나는 집사람이 남자 옷으로 변장했다는 걸 알았습니다. 내 옷을 입고 있더군요. 우리는 그 은신처에 몸을 숨긴 채 먹을 것을 제대로 먹어가며 충분한 휴식을 취했습니다. 집사람은 다른 남자들이 자기한테로 와서 내가 살해당했다는 소식을 전했다고 했습니다. 집사람은 얼마 동안 슬픔에 잠겨 지냈는데, 아무리 생각해도 내가 정말로 죽었다는 게 믿어지지 않았답니다. 그래서 어느 날 밤 여행하는 데 필요한 짐을 챙긴 뒤 마을 캠프를 떠났죠. 그리고 나랑 같이 그 마을을 습격했던 사람들이 위치를 알려준 덕에 집사람은 그 마을을 쉽게 찾을 수 있었습니다. 집사람은 몸을 숨긴 채 여러 날 동안 망을 보기만 하다가 비오는 그날 그 마을 캠프로 숨어들어온 겁니다.

적들은 우리의 발자취가 비로 씻겨 내려가기는 했지만 우리가 집에 돌아가기 위해서는 북쪽으로 가야만 한다는 걸 알고 있었습니다. 그래서 적들은 추격대를 내보냈습니다.

며칠 동안 거기서 몸을 숨긴 채 쉬고 있다 보니 집에 돌아가고 싶은 마음이 간절해졌습니다. 물론 우리는 조심해야 한다는 건 알고 있었습니다. 그래서 우리는 집으로 향해 가면서 뒤를 자주 살펴보았습니다. 그 덕에 우리는 우리와 같은 방향으로 가고 있는 사람들을 발견했죠. 그 여섯 명은 빠르게 이동하고 있었습니다. 나는 그 사람들이 내가 포로로 잡혀 있었던 마을 사람들이며 그 마을에서 가장 뛰어난 전사들임이 분명하다는 걸 알았습니다. 나는 그 사람들이 내가 탈출할 수 없다고 확신하고 있었을 때 탈출했습니다. 그 사람들은 내가 집사람의 도움을 받았다는 사실을 알 수가 없었죠. 그 사람들은 내가 탈출했다는 걸 모욕적인 일로 받아들였기에 고이 보내줄 수가 없어 가장 뛰어난 추적자들이자 가장 사나운 전사들을 내보낸 겁니다.

우리는 우리의 자취를 드러내지 않으려 최선을 다했지만 소용이 없었어요. 그 사람들은 달리고 있었고 나는 그럴 수가 없었습니다. 불나르다와 나는 그 사람들이 찾아낼 수 있는 자취를 남기지 않으려면 어딘가에 몸을 숨겨야 한다는 판단을 내렸습니다. 하지만 그전에 먼저 어떻게 해서든 그 사람들을 따돌려야 했습니다. 나는 그런 생각을 하기는 했지만 내가 할 수 있는 게 아무것도 없어 집사람에게 아무 말도 하지 않았습니다. 그런데 그 사람도 나랑 똑같은 생각을 했더군요.

우리는 전에 곰이 살던 굴속에 아늑한 은신처를 만들었습니다. 그날 오후 내가 잠든 사이에 집사람은 살그머니 굴을 빠져나갔습니다. 그리고 그날 밤 온몸이 축축하게 젖은 데다 맨발인 상태로 돌아왔습니다. 그 사람은 가짜 자취를 남기기 위해 시냇가 근처에 모카신(인디언들이 신는. 뒤축이 없는 가죽신)을 벗어놓고 온 겁니다. 나중에 집사람은 적들에게 발견되기 직전에 비버의 집 속에 몸을 숨겼다고 하더군요. 시냇물 속으로 뛰어들어 비버의 집 속에 잠수해 들어간 겁니다. 나는 당신에게 맨발이라는 새 이름을 붙여줘야 겠다고 하면서 집사람을 놀렸습니다.

이틀 뒤 우리는 은신처를 떠나 서쪽으로 방향을 잡은 뒤 내리 그쪽으로 나아가다가 사흘 뒤에야 북쪽으로 방향을 틀었습니다. 그 때부터 나는 집사람을 맨발이라고 부르기 시작했습니다. 그 이름은 집사람이 이룬 일을 기리는 영예로운 이름이었으니까요. 내 아내가 맨발이라는 이름을 갖게 된 건 바로 그 때문입니다. 나는 매일 조금씩 더 튼튼해지기는 했지만 집으로 돌아가는 건 쉬운 여정이 아니었습니다. 우리는 적들이 다가오나 잘 살펴봐야 했고, 때마다 먹을 걸 찾아내야 했고, 밤마다 몸을 숨길 곳을 찾아내야 했으니까요. 하지만 우리가 지닌, 무엇보다 큰 강점은 집사람이 지닌 용기와 담력이었습니다.

우리 마을 사람들은 우리를 보고 무척이나 놀랐습니다. 그 사람들은 내가 살해당했다고 믿고 있었고, 또 내 아내는 어디론가 가서 자살했다고 믿고 있었거든요. 이런 전후 사정은 모두가 잘 알고 있습니다. 그런데 집사람은 우리가 겪은 일들을 자세히 이야기하기를 원치 않아 내가 적들에게서 탈출한 사실만 이야기하게 했습니다. 그 때문에 사람들은 나를 크게 칭송했지만 사실 그건 내가 거둔 승리가 아니었어요.

내가 여러 원로들을 내 집으로 초대한 것은 내 말의 증인들이 되어주기를 바랐기 때문입니다. 이제, 내가 내 아내에게 진 큰 빚을 갚을 때가 왔습니다. 나는 평생에 걸쳐 전사로서 싸우면서 운이 좋아 목숨을 부지했고, 약간의 영예와 아울러 명성도 얻을 수 있었습니다. 하지만 내 아내가 목숨을 걸고 나를 구해주지 않았더라면 나는 그것들을 얻을 수 없었을 테니 그 모든 영예는 내 것이 아닙니다. 내 평생 그보다 더 용감한 행동을 한 사람 얘기는 들어본 적이 없습니다. 내 아내는 단신으로 적의 나라를 가로질러 적의 마을로 숨어들어갔습니다. 자기도 그런 일을 했다고 말할 수 있는 사람은 거의 없을 겁니다.

집사람이 한 일 때문에 나는 싸우러 나갈 때마다 오직 한 가지 생각만 품고 갔습니다. 내 아내에게 어울리는 사람이 되자는 생각만. 기나긴 생애 동안 나는 내 아내에게 부끄럽지 않은 사람이 되려고 노력했습니다만 정말 그런지는 의심스럽습니다. 그래서 이제 나는 내가 얻은 모든 영예를 진짜로 받을 만한 자격이 있는 사람에게 돌려주어야 합니다. 나는 그 모든 걸 내 아내에게 바칩니다. 내 전투무기들과 독수리 깃털들이 꽂힌 장대를 우리 집의 남자 공간에서 여자 공간으로 옮겨주셨으면 합니다. 그것들이 있어야 할 자리는 거기니까요.

나는 곧 이승을 하직할 텐데 여러분들이 나를 위해 한 가지만 더 해주시기를 부탁드립니다. 나를 매장할 때는 오로지 염습용 옷 한 벌만 입혀서 매장해주셨으면 합니다. 나는 아내를 만나기 전의 모습으로 이승을 하직하고 싶습니다. 아무 치장도 하지 않은 가난한 사람의 모습으로. 집사람이 없었다면 영예로운 내 모습도 없었을 테니까요."

세뿔은 깊은 한숨을 내쉬고는 의자 등에 몸을 기댔다. 맨발은 조용히 눈물을 훔치고는 흘러내린 남편의 겉옷을 끌어올려주었다.

세뿔은 말을 이었다.

"평생 좋은 사람들을 많이 만났습니다. 지혜롭고 고상하고 너그럽고 용감한 사람들을. 하지만 다른 모든 강점들에 참된 의미를 부여해주는 한 가지 강점, 곧 겸허함을 지닌 사람은 언제나처럼 내곁에 앉아 있는 이 늙은 여인 한 사람뿐이었습니다.

이 사람은 용감하게 행동했습니다. 우리 가운데서 가장 용감한 전사도 감히 하지 못한 일을 해냈죠. 하지만 이 사람은 그걸 남들에게 알리고 싶어 하지 않았습니다. 이제 모든 사람에게 그 일을 알려야 할 때가 왔습니다. 그래서 내가 여러분들에게 이야기를 한 겁니다."

세뿔 곁에 모인 원로들은 맨발의 용기와 겸허함에 관한 이야기를 다른 이들에게 전하겠다고 약속했다. 그리고 뒤이은 며칠 동안 원로들은 낮이건 밤이건 가리지 않고, 모닥불 곁에 모여든 젊은이들과 나이 든 이들에게 그 이야기를 들려주었다. 얼마 지나지 않아 맨발의 명성은 많은 모닥불들에서 피어나는 연기와 더불어 하늘 높이 솟아올랐다.

그리고 며칠 뒤 세뿔은 사랑하는 맨발의 품에 안겨 숨을 거뒀다. 그녀는 엄청난 상실감으로 고통을 받았으면서도 다른 이들을 위로해주었다. 사람들은 세뿔이 바랐던 대로 그의 묘지에 아무 장식도 하지 않았다. 조문하러 온 사람들은 세뿔의 죽음을 슬퍼하면서도 미망인의 덕을 높이 칭송했다.

장례식 때 맨발은 머리만 짧게 잘랐을 뿐 그 밖의 겉모습은 전과 전혀 다르지 않았다. 그리고 그 후에도 전과 다름없이 살았다. 사람들이 분주하게 움직이느라 마을이 늘 소란한 가운데서도 그 자그마한 늙은 여자는 조용히 지냈다. 그녀는 남편의 독수리 깃털 장대, 방패, 전투무기들을 '키트폭스(북아메리카에서 흔히 볼 수 있는 여우) 전사협회'에 기증했다. 그리고 그 협회 회원들은 그 마을 한복판에 있는, 그 협회의 회의장으로 쓰는 천막집 안에 그 영예의 상징물들을 걸어놓기로 결정했다. 그것들은 한 남자의 용기와 한 여자의 겸허함을 떠올려주는 기념물들로 늘 거기 자리 잡고 있을 것이다.

세뿔이 살았을 때 사람들이 그에게 바쳤던 영예와 존경은 이제 맨발에게로 돌아갔다. 어느 하루도 그녀의 천막집 문밖에 사람들이 선물한 음식이 놓여 있지 않은 날이 없었다. 맨발은 매일 그 음식을 어린아이들이나 노인들과 나눠 먹었다. 남은 생애 동안 그녀는 어느 것 하나 부족한 것 없이 살았다. 겨울이 되면 그녀의 천막집 문밖에는 땔나무들이 그 천막집 꼭대기 높이만큼 쌓였다. 그녀는 그것도 역시 다른 이들과 나눠 썼다. 가까운 곳이나 먼 곳에서 수많은 전사들이 그녀를 만나러 왔고, 그녀는 그렇게 찾아오는 모든 이를 따뜻하게 맞아주었다. 그들은 선물을 전하기 위해, 음식을 함께 나누기 위해, 용기의 상징인 이와 마주 앉아 겸허함을 배우기 위해 그곳에 왔다.

맨발은 일흔 번째 겨울철에 숨을 거두었다. 그녀의 묘지 위에는 남편의 방패, 무기들, 독수리 깃털 장대가 걸려 있었다. 그리고 그 묘지 밑의 맨땅에는 그녀가 맨발로 저승에 가지 않기를 바라는 이들이 바친 모카신 수백 켤레가 쌓여 있었다.

조용한 길

라코타의 전통은 전사들이 자기네가 세운 전공을 공개적인 자리에서 자세히 밝힐 것을 권하고 장려했다. 그 유서 깊은 관습은 와크토글라카라 부르며 이는 곧 '승리에 관해 이야기하기'를 뜻한다. 겸허함을 미덕으로 삼는 문화가 전사들이 공개적으로 자랑하는 것을 허용해준다는 것은 비논리적인 일로 보일 수도 있다. 그런데 그런 관례에는 꼭 따라야 할 게 하나 있었다. 즉 전사들이 전공을 밝힐 때는 적어도 한 사람 이상의 증인이 반드시 있어야 한다는 것. 그 증언은 그 이야기가 진실임을 보증해주었다.

라코타 사람들은 제사의식이 행해지는 광장에서 자신이 전투 중에 한 행위를 진술하게 이야기하는 것을 뽐내는 일로 여기지 않았다. 그것은 선물이었기 때문이다. 그런 이야기는 그 전사가 속한 사회의 고유한 정체성의 일부이자 문화적 자산의 일부가 되었으며 그 마을 전체에 힘을 불어넣어주는 역할을 했다. 그리고 그런 이야기 속에 나오는 행위가 젊은이들이 본받고 싶어 할 만한 본보기 역할을 한 것은 더 말할 나위도 없다.

와크토글라카를 한 대부분의 사람들은 겸허함의 가치를 잘 알고 있었기에 누가 특별히 요청하지 않는 한 그 이야기를 되풀이하지 않았다. 전장에서 공을 세우는 것은 명성을 얻거나 더 높이는 방법이요 그 사람이 속한 사회에서 뚜렷한 지위를 확보하는 방법이긴 했지만, 그에 걸맞은 겸허한 자세가 부족할 경우에는 필연적으로 명성에 금이 가고 어렵게 얻은 지위가 무너졌다. 달리 말해, 일단 전투가 끝나고 나면 겸허한 자세로 돌아와야 했다.

라코타의 전통 사회에서 겸허함은 다른 미덕들의 가치를 높여주는 역할을 하는 미덕이었다. 예컨대 너그럽게 행동하는 것은 그 사람이 자신의 너그러움을 남들에게 알리려고 하지 않는 한 훌륭한 행위였다. 누군가가 겸허한 자세로 훌륭한 행동을 했을 때는 그냥 훌륭한 행동을 하기만 한 것보다 사람들에게 더 깊은 인상을 안겨주었다. 모든 이야기를 종합해볼 때 라코타 사회에 속한 모든 사람들 가운데서 가장 겸허한 이는 성난말이었다.

성난말은 오글랄라 라코타 족 출신이었다. 오글랄라는 '자기 것을 사방에 퍼뜨림'을 뜻하는 말이다. 오글랄라 족은 라코타의 일곱 부족 중의 한 부족이었고 현재도 그러하다. 성난말은 꽤나 시끄러웠던 19세기 미국 서부에 등장했던 가장 친숙한 이름들 중의 하나다. 유럽계 미국인들이 쓴 미국 서부 역사에서 성난말은 조지 크루크 장군과 조지 커스터 중령을 정복한 인물로 등장한다.

1876년 6월 17일, 그는 오늘날 와이오밍 주 중앙 북부에 해당하는 지역인 로즈버드 강가에 벌어진 로즈버드 전투에서 칠백 명 내지 구백 명가량 되는 라코타와 샤이엔 전사들을 이끌고 나아가 북쪽으로 진군하려는 크루크 장군의 부대를 물리쳤다. 그로부터 여드레 뒤 성난말과 전투에 능한 몇몇 유명한 라코타 지도자들은 리틀빅혼 전투에서 천 명 내지 천이백 명가량 되는 라코타와 북부 샤이엔 전사들을 이끌고 나아가 커스터가 이끄는 제7기병대를 궤멸시켰다.

그 당시 서른여섯 살이었던 성난말의 노련한 전투 경험과 뛰어난 지도력은 미국 육군이 모든 라코타 족을 붙잡아서 단번에 보호구역에 몰아넣으려 했던 1876년의 거창한 계획을 좌절시키는 역할을 했다. 그러나 우리 라코타 사람들은 그가 크루크나 커스터를 패배시켰다는 이유로 그를 기억하지는 않는다. 그는 전장에서 영웅적인 업적을 세운 인물이긴 했지만 우리는 그가 겸허한 사람이었기에 그를 길이 기억하고 있다.

성난말은 타고난 전사이자 지도자였다. 그는 혼란과 혼돈의 아수라장 속에서도 침착한 태도를 유지할 수 있는 능력을 갖고 있었고, 용기의 모범을 보임으로써 모든 전사를 이끌 능력을 갖고 있었다. 그가 살았던 시대의 라코타 사회에서 전투는 전사들이 전투 솜씨와 용기를 선보일 기회를 제공해주었다. 전투에서 용감하게 행동한 이들은 다른 전사들의 칭송을 받았을 뿐만 아니라 그 사회에서 높은 지위에 올랐다. 전투 지도자로서 많은 이의 지지를 얻은 이들 중에는 나중에 정치 지도자가 된 이들이 많았다. 훙크파파 라코타 족 출신의 앉은소가 그 대표적인 경우였다.

사실, 성난말이 그런 이름을 얻기 전에 첫 어른 이름을 얻은 것은 전투의 열기 속에서도 태연자약하게 행동했기 때문이다. 그는 싸움터 한복판에서 타고 있던 전투마에서 내려선 뒤 일부러 적들의 표적이 될 수 있게끔 말 곁에 무릎 꿇는 습관이 있었고, 그 때문에 잘보이는곳에서있는말이라는 이름을 얻었다. 그는 그렇게 행동한 덕에 이십대 초반에 이미 다른 사람들이 평생 걸려도 얻기 힘든 영예를 얻었다. 그는 전투에서 대담하고도 무모하게 행동한 일 때문에 세상에 널리 알려졌지만 뛰어난 전술적 결정을 내리는 능력을 지닌 것으로도 유명했다. 와크토글라카 의식에 참여할 수 있는 권리를 얻을 만한 사람을 꼽으라고 한다면 성난말이 단연 으뜸이었다. 그런데 전해오는 모든 이야기에 의하면 그는 한 번도 그 의식에 참여한 적이 없었다고 한다.

성난말은 평생토록 심한 수줍음을 타서 아마 공개석상에서 발언한 게 단 두 차례에 불과했을 것이다. 그는 전투에서 이룬 수많은 업적을 상징하는 장식물, 곧 독수리 깃털을 잔뜩 달 수 있는 자격이 있었지만 늘 간소한 옷차림을 하고 다녔다고 한다. 평소에 그가 달고 다닌 장식물이라고는 독수리 깃털 하나뿐이었다.

그는 누구보다 뛰어난 전공을 세운 전사답지 않게 공개석상에서 자신의 전공에 관해 이야기하기를 거부했다. 그가 그렇게 하는 바람에 많은 이들이 놀라움을 금치 못했고, 그를 더욱 사랑하고 존경하게 되었다. 성난말 전설의 토대를 이루는 것은 그가 세운 많은 전공들이다. 하지만 유감스럽게도 그 뛰어난 전공들은 목을 뻣뻣하게 세우고 거만하게 활보할 수 있는 권리를 가졌음에도 불구하고 고개를 숙인 채 겸허한 자세로 조용히 캠프를 돌아다닌 그 사람의 참된 면모를 가리는 역할을 하곤 한다. 그를 잘 알고, 사랑하고, 존경했던 라코타 사람들은 그의 겸허한 태도 때문에 그의 업적을 한층 더 우러러보았다. 그리고 그랬기에 그는 자기가 세운 전공을 군이 이야기할 필요가 없었다. 다른 많은 이들이 대신 나서서 그의 업적을 기렸다.

성난말은 지도자가 되게 해달라고 요구하거나 그렇게 하겠다고 자원하고 나선 적이 없었다. 그의 명성이 사람들을 그의 주위에 끌어 모았다. 리틀빅혼 전투 후에 미 육군이 그와 맞붙기 위한 전투

준비를 서두르고 있던 중요한 시기에는 특히 더 그랬다. 그의 명성 때문에, 그리고 변함없이 겸허한 그의 태도 때문에 구백 명이 넘는 사람들이 그를 따랐다. 그 가운데서 전사들은 백 명 남짓한 정도에 불과했다. 나머지는 노인들과 여자들과 아이들이었다. 그들 모두가 고난과 불확실성을 견뎌냈다. 성난말이 백인들과 싸우는 것이 최선이라고 판단했을 경우 전사들 모두와 나머지 사람들 대다수는 최후의 한 사람까지 백인들과 맞서 싸웠을 것이다.

그러나 그는 그렇게 하지 않는 편을 택했다. 그가 비전투원들의 목숨을 구하기 위해 결국 미국 측에 항복했을 때 성난말을 따르던 사람들은 충성심의 참된 증거로 그를 따라 불확실한 미래 속으로 뛰어들었다. 그런 사정만 없었더라면 그는 라코타 지도자들 중에서 가장 마지막까지 저항한 지도자가 되었을 것이다.

사람들은 전사인 성난말이 지닌 용기, 군사 지도자이자 민간 지도자인 그가 지닌 능력 때문에 아무 의심 없이 그를 따랐다. 우리 라코타 사람들은 바로 그런 이유들로 그를 늘 기억할 것이다. 시캉 구 오글랄라 라코타 출신인 나는 그런 업적들 때문에 그를 늘 존경할 것이다. 하지만 나는 그가 겸허한 인물이라는 점도 역시 결코 잊지 않을 것이다. 내게는 그의 겸허함이 명성보다 한층 더 빛나 보인다.

겸허함은 라코타 사람들이 예로부터 자기네 지도자들이 갖추고 있기를 기대한 덕목이었다. 우리는 조용하고 겸허한 사람은 다른 사람들과 다른 사물들을 잘 안다고 믿었다. 거만하고 허세가 강한 사람은 자기 자신만 잘 알았다. 그런데 오늘날 세상 사람들이 지도자를 선택할 때 거만하고 자만심 강한 사람들을 좋아하는 것 같은 경향을 보이는 것은 흥미로운 일이 아닐 수 없다.

오늘날 미국 원주민 부족들은 미국인들이 4년마다 한 번씩 치르는 과정을 그대로 따라하는 듯하다. 그것도 좀 더 자주. 하지만 그리 멀지 않은 과거의 라코타 사회에서는 지도자 자질들을 가진 이가 사람들에게 다가간 게 아니라 사람들이 그런 지도자에게 다가갔다. 지도자의 자질에 해당하는 것 중의 하나는 겸허함이었다.

그 사회에서 겸허함은 누구나 다 일상에서 실천해야 할 중요한 덕목이었지만 특히 지도자들의 경우에는 절대적으로 갖춰야 할 덕목이었다. 겸허함은 오만함이 뿌연 구름을 만드는 곳에서 맑게 툭 트인 시야를 제공해줄 수 있다. 그 사람들이 가장 원치 않았던 지도자는 오만함 때문에 판단력이 흐려져 갈팡질팡하는 사람이었다.

몇 년 전 나는 그 당시 로즈버드 수우 족 추장이었던 내 숙부가 소박한 겸허함으로 금방이라도 폭발할 것 같은 긴박한 상황을 유연하게 해결하는 광경을 목격했다. 한 여자가 숙부의 사무실에 들어오더니 대뜸 그분을 호되게 닦아세우고 조롱하기 시작했다. 그 여자는 그 부족의 대민봉사기관들 중의 하나가 그녀나 그녀의 가족에게 서비스를 제공해주기를 거부했다는 이유로 자기가 생각해낼 수 있는 모든 방법을 총동원하여 숙부를 모욕했다. 숙부는 그 여자의 공격을 제지하지 않았다. 그분은 그저 그 여자의 장광설이 끝나기만을 묵묵히 기다렸다.

이윽고 그 여자가 입을 다물자 숙부는 그 여자가 자기나 자신이 차지하고 있는 지위를 심하게 모욕했다고 해서 성을 내는 대신 고개를 숙인 채 조용하고도 정중한 어조로 말했다.

"그래요, 제가 이 일을 하고 있는 건 바로 그 때문입니다. 그러니 일이 잘못되었을 때는 저를 모욕할 수 있습니다. 부인이 처한 문제를 제게 말씀해주셔서 감사합니다."

그러자 머쓱해진 그 여자는 슬그머니 사무실을 빠져나갈 수밖에 없었다. 애초에 그 여자는 거만한 사람이라면 분노 어린 태도로 자기 말을 맞받아칠 것이니 숙부도 으레 그렇게 나오리라 예상하고 있었다. 하지만 숙부가 화를 내지도 않고 거만한 태도로 공박하지도 않자 그 여자는 그 겸허한 태도에 어떻게 대응해야 좋을지 알 수가 없어서 몹시 당황했다.

그런데 요즘, 지도자들을 선출하는 과정에서는 겸허한 태도가 들어설 자리가 없어 보인다. 자기가 지도자감이라 믿는 사람들은 자신이 '입후보자'라고 선언하고 사람들에게 다가간다. 대부분의 경우, 사람들은 그런 후보자들을 잘 알지 못하며, 따라서 그들은 최소한 조금이라도 자기 자랑을 늘어놓아야 하고 많은 약속을 해야 한다. 게다가 두 명 이상의 후보자들이 사람들에게 달려드는 바람에 사태는 더욱 악화된다. 이런 모든 상황은 협잡꾼 이크토미의 이야기를 떠올리게 해준다.

이날도 이크토미는 여느 때와 다름없이 배가 고팠다. 그는 마지막으로 식사를 한 때가 언젠지 기억조차 나지 않았다. 그래서 그는 뚜렷한 계획도 없이 무작정 먹을 것을 구하러 나섰다. 하지만 이크토미는 뛰어난 사냥꾼이 아니었기에 먹을 걸 금방 구할 가망성은 별로 없었다. 사실, 그는 그 일대에서 가장 솜씨 없는 사냥꾼이었다. 무기 다루는 솜씨가 시원치 않았고 걸음도 아주 느렸다. 그런데 그는 이상하리만치 자신만만했다. 그는 자기가 이 지상에서 가장 교활한 사람이라는 걸 잘 알고 있었기에 느긋하게 움직였다.

그는 오솔길을 만난 뒤 그 길을 따라 걸어갔다. 그런 길들이 어디로 이어질지는 아무도 모른다. 하지만 그는 한 가지는 확신하고 있었다. 운이 좋으면 반드시 기회가 오리라는 것. 기회야말로 이크토미가 살아남는 데 핵심이 되는 요소였다. 그는 언덕 꼭대기에 이르렀다. 그리고 그 아래로 내려가기 시작하는데 누군가가 언덕을 올라오고 있었다. 그는 마토라고 하는 곰이었다.

이크토미는 즉각 몸을 숨겼다. 마토는 네발 달린 것들 가운데서 들소인 타탕카를 제외하고는 가장 힘센 존재였다. 마토가 한번 앞발을 휘둘렀다 하면 깡마르고 조그마한 이크토미 따위는 대번에 저승으로 보낼 수 있었고, 저승은 이크토미가 별로 가고 싶어 하지 않는 곳이었다. 이크토미는 자두나무 숲 한가운데서 마토가 발을 쿵쿵 구르며 언덕을 올라오는 광경을 지켜보았다. 그러던 중 이크토미는 문득 자기가 잘 익은 자두들이 잔뜩 널려 있는 곳에 앉아 있다는 사실을 깨달았다. 잘 익은 자두는 마토가 가장 좋아하는 먹이였다. 그가 공포에 질려 목숨을 구하기 위해 막 달아나려 하는 순간 마토의 온몸을 뒤덮고 있는 상처들이 눈에 들어왔다. 그의 기회주의적인 작은 뇌에서 좋은 아이디어가 번뜩 떠올랐다.

그는 자두나무 숲에서 오솔길로 나온 뒤 휘파람을 불면서 마토 쪽으로 걸어가기 시작했다. 마토가 즉각 신경을 곤두세운 건 당연했다. 하지만 마토는 시력이 형편없어서 잠시 멈춰 서서 기다린 뒤에야 비로소 뭐가 그렇게 흥에 겨운 소리를 내는지 알아보았다.

이크토미가 걸음을 멈추자 마토는 으르렁거렸다.

"네놈이로구나! 내 앞에서 당장 꺼져! 나는 겨울을 나기 위해 살이 찔 만한 먹이를 찾으러 가야 하니까. 내게 잡아먹히고 싶지 않거들랑 썩 비켜!"

이크토미의 양 무릎이 딱딱 마주치고 심장은 마구 두방망이질을 했다. 하지만 그는 계획이 있었고, 자기가 겁먹고 있다는 걸 마토가 눈치챌 경우 그 계획은 제대로 먹혀들어가지 않을 것이다.

"안녕, 마토 형제!" 이크토미는 젖 먹던 힘까지 다 내어 더없이 우렁찬 목소리로 용감하게 외쳤다. "자네를 만나니 반갑군 그래. 그런데 내가 급해서 그러니 자네가 길을 좀 비켜줘야겠어!"

마토는 깜짝 놀랐다. 이제까지 그렇게 자기한테 맞서는 자는 생전 만나본 적이 없었다. 두발 달린 모든 것들은 그가 다가가기가 무섭게 꽁무니를 뺐다. 그런데 이제 이 조그맣고 비쩍 마른 녀석이 자기더러 비키라고 말하는 게 아닌가.

마토는 말했다.

"네가 보기보다 훨씬 더 맛있는 놈이면 좋겠구나! 내가 너한테 사전에 아무 경고도 하지 않았다고 말하지는 말아라! 너보다 훨씬 더 힘 있는 것들도 내 앞에서는 벌벌 떨어!"

이크토미가 말했다.

"그건 사실이지. 하지만 내가 얼마나 막강한 몸이신지 자네는 잘 모를 걸세."

"네놈이 가진 막강한 것이라고는 그 고약한 냄새 하나뿐이야!"

마토는 이크토미의 오만한 태도에 있는 대로 성이 나서 그렇게 일갈하고는 두 앞다리를 번쩍 쳐들고 일어섰다.

두 뒷다리로 버티고 우뚝 서는 바람에 이크토미 키의 네 배나 되는 높이로 치솟아오른 마토의 모습만큼 무시무시한 것은 다시없어서 이크토미는 오금이 저려 그만 주저앉고 싶어졌다. 그 대초원에서 마토보다 더 빨리 내달릴 수 있는 것은 들소인 타탕카밖에 없어서 달아나기에는 너무 늦었다. 이크토미는 별로 있지도 않은 용기를 있는 대로 쥐어짜 뻣뻣하게 맞섰다.

"내가 너보다 힘이 더 세! 무서워서 피할 생각이 없다면 내가 너한테 그 사실을 입증해주지!"

마토는 두 앞발로 대지를 다시 짚은 뒤 배꼽을 잡고 웃었다. 마토가 작고 동그란 두 눈에서 눈물이 흐를 만큼 요란하게 웃어대는 바람에 그 우렁찬 소리가 주위 일대에 쩌렁쩌렁하게 울려 퍼졌다. 마토는 배에서 바람이 다 빠져 더 이상 웃을 수 없게 되자 자세를 바로 세우고 이크토미를 노려보았다. 그런데도 이크토미는 자신만만한 자세로 그의 시선을 맞받았다.

"나보다 더 힘센 놈은 없어. 그러니 나는 아무것도 겁내지 않아. 너 따위는 말할 것도 없고!" 이 말과 함께 마토는 다시 천둥처럼 요란한 웃음을 터트렸다. "그러니 네 힘이 얼마나 센지 증명해봐!" 그는 껄껄대고 웃으며 말했다.

"증명해줄게. 헌데 너한테 먼저 기회를 주도록 하지. 나는 힘이 셀 뿐만 아니라 공정하기도 하니까."

마토는 더 크게 웃었다.

"내가 뭘 하면 되지?"

"너는 수없이 많은 부상을 입었는데도 아직까지 살아 있어."

마토는 고개를 끄덕였다.

"그래. 나는 두발 달린 것들한테서 공격을 받아 무수히 상처를 입었어. 그래, 내 몸에는 많은 화살촉과 창촉이 박혀 있지."

이크토미는 소리쳤다.

"사실이야! 그런데 나도 그래. 너보다 더 많은 상처를 입었지. 하지만 너한테 먼저 기회를 주겠어. 이제 네 몸속에 들어 있는 모든 화살촉과 창촉을 토해내도록 해봐. 나도 그렇게 할 테니까. 우리 둘 다 그렇게 한 뒤 누구 게 더 많은지 알아보기로 하지."

마토는 웃음을 그칠 수가 없었다.

"좋아, 좋아. 그렇게 하도록 하지. 쓸데없는 짓 같기는 하지만 말이야. 그냥 널 삼켜버리면 일이 간단히 끝날 것 같구만."

이크토미는 말했다.

"그럼 우리 내기를 하도록 하지. 네가 이기면 물고기들이 득실거리는 시내가 어디 있는지 알려줄게. 고기가 너무 많아 눈 감고도 잔뜩 잡을 수 있어. 게다가 나를 잡아먹고 싶으면 그렇게 해. 그 대신 내가 이기면 한 달 동안 먹을 것을 내게 줘야 해."

"네 고기는 질겨서 먹기가 좀 성가실 것 같은데. 하지만 아무튼 그 내기를 받아들이도록 하지. 자, 먼저 간다."

마토는 그렇게 말하고는 두 앞다리를 번쩍 쳐들고 우뚝 섰다. 그리고 두 앞발로 가슴을 두드리기 시작하더니 거듭 재채기를 해서 화살촉과 창촉을 토해내기 시작했다. 물론 이크토미가 미리 예상했던 대로 마토는 두 눈을 질끈 감은 채 그렇게 했다. 마토가 화살촉과 창촉을 하나하나 토해냄에 따라 그의 앞에 그것들이 수북이 쌓이기 시작하자 이크토미는 재빨리 행동을 개시했다. 그는 마토가 그것들을 뱉어내는 속도에 버금갈 만큼 재빠른 속도로 그것들을 집어 삼켰다. 마침내 마토는 토해내는 일을 다 마치고 뒤로 주저앉은 뒤 자기 앞에 쌓인 화살촉과 창촉 무더기를 살펴보았다. 예상외로 별로 많지 않았다.

하지만 마토는 전혀 걱정하지 않고 말했다.

"자, 이제 네 차례다."

그는 이크토미의 그 왜소한 몸에서는 기껏해야 화살촉 한 두 개 정도밖에 나올 수 없으리라 짐작했다.

이크토미는 할 수 있는 한껏 몸을 꼿꼿하게 세우고는 가슴을 세게 두드리며 재채기를 하기 시작했다. 그러자 이내 화살촉 하나가 튀어나왔고 뒤이어 또 한 개가, 그리고 그다음에는 창촉 한 개가 튀어나왔다. 깜짝 놀라 바라보는 마토의 눈앞에서 이크토미가 토해낸 것들은 점점 더 높이 쌓여갔다. 이크토미가 그렇게 많은 부상을 입었다는 건 좀처럼 믿기 어려운 일이었다. 하지만 어쨌든 마토가 토해낸 화살촉과 창촉 무더기보다 더 높이 쌓인 무더기가 눈앞에 있었다.

마토는 놀라서 얼빠진 표정이 되었고 기가 막혀서 연신 투덜대긴 했지만 원래 정직한 성품을 가졌기에 자기가 졌다는 사실을 순순히 인정했다. 그리고 약속한 대로 이크토미에게 한 달 내내 먹을 수 있을 만한 물고기와 딸기를 갖다 주었다.

우리가 현재 지도자들을 선택하는 방식을 보고 있자면 마토가 약삭빠른 이크토미의 속임수에 걸려 손해를 본 경우를 떠올리게 해주는 경우가 너무도 많다. 그런 제도는 본질적으로 그 자체를 지속시키는 기능을 하기는 하지만, 그렇다고 해서 우리가 후보자들의 진면모를 제대로 평가하는 것이 영영 불가능한 일만은 아니다.

후보자들이 이룬 업적의 기록은 중요하다. 그게 이크토미의 그것처럼 날조된 게 아니고 진짜라면. 하지만 후보자의 인품과 미덕도 그에 못지않게 중요하다. 나는 늘, 공익을 위해 봉사했다는 기록을 맨 앞에 자랑스럽게 내세우는 사람들을 경계한다. 나는 그의 사람됨을 잘 살펴보곤 한다. 그런 기록을 제외하고 살펴보았을 때 그 사람의 진면모는 어떠할까? 나는 잔뜩 뻐기면서 걷지 않고 고개를 숙인 채 조촐히 삼가는 자세로 캠프를 돌아다니는 사람들이나 그런 이들이 지닌 조용한 권위에 감복하는 사람이기에 맨발이나 성난말 같은 이들을 찾아보려 애썼다. 나는 참으로 겸허한 사람에게 줄곧 표를 던졌다.

겸허함은 잘 배워서 꾸준히 실천하기가 가장 어려운 미덕일 것이다. 우리 사회는 거만함이나 '과시하는 태도'에 곧잘 상을 주는 경향이 있다. 겸허함이 뭔지 모르고 또 알려고도 하지 않는 요란하고 건방진 스포츠 스타, 돈 많은 개발업자, 영화 스타 같은 이들이 우리의 영웅이 되는 경향이 있다. 그러나 모든 미덕 가운데서도 특히 겸허함은 우리가 자진해서 배워 익히지 않을 경우 삶이 나서서 기필코 가르쳐주는 미덕이다.

오래전 어느 부족이 혹심한 어려움에 처했을 때의 일이다. 하루는 두 청년이 마을에서 멀리 떨어진 곳으로 사냥하러 나갔다. 심한 가뭄이 들어 평소 그들이 사냥하는 지역에서 짐승들이 모조리 사라져버렸기 때문이다. 그런 어려움이 닥치자 그 마을 사람들은 바른 도리들도 잊은 듯했다. 그들은 자기네를 강하게 해준 바른 도리들을 잊어버렸기에 약하고 불행해졌으며, 혼란에 빠지거나 분노의 감정에 쉽게 사로잡혔다.

두 젊은 사냥꾼은 사냥감을 찾지 못해 낙담했다. 하지만 그래도 그들은 길을 따라 계속 앞으로 나아갔다. 어느 날 아침 그들은 어느 언덕 꼭대기에서 이상한 것, 곧 이리저리 떠도는 하얀 안개를 보았다. 그들은 여러 달 동안 구름을 보지 못한 터라 호기심에 사로잡혔다. 하지만 은근히 겁도 났다. 그들은 아주 조심스럽게 그 안개를 향해 다가갔다.

이윽고 그 안개 밖으로 아주 아름다운 젊은 여자가 나타났다. 그녀는 알몸이었다. 두 사냥꾼은 당연히 깜짝 놀랐다. 그들은 어떻게 해야 좋을지 몰라 당황해 했다. 곧이어 한 청년이 그 기회를 이용해서 여자를 어찌해보려는 불순한 생각을 품고 여자에게 슬그머니 다가갔다. 또 다른 청년이 그를 말리려 했지만 소용이 없었다. 그런데 첫 번째 청년이 젊은 여자 앞에 이르기 전에 안개가 흘러내려와 청년을 휩쌌다. 그리고 잠시 후 안개는 뒤로 물러났다. 두 번째 청년은 자기 친구가 해골로 변한 것을 보고 기겁을 했다. 안개가 그의 살을 완전히 먹어버린 데다 뱀들이 그의 뼈들 사이로 꿈틀꿈틀 기어다녔다.

그는 자기가 신비롭고 강력한 어떤 존재와 맞닥뜨렸다는 걸 깨닫고는 그 젊은 여자 앞에서 겸손하게 행동했다. 그녀는 그의 겸허한 자세를 칭찬하고는 그에게 한 가지 과제를 주었다. 그녀는 그에게 즉각 마을로 돌아가 마을 사람들에게 자기가 묵을 집을 마련해두라는 지시를 전하라고 말했다.

그 청년 사냥꾼은 곧장 마을로 돌아가 마을 사람들에게 조금 전에 일어났던 일을 자세히 이야기하고 꼭 그 젊은 처녀가 요구한 대로 해야 한다고 설득했다. 마을 사람들이 젊은 처녀가 요구한 대로 집을 한 채 준비해두자마자 그녀가 보따리 하나를 품에 안고 나타났다. 그녀는 그 집에 원로들을 초대한 뒤 그들이 충실히 이행해야 할 일곱 가지 의식을 가르쳐주었다. 처녀는 그 마을 사람들이 자기가 가르쳐준 대로 실행할 경우 다시 예전처럼 강한 부족이 되고 크게 번성할 것이라고 했다. 그녀는 보따리를 풀어 그들에게 성스러운 피리를 보여주었다. 그녀는 그 피리의 사용법을 가르쳐준 뒤 마을을 떠났다.

마을 사람들이 지켜보는 가운데 그녀는 떠도는 하얀 안개가 나타났던 언덕 꼭대기로 걸어올라갔다. 그녀는 안개 속으로 홀연히 걸어 들어가더니 잠시 후 하얀 암컷 들소로 변해서 그 반대편으로 나왔다.

물론 이 이야기는 라코타 사람들이 자기네 이야기들 중에서 가장 소중하게 여기는 이야기, 곧 흰송아지처녀 출현 이야기의 축소판이다. 그 처녀는 우리 부족이 오늘날까지도 고이 간직하고 있는 피리뿐만 아니라 우리의 영적 신앙의 토대와 그 신앙을 실행에 옮길 수 있게 해주는 의식들도 역시 제공해주었다. 하지만 그 이야기 속에는 종종 빠트리고 넘어가기 쉬운 두 가지의 간단한 교훈이 내재되어 있다.

우리는 흰송아지처녀가 하라고 가르쳐준 대로 실천했다. 우리는 그 의식들을 충실히 이행했고 그녀가 가르쳐준 도리들에 따라 살았으며, 그 덕에 강해졌다. 나는 그 두 청년 모두가 경솔하고 오만했더라면 어떤 사태가 벌어졌을까 하고 상상하는 것만으로도 등골이 오싹해지긴 하지만, 사실 우리는 그 처녀가 이야기한 대로 대평원에서 가장 힘 있는 부족이 되었다.

그러나 나는 한 청년은 오만했고 다른 한 청년은 겸손했기에 흰송아지 처녀가 두 청년에게 나타났다고 생각한다. 그 첫 번째 교훈은, 오만함은 파멸의 운명을 맞는다는 것이다. 흰 송아지 처녀는 오만한 태도를 묵과하지 않았으며, 그 오만한 청년을 뒤덮어버린 안개는 삶 자체다. 두 번째 교훈은 겸허함이 선을 위한 도구로 사용되었다는 점이다.

우리 대부분은 가끔 너그럽고 용감하고 정중하며, 더 나아가 지혜롭기까지 하다. 그러나 겸허함은 다른 모든 미덕을 유용한 것으로 만들어주는 미덕이다. 맨발의 마을 사람들은 그녀가 젊었을 때 보여준 용감한 행동보다는 그녀의 겸허한 태도 때문에 그녀를 존경했다. 그와 마찬가지로 성난말은 비록 전장에서 그 누구보다도 더 용감하게 싸워 전설적인 전공들을 세웠지만, 그를 가장 잘 알았던 사람들은 그의 겸허하고 조용한 삶의 방식을 더 자주 이야기했다. 하지만 이 세상에는 이크토미 같은 이들도 있는 게 사실이다. 오만함의 환상 뒤에 숨은 이들, 그리고 오만한 태도를 참되고 매력적인 것으로 포장할 수 있는 이들도 적지 않다.

노인들이 이야기하는 것처럼 겸허한 사람은 대지를 향해 고개를 숙이고 걷기에 앞길을 잘 볼 수 있어서 넘어지거나 비틀거리는 일이 드물다. 그런 반면, 순간의 영광에 도취해서 턱을 바짝 세우고 걷는 오만한 사람은 앞에 펼쳐진 것들보다는 찰나적인 것들에만 신경을 쓰기에 종종 땅바닥에 자빠질 것이다.

와크토글라카에 참여해서 자기가 한 행위를 공개적으로 이야기한 라코타의 옛 전사들은 자기네가 이룬 공을 자랑스럽게 여길 권리와 아울러 영예로운 대우를 받을 권리가 있었다. 그들은 자기네에게 명예를 가져다준 것은 더없이 험난한 상황 속에서 자기네가 한 행동이지 공개석상에서 한 말이 아니라는 사실을 이해했으며, 또 종종 그런 사실을 마음에 새기곤 했다. 그리고 제대로 해낸 행위 덕에 얻은 명예를 겸허한 자세로 받아들일 때 그 명예의 가치는 더 커지고 그 사람의 명성도 더 높아졌다.

참으로 겸허한 사람은 남들의 인정을 받고 싶어 하는 욕망에서 해방된 사람이기에 그가 짊어진 짐은 가볍다. 그 반면, 오만한 사람이 짊어진 짐은 날이 갈수록 점점 더 무거워진다. 다른 이와 더불어 인생길을 걸어야 할 때는 겸허한 사람과 함께 조용한 길을 따라 여행하도록 하라.

2
인내

워와친탄가

온갖 어려움에도 불구하고 계속 노력하는 것

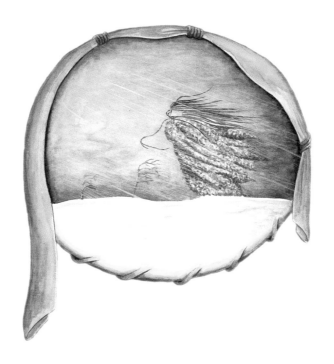

할 수 없는 것처럼 보이는 장벽과 부딪쳤을 때 마치 잠자던 거인이 깨어나듯 인내심이
우리의 정신에서 솟구쳐 나온다. 할아버지가 말씀하셨다시피 우리가 이따금씩
자기 삶을 지켜야 하는 상황에 처하지 않을 경우 그 삶은 무가치한 것이 될 것이다.

거인들의 이야기

미주리 강(예전에는 '그레이트머디 강'이라 불렸다) 서쪽에 펼쳐진 대평원 지역의 사우스다코타 주 트립 카운티 중앙을 달리는 16번 도로 북쪽에는 긴 능선이 하나 있다. 그 능선은 주위의 드넓은 평원 위에 우뚝 솟아올라 주변 경관과 영 어울리지 않아 보인다. 꼭 대평원이 만들어진 뒤 누군가가 그것을 거기다 부려놓은 것 같기만 하다. 나는 그 능선이 거기 없었던 시절의 이야기를 들은 적이 있다.

그 이야기에 의하면 붉은송아지가 이끄는 부족이 내달리는 강 북쪽과 그레이트머디 강 남쪽 사이에 펼쳐진 평원에 자리 잡고 지내던 무렵의 어느 여름철에 폭풍우가 유난히 잦았다고 한다. 구름과 자두는 산딸기가 익는 달, 곧 5월에 결혼했다. 그들이 결혼하고 나서 두 밤이 지났을 때 남서쪽에서 폭풍우가 닥쳐왔다.

그 폭풍우는 너무나 사나워서 노인들의 말에 의하면 평생 처음보는 혹심한 폭풍우였다고 한다. 날개 달린 것들은 공중에서 자취

를 감췄고 두발 달린 것들은 집 안에 머물렀으며 네발 달린 것들은
숲 속에 몸을 숨겼다. 여자들은 들소 가죽 천막들이 사납게 포효하
는 폭풍우 속에서도 꿋꿋하게 버티어 서 있게 하기 위해 차가운 빗
줄기와 살갗을 얼얼하게 하는 우박에도 아랑곳하지 않고 말뚝을
연신 두드려 박았다. 밤에 마을을 지키는 보초들은 들소 가죽으로
만든 겉옷을 머리에 둘러쓰고 경비를 섰다. 커다란 먹구름장들이
하늘을 가로지르며 굴러갔고, 천둥은 하늘이 쪼개지는 것 같은
엄청난 굉음이나 불길하게 우르릉거리는 소리를 냈으며, 번개의
성난 눈은 수백 개의 태양이 동시에 뜬 것 같은 휘황한 빛을 번뜩
였다.

그러나 그해 여름, 붉은송아지 부족에게 일어난 최악의 사태는
그 폭풍우가 아니었다. 그들이 폭풍과 거센 비, 우박이 지나가기만
을 기다리고 있었을 때 밤의 어둠 속에서 시커멓고 흉측한 어떤 것
이 나타나 그들의 천막집을 공격했다.

구름과 자두는 그 엄청난 폭풍우가 맹위를 떨칠 때 자두 부모의
천막집 뒤에 설치한 새 보금자리에서 서로를 꼭 끌어안고 있었다.
하지만 그들의 천막집은 폭풍우에도 꿋꿋하게 버텨주었다. 그들은
모든 폭풍우가 그렇듯이 그것도 때가 되면 결국은 지나갈 것이라
는 걸 잘 알고 있었다. 그러나 그들은 어둠 속에서 연신 터져 나오
는 두려움과 공포 어린 외침을 들었다. 겁먹은 개들이 짖거나 구슬
프게 울어댔다. 남자들이 있는 대로 소리쳐서 사람들에게 경고했
지만 그 소리들은 폭풍우의 굉음에 파묻혀버렸다. 여자들과 아이
들이 연신 비명을 질러댔다.

무엇인가가, 폭풍보다 더 강력한 어떤 존재가 말뚝들로 고정시

킨 부부의 천막집을 잡아챘다. 그 천막집보다 훨씬 더 높이 솟아오른 산 같은 물체가 번개의 섬광을 배경으로 하여 검은 실루엣으로 선연하게 떠올랐다. 그것은 사람 천 명의 힘과 아울러 대단히 사악한 심성을 지녔고 바닥없는 굶주림 때문에 끊임없이 악행을 저질러야만 하는 거인 이야였다.

어른 남자 몸보다 더 큰 손 하나가 뻗어내려와 가지에서 새 이파리를 따내듯 구름에게서 자두를 낚아채갔다. 구름이 넋이 나가 멍하니 바라보는 가운데 그 손이 발버둥치는 자두를 커다란 구덩이 같이 생긴 입속에 집어넣는 바람에 그녀의 모습은 이내 시야에서 사라졌다. 그가 충격을 받아서 꼼짝도 하지 못하는 사이에 이야는 게걸스럽게 배를 채우기 위해 온 마을을 쑥대밭으로 만들었다.

그날 밤 이야가 그 마을을 휩쓸고 지나가는 동안 많은 천막집이 뜯겨나갔고, 많은 이가 공포로 얼어붙었다. 그 누구도, 그 어떤 것도 이야의 앞을 가로막을 수 없었다. 구름과 몇몇 다른 청년들이 활을 집어 들고 거인에게 한꺼번에 달려들어 화살을 쐈다. 하지만 거인은 화살 따위에는 신경도 쓰지 않았다. 거인은 어린 소녀들과 처녀들을 닥치는 대로 집어 들어 침이 잔뜩 고인 넓은 입속에 던져 넣었다. 이윽고 거인은 찢겨나가고 산산조각이 난 천막집들과 아수라장이 된 마을, 비탄에 빠진 사람들을 뒤에 남겨두고 폭풍우가 맹위를 떨치는 밤의 어둠 속으로 홀연히 사라져버렸다.

이튿날 새벽녘에 폭풍우의 기세는 약해졌고 사람들은 합심해서 마을을 복구하기 시작했다. 하지만 그들은 거인이 집어삼킨 자기네의 소중한 사람들 때문에 좀처럼 비탄에서 헤어나오지 못했다. 붉은송아지는 대책을 논의하기 위해 원로회의를 소집했다.

그중 한 사람은 이야가 너무나 크고 막강해서 아무 대책이 없다고 말했다. 또 다른 사람은 그저 마을을 다른 데로 옮긴 뒤 거인이 다시 찾아오지 않기만을 바랄 수밖에 없다고 조언했다.

여자들은 다른 곳으로 이주할 준비를 하기 위해 천막집들을 철거하기 시작했고, 남자들은 짐 실은 트라브와(북아메리카 인디언, 그중에서도 특히 대평원에 살던 인디언들이 개들을 이용하여 짐을 운반할 때 쓴. 썰매 비슷한 형태의 운반도구)를 끌어줄 개들을 모아들였다. 이때는 신대륙에 말이 등장하기 전 시대였기 때문이다. 구름은 다른 곳으로 떠날 생각이 전혀 없었다. 그는 몹시 성이 나 있었다. 이야가 아내를 잡아먹었을 때 아내는 말로 형언할 수 없을 만큼 끔찍한 공포와 고통을 겪었으리라. 그는 어머니와 아버지한테 가서 당장 무기들을 챙겨들고 이야의 뒤를 쫓아가겠다고 선언했다.

구름이 거인을 추적하러 나선다는 소문은 빠르게 돌았고, 일곱 명의 다른 전사들이 그에게 합세했다. 분노에 가득 찬 여덟 명의 용감한 청년들은 창과 칼, 활과 화살로 무장하고 즉시 동쪽으로 떠났다. 이야의 뒤를 추적하기는 아주 쉬웠다. 그가 남긴 발자국들이 워낙 깊어서 그 하나하나마다 빗물이 고여 있었다.

여덟 청년이 거인에게 앙갚음하기 위해 그 뒤를 쫓는 동안 붉은 송아지는 마을 사람들을 이끌고 그레이트머디 강이 흐르는 북쪽을 향해 떠났다. 여덟 청년은 반나절가량 걸은 뒤 어느 언덕 비탈에서 잠들어 있는 거인을 발견했다. 언덕까지의 거리가 아주 멀어서 거인의 모습은 조그맣게 보였다. 그들은 풀섶에 몸을 숨겼다. 그리고 잠에서 깨어난 거인이 크게 기지개를 켜고 몸을 긁는 광경을 지켜보았다. 거인은 씻지 않은 알몸을 그대로 드러낸 데다 뒤엉킨 머리에 나뭇가지 같은 것들이 잔뜩 박혀 있어 몹시 지저분해 뵈는 흉측한 야수였다. 거인은 세상에 무서울 게 하나도 없다는 듯이 느긋한 자세로 몸을 득득 긁고 있었다.

구름과 그 일행은 그 전까지만 해도 이야를 본 적이 없었다. 그들은 그 거인을 노인들이 들려주는 이야기들 속에 등장하는 상상의 괴물로만 여겼다. 아이들에게 겁을 줘서 바른 행동을 하게끔 하기 위해 지어낸 허구의 괴물 정도로만. 작은새 할머니는 구름과 그의 여동생 솔이 어렸을 때 이야가 진짜 있는 괴물이냐고 물었을 때 수수께끼 같은 미소를 짓기만 했다. 그런데 구름이 본 어떤 동물보다도 더 큰 그 괴물이 지금 그의 눈앞에 앉아 있었다. 그리고 그 괴물의 뱃속 어딘가에는 그것이 삼켜버린 자두와 다른 모든 여자애들과 처녀들이 들어 있었다.

구름은 자기가 더없이 왜소한 존재처럼만 느껴졌다. 그는 열두 번의 겨울을 난 이래로 아버지가 식구들의 먹을거리와 입을거리를 마련하는 일을 죽 거들어온 뛰어난 사냥꾼이었다. 그는 이미 뛰어난 전사라는 명성도 얻었다. 하지만 사냥터에서나 전장에서 이야 같은 괴물은 생전 만나본 적이 없었다. 그의 사촌인 검은여우는 모두의 마음속에서 똑같이 일어난 의문을 입 밖에 냈다.

"저런 놈을 어떻게 잡지?"

그 물음에 답할 수 있는 사람은 아무도 없었다.

구름으로서는 기껏해야, "뭐, 좋은 방법이 나오겠지."라고밖에 말할 수 없었다.

이야는 몸을 일으키더니 동쪽으로 걸어갔다. 그가 걸음을 옮길 때마다 발바닥에 걸리는 것들은 모조리 박살이 났다. 그의 앞에 있던 토끼, 사슴, 영양 같은 동물들이 허둥지둥 달아났고, 공중을 날던 새들마저도 그를 멀리 피했다.

청년들은 하루 종일 거인의 뒤를 쫓았다. 그리고 날이 어둑어둑해질 즈음 거인은 물 마른 작은 골짜기에서 걸음을 멈추더니 그대로 쓰러져 잠이 들었다. 그들은 거인이 코고는 소리를 들을 수 있었다. 그들도 그 근방에 캠프를 설치했지만 거인의 주의를 끌지 않도록 하기 위해 불은 피우지 않았다. 그들은 휴식을 취하면서 와스나(말린 쇠고기에 지방과 과일을 섞어 굳힌 인디언의 휴대 식품)를 먹었고, 거인의 귀가 얼마나 예민한지 알지 못하는 터라 속삭이듯 낮게 이야기를 주고받았다. 그때 구름의 머릿속에서 거인을 죽일 수 있는 방법이 퍼뜩 떠올랐다.

구름은 말했다.

"녀석을 함정에 빠트리자."

그러자 무슨 일이든 걱정부터 하고 보는 느림보가 투덜거렸다.

"저 녀석을 어떻게 함정에 빠트릴 수 있다는 거야? 녀석은 우리 마을 사람들의 힘을 모두 합친 것보다도 더 힘이 센데."

구름은 고개를 끄덕였다.

"그건 사실이야. 하지만 녀석에게도 약점이 있어. 우리가 들은 이야기들에 의하면 녀석은 항상 배고파한다고 했어. 그 얘기 기억해? 그게 바로 녀석의 약점이야. 우리는 그 점을 이용해서 녀석을 함정에 빠트릴 거야. 녀석에게 먹이를 제공해주는 거야."

느림보는 곧바로 반박했다.

"너 제정신이 아니구나! 우리가 바로 녀석의 먹잇감이야! 우리 중의 한 사람을 녀석의 먹이로 주겠다는 거야?"

구름은 조용히 대답했다.

"응, 내 몸을 먹이로 내놓을 거야. 녀석이 내 뒤를 쫓아오게 할 거야. 그렇게 해서 녀석을 함정으로 유인하는 거지."

"어떤 함정?"

"구덩이. 우리가 앞으로 땅에 파놓을 구덩이."

노란매가 말했다.

"정신 나갔어! 이야가 빠질 만큼 큰 구덩이를 어떻게 팔 수 있다는 거야?"

구름은 반박했다.

"네 누이의 안위를 정말로 걱정하는 거야? 그렇다면 기꺼이 하려 들 텐데? 나는 내 아내를 되찾고 싶어. 그 사람이 없이는 살고 싶지 않으니 기필코 구해내고 말 거야!"

그들은 구름의 아이디어를 두고 밤새 의견을 나눴다. 그 결과 구름과 다른 한 명이 이야를 꾀어서 함정까지 끌고 오는 동안 여섯 명은 구덩이를 파기로 했다. 새벽녘이 되자 그들은 결정한 대로 실행하는 일에 나섰다.

그들이 함정을 팔 만한 자리로 고른 곳은 평지에 있는 마른 개천이었다. 그곳은 모래땅이라 파기가 수월했다. 그들은 금방 돌도끼들을 만들어냈다. 그리고 함정을 파는 일을 맡은 이들은 밤낮으로 일할 작정이었기에 자기네가 먹을 고기를 마련하기 위해 사슴 두 마리를 잡았다. 구덩이를 파는 작업이 시작되자 구름과 노란매는 거인을 찾아 나섰다. 앞으로 두 사람은 거인을 계속 유인하다가 함정이 만들어졌다는 신호가 오면 즉각 그곳으로 꾀어 들일 작정이었다.

그들은 이야가 멍청하기에 그 점이 자기네한테 도움이 되리라 생각했다. 그런데 알고 보니 또 다른 요소가 더 큰 도움이 되었다. 그들은 바람이 불어오는 쪽으로 다가간 끝에 거인을 쉽게 찾아냈다. 거인은 생전 목욕을 하지 않고 지냈기에 고약한 냄새가 났고, 그 덕에 바람만 제대로 불면 아주 멀리서도 거인을 쉽게 찾아낼 수 있었다.

느림보와 다른 친구들은 땅을 파고 또 팠다. 사랑하는 이들이 이야의 뱃속에서 고통을 겪고 있다고 생각하니 절로 힘이 났다. 그들이 더 깊이 파내려갈수록 구덩이 양옆에 쌓인 모래 무더기는 점점 더 높아져갔다.

이야는 이틀 동안 대부분의 시간을 잠자는 일로 보냈다. 그리고 잠에서 깨어난 뒤에는 평원을 하릴없이 배회했다. 그가 어딜 가든 동물들과 새들은 황급히 달아났다.

밤과 낮이 쉼 없이 흘러갔다. 구덩이 파는 일을 맡은 청년들은 쉬지 않고 일했다. 이야는 평원 한쪽에 이르렀을 때 갑자기 성큼성큼 걸어가기 시작했다. 구름과 노란매는 거인과 속도를 맞추기 위해 달렸다. 거인을 멈추게 하기 위해 뭔가 조처를 취해야 했다.

해가 진 뒤 그들은 거인의 주의를 끌기 위해 모닥불을 피웠다. 거인이 그곳에 이를 즈음 그들은 화살이 날 만한 거리쯤 떨어진 곳에 또 다른 모닥불을 피웠다. 그들은 그런 간단한 수법을 이용해서 거인을 서쪽으로 다시 끌어올 수 있었다. 거인이 한 모닥불 앞에 이를 때마다 그들은 재빨리 어둠 속으로 자취를 감춘 뒤 또 다른 모닥불을 피웠다. 낮이면 거인의 주의를 끌기 위해 모닥불 위에 생풀을 잔뜩 얹어 짙은 연기가 솟아오르게 했다.

그런 작전은 한동안 잘 먹혀들어갔다. 그러다 하루는 거인이 그들을 발견했다. 거인은 비록 멍청하기는 했지만 시력은 아주 좋았다. 거인은 놀라고 성이 나서 고함을 지르면서 그들을 향해 달려왔다.

　땅이 흔들렸다. 이야의 두 발은 대지를 짓뭉개는 큰 바위들 같았다. 그의 한 걸음은 그들의 스무 걸음에 해당했다. 하지만 그들은 가끔 반대 방향으로 달아났다 다시 원래의 방향으로 달아났다 하면서 거인의 정신을 어지럽게 해서 용케 거인에게 붙잡히는 사태를 피할 수 있었다. 쫓고 쫓기는 일이 거듭되는 그 게임은 위험한 게임이었다. 구름과 노란매는 먹을 수도 쉴 수도 없었기에 점점 더 피로해져갔다. 그들은 사랑하는 이들을 반드시 구해내야 한다는 사실을 서로에게 떠올려주면서 계속 서로를 격려했다.

　한편 마른 시냇가의 구덩이는 점점 더 깊어졌다. 느림보와 다섯 청년은 손가락 마디마디에 피가 맺히도록 열심히 일했다. 그들은 돌도끼가 부러지면 새것을 다시 만들었다. 그들은 칼과 창촉도 역시 이용했다. 물론 그들로서는 구름과 노란매가 어떻게 되었는지, 그 흉측한 거인을 과연 함정으로 유인해낼 수 있을지를 알 방도가 없었다. 하지만 그들은 며칠 밤낮 동안 계속해서 구덩이를 팠다. 그 흉악한 거인의 뱃속에서 죽어가고 있을 여자들을 생각하면 잠을 잘 수가 없어 그들은 더욱더 힘을 내어 구덩이 파는 일에 매달렸다. 느림보는 구덩이의 깊이를 재본 뒤 그것이 다섯 사람의 키 높이만큼 된다는 걸 알았다. 그 작업은 끝났다. 이제 구름과 노란매에게 신호를 할 때가 왔다.

　그들은 근처의 시내에서 물에 떠내려온 긴 나무들과 관목 숲에

널린 마른 나무줄기를 모아들여 구덩이 위를 덮었다. 그런 뒤 구덩이 한옆에 산처럼 높이 솟은 흙무더기 위에 마른 나뭇가지들을 큼직하게 쌓은 뒤 불을 붙여 구름과 노란매에게 신호를 보냈다.

이야는 다시 잠을 자는 중이었다. 구름과 노란매는 휴식을 취하면서 음식을 먹을 필요가 있었기에 그것은 모처럼 맞은 좋은 기회였다. 그런데 갑자기 멀리서 불길이 솟아오르는 광경이 보였다. 그들은 그게 뭘 뜻하는지 잘 알고 있었다. 느림보, 검은여우와 다른 네 사람이 마침내 함정을 완성했다!

노란매의 한쪽 다리는 아직도 아팠다. 이야가 그 다리를 붙잡았을 때 그는 발버둥을 쳐서 간신히 거인의 손아귀에서 빠져나올 수 있었다. 하지만 그는 물 마른 골짜기에 굴러떨어지면서 무릎을 심하게 삐었다.

구름은 노란매를 키 작은 자두나무 숲 속에 숨겨놓았다. 그동안 거인은 두 사람을 쫓아가다가 몇 번이나 두 사람의 뒤에 바짝 다가가곤 했지만 간발의 차이로 번번이 놓쳤고 그때마다 안타까워 고함을 질러댔다.

이제 함정이 준비되었으니 거인을 그리로 유인해야 했다. 구름은 자신을 미끼로 쓸 작정이었다. 노란매는 도울 수가 없는 처지가 되는 바람에 화가 나서 어쩔 줄 몰라 했다. 구름은 그를 잘 달래서 관목 숲 속에 그대로 숨어 있게 했다.

구름은 거인을 함정으로 유인할 준비를 마쳤다. 그는 기도를 하고 제물을 바쳤다. 그는 노란매가 잘 숨어 있는지 확인한 뒤 약이 잔뜩 올라 있어 위험한 거인을 찾아 나섰다.

구름은 거인을 쉽게 찾아냈다. 그리고 거인이 자기를 쫓아오게 하는 일은 더 쉬웠다. 거인에게 구름은 짓밟아버려야 할 작은 해충 같은 존재였다. 거인은 천둥 같은 고함을 내지르면서 그의 뒤를 쫓아갔다. 구름이 목숨을 부지하려면 항상 거인의 긴 걸음 밖에 있어야 했다.

그날 낮 시간 내내 쫓고 쫓기는 일이 계속되었다. 구름은 점점 더 지쳐가고 있었다. 하지만 자두가 거인의 뱃속에 있다고 생각하면 새삼 용기가 났다. 그는 어느 언덕 꼭대기에 이르렀을 때 느림보와 그 친구들이 쌓아올린 거대한 흙더미를 볼 수 있었다. 이야도 역시 지쳐가고 있었다. 하지만 그는 배가 고팠기에 구름을 계속 쫓아갔다. 구름은 평원을 가로질러 달려가면서 계속 큰 구덩이 입구 쪽으로 거인을 유인했다.

느림보와 그의 친구들은 이야가 다가오는 걸 보고 몸을 숨겼다. 다행히 그들의 계략이 맞아떨어져 거인이 구덩이 속에 빠지기만 하면 그들은 구덩이 양옆에 쌓여 있는 흙무더기들을 떠받치고 있는 받침대를 무너뜨려 엄청난 양의 흙이 한꺼번에 구덩이 속에 쏟아져 들어가게 할 작정이었다. 이야가 그들에게 가까이 다가올수록 그의 몸집은 점점 더 커져갔다. 이윽고 그들은 거인 앞에서 내달리는 조그만 사람을 발견했다. 그 사람은 구름이었다. 심하게 비틀거리고 몇 걸음 달릴 때마다 한 번씩 넘어졌다 일어서는 것으로 미루어 그의 인내심은 거의 한계에 이른 것처럼 보였다.

구름은 그보다 훨씬 전에 이야에게 무기들이 아무 소용없다는 걸 알고 나서 그것들을 내버렸다. 온몸이 땀으로 흠뻑 젖은 그는 오로지 의지 하나로 버티며 달렸다. 그는 무수히 넘어졌고, 그때마다 죽을힘을 다해 일어서서 다시 달렸다. 그가 그렇게 하지 않았다면 거인은 곤충을 때려잡듯 단번에 그를 손바닥으로 쳐 죽였을 것이다.

구름은 풀이 무성하게 자란 비탈길에서 발을 헛디뎌 그 밑바닥으로 굴러 내려갔다. 이야의 손바닥이 하늘에서 떨어지는 나무처럼 그의 몸을 향해 날아왔다. 구름은 얼른 몸을 옆으로 굴려 간발의 차이로 으스러지는 신세를 면했다. 팔다리의 모든 힘이 다 빠졌고 정신은 몽롱했다. 그는 완전히 탈진 상태에 빠져 두려움조차도 느끼지 못했다. 그는 자신이 가진 모든 힘을 다 써서 더 이상 아무것도 할 수 없었다.

그는 두 눈을 감고 이야가 자기 몸을 으스러뜨리기만을 기다렸다. 그 순간 그는 신부복을 입은 자두의 모습을 보았다. 아름다운 얼굴에 화사하게 피어난 미소, 희망과 사랑으로 가득한 검은 눈동자를. 그는 두 어린아이, 곧 김나는대지의 강둑을 달리며 놀고 있는 사내아이와 여자아이의 모습도 보았다. 그는 자기가 본 그 영상들이 환영이라는 걸 알았다. 자두가 불러일으킨 꿈의 환영들.

그는 내면 깊은 곳에서 조약돌만한 힘을, 끝내 자두를 구해내서 자기네의 꿈을 실현시킬 수 있으리라는 희망의 마지막 불씨를 찾아냈다. 그는 갓 태어난 아기가 토해내는 생명의 외침과도 같은 격렬한 외침과 함께 몸을 옆으로 굴려 자기에게로 뻗어오는 이야의 손가락들을 피한 뒤 다시 벌떡 일어섰다.

이야가 중심을 잃고 몇 걸음쯤 두 다리를 헛디디자 대지가 온통 뒤흔들렸다. 구름은 정신없이 두 다리를 놀리면서 나무줄기들로 덮어놓은 함정 쪽으로 이야를 끌어들였다. 느림보와 다른 친구들이 숨을 죽이고 지켜보는 가운데 이야는 두 발로 연신 흙덩어리들을 차올리면서 그들이 숨어 있는 곳을 향해 무거운 발걸음을 옮겼다. 구름은 평지 위로 솟아오른 나무줄기 더미를 보고 발을 잘 놀려야 한다는 걸 알았다. 이야가 그의 뒤를 바짝 쫓아오면서 사납게 으르렁거렸고 그 바람에 천막집만큼이나 큰 입을 가리던 입술이 양옆으로 말려 올라가면서 누런 이빨이 훤히 드러났으며, 그의 긴 검은 머리가 검은 연기처럼 소용돌이치며 흩날렸다.

구름이 나뭇가지들로 위장한 함정 위를 반쯤 가로질렀을 때 느림보가 승리의 외침을 터뜨렸다. 하지만 이야가 기겁을 하면서 외치는 고함 소리와 아울러 나뭇가지들이 부러지는 요란한 소리에 그 소리는 금방 파묻히고 말았다. 구름은 위장용 나뭇가지들이 한꺼번에 밑으로 무너져내리기 바로 직전에 아슬아슬하게 그 밖으로 튀어나갔다. 위장용 나뭇가지들이 이야의 엄청난 몸무게를 버티지 못하고 무너지는 바람에 이야는 대번에 추락했다.

이야는 요란한 굉음과 함께 구덩이 바닥에 떨어지면서 함정에 제대로 빠졌다. 그가 온 사방이 쩌렁쩌렁 울릴 정도로 사나운 격노의 외침을 발하면서 몸부림치자 흙먼지가 공중으로 뿌옇게 피어올랐다.

느림보는 구름을 안전한 곳으로 무사히 끌어올린 뒤 검은여우에게 구덩이 양쪽의 흙더미들을 떠받치고 있는 받침대들을 무너뜨리라고 신호했다. 양쪽의 흙무더기가 일제히 구덩이 속으로 쏟아져 들어갔다. 엄청난 흙먼지가 피어올랐다. 이야의 사나운 외침이 겁먹은 비탄의 외침으로 바뀌었다. 흙에 파묻히지 않은 그의 한 팔이 위로 솟아오르면서 그 손이 구덩이 가장자리를 후벼 팠다. 하지만 그는 두 다리가 흙더미 속에 완전히 파묻혀 거기서 빠져나올 수가 없었다.

　거인은 커다란 머리가 흙 속에 파묻히는 바람에 연신 재채기를 하면서 온 힘을 다해서 몸부림쳤다. 하지만 그의 몸부림은 이내 약해졌고 더 이상 재채기도 하지 못했다. 그의 두 다리가 마지막으로 한번 경련을 일으키더니 온 사방이 고요해졌다.

　노란매가 다리를 절룩거리며 나타났다. 모든 청년은 죽은 거인을 보고 입을 헤 벌린 채 서 있었다. 어찌어찌해서 거인에게 이기기는 했지만 기쁨이나 승리의 쾌감 같은 건 없었다. 구름은 칼을 움켜쥐고 구덩이로 뛰어내려가 거인의 배를 가르기 시작했다. 그것은 결코 유쾌한 작업이 아니었다. 푹 썩은 공기가 새나오고 녹색이 감도는 노란 점액이 흘러나왔다.

　구름은 거인의 뱃속에 손을 집어넣어 온통 점액으로 뒤덮인 데다 살아 있다기보다 죽은 편에 더 가까워 보이는 한 여자애의 몸을 꺼내면서 친구들에게 도와달라고 소리쳤다. 하지만 그 여자애는 살아 있었다! 그렇다면 다른 여자들도 살아 있을 가능성이 있었다. 구름이 칼로 베어낸 자리를 더 넓게 벌린 뒤 또 다른 여자들을 찾아내자 일곱 명의 다른 청년들은 환성을 지르면서 구덩이 속으로 뛰어 내려갔다.

　거인이 집어삼킨 처녀들과 여자애들은 아직까지 모두 다 살아 있긴 했으나 목숨이 간당간당했다. 청년들은 거인의 뱃속에서 모두를 끌어내 구덩이 밖으로 옮긴 뒤 다시 근처의 시내로 재빨리 옮겼다. 서늘한 시냇물 속에 들어간 처녀들과 여자애들은 구정물 같은 점액이 씻겨 내려가면서 서서히 살아났다.

　자두는 몸의 감각이 살아나면서 남편이 부드러운 손길로 자기 얼굴을 씻겨주는 걸 느끼고는 기쁨의 눈물을 흘렸다. 그날 다시 살아난 이들과 구해준 이들은 다 함께 기쁨에 겨워 많은 눈물을 흘렸다.

청년들은 이야의 몸뚱이를 완전히 파묻기 위해 구덩이 위에 흙을 덮었다. 그들이 작업을 계속해감에 따라 흙무더기는 점점 더 높이 올라가 마침내 긴 능선이 만들어졌다. 얼마간 시간이 흐르면서 그 위에는 풀과 선인장이 자라났다.

구름과 자두는 함께 나이 들어 갔다. 그들은 아들 하나와 딸 하나를 낳아서 길렀고 그들이 낳은 손자 손녀들의 웃음소리에 일상의 사소한 시름들을 잊었다. 구름은 붉은송아지에게서 추장의 표식인 푸른 담요를 물려받은 뒤 그걸 두른 채 많은 겨울을 보냈다. 그 부족 사람들은 그가 용감하고 지혜로운 사람이라는 걸 잘 알았기 때문에 그를 잘 따랐다.

폭풍우가 부는 여름밤이면 자두는 손자 손녀들을 불러 모아 흉측하고 무서운 거인 이야기를 들려주었다. 그 어린아이들은 자두 할머니에게 거인들이 진짜로 있느냐고 물어보곤 했으며, 그때마다 그녀는 수수께끼 같은 미소를 머금었다. 구름 할아버지도 손자 손녀들이 물어보면 그런 식으로 답했다.

그 사건은 아주 오래전, 말들이 우리 땅에 등장하기 전, 많은 폭풍우가 몰아쳤던 여름철에 일어났다. 자두, 구름, 노란매, 검은여우를 비롯한 다른 모든 이들은 이제 이야기들 속에서만 존재한다. 이야의 경우도 마찬가지다. 하지만 풀과 선인장으로 뒤덮여 있는, 동쪽에서 서쪽으로 내달리는 긴 능선은 아직도 있다.

매일 많은 이들이 차로 그 능선 곁을 달려간다. 대부분의 사람들에게 그 능선은 한낱 긴 언덕에 불과하다. 하지만 우리들 중의 몇 몇 사람들은 이야가 죽은 이야기를 아직까지도 기억하고 있다. 우리는 그 능선이 그의 무덤이라는 걸 알고 있다. 하지만 우리는 그 능선을 사랑과 용기, 인내심, 참다운 거인들이 쌓아 올린 기념물로 마음 깊이 새기고 있다.

13킬로미터의 의미

1930년대에 두마리매 앨버트 할아버지는 쉰 살이 가까운 나이에 시민자원보전단(CCC. 루즈벨트 대통령이 대공황을 맞아 경제난에 시달리던 무직자들이나 비정규직 종사자들을 돕기 위해 조직한 단체로 이들은 주로 사회기간시설을 건설하는 일이나 자연을 보호하는 일 등에 투입되었다)의 일원으로 댐 건설 현장에서 일하셨다. 할아버지는 일하러 가기 위해 매일 새벽 네 시에 일어나 건설 현장까지 13킬로미터를 걸어가셨고, 현장에서는 말 네 마리가 한 팀이 되어 끄는 대형 삽으로 흙을 퍼내는 일을 담당하셨는데 그 일은 레슬링을 하는 것보다도 더 험한 작업이었다. 하루 일이 끝나고 나면 할아버지는 마구들을 거둬들이고 말들에게 먹이와 물을 주고는 우리 안에 가둬둔 뒤 다시 13킬로미터를 걸어 집에 돌아오셨다. 할아버지는 몇 달에 걸쳐서 일주일에 엿새 동안 그런 과정을 반복하셨다.

내가 다섯 살쯤 되고 할아버지가 예순 두 살이 되셨을 때 나는 할아버지가 간단한 손 연장 몇 개만 사용해서 통나무 집 한 채를 대부분 다 혼자 힘으로 짓는 광경을 지켜보았다. 그때 나는 처음으로, 우리 할아버지는 무슨 일이든 다 하실 수 있는 분이라고 생각했다. 지금 돌이켜 볼 때 다섯 살배기 사내아이가 온갖 말썽을 다 저지르면서 작업을 방해하는 걸 무릅쓰고 집 한 채를 짓는다는 건 기적에 가까운 일이 아닐까 싶다.

할아버지는 많은 재주를 가진 분이셨다. 그분은 도끼, 틀톱, 큰 망치, 도살용 칼 등을 능수능란하게 사용하실 수 있었다. 할아버지는 누구보다도 더 빨리 사슴이나 수소의 가죽을 벗겨내고 각을 뜨실 수 있었고, 모닥불 위에서 프라이팬 빵을 구우실 수 있었다. 그런 면에서 그분은 같은 연배의 많은 라코타 남자들과 비슷했다. 하지만 그분은 남다른 일면도 갖고 계셨다. 그것은 기술이나 힘과는 무관한 것이었다. 그분은 인내심을 갖고 있었던 것이다.

할아버지가 CCC의 일을 하는 데 꼭 필요한 여러 가지 기술을 갖고 계신 건 분명했다. 예컨대 그분은 말을 잘 다룰 줄 알고 중노동을 두려워하지 않으셨다. 그분이 대공황 기간 동안 매일 벌어들이는 돈으로는 할머니와 어머니, 외삼촌으로 이루어진 가족을 부양하기에 충분했다. 하지만 13킬로미터를 걸어서 현장에 출근하고 또 일하느라 긴 거리를 걷고 저녁에 다시 13킬로미터를 걸어서 귀가할 뿐만 아니라 이튿날에도 지치지 않고 그 고된 과정을 반복하려면 육체적 능력이나 힘을 넘어서는 뭔가가 필요했다.

그분은 매일 밤마다 온 삭신이 녹아드는 것 같은 심한 피로감에 허덕이셨을 테지만 나로서는 그 느낌을 그저 상상만 할 수 있을 따름이다. 할머니는 할아버지가 집에 돌아오시면 식사를 하자마자 그냥 곯아떨어지셨다고 했다. 격무에 시달린 하루 시간이 끝날 때 지쳐 떨어지는 것과 이튿날 새벽녘 전에 깨어 일어나 또다시 그런 과정을 반복하는 일을 감내하는 것은 전혀 다른 문제다. 인내심이 작동하는 것은 바로 그런 지점에서다.

인내심은 우리가 육체적인 한계에 이를 때, 혹은 할 수 없다거나 할 필요가 없는 것처럼 보이는 장벽과 부딪쳤을 때 마치 잠자던 거인이 깨어 일어나듯 우리의 정신에서 솟구쳐 나온다. 인내심은 힘과 능력을 높여주고, 우리의 결단력을 일깨워주고, 우리가 스스로의 한계를 넘어설 수 있게 해주고, 우리의 기운을 북돋아주어 계속 움직이도록 애쓰게 하고, 피로와 고통과 절망감에도 불구하고 계속 노력하고 분투하게 해준다.

나는 할아버지가 그해 여름 CCC의 일을 하면서 거인과 맞붙어 싸우는 것만큼이나 힘겨운 상황을 겪으셨을 때 몇 번의 고비가 있었을 것이라 확신한다. 그 당시 그분은 전성기 때의 체력을 거의 그대로 유지하고 있어서 힘이 아주 좋으셨다. 하지만 그분이 계속 버틸 수 있었던 데는 육체적인 힘 이상의 뭔가가 작용했다.

그분이 나날의 어려움을 헤치고 나아가도록 해줄 만한 동기가 있었음은 물론이다. 그분에게는 가족이 있었다. 하지만 세상에는 가족을 위해서 헌신하는 사람들만 있는 게 아니다. 가족을 버리는 사람들도 적지 않다. 가족의 곁을 떠나서 영영 자취를 감춰버리는 사람들. 그 차이는 어디에서 비롯되는 것일까? 가족을 위해서 헌신하는 사람들은 가족을 버리고 떠나는 사람들이 갖지 못한 어떤 것을 갖고 있을까? 가족에 대한 사랑, 헌신적인 마음, 책임감 같은 것을?

헌신하는 사람들과 떠나는 사람들 모두가 각자 따를 만한 본보기들을 갖고 있다고 말해도 무방하지 않을까 싶다. 헌신하는 사람들은 아마 성장 과정에서 책임감이나 인내심의 본보기가 될 만한 사람들을 만났을 것이다. 그리고 그들은 거인을 무찌르는 이야기 같은 것을 들었을 것이다.

사실, 사람은 마음만 먹으면 누구나 다 인내심을 발휘할 수 있다. 그런데 어째서 인내심은 인간에게 꼭 필요한 덕목일까? 그건 아마도 인내심이 유일한 해답, 자신이 선택할 수 있는 유일한 행동 방침인 경우가 적지 않기 때문일 것이다. 할아버지는 가족이 극도로 궁핍한 시절을 헤치고 나갈 수 있도록 하기 위해 인내하셔야 했다. 그분은 당신의 본보기가 될 만한 것을 어디서 찾아내셨을까? 어떻게 보면 할아버지 주위에는 인내심의 본보기가 차고 넘쳤다고도 할 수 있다. 그분의 종족은 그들의 무기 창고에 남은 마지막 무기, 곧 인내심을 사용하여 개별적으로, 혹은 집단적으로 살아남아야 했다.

백인들을 상대로 해서 효과적이고도 조직적인 군사적 저항을 이끌 수 있었던 유일한 인물은 오글랄라 라코타 지도자였던 성난말이었다. 성난말은 몇몇 라코타 사람들의 질투심, 백인 지휘관들의 지나친 오해와 편집증적인 공포심 때문에 1877년 9월 네브래스카 주 로빈슨 요새에서 살해당했다.

좋았던 옛 시절이 가고 백인들을 물리치기 위한 전쟁도 끝이 나자 라코타 정계에서 두각을 나타내려면 백인들의 비위를 맞춰야만 했다. 오글랄라 라코타 사람들이 절대적인 충성심을 바쳤던 마지막 지도자는 성난말이었고, 정치 지도자가 되고 싶어 했던 다른 많은 이들은 그게 부러워서 성난말을 시샘했다. 그리고 백인 지휘관들은 성난말이 많은 라코타 전사들에게 갖고 있던 영향력을 두려

위했다. 성난말이 그들에게 백인들과 맞서 싸우라고 하기만 하면 그들은 쉽사리 그 말을 따를 가능성이 있었기 때문이다. 그 때문에 질투심에 사로잡힌 몇몇 라코타 사람들은 성난말이 백인 사령관을 살해하려는 계획을 세우고 있다는 소문을 퍼트렸다. 그 미끼를 문 사령관은 성난말을 감옥에 가두려 했다. 그리고 백인 군인들이 성난말을 감옥으로 끌고 가려 했을 때 성난말이 저항을 하자 한 군인이 대검으로 그를 찔러 죽였다.

그 당시 많은 라코타 전사들을 끌어모아 백인들에게 심각한 위협을 줄 수 있을 만한 유일한 다른 지도자는 훙크파파 라코타 족 출신의 앉은소였다. 그러나 1876년 리틀빅혼에서 제7기병대가 궤멸당하자 미국군은 라코타 족에 대한 군사행동을 한층 더 강화했다. 그리하여 1877년, 앉은소는 미국군의 추적을 피해 캐나다로 피신했다. 그리고 그 바람에 이제 라코타 사람들은 더 이상 군사적으로 저항할 방법이 없었다.

1890년, 앉은소는 미국 정부가 성난말 사건 때 보여주었던 것과 비슷한 편집증적 공포심 때문에 살해당했다. 1889년과 1890년 사이에 라코타 사람들은 파이우트 사람들이 중심이 되어 미국 남서쪽에서 벌이기 시작한 '유령 춤' 운동을 받아들였다. 이 운동은 특별한 춤을 추도록 장려했는데, 그 춤은 바로 그들이 죽은 조상들의 혼과 접신할 수 있게 해주고 백인들이 도래하기 전의 옛 생활로 돌아가는 걸 도와줄 수 있는 춤이었다. 미국 정부는 이 운동이 군사 반란의 기반을 조성하는 운동이요, 만일 앉은소가 이 운동에 가담할 경우 타는 불에 기름을 끼얹은 것이나 다름없는 일이 될 것이라 여겼다. 미국 정부는 그런 사태를 미연에 방지하기 위해 앉은소를 체포하려 했다. 그리고 앉은소는 군인들과 경찰들이 그를 체포하려는 과정에서 총탄에 맞아 살해당했다.

앉은소가 죽으면서 백인들의 침략에 강력하고도 조직적으로 저항할 수 있는 마지막 가능성도 함께 사라져버렸다. 그리하여 저항이라는 선택권이 사라지자 백인들의 통제 아래 보호구역들 내에서 살아남는 것만이 선택할 수 있는 유일한 길이 되었다. 그들로서는 매일, 해마다, 그리고 대대로, 내면 깊은 곳에 있는 힘에 의지해 인내하는 것 외에는 다른 도리가 없었다.

이런 환경에서 인내한다는 것은 우리 라코타 인의 정수인 우리의 언어, 전통, 관습, 가치관들을 가급적 오래 살아남게 해야 한다는 것을 뜻했다. 보호구역 내에서의 삶과 맞닥뜨린 라코타 인의 첫 세대는 이제 전쟁이라는 방식을 통해서는 스스로를 지킬 수 없었기에 자기네가 쓸 수 있는 유일한 무기, 곧 정신력으로 싸워나갔다. 우리 세대는 그런 정신력, 그리고 강요받은 변화와 직면해서 인내하고자 하는 의지의 힘 덕에 라코타 인으로서 바로 설 수 있었을 뿐 아니라 과거 거인과 직면해서 우리에게 인내하는 법의 본보기를 보여주었던 조상들의 어깨를 딛고 우뚝 설 수 있었다.

나는 오랫동안 주저하다가 결국 할아버지에게 댐 건설 경험에 관해 물어볼 만한 뱃심이 생겼을 때 어떻게 그 거인과 맞섰느냐고 여쭤보았다. 할아버지는, 그 당시에는 그렇게 하는 것밖에 달리 방법이 없었다고 말씀하셨다. 그리고 나서 게으른 사람 얘기를 들려주셨다.

옛날에 제힘으로 뭘 하는 걸 몹시 힘들어한 젊은이가 있었다. 그래서 그의 가족은 걱정이 된 나머지 그의 손발이 되어 그가 할 일을 모두 대신해주었다. 하지만 그렇게 하는 건 사태를 더 악화시키기만 했다. 얼마쯤 시간이 지난 뒤 그 젊은이는 제 침대에서 일어나는 일조차도 할 수가 없었고 또 그렇게 하고 싶어 하지도 않았다. 결국 그는 음식을 코앞에 갖다 받쳐줘도 숟가락을 들려고 하지 않았고 그 때문에 부득이 누이동생이 밥을 떠먹여줘야 했다. 어느덧 세월이 흘러 그 젊은이는 무력한 아기 같은 어른이 되어버렸다. 그 집 식구들은 그에게 매일 밥을 떠먹여줘야 하는 건 물론이요 목욕을 시켜주고 옷도 입혀줘야 했다. 그의 부모가 나이 들어 아들의 수발을 들어주기가 힘들게 되자 그의 여동생은 게으른 오빠를 돌보기 위해 혼인 제안도 물리쳤다. 일이 그렇게 돌아가게 된 것은 오로지 그가 게을렀기 때문이었다.

이윽고 부모가 죽자 게으른 젊은이는 그 상황에서 자기가 여동생을 위해서 할 수 있는 일이라고는 무덤에 들어가 죽기를 기다리는 것밖에 없다는 결론을 내렸다. 마을 사람들은 그 얘기를 전해 듣고 그가 할 수 있는 단 하나의 명예로운 일은 그렇게 하는 것이라는 데 의견의 일치를 보았다. 그래서 여동생도 눈물을 흘리면서 마을 사람들의 의견을 따랐다.

약속된 그날 마을 사람들은 그를 무덤으로 옮기려 했다. 그런데 한 친척이 그 광경을 보고 가여운 마음이 든 나머지 관을 옮기려는 이들의 앞을 가로막았다. 그리고 그 청년이 굶주려 죽는 걸 막기 위해 자기가 한 아름의 옥수수를 내주겠다고 했다. 게으른 젊은이는 그 옥수수가 껍질을 벗긴 옥수수냐고 물었다. 친척은 아니라고 대답했다. 그러자 젊은이는 관을 옮기는 이들에게 "그럼, 그냥 가세요." 하고 말했다.

물론 할아버지는 당신이 게으른 사람으로 취급받고 싶지 않다는 뜻을 그렇게 완곡하게 표현하신 것이다. 하지만 할아버지는 또 누군가가 꼭 필요한 일을 할 방도를 찾아내지 않을 경우 그다음 번에는 행동하지 않을 방법을 찾아내기가 더 쉬워진다는 뜻도 아울러 표현하셨다고 할 수 있다. 더 나아가, 필요한 일이긴 하나 가끔 평범해 보이기도 하는 일들을 잘 해낼 수 있다면, 인내심이 꼭 필요한 상황을 만날 때 그런 힘을 적절하게 발휘할 수 있게 된다.

1964년 도쿄 올림픽 때 오글랄라 라코타(파인 리지 수우 족) 출신의 빌리 밀즈는 미국 선수의 일원으로 장거리 달리기 경주에 참가했는데 다른 모든 이들은 그가 우승하기는 고사하고 다른 선수들과 대등하게 겨루기도 어려울 것이라고 생각했다. 특히 그의 코치들은 더 비관적으로 보았다. 그때 빌리 밀즈는 인내심을 이끌어낼 수 있는 방법을 찾아내 대단한 인내심을 요구하는 만 미터 경주에서 금메달을 땄다.

1960년대에 시캉구 라코타(로즈버드 수우 족) 출신의 로이드 모지즈는 미 육군 소장으로 승진했는데, 라코타 출신 가운데 미국 군대에서 장성의 지위에 오른 이는 그가 처음이었고 미국 원주민 출신 중에서도 그런 이가 몇 명 되지 않았다. 역시 로즈버드 수우 족 출신인 벤 레이펠 박사는 1950년대 말과 1960년대 초에 미 연방 하원의원으로 몇 번이나 당선되었으며, 그 후에는 국립공원국의 자문위원으로 활동했다.

그 당시 빌리 밀즈로서는 내면 깊은 곳에 있는 힘에 의지해서 인내할 수 있는 방법을 찾아내야 할 몇 가지 이유를 갖고 있었다. 가장 직접적인 이유에 해당하는 것은 그와 경쟁하는 다른 선수들을 이겨야 한다는 것이었다. 하지만 가장 강력한 이유가 된 것은 밀즈가 경쟁자들과 대등하게 겨룰 수 있는 선수라 여기지 않은 코치들의 선입견이었다. 결국 미 해병대 중위 밀즈는 경주에서 우승함으로써 자신의 능력을 입증했다. 사실 인내심을 무너뜨릴 수 있는 건 아무것도 없다. 피로도, 고통도, 편견도 인내심을 이기지 못한다.

로이드 모지즈 소장과 벤 레이펠 박사는 많은 미국 백인들이 미국 원주민들은 미국 사회에서 성공할 수 없다고 단정하던 시절에 미군 장성이 되고 연방 하원의원이 되었다. 그들은 어떻게, 그리고 어째서 성공했을까? 성공한 다른 이들의 경우가 흔히 그러했듯이 능력과 근면함이 그들이 성공하는 데 큰 역할을 했을 것이다. 그러나 로이드 모지즈와 벤 레이펠, 빌리 밀즈는 다른 이들은 직면할 필요가 없었던 또 다른 장애물을 갖고 있었고 바로 그 때문에 성공했다고도 할 수 있다. 그들이 결국은 실패할 것이라고 여긴 다른 이들의 예상 때문에.

물론 모두가 다 실패할 것이라 예상할 때 당사자는 기가 죽을 수밖에 없다. 이처럼 따뜻하게 격려해주고 기대해주는 이들이 거의 없는 상황과 직면했을 때 모지즈와 레이펠, 밀즈 같은 이들은 어디에서 위로와 격려의 힘을 쉽게 얻어낼 수 있는가를 알아챘다. 그곳은 곧 본인들의 내면이었다. 인내심에 이르는 첫 단계는 바로 그것이다.

두마리매 애니 넬리 할머니는 9년간 미망인으로 지내셨다. 그 기간 동안 나는 할머니를 새로운 시각으로 보게 되었는데 그 이유는 주로 할아버지 없는 할머니를 보는 게 아주 생소했기 때문일 것이다. 할아버지가 1975년에 돌아가셨을 때 그분들은 55년간이나 함께 지내오셨기에 할머니 혼자 계시는 모습은 아주 부자연스러워 보였다. 그 전까지만 해도 나는 할아버지가 곁에 없는 할머니는 전혀 본 적이 없었다. 할아버지 없는 할머니는 일몰 없는 일출이요 번개 없는 천둥이었다.

그 두 분이 나를 키워주셨기에 나는 늘 할머니 곁에서 지내오기는 했지만, 주로 그 9년 동안에 할머니의 많은 일면들을 알게 되고 또 많은 걸 배웠다. 그 기간 동안 할머니는 할아버지와 결혼하시기 전 시절의 이야기를 많이 들려주셨기 때문이다. 할머니는 1919년에 스페인 독감으로 여동생 패니를 잃었던 일을 말씀하시면서 많이 우셨다. 그 당시 할머니는 열아홉 살이었고 패니는 열여덟 살이었다.

내게 가장 중요한 교훈이 되었던 건 할머니가 그 9년 동안에도 그 전의 75년 동안 살아왔던 것과 별 다름없이 사셨다는 점이다. 자긍심과 정신적인 고요함, 사심 없는 마음, 인내심을 갖고서. 할머니는 무슨 일에서든 그리고 어떤 상황에서든 내면 깊은 곳에 이르는 방법을 찾아내어 할아버지가 계시지 않는 데서 오는 짙은 외로움을 이겨내셨다.

내가 살아오면서 이야가 어둠 속에서 나타나 나를 짓누르고 스스로를 하찮은 존재처럼 여기게 만드는 순간들이 있었다. 허리를 심하게 다친 뒤 회복하는 과정에서, 그리고 내 소중한 할아버지와 할머니가 돌아가신 뒤 그 타격을 이기려 애썼을 때 등. 가끔 그 거인은 너무나 거대하고 위협적이어서 나는 내 안에 그를 쓰러트릴 수 있는 수단들이 있다는 걸 잊어버리곤 했다.

내 안에는, 그리고 모든 이의 내면에는 인내할 수 있는 능력이 잠재해 있다. 그래서 나는 어둠과 절망, 고통, 희망의 부재야말로 인내심이 잘 자랄 수 있는 토양이 된다는 사실을 늘 염두에 두고 있다. 우리가 인기 없는 결정을 내리고 그 때문에 어려운 처지에 빠져 친구들과 동료들이 등을 돌리는 것 같을 때. 인종적인 편견이나 성별과 관련된 편견이라는 망령들이 우리 삶의 도정에서 도저히 어찌해볼 수 없는 장애처럼 부딪쳐올 때. 엄청난 외로움의 무게가 자신을 하잘것없는 존재처럼 여겨지게 만들 때. 하기 싫은 일을 하러 가야 하는 사정에 처해서 그 일을 처리해야 할 곳의 출입문을 여는 게 죽기보다 싫을 때. 학생을 비참한 심경에 빠지게 해서 구두끈을 매는 일조차도 할 수 없을 것 같은 무력한 상황으로 몰아넣는 것을 유일한 목적으로 삼는 교사와 맞닥뜨릴 때. 실패가 자신감을 온통 뒤흔들어버릴 때. 바로 그럴 때야말로 하던 일을 멈추고 내면의 힘과 만나야 할 때요, 그런 뒤 다시 시도해봐야 할 때다.

우리는 인내심 없이는 참으로 성공할 수 없다. 만일 누군가가 많은 목표를 쉽게 달성했다면 그는 참으로 운이 좋은 사람일 것이다. 그러나 우리 할아버지가 종종 말씀하셨다시피 우리가 이따금 한번씩 자기 삶을 지켜야 하는 사정에 처하지 않을 경우 그 삶은 무가치한 것이 될 것이다. 따라서 우리가 실패로 좌절한 뒤 다시 기운을 되찾고, 한번 시작한 일을 완수할 때까지 그런 과정을 거듭하지 않을 경우 우리는 성공의 참맛을 제대로 알 수 없을 것이다.

내 내면에 할아버지가 역경과 맞붙어 싸울 때 보여주셨던 능력의 십분의 일만큼이라도 있다면 나는 어떤 어려움과도 맞설 수 있을 것이다. 나는 어디서든 저수 댐을 볼 때마다 그런 사실을 떠올린다. 나는 어느 댐이든 간에 댐만 봤다 하면 사우스다코타 주, 로즈버드 인디언 보호구역 북부의 화이트 강 근처에 있는 블루 록 댐이 떠오르곤 하기 때문이다. 블루 록 댐은 앨버트 할아버지와 넬리 할머니가 사셨던 집터에 자리 잡은 우리 부모님 집에서 13킬로미터가량 떨어져 있다. 13킬로미터의 길은 꽤 먼 길이다. 하지만 그 길을 가기 위해 옮기는 한 걸음, 한 걸음은 인내심을 가르쳐주는 소중한 교훈이 된다.

3
존경

와워우홀라
배려하고 높이 평가하는 것

생명에 대한 존경심은 모두가 조화롭게 살아가는 데 없어서는 안 될 중요한 요소이다.
할머니는, 소쩍새는 당신을 돕는 존재이니 소쩍새를 보면 늘 친절하게 대해주라고
당부하셨다. 그래서 나는 소쩍새를 볼 때마다 정중하게 대했고 한 번도 해친 적이 없다.

사슴여자 이야기

나는 사슴여자를 생전 본 적이 없었다. 하지만 내가 어렸을 때 그 여자를 보았다고 하는 사람 얘기는 들은 적이 있었다. 우리 할머니는 그 청년을 잘 안다고 하셨다. 그 사람은 늘 들떠 있고 한시도 집에 붙어 있지 않았다고 한다. 할머니는 그 청년이 사슴여자 찾는 일을 그만둘 수가 없었기에 젊은 아내를 제대로 돌아보지도 않았다고 하셨다. 할머니는 나도 조심하지 않을 경우에는 그런 일을 당할 수 있다고 경고하셨다.

오늘날 내가 알고 있는 사람들 가운데서 사슴여자를 본 사람은 아무도 없다. 아마 우리 라코타 사람들이 너무나 현대화된 나머지 예전에 우리가 믿었던 것들의 힘이 많이 약화되어서 그렇다고도 할 수 있다. 또 어쩌면 요즘에는 그 여자가 우리 앞에 모습을 드러낸다 해도 우리가 별로 신경 쓰지 않으리라는 걸 그 여자 본인이 잘 알고 있어서 그럴 수도 있다. 하지만 나는 사냥하러 나갈 때마다 그 여자를 만날지도 모른다는 생각을 했다.

내가 젊었을 때만 해도 우리 땅에는 외진 곳이 적잖이 남아 있었다. 지금은 그런 곳들이 다 농장과 목장으로 변해버렸지만. 나는 사슴여자가 참나무와 사시나무가 울창하게 자란 조용한 강 골짜기들, 인적이 전혀 없고 그저 바람만 저 혼자 뒹굴고 있는 활짝 트인 평원들에서 누군가가 혼자 사냥할 때를 골라 나타나기를 좋아한다는 얘기를 들었다.

우리는 곤란한 사태가 닥쳤을 때 어떻게 행동할 것인지 미리 생각해두긴 하지만 실제로 그런 일이 일어났을 때 자신이 사전에 생각했던 대로 행동하는 경우는 극히 드물다. 그래서 사슴여자가 막상 내 앞에 나타났다고 할 때 내가 어떻게 행동했을지는 나 자신도 알지 못한다. 나는 그저 내가 할머니가 들려준 옛날이야기의 주인공인 그 청년처럼 순순히 그 여자의 말을 따르지 않고 그 상황에서 마땅히 해야 할 행동을 했으리라고 생각하기를 좋아한다. 나는 그 청년의 이름을 잊어버렸기에 앞으로 그를 코스칼라카라 부를 것이다. 라코타 어로 코스칼라카는 '청년'을 뜻한다.

코스칼라카는 소년 시절에 자기 할머니와 함께 살았다. 할아버지가 죽자 소년의 부모는 소년을 할머니와 함께 살게 하기로 결정했다. 할머니의 집이 부모 집 바로 곁에 있었으므로 소년은 멀리까지 가지 않아도 되었다.

소년은 할머니를 돕기 위해 여러 가지 허드렛일을 하기도 했지만 할머니가 외로워하지 않게끔 그 곁에 붙어 앉아 지내는 게 그가 해야 할 가장 큰 일이었다. 할머니는 그 보답으로 소년에게 이야기를 들려주고, 요리하는 법과 옷 짓는 법 등을 가르쳐주었다. 그중에서 소년이 가장 좋아했던 건 사람들에게 피리를 가져다주고 유익한 많은 것을 가르쳐준 흰송아지처녀 이야기나 자기 가문의 가장 용감하고 강한 전사들의 이야기를 비롯한 많은 이야기를 듣는 것이었다. 할머니는 소년이 미처 다 기억할 수 없을 정도로 아주 많은 이야기를 들려주었다.

긴 겨울철이 한창일 때인 어느 날 밤, 천막 밖에서 많은 눈이 쌓이고 바람이 사납게 포효하는 가운데 할머니는 손자에게 사슴여자 이야기를 들려주었다.

할머니는 노인네들이 이야기를 들려줄 때 흔히 그러하듯, "얘야, 너한테 들려줄 이야기가 있다."라는 말로 운을 뗐다.

"너는 지금 사냥꾼이 되는 법을 배우고 있는 중이고, 또 사냥꾼이 된다는 건 좋은 일이다. 좋은 사냥꾼은 식구들이 먹을 것과 입을 것을 마련해줄 수 있으니까. 너는 장차 커서 좋은 사냥꾼이 될 게다. 그리고 혼자서 사냥하러 나갈 때도 많을 거야. 그런데 네가 혼자 사냥하러 갈 때 반드시 주의해야 할 게 있다. 곰이나 퓨마, 혹은 이따금 한 번씩 우리 땅에 침입하는 적들 말고도 너를 해칠 수 있는 게 있어. 저 밖에 나갈 때 너는 몸만 다치는 게 아니라 영혼까지도 다칠 수 있단다.

남자들은 가끔 사냥하다가 상처를 입거나 전쟁터에서 부상을 당하지. 그런데 그렇게 다칠 경우에는 치료할 수가 있지만 영혼을 다칠 경우에는 문제가 달라. 영혼을 다칠 경우에는 끝내 회복되지 못할 수도 있어.

네 할아버지인 내 남편이 한번은 내가 어렸을 때 들었던 이야기를 한 적이 있단다. 저 밖에서 늘 사냥꾼들을 기다리는 여자 이야기를. 네 할아버지는 젊었을 적에, 그러니까 내 남편이 되기 전에 그 여자를 본 적이 있었대. 아마 너도 역시 그 여자를 보게 될 거야.

저 밖에는 사슴여자가 사냥꾼을 기다린단다. 앞으로 네가 젊은 청년이 되어 저 밖으로 혼자 사냥 나갈 때는 네게도 그 여자가 나타날 거야. 아마 네가 집에서 멀리 떨어진 곳에서 지치고 배가 고플 때, 그리고 사냥 결과가 신통치 않을 때 나타날 거야.

그 여자는 이 세상 남자들이 본 여자들 중에서 가장 아름다운 여자야. 그 여자를 본 사람들은 그렇게 말하곤 해. 그 여자의 윤나는 머리는 발목까지 길게 늘어져 있고, 생기 있게 빛나는 두 눈에는 사람을 혹하게 하는 기운이 어려 있고, 환한 미소는 가장 강한 남자도 얼빠진 소년처럼 만들 만한 힘이 있어.

안에 불을 피워놓고 보드라운 장막을 드리운 그 여자의 천막집은 늘 그 여자가 나타나는 곳 근처에 있어. 그 여자는 너더러 집 안에 들어가서 차를 한 잔 하고 쉬어가라고 권할 거야.

애야, 절대로 그 여자의 곁에 가지 말거라. 그 여자 집 가까이에도 가지 말고. 몇몇 남자들은 그렇게 했다가 그 여자한테 넋을 빼앗겼어. 그 남자들은 그 여자와 함께 그 여자 집에 들어가서 쉬었지. 그 사람들은 마치 그 여자가 자기 아내이기라도 한 것처럼 그 여자와 함께 나란히 누웠어. 나중에 그 사람들이 잠 깨어 일어났을 때는 주위에 아무것도 없었지. 천막집도 사라져버리고 그 여자도 사라져버린 거야. 그 사람들은 그 여자와 관계를 가졌어. 자기네가 만나본 여자들 중에서 가장 아름다운 여자와 잠자리를 함께한 거야. 그 사람들에게 그 여자는 그야말로 완벽한 여자였지.

늙은 남자든 젊은 남자든 간에 아무튼 남자가 이런 일을 겪고 나면 그때부터 가족은 깡그리 잊어버리고 사슴여자만 찾아다니게 돼. 하지만 어디를 찾아다니든 간에 끝내 그 여자를 찾아낼 수가 없어. 제아무리 멀리까지 가봐도 그 여자의 모습은 끝내 보이지 않지. 그런 사람은 사슴여자가 너무나 아름다워 꼭 자기 사람으로 만들어야 한다면서 그 여자를 찾아다녀. 하지만 사실 그 사람은 자신의 영혼을 찾고 있는 거야. 그 여자가 그것을 빼앗아갔기 때문이지. 그 여자와 잠자리를 함께한 남자는 결코 예전 상태로 돌아가지 못해. 그 사람은 항상 안절부절못하고 떠돌아다니지.

그러니 네가 앞으로 청년이 된 다음 혼자서 집을 떠나 멀리까지 갔다가 생전 처음 보는 더없이 아름다운 여자를 만나거들랑 얼른 그 여자 곁을 떠나야 한다. 그 여자를 쫓아갔다간 그 여자가 너를 즐겁게 해주고 달콤한 환락을 안겨줄 거야. 하지만 그 여자는 그러면서 네 영혼을 빼앗아갈 거고, 너는 다시는 그걸 돌려받지 못할 거야. 그 여자를 외면하는 일은 앞으로 네가 할 일들 중에서 가장 어려운 일이 될 거다. 하지만 너는 반드시 그 여자한테서 돌아서야 한다."

코스칼라카는 자라서 훌륭한 사냥꾼이 되었다. 그는 사실상 마을에서 가장 뛰어난 사냥꾼이었다. 그는 가족에게 먹을 것을 대주지 못한 적이 한 번도 없었을 뿐만 아니라 먹을 것과 입을 것이 부족한 주위 사람들에게도 늘 그것들을 나눠주었다. 그가 사냥을 하기 위해 마을을 떠날 때면 누구나 다 두 가지 사실만은 확실하게 말할 수 있었다고 한다. 하나는 그가 절대로 빈손으로 돌아오지 않을 것이고, 또 하나는 한 번 나가면 여러 날 걸릴 것이라는 것.

어느 가을, 코스칼라카는 할머니가 돌아가신 직후 사냥하러 나갈 채비를 했다. 그는 부모에게 세 명의 다른 사냥꾼과 함께 나갈 것이고, 그해 여름에는 비가 별로 오지 않은 탓으로 큰 강이 있는 북쪽 멀리까지 갈 것이기 때문에 평소보다 더 오래 걸릴 것이라고 말했다.

얼마 후 그 사냥꾼들은 큰 강이 있는 곳에 도착해서 캠프를 쳤다. 그들은 큰 강이 흐르는 깊은 골짜기와 그 강 양쪽 둑가의 땅에서 사냥을 했다. 그들은 많은 사냥감을 잡았다. 하지만 사슴과 엘크가 전만큼 많지 않은 데다 평소보다 유난히 더 그들을 경계했기에 자기네가 갖고 있는 온갖 기술을 총동원해야 했다. 또 그들은 집에서 아주 멀리 떨어진 곳까지 와 있었기에 자기네가 잡은 짐승들의 고기를 말려야 했다. 그렇게 날이 자꾸 지남에 따라 그들은 점점 더 피로해져 빨리 집으로 돌아가고 싶은 마음만 가득했다.

어느 날 저녁 해가 지기 직전에 코스칼라카는 엘크 수컷이 매일 다니는 길을 알아두기 위해 그 뒤를 추적했다. 그는 다음 날 적당한 장소에 숨어서 기다리고 있다 보면 그것을 쓰러트릴 기회를 얻을 수 있으리라 확신했다. 그는 자기네의 캠프로 돌아가다가 모닥불에서 피어오르는 연기 냄새를 맡고 혹시 적들이 있는 게 아닌가 싶어 확인해보기로 했다. 그는 넓은 골짜기 안으로 조심스럽게 숨어들어가다가 작은 참나무 숲 속에 호젓하게 서 있는 천막집 하나를 발견했다. 그것은 좋은 집이긴 했으나 작았다. 코스칼라카는 다른 사람들이 사냥하러 그곳에 온 게 아닐까 생각했다.

그가 그 집에 돌아오는 사람이 있는지 알아보기 위해 그 천막집을 지켜보고 있는데 한 여자가 그 집에서 나오더니 그가 있는 쪽을 바라보았다. 그는 기다렸다. 하지만 다른 사람은 보이지 않았다.

그 여자는 그에게 손을 흔들면서 그가 숨어 있는 자두나무 숲 쪽으로 걸어왔다. 그 여자는 아주 가까이 다가왔다.

"댁은 아주 피곤하실 거예요."

그것은 사람의 마음을 눅여주는 달콤한 목소리였다.

코스칼라카는 숲에서 나왔다. 그 순간 짜릿한 전율이 등골을 타고 흘렀다. 그의 앞에는 평생 처음 보았다고 할 만큼 더없이 아름다운 여자가 서 있었다. 그가 사는 작은 마을에도 예쁜 여자가 몇 명 있기는 했다. 하지만 이 여자에 비하면 그 여자들의 미모는 대낮같이 밝은 보름달 곁에서 희미하게 가물거리는 모닥불 정도에 불과했다.

"우리 집에 불을 피워놔서 집 안이 따뜻해요. 갈아입을 옷이 있어서 편히 쉴 수 있구요. 같이 가요."

그 여자는 그렇게 말하면서 눈짓으로 자기 집 쪽을 가리켰다. 그 여자의 두 눈에는 달콤한 약속들이 가득 담겨 있었고 청년은 그걸 놓치지 않았다.

코스칼라카는 그 여자가 누군지 알고 있었다. 그에게서 몇 걸음 떨어진 곳에 사슴여자가 서 있었다. 그가 들은 이야기는 모두 사실이었다. 그 여자는 그가 도저히 눈을 뗄 수 없으리만치 아름다웠다. 그녀의 머리는 칠흑처럼 새까맸고, 가는 발목까지 길게 늘어져 있었다. 그녀의 두 손은 작으면서도 곱고 우아해보였다. 숱 많은 긴 속눈썹들로 감싸인 두 눈은 더없이 짙은 갈색 빛을 띠고 있었다. 남자라면 누구나 다 대번에 넋을 잃을 만큼 고혹적인 눈이었다. 도톰한 입술이 위로 말려 올라가면서 얼굴에는 환한 미소가 번져나갔다. 황갈색으로 곱게 물들여진 드레스에 마치 장미꽃을 문

지르기라도 한 양 그녀에게서는 장미 냄새가 은은하게 풍겨났다.

그녀는 생긋이 웃으면서 말을 이었다.

"당신이 피곤하다는 걸 알고 있어요. 우리 집에 오셔서 쉬세요."

코스칼라카는 몸을 떨었다. 그는 자기 앞에 서 있는 그 여자에게 눈에 보이는 것 이상의 뭔가가 있다는 걸 감지할 수 있었다. 하지만 그의 마음은 그 여자의 말에 몹시 끌리고 있었다. 그는 그 여자를 따라 그 집에 들어가고 싶었다.

그 여자는 돌아서서 몇 걸음쯤 걸어갔다. 그녀의 호리호리한 몸매가 고혹적인 선을 그리면서 뒤뚱거렸고 긴 머리가 드레스와 더불어 가볍게 하늘거렸다. 그녀는 걸음을 멈추고 뒤를 돌아보면서 속삭였다.

"당신은 강하고 멋진 분이에요. 나는 당신 같은 분을 찾고 있었어요. 당신을 죽 기다려왔어요. 어서 오세요."

코스칼라카의 두 다리는 그의 마음을 알고 있는 것 같았다. 어떤 일이 벌어지고 있는지 그가 미처 깨닫기도 전에 그의 몸은 사슴여자를 향해 나아가고 있었으며, 그녀가 내민 손을 향해 한 손이 뻗어나가고 있었다. 하지만 그의 손이 그녀의 손에 닿기 직전에 그는 걸음을 멈췄다.

"안 돼!" 그는 그렇게 소리치면서 손을 뒤로 뺐다. "당신과 같이 가지 않을 거요."

"아니, 가야 해요." 그녀는 낮고도 부드러운 목소리로 말했다. 그녀의 두 눈은 간절히 호소하고 있었다. "난 당신이 필요해요."

코스칼라카는 강한 젊은이였다. 몸과 마음이 다 강건한 젊은이. 사슴여자에게서 벗어나려면 그의 몸과 마음이 지닌 모든 힘을 총동원해야 했다. 그때 그를 도운 것은 머릿속에서 울리는 목소리였다. '그건 네 평생 가장 어려운 일이 될 수도 있단다. 하지만 너는 반드시 그 여자에게서 떨어져 나와야 한다.'라고 말하는 목소리.

코스칼라카는 다시 말했다.

"안 돼요. 당신과 가지 않을 거요. 우리 할머니는 반드시 당신한테서 떨어져 나와야 한다고 말씀하셨어요. 난 당신과 가지 않을 거요. 그러니 날 가만 내버려둬요."

사슴여자는 성이 났는지 그 아름다운 얼굴이 이내 싸늘한 비웃음으로 뒤틀렸다. 그녀는 발을 구르고 씨근거렸다. 그녀의 입술이 딸싹거렸지만 말은 나오지 않았다.

갑자기 싸늘한 바람이 일어 그 골짜기의 나뭇잎들을 사방으로 흩날렸다. 코스칼라카는 두려운 나머지 몸을 홱 돌리고 달리기 시작했다. 사방에서 나뭇잎들이 요란하게 몸을 떨었다. 그때 문득 요란한 콧바람 소리가 났다. 사슴이 위급한 상황에 처했을 때 내는 소리. 그가 뒤를 돌아보았을 때 사슴여자가 서 있던 자리에는 사슴 한 마리가 서 있었다. 그것은 검은 줄무늬 하나가 얼굴을 가로지른 모습을 한 검은 꼬리 사슴 암컷이었다. 얼굴에 그런 검은 줄무늬가 난 사슴은 생전 본 적이 없었다. 그의 시야에 잡힌 것은 그 사슴뿐이었다. 사슴여자의 천막집은 사라져버렸다.

사슴은 그에게 돌진하기 위해 고개를 숙였다. 코스칼라카는 얼른 화살 하나를 뽑아 들어 활시위에 먹인 뒤 사슴을 겨냥하기 위해 활을 허공에 쳐들었다. 그러자 사슴은 홱 돌아선 뒤 열 지어 늘어선 옻나무들 뒤로 사라져버렸다.

그 후 그는 혹시 그 사슴을, 그 여자를 다시 만나지 않을까 싶어 사냥 나갈 때마다 경계를 늦추지 않았지만 그것은 끝내 나타나지 않았다. 그는 목숨이 다할 때까지 다시는 사슴여자를 보지 못했다.

아무튼 이때 코스칼라카는 사냥 캠프로 돌아와 친구들에게 그 이야기를 해주었다. 그는 사슴여자를 보았다고 털어놓았다. 그들은 그의 모습이 전과는 아주 달랐기에 그의 말을 믿었다. 그의 두 눈에는 전에 없이 힘찬 기운이 어려 있었다.

그는 친구들에게 말했다.

"이제 함께 땀천막을 지은 뒤 기도를 해야 해."

그리하여 그들은 버드나무 가지들로 천정이 낮은 둥그런 집틀을 세우고 사슴 가죽과 엘크 가죽으로 그 위를 덮어 땀천막을 만들었다. 그날 밤 그들은 돌들을 불에 달궈서 천막 안에 들여놓고는 스스로를 정화하기 위해 땀을 내고 앞으로 좋은 일들이 일어나게 해달라고 기도했다.

뒤이은 며칠 동안 그들의 사냥은 아주 순조로워 대단한 성과를 거뒀다. 그들은 아주 많은 양의 고기를 얻었다.

얼마 후 코스칼라카는 이웃 마을 처녀에게 사랑을 고백한 뒤 이내 그녀의 사랑을 얻었다. 그들은 결혼해서 아들 하나, 딸 하나를 낳았다. 그 후 그는 솜씨에서나 힘에서 좀처럼 보기 드문 훌륭한 사냥꾼이 되었을 뿐만 아니라 더없이 용감한 전사이자 지도자가 되었다. 그는 어떤 상황에서도 차분함을 잃지 않는 강인한 정신력을 갖고 있었기에 사람들은 싸움터에서나 사냥터에서 기꺼이 그를 따랐다. 그리고 더 나이가 들어 원로회의 일원이 된 뒤에는 뛰어난 지혜와 훌륭한 조언을 제공해주는 사람으로 이름을 떨쳤다.

사슴여자는 딱 한 가지 덕목, 곧 존경심 때문에 코스칼라카를 유혹하는 데 실패했다. 코스칼라카는 자기 할머니를 사랑하고 존경했다. 그리고 그랬기에 사슴여자가 그를 사로잡는 데 성공했다고 여기는 찰나에 할머니가 들려준 말을 떠올릴 수 있었다. 만일 그가 할머니를 존경하지 않았더라면 그 여자가 달콤하게 유혹하는 순간 그 말을 기억해내지 못했을 것이다.

아마 사슴여자는 이제 혼자 사냥하는 젊은이들 앞에 다시 나타나지 않을 것이다. 어쩌면 다른 방식으로 그렇게 할지도 모른다. 시대가 변하고 우리를 둘러싼 상황도 많이 변했기에 그 여자 역시 방식을 바꿨을 수도 있다. 전과는 다른 방식으로 우리의 정신을 홀리려 따라다닐 수도 있을 것이다. 나는 여러분에게 한 가지는 확실하게 말씀드릴 수 있다. 제아무리 나이가 들어도 여러분의 할머니가 가르쳐주신 것들을 결코 잊어서는 안 된다고. 아무리 세월이 가도 나이 든 분들의 삶의 방식은 늘 존중하고 존경해야 한다고. 필요할 때마다 할머니가 말씀해주신 것을 꼭 기억해내야 한다고.

존경심을 기억하기

서있는곰 루터는 라코타 사람으로 책을 출간한(1900년경에) 최초의 아메리카 원주민 작가의 한 사람이다. 그는 존경심이야말로 살아 있는 모든 것이 조화로운 상호작용을 하는 데 없어서는 안 될 필수적인 요소라 말했다. 그의 말에 의하면 라코타 사람들은 모든 존재가 다 자연환경에서 꼭 필요한 부분들이기에 대지와 모든 생명체를 경애하는 마음을 갖고서 살아왔다고 한다. 그는 어떤 사람들은 동물을 존중하는 마음을 잃었다는 점을 암시했고, 이때 그가 정중하게 에둘러 이야기한 그 사람들은 바로 백인들이었다. 서있는곰은 동물을 존중하는 마음을 잃은 사람들은 곧 인간에 대한 존경심도 잃어버릴 것이라는 점을 가장 크게 우려했다.

불행히도 인류 역사는 서있는곰의 두려움이 타당하다는 것을 입증해주는 무분별한 잔학 행위의 끔찍한 예들로 가득하다. 스페인의 종교재판, 아프리카 노예무역, 세일럼의 마녀재판, 캘커타 토굴 사건(1756년 6월, 동인도회사의 영국군과 무굴제국의 캘커타 태수 사이에 캘커타 지역의 지배권을 둘러싸고 갈등이 빚어졌을 때 태수에게 붙잡혀 무덥고 답답한 토굴에 갇힌 영국 병사 146명 중 123명이 하룻밤 사이에 죽은 사건을 이름), 1890년의 운디드니 학살 사건, 바탄의 죽음의 행진(1942년 필리핀을 침공한 일본군이 포로가 된 미국 측 인원 7만 명을 포로수용소까지 97킬로미터가량 무리하게 행군시키는 과정에서 미군 600여 명과 필리핀군 1만여 명의 인명을 희생시킨 사건), 나치의 홀로코스트, 1968년의 밀라이 마을 학살 사건(베트남전쟁 당시 밀라이 송마이 마을에서 미 육군 헬리 중위가 이 마을 민간인 400명을 대량 학살한 사건) 등. 그런 사건들은 각기 다른 여러 요인들이 작용해서 일어났다고 하는 주장도 성립할 수 있으나 실은 존경심의 결여야말로 가장 결정적인 요인임이 분명하다.

존경심에 가장 가까운 용어는 관용이다. 그리고 그 둘은 오래도록 인간들 상호간의 부정적인 상호작용을 예방하거나 누그러뜨리는 역할을 해왔다. 라코타 사람들이 북부 평원에서 들소를 사냥하면서 자유롭게 떠돌며 살았던 시대에 존경심은 그들 모든 가족의 한 구성원이었다.

우리 땅에 말이 들어오고 난 뒤에 살았던 라코타 사람들의 평균적인 티피 — '그들이 거기 살고 있다'는 걸 뜻하는 말이다 — 의 폭은 4.8미터에서 5.4미터가량 되었다. 그것은 대체로 원뿔 모양으로 생겼고, 바닥은 둥그렇다기보다는 달걀 모양에 더 가까웠다. 그리고 그 안에는 방이 딱 하나뿐이었다. 그것을 짓는 기본적인 재료는 무두질을 하고 털을 뽑은 부드러운 들소 가죽 스무 장이나 스물두 장을 꿰매어 만든 것으로, 라코타 사람들은 그것을 티피의 덮개로 사용했다. 그것을 떠받쳐주는 역할을 한 것은 열여섯 개에서 스무 개에 이르는 길고 가는 장대들을 원뿔 모양으로 엮은 얼개였다. 티피 꼭대기에는 네 방향으로 열린 플랩들이 달린 연기 구멍이 나 있었고 밑자락에 딱 하나의 문이 나 있었다. 그 문은 대체로 동쪽으로 나 있는 경우가 많았다.

티피는 유목 생활을 하기에 더없이 알맞은 집이었다. 그것을 세우고 관리하고 해체하고 재조립하는 일은 순전히 여자들의 소관이었다. 여자들은 삼십 분도 채 안 되는 시간 내에 그것을 헐 수 있었고 다음 야영지에 다시 설치하는 데도 그 정도의 시간밖에 걸리지 않았다.

라코타 인에게 더없이 알맞은 그 훌륭한 집에서는 대략 일곱 명 내외의 사람들이 살았다. 그리고 세 세대의 사람들이 같은 공간에서 사는 경우가 많았다. 티피는 원룸 구조로 되어 있었기에 그 공간을 적절히 배정해서 사용하는 일이야말로 가족이 조화롭게 어울려 사는 데 더없이 중요했다. 놀랍게도 그들이 공간을 두고 다투는 일은 극히 드물었고, 그것은 지극히 단순하면서도 필수적인 한 가지 덕목, 곧 존중하는 마음 덕분이었다.

가족의 각 구성원은 자기에게 필요한 만큼의 공간 이상을 차지하지 않았으며 다른 이의 공간을 침범하지 않도록 조심했다. 어린 아이들의 경우에는 예외일 때도 있었지만 말이다. 그들은 사생활 보장이라는 문제를 아주 간단한 방법으로 해결했다.

티피 안에서 식구들이 잠잘 채비를 하고 있을 때 그 티피 안벽에 붙어 있는 파리를 라코타 사람이 아닌 관찰자라고 가정해보자. 그럴 때 그는 티피 안에 있는 사람들이 무례하다 할 만큼 서로를 무시하고 있다고 생각할 것이다. 어느 면에서 그 사람들은 실제로 서로를 무시하기는 했지만 무례한 마음에서 그렇게 행동한 건 아니었다. 티피에는 사생활을 보장해줄 만한 내벽들이 전혀 없으므로 사람들은 서로를 정중히 무시하면서 지냈다. 예컨대 젊은 남편과 아내는 할아버지 할머니를 전혀 의식하지 않고 지냈고, 그 노인네들도 역시 젊은이들을 전혀 의식하지 않았다. 하지만 그들은 그저 서로의 프라이버시를 지켜주기 위해 그랬을 따름이었다. 물론 아이들은 집 안에 있는 모든 어른에게 스스럼없이 다가갈 수 있었다. 하지만 아이들조차도 가족생활에서 꼭 필요한 측면의 하나로 적절한 에티켓을 배웠다. 존경심에 확고한 뿌리를 둔 에티켓을.

아메리카 원주민들이 적들까지를 포함한 타인들을 제대로 존중해줄 수 있었다는 확실한 예로 두 가지 중요한 역사적 사건들을 들 수 있다. 첫 번째 사건은 1851년에 일어났고 두 번째 사건은 그로부터 15년 뒤인 1866년에 일어났다.

'오리건 통로'는 길이가 3,200킬로미터나 되는 긴 길로 1850년경에 첫 백인 이주자들이 미주리 주에서 오리건 주까지 가면서 확고하게 틀이 잡혔다. 그 길은 미주리 서부의 기점에서 출발하여 그

전에 생겨난 여행 통로들을 따라 캔자스, 네브래스카, 와이오밍, 아이다호를 지나 마지막으로 오리건에까지 이르렀다. 20년 이상에 걸쳐서 35만 명에 이르는 사람들이 그 통로를 이용했다.

그 통로 중에서 라코타 사람들의 영역 내에 속하는 것은 네브래스카 북서부와 와이오밍 남동부를 지나는 부분뿐이었다. 하지만 그 통로를 지나가는 백인 이주자들은 인디언들이 공격해 올까봐 처음부터 끝까지 내내 가슴을 졸였다. 주로 이런 우려 때문에 미국의 강화위원들은 대평원 북부에 거주하는 아메리카 원주민들에게 와이오밍 남동쪽에 있는 래러미 요새에서 평화협정을 맺기 위한 모임을 갖자고 요청하고 그들 다수를 그 요새에 초대했다.

1851년 봄, 라코타 족, 샤이엔 족, 아라파호 족, 만단 족, 히다차 족, 아리카라 족, 크로우 족, 쇼쇼니 족, 블랙푸트 족 사람들을 비롯하여 미국 측의 초대를 받은 많은 사람들이 래러미 요새에 나타났다. 그 당시 라코타 족과 샤이엔 족, 아라파호 족은 강력한 동맹을 결성하여 다른 모든 부족과 이따금 한 번씩 맞부딪쳤다. 특히 라코타와 크로우, 라코타와 쇼쇼니 사이에는 심한 반목이 있었다. 그러나 조약 모임이 지속되던 40여 일 동안에는 어떤 충돌도 없었다. 그동안에는 오랜 적수들도 과거의 적대 관계를 잠시 접어두고 미국 측과 강화위원들의 대접을 받으면서 즐거운 시간을 보냈다.

강화위원들은 대평원 북부 부족들의 몇 백 년간에 걸친 해묵은 상호관계들의 핵심을 이루고 있었던 여러 요인과 역학 관계에 관해서는 완전히 백지상태였다. 하지만 그들은 부족들 간에 싸움이 일어나는 것이 자기네한테 이롭지 않다는 것 정도는 알고 있었다. 그 때문에 그들은 마치 자기네가 가장이나 된 것처럼 거기 참석한 사람들에게 어떤 종류의 싸움도 벌여서는 안 된다고 훈계했다. 회의가 순조롭게 진행되고 결국 평화로운 결말이 맺어지자 그 위원들은 자기네가 잘 훈계한 덕에 원주민들 간에 다툼이 일어나지 않았다고 생각했다.

사실 1851년에 체결된 래러미 협정에는 대평원 북부 부족들이 앞으로 상호간에 어떤 형태의 전쟁도 벌이지 않는다는 세부 조항이 포함되어 있었다. 각 부족 대표들은 그 협정문에 서명을 하긴 했지만 회의를 마치고 자기네 땅으로 돌아간 뒤에는 다시 예전처럼 싸우기 시작했다. 그들의 상당수는 그저 호기심 때문에서나 미국 정부가 약속한 물자들, 곧 담요, 식량, 의류, 구슬, 도구, 비품 등을 얻기 위해 래러미 요새에 왔을 뿐이다.

라코타 사람들과 다른 부족 사람들이 호스크리크 회의라 부른 래러미 요새에서의 회의에 참석했던 여러 부족들은 한 가족에 속하는 몇 세대의 라코타 사람들이 비좁은 한 거주 공간에서 조화롭게 공존했던 것과 똑같은 이유로 평화롭게 지냈다. 과거 수없이 충돌했던 숙적들은 상대를 존중하고 존경하는 마음에서 일시적이나마 자기네의 적개심을 접어둘 수 있었다.

15년 뒤 래러미 요새에서 북서쪽으로 320킬로미터가량 떨어진 곳에서 내 선조들은 쓰러진 적에게 경의를 표했다. 그 당시 백인들은 래러미 요새에서 공표된 또 다른 협정의 조항들을 무시하고 오늘날 와이오밍 중앙 북부에 해당하는 파우더 강 지역에 위치한 라코타 땅 한가운데를 관통하는 길을 냈다. 그 보즈먼 통로는 몬태나에 있는 금광들로 가는 직행로였다. 미국 정부는 거기서 한술 더 떠 우리와 맺은 협정을 무시하고 그 통로를 따라 세 개의 요새를 건설했다. 그 바람에 붉은구름 전쟁으로 알려진 싸움이 6년간이나 지속되었다. 붉은구름은 래러미 협상 과정에서 두각을 나타냈던 오글랄라 라코타 지도자였다.

필커니 요새는 1866년, 오늘날의 와이오밍 주 버팔로 시에 해당하는 곳에서 북쪽으로 몇 킬로미터가량 떨어진, 우리 조상들이 빛나는 산들이라 부른 빅혼 산맥의 동쪽 사면에 건설되었다. 애초에 백인들은 자기네가 파우더 강 지역에 들어올 때는 반드시 라코타 사람들의 허락을 받고 들어오겠다고 약속했지만 그 약속을 완전히 무시해버렸다. 그래서 미 육군 파견대가 그 요새를 짓기 위해 도착한 바로 그날부터 라코타 사람들은 그들을 계속 공격했다. 그리고 그 공격의 정점을 이룬 것은 12월 21일에 벌어진 결정적인 전투였다.

그날 미 육군 보병과 기병으로 이루어진 혼성군 80명은 성난말이 적을 유인하기 위해 내보낸 열 명의 전사들을 뒤쫓아가다가 함정에 빠졌다. 백인 병사들이 자기네가 복병에게 걸렸다는 것을 깨달은 순간 때는 이미 늦었다. 5백 명 내지 7백 명 정도에 이르는 라코타 전사들과 북부 샤이엔 전사들은 불과 한 시간이 채 못 되어 그 혼성군을 궤멸시켜버렸다. 미국 역사책들은 평소 인디언을 증오해마지않았고 자기 휘하 부대원 전원을 죽음으로 내몬 경솔하고 무모한 장교 이름을 따서 그 전투를 '패터먼 학살'이라 부른다. 우리는 그 전투를 '함정에 빠진 100명과의 전투'라 부른다. 그 전투는 학살과는 거리가 아주 멀었다. 그것은 백인 병사들이 미친 듯이 싸워 원주민들에게 많은 사상자를 낳게 한 격렬한 전투였다.

전투가 거의 끝나갈 무렵 라코타 사람들은 나팔 하나만 달랑 들고 싸우는 한 백인 병사를 발견했다. 물론 그는 결국 살해당했다. 하지만 그는 결연하고 용감하게 맞서 싸움으로써 그 장면을 목격한 이들에게 깊은 인상을 안겨주었다. 라코타 전사들은 그의 용감한 행동에 경의를 표하는 뜻에서 그의 머리 가죽을 벗기지 않았으며, 라코타의 한 전사는 들소 가죽 옷으로 그의 시신을 덮어주기까지 했다.

사슴여자의 마력에 저항한 젊은 사냥꾼의 이야기에서처럼 존경심은 가끔 목숨을 구해주는 역할을 하기도 한다. 존경심은 말을 훔치기 위해서 라코타 캠프에 숨어들어왔던 한 크로우 전사의 목숨도 구해주었다.

그 크로우 전사는 자신의 용기를 입증해보이고 싶어 하는 마음이 간절한 젊은이였다. 그는 라코타 사람들이 가장 좋은 전투용 말이나 들소 사냥용 말들을 자기 집 문 근처에 잡아매놓는다는 걸 알고 있어서 캠프 부근까지 살그머니 다가간 뒤 밤이 오기를 기다렸다. 이윽고 날이 충분히 어두워지자 그는 캠프 안으로 포복해 들어가 키가 큰 검은 전투용 말을 말뚝에 매놓은 어느 한 천막집을 향해 조심스럽게 다가갔다. 소리 없이 목표물에 다가가는 그의 솜씨가 워낙 뛰어나 그가 그 전투용 말에게 다가가 밧줄을 끊는데도 캠프에 있는 단 한 마리의 개도 그의 존재를 알아채지 못했다.

하지만 그는 두 명의 라코타 보초병이 그를 발견하고 그의 동작 하나하나를 지켜보고 있다는 사실은 미처 알지 못했다. 그들은 활을 겨눈 채 그가 캠프 가장자리까지 가기를 기다렸다. 그가 캠프 가에 이르면 그들은 그를 화살로 쏜 뒤 말을 회수할 작정이었다.

크로우 전사가 태연히 말을 끌고 캠프를 가로지르고 있을 때 뜻밖에도 천막집들 중의 하나에서 한 할머니가 불쑥 나타났다. 그 할머니는 땔나무들이 쌓여 있는 곳으로 급하게 걸어가 땔나무를 한 아름 집어 들었다. 그런데 그 양이 너무 많아 할머니는 제대로 걸음을 옮기지 못하고 비척거렸다. 곤경에 처한 할머니를 보고 젊은 크로우 전사는 즉각 할머니한테 달려가 땔감을 받아 들고 집 안까지 날라다 주었다. 그에게도 역시 사랑하고 존경하는 할머니가 있었음은 물론이다. 그가 그 일을 마치고 돌아선 순간 두 명의 라코타 보초병이 화살로 그의 가슴을 겨누고 서 있는 광경이 보였다.

그러나 두 보초병은 크로우 전사를 죽이지 않았다. 그 대신 그들은 하마터면 잃어버릴 뻔했던 말을 회수하고 크로우 전사의 무기를 빼앗은 뒤 마을에서 얼마 떨어지지 않은 곳까지 그 전사를 호위해서 갔다. 그리고 그곳에서 그를 놔주고 돌아섰다. 나이 든 이들을 존경하는 자세는 대평원에 사는 모든 부족에게 공통된 덕목이었다.

존경심은 여러 가지 방식으로 드러난다. 대평원의 다른 부족들과 마찬가지로 라코타 사람들도 역시 먹고 사는 일에서 타탕카, 곧 들소에게 많은 걸 의지했다. 들소가 많다는 것은 강한 힘과 번영을 뜻했고, 라코타 사람들은 들소가 안겨주는 부에 감사했다. 들소 사냥을 나가기 전에는 조심스러운 채비를 갖췄고, 들소에게 그 고기를 얻고 활용하는 은혜를 베풀어달라고 요청하는 의식을 치렀다. 사냥이 끝난 뒤 사냥꾼들은 들소들에게 자기네가 생존하는 데 꼭 필요한 선물을 베풀어준 것에 정중한 사의를 표했고 또 용서를 빌었다.

하지만 그게 다가 아니었다. 라코타 사람들은 존경심의 또 다른 증거로 잡은 들소의 모든 부위를 다 적절하게 사용했다. 가죽은 겨울철용 옷과 티피 덮개를 짓는 데 사용했다. 뿔로는 컵과 국자, 숟가락을 만들었다. 허벅지의 힘줄은 잘 말려서 실이나 활시위를 만드는 데 사용했다. 발굽은 끓여서 아교를 만들었고, 털은 잘 꼬아서 끈이나 밧줄을 만들었다. 어느 것 하나 버리지 않았다. 라코타 사람들은 존경심의 마지막 표현으로 언제 어디서든 들소 두개골을 만나면 그 짐승의 혼이 삶의 리듬과 하나가 될 수 있도록 반드시 해가 떠오르는 동쪽으로 돌려놓아주었다.

불행하게도 오늘날 모든 형태의 생명을 경외하는 가치관을 공유하지 않는 문화권이 적지 않다. 그렇게 하기보다는 자기네보다 더 강하고, 빠르고, 영리하고, 부유한 이를 존경하기가 더 쉽다. 이와 마찬가지로 모든 면에서 자기네와 비슷한 이를 존경하기가 훨씬 더 쉽다. 신앙과 의복, 관습 등이 자기네와 다른 사람들이나 우리와 많이 다른 것을 존경하기는 아주 어렵다. 서있는곰 루터의 경고성 발언이 비극적인 현실들로 나타난 이유는 아마 그 때문일 것이다.

1998년 12월, 네바다 주 르노 시 동부 바로 곁에 있는, 라고마시노라고 하는 바위투성이 협곡에서 서른한 마리의 야생마들이 총격을 받고 무참하게 도살당했다. 그 사건을 조사한 수사관들이 밝힌 학살의 전모는 해당지역 사람들뿐만 아니라 미국과 세계 각국 사람들의 공분을 불러일으켰다. 그 야생마들은 뒷다리 혹은 배 부위를 맞았거나 그 양쪽 부위 모두에 총탄을 맞고 쓰러졌다. 그 야생마들 중에서 몇 마리는 새끼를 밴 암말들이었고, 그중 한 마리는 부상을 당한 뒤 산통을 겪기 시작했으나 새끼를 다 낳기 전에 죽고 말았다. 몇 명의 그 지역 수의사들이 시행한 부검은 그 이전에 찾아낸 증거를 뒷받침해주었다. 총격을 가한 사람들은 야생마들이 오래도록 고통스러워하면서 서서히 죽어가는 것을 보고 싶어 한 것 같았다.

총 서른세 마리의 야생마가 살해당했다. 서른한 마리는 라고마시노 협곡에서 죽은 채로 발견되었고, 두 마리는 총격을 받고 중상을 입은 상태로 발견되어 결국 사람들이 목숨을 끊어줘야 했다.

세 명의 백인 용의자가 체포되어 처음에는 스물여덟 마리의 야생마를 총으로 쏘아 죽인 죄로 고소당했다. 나중에 지방법원 판사는 수사관들이 밝혀낸 증거로는 단 한 가지 죄목만 뒷받침할 수 있다고 판결했다. 나머지 죄과라고 해봐야 정도가 심한 경범죄 정도에 해당하기에 용의자들은 카운티 교도소에서의 1년 형과 2천 달러의 벌금형을 선고받았다.

그런 판결을 떠나서 피고들이, 야생마들이 극심한 고통을 받으면서 서서히 죽어가게끔 했다는 사실은 그대로 남아 있다. 그렇게 끔찍한 범행을 저지르게 한 동기는 대체 무엇일까? 오만함, 처벌을 받지 않으리라는 판단, 자기네가 무적이라는 생각, 살해 욕구, 단순한 권태 같은 것들이 아닐까. 이 사건과 좀 더 맥락이 닿는 질문은, "야생마들을 그렇게 잔혹하게 살해할 수 있는 사람들에게는 어떤 가치관들이 결여된 것일까?" 하는 질문이 아닐까 싶다.

내 친구 한 사람은 알래스카에서 사냥하던 동안에 일어났던 한 사건에 관해서 쓴 편지를 내게 보낸 적이 있었다. 그때, 하나같이 숙달된 사냥꾼이요 가이드들이었던 그와 두 명의 동료는 달 산양을 뒤쫓고 있었다. 숫양 두 마리가 그들을 피해 달아났는데 우연히도 세 번째 숫양이 그들의 포위망에 걸려들었다. 그 숫양은 생전 사람들을 본 적이 없었던지 처음에는 그들에게 호기심을 품은 것 같은 모습을 보이다가 나중에는 혼란 상태에 빠졌다. 세 사냥꾼이 그 숫양에게 다가가자 그것은 이 바위 저 바위로 미친 듯이 뛰어다 녔지만 그들에게 포위되어 어디로도 빠져 달아날 수가 없었다.

내 친구는 그 사건에 관해서 이렇게 썼다.

"내 사냥 동료 두 사람과 나는 곧 사냥과 도살에 불과한 행위를 가르는 경계선과 정면으로 맞닥뜨렸지. 그 상황에서 우리에게는 곱슬곱슬한 털로 뒤덮인 달 산양을 쓰러뜨릴 기회가 왔어. 하지만 우리는 그 기회를 그냥 흘려버렸어……. 오랫동안 활사냥을 해왔 지만 대개는 짐승들 쪽이 더 유리한 입장에 서 있었기에 그간 짐승 에게 연민의 감정을 느낀 경우는 드물었지. 그런데 이 산양에게는 연민의 감정이 올라와 화살을 쏠 수가 없었어……. 우리가 화살을 쏘는 편을 선택했다면 그물을 팽팽하게 당긴 뒤 녀석이 미친 듯이 바위들 위로 뛰어다닐 때 화살을 날릴 수가 있었어. 하지만 우리는 그물 한쪽을 트고 다음번에는 좀 더 조심하라는 뜻에서 녀석에게 마구 고함을 질러서 내쫓았지."

그 친구 이름은 존 제이 매시였다. 그는 원시적인 형태의 활과 화살을 만드는 장인이요 세계적인 활 사냥꾼이자 가이드였다. 제 이는 1996년에 암으로 죽었다. 제이는 달 산양에게 연민의 감정 을 느꼈다고 털어놓았지만 사실 그는 자연환경의 일부인 모든 생 명에게 깊은 경외심을 품었던 사람이었다. 그는 모든 생명은 성스 럽다는 걸 잘 알고 있었기에 그 산양을 살려 보내주었다. 그리고 자기가 죽일 수 있다는 이유 하나만으로 함부로 짐승을 도살하지 않았다.

제이 매시와 서른한 마리의 야생마를 도살할 수 있는 사람 간의 차이를 낳게 하는 것은 무엇일까? 그에 대한 분명한 답은 생명에 대한 경외심, 살아 있는 모든 것에 대한 존경심이다. 어떻게 하면 그런 존경심을 얻거나 배워 익힐 수 있을까? 우리는 좋은 본보기를 통해서 배울 수 있으리라 보고 있다. 한데 불행하게도 오만함, 증오심, 편견을 비롯하여 바람직하지 않은 수많은 속성들도 역시 본보기들을 통해서 배우고 익힐 수 있다.

우리 집에는 검은 딱정벌레 한 마리가 살고 있다. 녀석은 얼핏 목적 없이 배회하는 것처럼 보이지만 나는 녀석이 어디로 가고 있는지 스스로 잘 알고 있다고 확신한다. 아마 녀석은 이제까지 혼자 지내왔기에 친구를 찾고 있을 것이다. 우리는 녀석에게 베일리라는 이름을 붙여주었고, 집 안을 마음대로 활보하면서 지내게 해주었다. 나는 식구들이 자주 다니는 길목에서 녀석을 발견하고 한두 차례 녀석을 집어 들어 다른 데다 놔주었다. 그간 내가 마음만 먹었다 하면 언제든지 녀석을 집어 들어 찌르레기나 까치가 기다리고 있는 마당에다 내던질 수도 있었을 것이다.

내 딸들은 베일리를 신기하게 여겼다. 그리고 한번은 녀석이 불쑥 나타나자 "어머, 깜짝이야!" 하고 소리쳤고, 약간 겁먹은 비명을 몇 차례 지른 적이 있었다. 하지만 대체로 그 아이들은 우리 어른들이 녀석을 너그럽게 봐 넘기는 걸 보고 자기네도 그렇게 한다. 녀석이 며칠간 모습을 보이지 않자 한 아이는 녀석이 아직도 집 안에 있느냐고 물었다. 놀랍게도 녀석은 며칠 전에 박쥐 한 마리가 집 안을 날아다니자 재빨리 몸을 피한 듯하다.

나는 창문을 열어놓으면 박쥐가 과연 알아서 나갈지 어떨지 자신이 없었지만 아무튼 그렇게 하고는 박쥐를 내보내보려 애썼다. 그런데 박쥐는 우리가 살고 있는 통나무집의, 우리 손이 닿지 않는 갈라진 틈 어딘가로 숨어들어갔다. 나는 손전등으로 어두운 구석 곳곳을 비춰가면서 열심히 찾아보았지만 헛수고였다. 어느 날 밤에는 녀석이 나타나 날개를 퍼덕거리며 우리 부부의 침실 안을 날아다녔다. 나는 일할 때 쓰는 장갑을 끼고는 아내가 침대 커버 속에 몸을 숨기고 있는 동안 연신 방 안을 휘젓고 돌아다니는 녀석을 잡으려 애썼다. 결국 녀석이 통나무 벽 한쪽에 달라붙어 머리를 거꾸로 하고 매달린 틈을 이용하여 재빨리 녀석을 생포하는 데 성공했다.

그 박쥐는 일이 그런 식으로 돌아가는 것이 달갑지 않았던지 내가 녀석을 밤의 어둠 속으로 내던지자 낮게 깩깩거리는 소리를 몇 차례 내지르는 것으로 불편한 감정을 명확히 드러냈다. 그런 상황이 닥칠 때 대부분의 사람들은 파리채 같은 것으로 녀석을 공격하려 들기 십상이다. 하지만 묘하게도 내가 녀석을 손으로 붙잡은 순간 우리 할아버지, 할머니가 나를 지켜보시고 있는 것 같은 기분이 들었다. 그리고 녀석이 밤의 서늘한 대기 속으로 날아가는 것을 지켜보다 돌아서서 침실로 돌아올 때 내 키가 좀 더 커지고 세상과 따뜻하게 교감하는 것 같은 느낌이 들었다. 그것은 감동스러운 순간이자 가슴이 충일해지는 순간이었다. 약간의 존경심이 그런 놀라운 결과를 빚어낼 수 있다.

서른한 마리의 야생마를 도살한 이들에게 영향을 미친 본보기들은 어떤 것들이었을까? 그런 본보기들은 존경심과 아무 관련도 없는 것들이라 말해도 무방할 것이다. 그리고 그들이 속한 사회나 공동체의 어떤 부분들이 그들의 개인적인 가치관들을 심어주고 부추겨왔는지 물어보는 것이 좋을 것이다.

야생마들은 몇 백 년 동안 북아메리카의 일부를 이루고 있었다. 오늘날 그들의 숫자는 대단히 많으며 주로 몇몇 서부 주의 공유지들에서 생활하고 있다. 그들은 19세기에서 20세기로 접어들 무렵 이래 줄곧 공격을 받고 살해당해왔으며, 가끔 연방정부가 그런 일을 인가해주거나 부추기기도 했다. 어느 한 야생마 몰이꾼은 자기가 과거 이삼일 동안에 8백 마리가량의 야생마를 도살한 적이 있다고 털어놓았다.

야생마들은 풀과 물을 두고 가축들과 직접적으로 경쟁하는 처지며, 따라서 목장 주인들 가운데는 그것들을 많은 비용이 드는 골칫거리로 여기는 이들이 적지 않다. 그런 종류의 지역 정서는 서른한 마리의 야생마를 죽인 이들에게 틀림없이 어느 정도의 영향을 미쳤을 것이다. 아마 노골적인 부추김이나 허락이 있었을 것이다. 혹은 그런 것조차 필요치 않았을 수도 있다. 야생마들을 죽인 사람들은 일부 농장주들이 오랫동안 야생마들에게 품어왔던 뚜렷한 부정적 정서들을 암시적인 지원이나 격려 같은 것으로 받아들였을 수도 있다.

어쨌든 간에 우리는 야생마들을 무참하게 살해한 사건이 아득한 과거의 일이 아니며, 세상에는 도저히 변할 수 없는 해묵은 사고방식이나 정서들이 종종 있다는 냉엄한 현실과 맞닥뜨리고 있다. 하지만 그보다 훨씬 더 두려운 것은 서른한 마리의 야생마를 무자비하게 살상한 행동이 우리가 우리와 다르다고 규정하는 사람들이나 생명체들과의 관계에서 꼭 필요한 덕목인 존경심을 상실했다는 것을 알려주는 불길한 상징일 수도 있다는 점이다.

어떤 사람들은 서른한 마리의 야생마를 살상한 짓을 그저 유감스러운 일 정도에 불과한 것으로 여긴다. 이런 것이야말로 서구인들이 갖고 있는 사고방식의 한 불길한 징후다. 하지만 또 다른 사람들은 그것을 생명의 존엄성을 모독한 사건으로 여긴다. 만일 우리와 다를 뿐만 아니라 열등한 존재로 간주되는 생명체에게 총을 쏴서 무참하게 살상할 수 있는 사람들이 우리 중에 있다고 할 때, 우리가 콜롬바인 고등학교에서의 무차별 난사 사건이나 윌리 버드를 차 뒤에 묶고 달려서 죽인 것 같은 끔찍한 사건들에 새삼 다시 놀랄 이유가 있을까?

요즘에는 존경심과 관련된 사례가 신문방송에서 크게 다뤄지는 경우가 극히 드문데 그런 사례는 크게 다뤄주어야 마땅하다.

목장주들이 옐로스톤 국립공원에 늑대들을 다시 들이는 것에 강하게 반대했던 때의 일이다. 그때 늑대를 들이는 일에 앞장선 여성이 발언하려 하자 목장주들은 마구 고함을 질러 그녀의 발언을 저지하려 했다. 그러자 동료들과 마찬가지로 그런 계획에 강하게 반대했던 한 목장주가 한 손에 모자를 들고 일어서서 차분한 목소리로, 그 여성도 역시 발언할 권리가 있다는 점을 거기 모인 모든 사람에게 일깨워주었다.

적의 총탄을 맞고 쓰러진 동료를 구하기 위해 적의 빗발치는 포화를 뚫고 나아가다 중상을 입은 젊은 해병이 있었다. 그때 앞서 쓰러진 동료는 그 젊은 해병이 평소 싫어한다는 뜻을 노골적으로 자주 밝힌 사람이었고, 또 젊은 해병이 싫은 사람을 구하러 가는 과정에서 중상을 입었기에 또 다른 해병은 묻지 않을 수 없었다.

"어째서 네가 좋아하지도 않는 사람을 위해서 그런 위험한 일을 한 거야?"

그러자 심한 부상을 입은 젊은 해병은 이렇게 대답했다.

"그 사람을 좋아하지 않을지도 몰라. 하지만 그 사람을 존경하거든."

내 조부모님은 모든 면에서 참으로 존경스러운 분들이었고, 아직까지도 그렇다. 그분들 덕에 코스칼라카와 사슴여자의 이야기는 내게 특별히 더 의미심장한 이야기가 되었다. 내가 진짜 사슴여자를 만난 적은 한 번도 없었다. 하지만 그 여자가 상징적인 형태로 내 인생에 다가온 적은 한두 번가량 있었다. 코스칼라카는 할머니를 깊이 존경했기에 사슴여자의 유혹을 물리쳤으며, 나는 그 일화에 충분히 공감할 수 있다. 하지만 그 이야기 말고도 유년 시절에 조부모님이 내게 말없이 존경심에 관한 교훈을 가르쳐주신 적이 있었다.

그때 그분들은 벽촌에 있는 낡은 성당을 청소하겠다고 자원하셨다. 새벽녘에 우리는 마차를 타고 그 성당에 가서 하루 온종일 일했다. 우리는 비로 바닥을 쓸고 걸레로 닦고, 먼지를 털고, 유리창을 닦았다. 하지만 그 정도의 일은 별 게 아니었다. 문제는 꿀벌 한 무리가 그 건물 한구석에 터 잡고 있다는 점이었다. 녀석들은 두발 달린 모든 존재를 위협할 수 있었다.

할아버지는 벌집이 있는 구석 바깥 부근에 작은 모닥불을 피운 뒤 그 위에 생풀을 얹어 연기가 잔뜩 피어오르게 하셨다. 나는 그 연기가 벌들을 벌집에서 몰아내는 것을 보고 은근히 놀랐다. 그런데 벌들은 자기네를 괴롭히는 것에 잔뜩 성이 나서 할아버지에게 침을 몇 방 쐈다. 벌들의 일부는 연기를 피해서 성당 유리창 안쪽에 잔뜩 달라붙었다. 할머니는 손으로 녀석들을 쓸어 모아 문밖으로 날려 보내셨다. 할머니는 침을 몇 방이나 맞았지만 단 한 마리도 죽이거나 다치게 하지 않고 모두 다 깨끗이 내보내셨다.

나중에 성당에서 어떤 일이 일어났는지 알게 된 사제는 살충제를 잔뜩 뿌려서 벌들을 죽이면 될 걸 갖고 왜 그렇게 위험한 일을 했느냐고 조부모님을 나무라셨다.

"그것들은 결국 곤충에 불과한 것들 아닙니까."

조부모님이 내게 가르쳐주신 교훈 가운데서 그것은 가장 괴로운 교훈이 아닐까 싶다. 나는 벌을 밖으로 내보내야 할 때마다 가르쳐주신 대로 해야 했으니까.

코스칼라카를 구해준 것은 자기 할머니에 대한 존경심이었다. 존경심은 또 제이 매시로 하여금 생명에 대한 외경심에 바탕을 둔 선택을 할 수 있게 해주었다. 대대로 서로 적대하면서 싸웠던 부족들도 존경심 덕에 적개심을 잠시 접어두고 평화롭게 지낼 수 있었다. 원주민 전사들은 백인들이 오만하게 행동한 것 때문에 백인들을 증오했지만 그들과 싸우는 과정에서 백인 병사 하나가 용감하게 행동한 것을 보고 존경심을 품은 나머지 그의 시신을 정중하게 매장해주었다. 그리고 말을 훔쳐가려 한 도둑 역시 노인을 존경하는 품성을 갖고 있었기에 목숨을 구할 수 있었다.

모든 미덕 가운데서 존경심이야말로 스스로를 거듭 복제해내는 미덕이 아닐까 싶다. 할머니는 젊은 시절에 뇌졸중으로 쓰러지신

적이 있었다. 병을 치료할 능력이 있는 한 주술사 사내가 할머니를 치료해주러 왔다. 그는 할머니에게 약을 주고는 앞으로 다시 건강을 회복해서 장수를 누릴 것이라고 했다. 하지만 '위대한 신비'를 뜻하는 와칸탕카가 누군가를 할머니에게 보내서 앞으로 선하게 사는 법을 잊지 않도록 해줄 것이라고 했다. 그날 아침 해 뜰 무렵 땀 천막 문을 연 할머니는 주술사가 말한 누군가를 보았다. 할머니를 늘 도와줄 존재를. 그것은 작은 소쩍새였다. 그 소쩍새는 프레리도그 굴에서 그것들과 함께 살기 때문에 굴에서 사는 소쩍새라고도 한다. 그 소쩍새는 한 장대 위에 앉아 있었다.

할머니는, 소쩍새는 당신을 돕는 존재들이니 소쩍새를 보면 늘 친절하게 대해주라고 내게 당부하셨다. 소쩍새는 할머니에게 중요한 의미를 지닌 존재들이었기에 나는 소쩍새를 볼 때마다 늘 정중하게 대했고 한 번도 해친 적이 없었다.

4
명예

와유오니한

온전함, 정직하고 고결한 품격

노인들은 세상에는 신비한 것이 많다는 이야기를 곧잘 한다. 그들은 세상의 모든 것은
각기 그 존재 이유를 갖고 있으며 이 세상에서 일어나는 일들은 우리에게 교훈을
가르쳐주기 위한 것에 다름 아니므로 삶 그 자체가 우리에게 주는 선물이라고 말했다.

뱀 이야기

노인들은 이 세상에 이상하고 신비로운 것이 많다는 이야기를 곧잘 한다. 그들은 놀랍고 재미있고 강력하고 아주 작은 어떤 것들을 실제로 보았기 때문에 그 말이 사실이라는 걸 잘 알고 있다. 그런데 그들은 이 세상의 모든 것은 각기 그 존재 이유를 갖고 있으며 이 세상에서 일어나는 모든 일은 우리에게 교훈을 가르쳐주기 위한 것에 다름 아니므로 삶 그 자체가 우리에게 안겨주는 선물이라고 말했다.

우리 할아버지는 아주 강력하고 신비로운 어떤 존재를 만나 명예에 관한 교훈을 배운 사냥꾼들의 이야기를 내게 들려주셨다. 그 후 그들은 뱀을 볼 때마다 그 교훈을 떠올리곤 했다고 한다.

옛날에 네 사냥꾼이 우리가 파바사파라 부르는 블랙힐스라는 큰 산맥에 들어갔다. 울창한 소나무 숲으로 덮여 있는 그 산맥의 사면들을 멀리서 보면 시커멓게 보인다. 그 산맥은 아주 신비롭고 강력한 힘을 지녔으며 태초에 우리가 그 산맥의 바닥에 난 구멍, 곧 동굴을 통해서 대지로부터 나왔기에 우리한테는 중요한 의미를 지닌 곳이다. 오늘날 사람들은 그 동굴을 바람굴이라 부른다.

블랙힐스에는 사슴과 엘크가 우글거려 그곳으로 사냥하러 가면 늘 많은 성과를 거둘 수 있었다. 그 사냥꾼들은 하루 종일 걸어 그 산맥에 들어간 뒤, 폭이 좁은 호젓한 풀밭에 캠프를 쳤다. 그들은 거기서 무기들을 손질하고 휴식을 취했다. 그날 밤 그들은 빨리 날이 밝아서 좋은 결과를 얻기를 기대하면서 잠이 들었다. 한밤중 어느 때인가 그들 중 한 사람이 모닥불에 나무를 더 집어넣기 위해 깨어 일어났다가 무섭고 끔찍한 광경과 맞닥뜨렸다. 거대한 뱀 한 마리가 그들과 그들의 캠프를 빙 둘러싸고 있는 광경과.

그 사냥꾼은 기겁을 했다. 그는 두 눈을 감았다 떠보았다. 뱀은 여전히 그곳에 있었다. 그는 다른 사람들을 흔들어 깨우고는 제발 소리 내지 말라는 제스처를 취하면서 뱀을 가리켰다. 그들 중에서 과거에 그런 괴물을 본 사람은 아무도 없었다. 마치 그들 모두가 똑같은 악몽을 꾸는 것만 같았다. 그들이 기껏 할 수 있는 일이라고는 허겁지겁 한곳에 모여 앉는 것뿐이었다. 그때까지 뱀은 꼼짝도 하지 않았다.

그들 중에서 가장 젊은 사람이 속삭였다.

"어떻게 하면 좋지? 우리가 일제히 화살을 쏘면 녀석을 죽일 수 있지 않을까."

가장 나이 많은 사람이 기겁을 하면서 말했다.

"안 돼! 우리가 녀석을 죽이지 못하면 녀석이 우리를 죽일 거야. 녀석은 힘이 보통이 아닐 것이거든. 녀석이 잠든 거 같으니 그동안 여기서 빠져나갈 방법을 생각해내야 해."

그들은 불길이 점차 사위어가는 모닥불 주위에 둘러서 있었다. 하지만 환한 달빛이 울창한 소나무 숲을 뚫고 들어온 덕에 뱀의 검고 붉은 줄무늬들을 자세히 볼 수 있었다. 그들은 그렇게 거대한 뱀을 평생 처음 보는 터라 그것이 실재하는 것이라는 것을 좀처럼 믿을 수가 없었다. 그래서 그들은 그저 그것이 사라지기만을 기대하면서 맥없이 손 놓고 기다렸다.

그러나 결국 그중 한 사람이 참지 못하고 말했다.

"뭔가를 해야 해! 녀석이 잠들어 있다면 깨어날 때는 틀림없이 우리를 삼켜버리고 말 거야! 녀석은 단숨에 우리를 삼킬 수 있을 거야!"

그것은 의심할 여지가 없는 사실이었다. 그 뱀의 등 높이는 들소의 등만큼이나 높았고, 그 길이는 일렬로 늘어서 있는 들소 스무 마리 길이만큼이나 되었다.

가장 나이 든 사냥꾼이 말했다. "딱 한 가지 방법이 있긴 해. 녀석의 등을 뛰어넘는 거야."

그들은 하나같이 강건한 사람들이었다. 하지만 과거에 거대한 뱀을 뛰어넘어 본 적이 있는 사람은 아무도 없었다.

또 다른 사람이 말했다.

"땅에 구덩이를 파고 그 속에 숨어 있는 건 어때? 그러면 녀석은 아마 우리가 여기서 탈출해 멀리 달아났다고 생각할 거야."

가장 나이 든 사람이 말했다.

"여기 땅은 돌투성이야. 그리고 큰 구덩이를 파려면 연장이 있어야 하는데 우리한테는 아무것도 없어. 그러니 녀석이 깨어나기 전에 뛰어넘어가야 해."

다른 사람들은 불안감이 없지 않았지만 결국 그의 논리를 따르기로 했다. 그들이 뛰어넘기에 가장 적당한 곳은 높이가 가장 낮은, 뱀의 머리와 꼬리가 맞닿은 부분임이 분명했다.

일행의 리더인 가장 나이 많은 사람이 말했다.

"우선 활과 화살을 저 밖으로 던져야 해. 그리고 자네들이 먼저 뛰어넘어. 나는 맨 나중에 뛰어넘을 테니까. 여기서부터 달려가서 머리와 꼬리가 만나는 부분을 뛰어넘도록 해."

가장 젊은 사람이 울먹이는 소리로 말했다.

"난 못하겠어. 내가 높이 뛰어오르지 못하면 어떻게 하지? 뛰어 올랐다가 저 위에 떨어지기라도 하면?"

리더는 말했다.

"저 뱀이 우리를 집어삼키려고 여기 있다는 건 불을 보듯이 뻔한 사실이야. 그러니 어떻게 해서든 뛰어넘어야 해."

그는 자신의 활과 화살을 뱀의 등 너머로 힘껏 던져 숲 속에 떨어지게 했다. 다른 사람들도 그렇게 했다. 하지만 제일 젊은 사냥꾼이 공포에 질려 있어서 리더는 할 수 없이 그다음으로 젊은 사람에게 손짓했다.

"네가 먼저 가. 막 달려가서 힘껏 뛰어올라!"

다른 사람들이 달릴 공간을 내주자 그 사람은 모닥불 너머까지 뒷걸음쳤다. 한순간 그는 앞으로 쏜살같이 내달리더니 펄쩍 뛰어올라 뱀의 머리 위에서 한 바퀴 공중제비를 한 뒤 그 너머의 덤불 속에 떨어졌다. 그는 쿵 하는 소리와 함께 떨어진 뒤 몸을 일으키고는 다른 사람들더러 어서 오라고 손짓했다. 그걸 보고 기운이 난 다음 사람도 역시 뱀 위로 뛰어올라 소나무 숲 가장자리에 있는 덤불 속에 떨어졌다.

리더는 가장 젊은 사람의 양어깨를 움켜쥐고 말했다.

"봤지? 충분히 할 수 있어. 저 사람들이 뛰어넘었으니 너도 넘을 수 있을 거야."

젊은이는 몇 차례 심호흡을 했다. 그리고 자신 없이 말했다. "알았어. 해볼게." 그러고는 뱀을 보지 않으려고 애쓰면서 모닥불 너머까지 뒷걸음질 쳤다가 있는 힘껏 내달렸다.

젊은이는 뛰어넘는 데 성공할 수도 있었다. 두려움이 워낙 커서 그 덕에 높이 솟아올라 뱀의 머리 위를 훌쩍 뛰어넘었을 수도. 하지만 젊은이가 공중으로 뛰어오르는 순간 뱀이 머리를 쳐드는 바람에 젊은이는 그 머리에 부딪치면서 튕겨 나가 모닥불 곁의 땅바닥에 나동그라졌다. 젊은이는 땅바닥에 워낙 강하게 부딪치는 바람에 그대로 기절해버렸다.

이미 밖으로 빠져나간 두 사냥꾼은 재빨리 도망쳐서 숲 속에 숨었다. 리더는 의식을 잃고 나동그라진 젊은이에게 황급히 달려들어 그 얼굴을 들여다보았다. 그 순간 뱀이 그 흉측하게 생긴 머리를 바짝 쳐들고 눈꺼풀도 깜박이지 않은 채 그들을 지그시 노려보았다. 그 상황에서 그 두 사람이 할 수 있는 것은 아무것도 없었다. 그들은 그저 생전 처음 본 그 존재에게 자기네의 목숨을 내맡기는 처지에 놓였다.

리더는 내면 저 밑바닥까지 공포로 얼어붙은 채 앞으로 닥칠 사태를 기다리고 있을 수밖에 없었다. 거대한 뱀이 눈도 깜박이지 않으면서 노려보는 바람에 그 자리에 완전히 얼어붙은 채 최후의 순간만 기다리고 있던 그는 한순간 젊은이가 몸을 움직이는 걸 느꼈다. 묘하게도 그와 동시에 뱀이 스르르 움직여 시커먼 숲 속으로 들어가기 시작했다. 뱀은 그 거대한 몸체에도 불구하고 아무 소리도 내지 않고 숲 속을 헤치고 나갔다. 뱀이 완전히 사라지자 다른 두 사냥꾼이 숨어 있던 데서 나왔다. 이윽고 가장 젊은 사람이 깨어나더니 두 손으로 머리를 움켜쥐었다.

"머리가 깨질 것만 같아. 저 뱀이 내 머릿속에 말을 걸어왔어."

다른 두 사냥꾼은 자기네의 무기를 수습한 뒤 화살을 먹이고는 활시위를 당겼다. 그중 한 사람이 말했다.

"녀석이 돌아올지도 몰라. 녀석이 돌아오면 우리는 녀석과 맞서 싸울 거야!"

젊은 사람이 소리쳤다.

"아니야! 그 뱀은 돌아오지 않을 거야."

리더가 물었다.

"그게 무슨 소리야?"

"그 뱀이 내 머릿속에서 나한테 말했어. 자기를 위해서 한 가지 일을 해달라구. 그리고 우리가 그 일을 하지 않으면 기필코 우리를 찾아내서 삼켜버릴 거라고 했어."

그 말을 듣고 다른 사람들은 잠시 생각했다. 그 젊은이의 말에는 그냥 아니라고 무시하기 힘든 뭔가가 있었다. 그날 밤 이전까지만 해도 그 네 사람 중에서 이 세상에 그렇게 거대한 뱀이 실재한다고 믿었던 사람은 아무도 없었잖은가. 그러니 그런 뱀이 젊은이의 머릿속에서 젊은이한테 말을 했다는 것도 충분히 있을 수 있는 일일 것이다.

한 사람이 물었다.

"그 뱀이 너한테 뭐라고 했는데?"

"우리더러 북북동 쪽으로 가야 한다고 했어. 그리고 그렇게 한참 가다보면 잔잔한 강이 나오는데 그 강을 따라서 낮은 골짜기로 들어가라고 했어. 그러면 빨간 문이 달린 천막집 하나를 발견하게 될 거래. 그 집에는 한 남자가 아내와 자식하고 살고 있대. 눈 밑에 흉터가 나 있는 남자가. 그 사람은 우리가 올 걸 알고 있대. 우리 중에서 두 사람은 여자하고 아이와 함께 천막집에 남아 있고 다른 두 사람은 북북동 방향으로 계속 가다가 그레이트머디 강을 건너 다시 가다 보면 그리 깊지 않은 길고 좁은 호수를 만나게 될 거래. 그리고 그 사람은 그 호수를 건너가야 한대. 뱀은 그 사람이 호수를 건너기만 하면 무사히 집으로 돌아올 거라고 했어."

리더가 물었다.

"그 사람이 호수를 건너지 못하면 어떻게 된대?"

젊은이는 말했다.

"그건 나도 모르겠어. 그저 그 사람이 호수에 들어가서 건너편으로 가려고 해야 한다는 것만 알아. 무슨 일이 일어나든 간에 아무튼 그다음에 우리는 그 사람 집으로 다시 돌아가야 해."

그들은 뱀이 다시 올까 두려워하면서 밤을 꼬박 새웠다. 하지만 뱀은 돌아오지 않았다. 이튿날 아침 그들은 동쪽을 향해 걸어가기 시작해서 해 질 무렵에는 그 산맥을 벗어났다. 그 이튿날 해 뜰 무렵 그들은 북북동 쪽을 향해 걸어가기 시작했고, 이틀 뒤에는 어느 강가에 이르러 캠프를 쳤다.

사냥꾼들 중의 한 사람이 물었다.

"그 뱀이 정말로 너한테 말한 게 확실해? 그거 그냥 상상에서 나온 얘기 아냐? 개꿈 같은 것일 수도 있잖아."

그러자 리더가 그 사람에게 반문했다.

"그 뱀도 꿈에 나온 거였어? 이 세상에 그런 게 있다는 얘기는 생전 들어본 적도 없었어. 하지만 나는 내 두 눈으로 그걸 똑똑히 봤어. 그런 판국에 내 눈과 귀가 내게 거짓말을 한 거라고 믿어야 할까?"

젊은이를 다그쳤던 사냥꾼은 말했다.

"나는 그냥 우리가 위험한 상황 속으로 끌려들어가는 건 아닌지, 바보짓을 하는 건 아닌지 확인해보고 싶었을 뿐이야. 우리가 뱀이 자네한테 했다는 어떤 사람에 관련된 이야기를 곧이듣는 바람에 낯선 고장으로, 심지어는 적의 땅에까지 들어가는 것은 남들의 비웃음을 살 만한 일이 될 수도 있다는 생각이 들어서 그래."

젊은이는 항변했다.

"나는 거짓말하지 않았어. 내가 들은 대로 전한 것뿐이야! 그 뱀은 자기가 시키는 대로 하지 않을 경우 우리를 뒤쫓아와서 모두 삼켜버리겠다고 말했어!"

리더는 그 사냥꾼에게 말했다.

"넌 가고 싶으면 가도 좋아. 이 친구 말을 굳이 믿어주지 않아도 좋아. 하지만 우리 모두가 다 그 뱀을 봤다는 걸 명심해! 이 친구에게 어떤 일이 일어났는지도 다 봤어. 나는 그 거대한 뱀이 나를 뒤쫓아와서 삼켜버릴 때까지 가만히 손 놓고 기다리고 싶지 않으니 이 친구 말을 믿어줄 거야!"

그러자 그 사냥꾼은 곧바로 응수했다.

"우리가 빨간 문이 달린 외딴 천막집을 찾아낸다면 이 모든 이야기가 사실이라는 걸 알게 될 거야. 하지만 그런 천막집도 눈 밑에 흉터가 나 있는 남자도 찾아내지 못한다면 나는 집으로 돌아가서 내 할 일을 할 거야!"

이튿날, 그들은 반나절 동안 그 강을 따라 내려간 끝에 어느 골짜기에 이르렀다. 그들은 그 골짜기 안으로 들어간 지 얼마 되지 않아 아담한 숲 속에 자리 잡은 외딴 천막집을 발견했다. 그 천막집에는 빨간 문이 달려 있었다. 그 안에는 한 남자와 젊은 아내, 아이가 살고 있었다. 그 남자의 눈 밑에는 흉터가 나 있었다.

네 사냥꾼은 그를 보고 몹시 놀랐지만 그는 그들이 찾아오리라는 걸 미리 알고 있기라도 한 양 별반 놀라지 않았다. 그는 흰머리가 많은 것으로 미루어 중년의 나이를 넘어선 것처럼 보였지만 그의 아내는 아주 젊었다. 그는 그들을 강가로 데리고 가서 캠프를 칠 만한 자리를 알려준 뒤 그들과 이야기를 나눴다.

"내 아내가 댁들에게 식사 대접을 할 겁니다. 그러니 꼭 우리 집에 와서 식사를 하셔야 합니다. 댁들은 먼 길을 왔죠. 나는 언제고 댁들이 올 것이라는 걸 알고 있었습니다. 내게 전할 말이 있다는 것도요."

사냥꾼들은 말하기를 주저했다. 하지만 그들은 뱀한테서 이행해야 할 과제를 받은 처지였다. 그래서 리더는 자기네가 거기까지 여행한 목적을 밝혔다.

"우리 중에서 두 사람은 댁의 아내, 아이와 함께 남아 있고 다른 두 사람은 당신을 대동하고 북북동으로 가야 합니다. 그레이트머디 강을 건너 길고 얕은 호수를 만날 때까지 내처 가야 합니다. 거기까지 가려면 아주 오래 걸릴 겁니다. 아마 한 달 정도 걸리지 않을까 싶어요. 댁이 그 호수를 건널 경우에는 집으로 돌아올 수 있습니다."

눈 밑에 흉터가 나 있는 사내는 말했다.

"알았습니다. 댁들하고 함께 여행을 하겠습니다. 앞으로 이틀 뒤에 떠나도록 하죠. 길을 떠나기 전에 아내와 아들하고 하루 이상의 시간을 함께하고 싶어서요. 캠프를 친 다음 우리 집에 와서 식사를 하세요."

처음에는 거대한 뱀이 나타났고 이제는 눈 밑에 흉터가 나 있는 묘한 사내가 나타났다. 네 사냥꾼은 그런 일들을 어떻게 받아들여야 할지 난감해했다. 자기네가 제대로 알지도 못하는 어떤 일에 끌려들어간 게 분명한 데다 앞으로 미지의 땅으로 들어가는 기나긴 여정이 기다리고 있었으니까.

캠프를 치는 동안 사냥꾼들 중의 한 사람이 물었다.

"어째서 그 사람은 호수를 꼭 건너가야 하는 거지?"

또 다른 사람이 물었다.

"어째서 그 사람은 달랑 아내와 아이하고만 이 외진 데서 살고 있는 거지? 마을에서 쫓겨난 걸까? 마을에서 쫓겨난 사람들만 외따로 살잖아."

리더가 말했다.

"쫓겨난 게 맞다고 하면, 대체 무슨 짓을 저지른 거지? 틀림없이 아주 고약한 짓을 저질렀을 텐데. 사소한 잘못 정도로는 쫓겨나지 않거든."

그날 저녁 사내의 젊은 아내는 엘크 고기 스튜를 만들어 손님들에게 대접했는데, 그 맛은 아주 훌륭했다. 그녀는 예의바르고, 또 몹시 수줍음을 탔다. 이제 막 걸음마를 하는 아들은 낯선 사람들이 집 안에 들어오자 줄곧 엄마 곁에만 찰싹 붙어 있었다. 네 사냥꾼은 정중하게 행동했고, 맛있는 음식을 대접해준 것에 무척 고마워했다.

그들은 모닥불을 둘러싸고 앉아서 사냥과 쾌청한 늦여름 날씨 이야기를 했다. 네 사냥꾼이 거기 온 이유나 그들이 전한 소식들에 관해서는 한마디도 꺼내지 않았다. 저녁 시간은 기분 좋게 흘러갔다. 네 사냥꾼은 그 아늑한 천막집에서 환대를 받는 것이 즐겁기는 했지만 지나치게 오래 머무는 것은 주인 식구들에게 폐가 되겠기에 그만 쉬어야겠다고 하고는 그 집에서 나왔다.

이튿날 네 사냥꾼은 하루 종일 쉬면서 화살을 만들었다. 리더는 자기와 가장 젊은 사냥꾼이 그 사내와 함께 북쪽으로 가는 게 좋겠다고 했고, 다른 두 사람은 그 결정에 아무 이의도 달지 않았다. 그들은 눈 밑에 흉터가 있는 사내 이야기를 주로 했다. 그 사내는 본인이 처한 상황에 관해 아직 아무 말도 하지 않았다. 그들은 그 사람이 좋은 사람이라는 걸 알 수 있었다. 하지만 그에게는 내밀한 슬픔 같은 것이 어려 있는 것 같았다. 그날 밤 그 사내는 그들의 캠프에 찾아왔다.

사내는 말했다.

"아내는 내가 댁들과 함께 여행길에 올라야 한다는 걸 알고 있습니다. 그 사람은 나를 따라가고 싶어 해요. 우리는 부부가 된 이래 한 번도 떨어져서 지낸 적이 없습니다. 그 사람은 내가 이런 일을 해야 한다는 것에 괴로워하고 있어요. 하지만 그 사람은 여기서 기다릴 겁니다. 그래야만 한다는 걸 알고 있으니까요."

"이 사람들은 여기 머물 겁니다."

리더는 두 동료를 가리키면서 말했다. 그리고 남은 한 사람을 가리키면서 말을 이었다.

"이 친구하고 저는 댁과 함께 갈 겁니다. 뱀이 바로 이 친구한테 이야기를 전했으니까요. 그리고 저는 지금보다 더 젊었을 때 북쪽 땅에 가본 적이 있거든요. 그곳은 우리의 적들이 사는 땅이라 아주 조심을 해야 합니다."

흉터가 나 있는 사내는 말했다.

"나도 젊었을 때 북쪽에 가본 적이 있습니다. 그레이트머디 강을 건넌 적이 있죠. 하지만 그때는 겨울철이었습니다. 내일 새벽에 떠날 준비를 할 겁니다. 그리고 함께 떠나기로 하죠."

이번에도 역시 그 사내는 더 이상 아무 설명도 하지 않고 자리를 떴다.

남아 있기로 한 사냥꾼 중의 한 사람이 떠날 사람들에게 말했다.

"아주 조심해야 할 거야. 적들의 땅에 들어가는 것도 큰일이긴 하지만 이번 일에는 우리가 알지 못하는 그 이상의 뭔가가 있는 것 같거든. 아무리 사소한 일이라도 잘 살펴봐야 할 거야."

이튿날 새벽 세 사람은 길을 떠났다. 젊은 아내는 천막집 문 앞에서 세 사람의 모습이 더 이상 보이지 않을 때까지 망연히 지켜보면서 서 있었다.

세 사람이 그레이트머디 강까지 이르는 데는 꼬박 열흘이 걸렸다. 때는 늦여름이어서 강의 수위가 낮은 편이었고 강물이 흐르는 기세도 많이 약해졌다. 하지만 그래도 세 사람이 통나무 하나에 의지해서 건너편까지 헤엄쳐가기 위해서는 죽을힘을 다해야 했다.

그들은 강 건너편에서 며칠 동안 더 걸은 뒤 마침내 적들의 땅에 들어섰다.

　그곳은 사방이 툭 트인 광활한 평원 지대였기에 움직이는 것들은 뭐든 쉽게 눈에 띄었다. 땅 위를 기는 것이든 걷는 것이든, 그리고 하늘을 나는 것이든 뭐든 간에. 낮은 언덕이 연이어 늘어서 있는 그 평원은 사람을 끄는 힘이 있었다. 한 언덕 꼭대기에 오르면 바로 다음 언덕이 나타나 그 너머에 뭐가 있는지 궁금하게 만들었다. 그들은 배 부위가 하얀 염소, 곧 영양이 큰 떼를 이루고 있는 광경을 몇 번이나 보았으며, 그보다 더 큰 무리를 이룬 들소들이 커다란 갈색 구름처럼 대지를 온통 뒤덮고 있는 광경도 심심치 않게 보았다. 그들의 머리 위에서는 매와 독수리, 말똥가리, 갈까마귀들이 하늘 높이 날아다니고 있었다. 그 여정의 끝에서 뭐가 기다리고 있는지 알 수 없어 불안한 마음만 없었다면 그들은 대지와 하나가 되는 데서 오는 기쁨을 제대로 맛볼 수 있었을 것이다.

　밤에 모닥불을 피우고 둘러앉아 있을 때면 사내는 한가롭게 이런저런 이야기를 했지만 본인의 신상에 관해서는 거의 말하지 않았다. 이런 이상한 여행을 하는 연유에 대해서는 털끝만큼도 내비치지 않았고. 그리고 그때까지 뱀 이야기는 전혀 하지 않았고 그들에게 물어보지도 않았다. 단 하나 확실한 건 그 사냥꾼들이 뱀이 일러준 대로 자기 집에 찾아오리라는 걸 그가 미리 짐작하고 있었다는 점이다. 그는 밤마다 그 캠프에서 멀리 떨어진 곳까지 가서 파이프 담배를 피우고 기도를 했다.

　적들의 땅에서 그들은 골짜기의 덤불 속에 몸을 숨긴 채 좀 더 천천히 나아갔다. 그레이트머디 강을 건너고 나서 보름가량 지났을 즈음 그들은 초승달처럼 휘어진 긴 호수 앞에 이르렀다. 그들은 그간 크고 작은 여러 호수 곁을 지나쳤지만 그 초승달 모양의 호수 가 바로 뱀이 말한 호수라는 걸 알아챘다. 그 호수에는 뭔가가 있 었고 두 사냥꾼은 금방 그걸 직감할 수 있었다. 호숫가에서는 어떤 동물도 보이지 않았고 공중을 나는 새들도 보이지 않았다. 단지 교 교한 침묵만 감돌고 있었다.

그들은 적들의 땅에 들어선 이래 불을 거의 피우지 않았다. 그리 고 그 호수에 이르러서는 뭍 안쪽으로 깊숙이 파고 들어간 호젓한 후미에 캠프를 치고 불은 일절 피우지 않았다. 두 사냥꾼은 혹시 적들이 접근해오지 않나 잘 살펴보긴 했지만 뭔지 모를 감을 통해 서, 적들이 거기까지 오지 않으리라는 걸 알고 있었다. 리더는 말 했다.

"이곳에는 뭔가가 있어. 감으로 알 수 있어."

젊은 사냥꾼이 말했다.

"맞아. 내가 처음 뱀을 보았을 때 느꼈던 것과 똑같은 느낌이 일어."

흉터 있는 사내는 그 호수를 발견한 이래 한마디도 하지 않았다. 그날 밤 그는 혼자 밖으로 나갔다. 잠시 후 그들은 그가 부르는 죽 음의 노래를 들을 수 있었다. 달이 떠오르자 그는 돌아와서 두 사 냥꾼에게 말했다.

"내일, 해가 뜬 뒤 나는 댁들이 하라고 일러준 대로 저 호수 속 에 걸어 들어갈 겁니다. 물속에서 뭐가 나를 기다리고 있을지는 대 충 알 것 같아요. 만일 내가 저 건너편에 이르지 못하면 내 물건들 을 챙겨서 아내에게 갖다 주세요. 그리고 그 사람을 친정에 데려다주는 친절을 베풀어주셨으면 합니다. 그 사람은 그간 너무 오랫동안 친정 식구들하고 떨어져서 지내왔거든요. 나한테 궁금한 점이 있으면 그 사람에게 물어보도록 하세요. 그 사람은 말해줄 겁니다."

그는 그렇게 말하고는 물가에 내려가 앉아 새벽이 오기를 기다렸다.

두 사냥꾼은 한 가지만은 확신하고 있었다. 그 사내가 용감한 사람이라는 것.

마침내 새벽이 왔다. 동쪽 지평선 위에 희미한 붉은빛이 어렸고 호수 수면에서도 희미한 붉은빛이 어른거렸다. 곧이어 대지 한 끝 위로 해가 둥실 떠올랐다. 두 사냥꾼은 흉터 있는 사내가 셔츠와 각반을 벗는 광경을 지켜보았다. 사내는 곧 허리에 두르는 천 하나와 신고 있는 모카신을 제외하고는 아무것도 걸치지 않은 모습이 되었다. 그는 뒤도 돌아보지 않고 죽음의 노래를 부르면서 물속으로 걸어 들어갔다.

바람은 전혀 불지 않았고 수면은 마치 얼어붙기라도 한 것처럼 매끄러웠다. 사내가 호수 속으로 점점 더 멀리 들어가는 동안 이상한 침묵이 대기를 가득 채웠다. 호수는 얕았다. 그가 호수 중간 가까이 이르렀을 때조차도 물은 그의 허벅지에 겨우 이를 정도였다. 두 사냥꾼은 호숫가에 서서 사내가 제발 건너편에 이르기를 간절히 기원하면서 지켜보았다.

호수의 폭은 튼튼한 활로 쏜 화살이 날아가는 거리보다 조금 더 길었지만 그들은 건너편 땅을 볼 수 있었다. 사내가 호수 중간에 이르자 물은 그의 가슴께까지 차올랐다. 바로 그때 그의 뒤에서 무슨 일인가가 일어났다. 뭔가 움직임이 있었고, 수면이 마구 끓어오르기 시작했다. 시커먼 어떤 물체가 심장이 한 번 뛰는 시간만큼 수면 위로 튀어 올랐다가 사라졌고, 곧이어 사내가 물속으로 끌려 들어갔다.

두 사냥꾼이 안타까운 마음에 물가를 이리 뛰고 저리 뛰는 동안 들끓었던 수면은 다시 가라앉기 시작했다. 잠시 후 호수는 아무 일도 없었다는 듯이 거울처럼 잔잔해졌다. 그들은 그 사내가 사라졌다는 걸 직감했지만 사내가 살아 돌아오기를 기원하면서 기다렸다. 오전 시간이 속절없이 지나갔다. 괴괴한 침묵만 지속될 뿐 아무 일도 일어나지 않았다. 그들은 서글픈 심경에 사로잡힌 채 그의 셔츠와 각반, 활과 화살, 창을 챙겨 든 뒤 돌아서서 걷기 시작했다.

스무날이 지난 뒤 그들은 잔잔한 강이 흐르는 골짜기의, 빨간 문이 달린 천막집에 도착했다. 남아 있는 두 사냥꾼은 그들이 무사히 돌아온 걸 보고 기뻐했다.

그중 한 사람이 말했다.

"얼마 전에 이 집 여자가 슬피 울기 시작하더니 문상하기 위해 두 팔을 칼로 베고 머리를 잘랐다네. 그리고 그때 이후 줄곧 얼굴에 재를 바른 채 지내왔어."

리더는 말했다.

"여자가 뭔가를 알아챈 거지. 남편이 죽었다는 걸 안 거야. 그 사람은 호수 건너편에 도착하지 못했어. 뭔가가 그 사람을 물속으로 끌어들였어."

가장 젊은 사냥꾼은 남편의 죽음을 애도하는 여자에게 남편의 물건들을 넘겨주었다. 그녀는 그 물건들을 받고는 남편과 긴 여행을 함께해줘서 고맙다고 했다. 그들은 그 여자가 상중이라는 점을 감안해서 여자에게 먹을 음식과 물을 챙겨주면서 여러 날 함께 머물렀다. 그러던 어느 날 여자가 마침내 입을 열었다.

"저는 우리 마을로 돌아가야 해요."

그러자 리더가 말했다.

"우리가 댁을 거기까지 모셔다 드리겠습니다. 남편분이 그렇게 해달라고 부탁했거든요. 그러니 기꺼이 그렇게 하겠습니다."

그들은 여자하고 아들과 더불어 동남쪽으로 여행했다. 그동안 젊은 미망인은 아무 말도 하지 않았다. 그녀는 그들이 먹을 음식을 차려주고 저녁에 그들이 캠프 치는 걸 거들어주기는 했지만 내내 침묵을 지켰다. 보름가량이 지난 뒤 그들은 그레이트머디 강 서쪽 바로 곁에 자리 잡은 큰 캠프에 이르렀다. 그 바로 북쪽에서는 배드 강이 그 강에 흘러들어 가고 있었다.

그녀의 친정 식구들은 그녀를 따뜻하게 맞아주었다. 그들은 네 사냥꾼에게 있고 싶으면 언제까지라도 있으라고 권했지만 네 사냥꾼은 빨리 집으로 돌아가고 싶은 마음뿐이었다. 그래서 그들은 며칠 동안만 그 마을에 머물렀다.

그들이 떠나기 전날 밤, 젊은 미망인이 네 사냥꾼의 캠프에 찾아왔다. 미망인은 말했다.

"댁들에게 제 남편 이야기를 해드려야겠기에 이렇게 찾아뵀어요. 그이가 젊었을 때 좋은 친구가 있었는데 나중에 그 친구는 힘 있는 주술사가 되었어요. 그런데 그 사람은 본인이 가진 힘들 중에서 사악한 힘들 쪽으로 기울어 몇몇 악령을 돕는 사람이 되었어요. 그 때문에 제 남편은 그 사람을 멀리했죠. 그리고 얼마 후 남편은 위대한 전사가 되고 마을 사람들이 따르는 지도자가 되었어요. 그러자 주술사는 그걸 시기하고 자기가 가진 힘들을 제 남편을 해치는 데 썼어요. 그 사람은 특별한 약을 이용해서 남편의 첫 아내의 목숨을 빼앗아갔어요. 남편은 그래도 굴하지 않았죠. 그리고 주술사는 마을 사람들이 보는 앞에서 심한 창피를 당했어요. 그러자 그 사람은 미쳤고 미친 상태에서 죽어버렸어요.

그런데 얼마 후 한 영, 그러니까 악령 하나가 남편을 찾아왔어요. 그 악령은 남편이 처벌을 받아야 할 운명이며, 두 가지 벌 중에서 하나를 선택해야만 한다고 했죠. 하나는 마을에서 쫓겨나는 수치를 당하는 것이고, 다른 하나는 온 마을 사람들이 그 주술사처럼 미쳐가는 것을 지켜보는 것이었어요. 남편은 쫓겨나는 편을 택했어요. 악령은 앞으로 언제고 네 사람이 남편을 찾아올 텐데 언제 찾아올지는 결코 알지 못할 것이라고 했어요. 악령은 남편이 매일매일을 최후의 날로 생각하게 만들고 싶어 했던 겁니다. 남편에게는 선택할 수 있는 또 다른 길이 있었어요. 남편은 본인이 원하기만 하면 언제든지 그런 운명에서 벗어날 수 있었어요. 하지만 또 다른 길을 택한다는 건 온 마을 사람들이 미쳐 죽어간다는 걸 뜻했죠."

젊은 사냥꾼이 물었다.

"그런데 댁은 어떻게 해서 그분의 아내가 되었죠?"

여자는 말했다.

"제 아버님이 저를 그분한테 보내셨어요. 아버님은 제게 이 용감하고 고결한 사람의 이야기를 들려주시면서 그 사람이 지닌 용기와 명예가 그 사람과 함께 그대로 땅속에 파묻혀서는 안 된다고 말씀하셨어요. 그런 미덕들은 마땅히 대대로 전수되어야 한다고. 제가 그분의 아이를 갖게 된 건 바로 그 때문이었어요."

그 후 네 사냥꾼은 자기네 마을로 돌아갔다. 친척들이 어떻게 해서 그렇게 오랫동안 밖에서 떠돌았느냐고 묻자 그들은 그저 길을 잃어 오래 헤맸다고만 답했다. 하지만 얼마 후 그들은 그 기나긴 여행담을 사람들에게 들려주었다. 사람들의 반은 그 말을 믿고 반은 믿지 않았다. 하지만 세월이 흐르면서 마을 사람들은 예전에 긴 여행을 함께했던 네 사냥꾼이 마을에서 가장 겸허하고 고결한 사람들이라는 걸 눈치 챘다.

이 세상에 거대한 뱀들이 있다는 얘기는 좀처럼 믿기 어려울 것이다. 하지만 나는 이 세상에 내가 알지 못하는 것들이 많이 있다는 건 알 만큼 오래 살았다. 나는 예컨대 달 위를 걷는 사람의 경우처럼 일부 사람들에게는 지극히 당연한 일로 비치지만 또 다른 일부 사람들에게는 도저히 믿을 수 없는 일로 비치는 경우들을 많이 봐왔기에 거대한 뱀 같은 건 존재하지 않는다고 딱 잘라 단언하지 못한다. 하지만 우리의 삶에는 우리가 체험할 가능성이 있는 놀랍고 강력하고 신비로운 것들이 많이 존재한다는 건 분명히 알고 있다. 나는 그런 것들 중의 하나가 명예로움이었으면 한다.

명예의 색깔

예전에 한 지혜로운 사람은 자신이 하나의 어떤 미덕을 가진 사람으로 세상에 알려진다고 할 때 어떤 미덕을 택하겠느냐는 질문을 받았다. 그는 지체하지 않고 '명예'라고 답했다.

"내가 명예로운 사람으로 알려진다고 할 때 그것은 내가 다른 많은 미덕도 함께 갖추고 있다는 걸 입증했다는 뜻이거든요."

미덕의 적용은 모든 문화, 사회, 국가의 실질적인 핵심이 되는 일이다. 국가들도 개인들처럼 친절하고 너그럽고 진실하고 정직하고 용감할 수 있다. 어떤 일을 하고 어떤 행동을 할 때건 모든 미덕을 가차 없이, 그리고 예외 없이 적용하는 개인들, 문화들, 사회들, 국가들은 가장 명예로운 존재들로 떠오를 것이다. 명예롭다는 것은 성실하고 정직하며, 도덕적으로 올바른 행위를 한다는 것을 뜻한다. 판단이나 평가는 우리가 한 행위를 근거로 해서 내려질 뿐만 아니라 우리가 마땅히 해야 할 것을 하지 않은 것에 의해서도 내려진다. 아마 후자 쪽에 대한 판단이나 평가를 되돌리기가 훨씬 더 어려울 것이다.

어떤 사람이 자기가 받아야 할 돈보다 더 많은 돈을 받았다. 그는 여분으로 들어온 그 돈을 뜻밖에 굴러들어온 보상이라 여기고 잘 꿍쳐뒀다. 하지만 그가 배운 가치관들은 그에게 여분의 돈을 받아 챙긴 것은 나쁜 짓이라고 말했다. 그는 여러 해 동안 그 진실을 애써 외면하고 지내왔으나 그 진실은 마치 신발 속에 들어간 돌멩이처럼 그의 의식 속에서 불편하게 굴러다녔다. 결국 그는 더 받은 액수의 두 배나 되는 돈을 되돌려주었고, 사람들은 그 일을 두고 그를 크게 칭송했다. 그러나 그는 별로 기뻐하는 기색을 보이지 않았고 칭찬하는 소리를 들을 때마다 쑥스러워했다. "명예로운 행위를 한 것이 기쁘지 않으냐?"는 질문을 받았을 때 그는 이렇게 대답했다.

"기쁘지 않습니다. 그 오랜 시간이 지난 뒤에 돈을 되돌려준 것은 잘못한 일을 보상해준 것에 지나지 않습니다. 그 돈을 받은 즉시 돌려주었어야 명예로운 행동이라 할 수 있죠."

라코타 문화에서는 세상의 다른 문화권들에서와 마찬가지로 명예를 중시했고, 또 지금도 그러하다. 그러나 라코타의 전통문화에서 명예가 어떤 의미를 지니고 있는지를 알아보려면 대평원 인디언 부족들 간에 벌어졌던 전쟁들을 잘 살펴봐야 한다.

현대 무기들의 가공할 만한 살상 능력과 전시의 잔학 행위에 관한 끔찍한 기록으로 넘치는 전쟁과 전투의 맥락 속에서 명예를 논하는 것은 아마도 비논리적이고 부조리한 일이 될 것이다. 극단적으로 어려운 모든 상황은 용기를 요구하고, 전쟁과 전투야말로 가장 극단적인 용기의 시험장임이 분명하다. 전쟁은 야만적인 것이므로 이에 참가하는 대부분의 사람들이 명예로운 자세로 임하려고 노력한다는 것은 인류에게 은총을 베푸는 일과도 같다.

명예는 패배한 측이 무기를 버릴 때 사격 중지 명령을 내리는 것만큼이나 간단한 일이 될 수도 있다. 명예는 1865년 남북전쟁이 끝났을 때 율리시즈 그랜트 장군이 항복한 남군 병사들에게 본인들의 말을 그대로 가질 수 있게 허락해준 일만큼이나 당당한 것이 될 수도 있다. 19세기의 이른바 인디언 전쟁 시대 이전에 살았던 대평원 인디언 부족들 사회에서 명예는 실질적이고 도덕적인 이유들 때문에 전쟁과 결부된 경우가 많았다.

전쟁의 성격은 본질적으로 세계 어디에서나 다 비슷했고 지금도 그러하다. 그것이 방어적인 행위일 경우에는 대체로 침략에 대한 저항, 곧 제국주의에 대한 저항이라는 성격을 띤다. 공격적인 행위일 때는 제국주의적인 성격을 띤 침략이 된다. 따라서 우리는 어떤 식으로, 그리고 무슨 이유로 전쟁에 참가하느냐를 기준으로 해서 한 국가나 한 문화를 판단한다. 사람들은 유럽인들이 북아메리카 대평원에 들어오기 전에 그곳 부족들 간에 벌어진 전쟁을 야만행위에 뿌리를 둔 것으로 이해했는데 그것은 우선 그들이 대평원 사람들을 야만인들로 간주했기 때문이었다. 야만인은 야만적인 행동을 하게 마련이니까.

그러나 그 부족들 간의 전쟁은 제국주의적인 전쟁들이 흔히 갖고 있는 방어—공격적인 측면들과는 다른 의미와 목적을 지녔다. 그 전쟁은 의도적인 시험장이라 해야 알맞을 만한 성격을 지녔다.

라코타 전사들은 싸움터에서 용기 있고 고결하게 행동하는 것으로 명예를 얻었다. 서로 적대하는 부족들 간의 무장 충돌이 수백 명의 전사들이 참가하는 진 빠지는 장기전의 형태로 전개된 경우는 극히 드물었다. 그런 충돌은 열 명에서 열다섯 명 정도에 이르는 소규모 인원이 격렬하게 맞부딪치는 짧은 전투인 경우가 많았다. 그런 전투는 자기 집과 가족, 소중한 사냥터를 보호하기 위해 꼭 필요한 것이었던 반면, 노골적인 제국주의에서 비롯된 전쟁 같은 건 드물었다. 그보다는 전투원들이 오로지 용기 있고 명예로운 행동을 과시할 수 있는 기회를 얻기 위해 부러 도발한 전투인 경우가 훨씬 더 많았다.

서구인들 스타일의 전쟁과 대평원 인디언들 스타일의 전쟁 간에는 아주 의미심장한 차이가 하나 있었다. 유럽인들이나 유럽계 미국인들은 적의 병참과 전투 지원 기능에 큰 타격을 주는 한편으로 가급적 많은 숫자의 적들을 죽이려 애썼다. 대평원 인디언 전사들은 적들이 보는 앞에서 자신의 용기와 명예를 입증하려 애썼고, 적을 이겼다는 것이 꼭 적을 죽여야 한다는 걸 뜻하는 건 아니었다.

라코타 전사들과 다른 대평원 부족 전사들은 팔팔한 적과 맞붙어서 제압하는 것을 죽이는 것보다 훨씬 더 용기 있고 명예로운 일로 여겼고, 용기와 명예야말로 부족이 지닌 힘의 기반이 되었기에 자신의 전과를 자랑스럽게 이야기하곤 했다. 용기와 명예를 입증하는 행위를 적보다 더 많이 하는 것이야말로 '강하고 좋은 약'이었다. 적을 굴복시키는 역할을 한 건 싸움터에서 죽은 시체들의 숫자가 아니라 용감하고 명예로운 행동을 한 횟수나 빈도수였다. 적을 진심으로 굴복시키는 것이 그의 목숨을 빼앗는 것보다 더 나았다.

전투를 하다 보면 부상자와 사망자가 나오는 건 피할 수 없었다. 부상과 사망이야말로 늘 명백하고도 현존하는 위험 요소였다. 싸움터는 결코 쉬운 시험장이 아니었다. 따라서 자기 부족을 지키는 일이야말로 더없이 숭고한 사명이 되었고, 자기 부족을 지키기 위한 전투에서 목숨을 내던지는 것이야말로 가장 큰 희생이 되었다. 그런 철학은 여자들이 남편과 아들에게 "맹물이 들어찬 심장을 지닌 채로 잘 매장되는 것보다는 싸움터에서 알몸으로 쓰러져 죽는 편이 더 나으니 과감하게 전진하라."고 다그치는, 옛 유물에 새겨진 격언에 제대로 요약되어 있었다. 전사들이 부른 많은 노래 가사들도 그런 철학을 분명히 드러내고 있는데 그런 노래의 하나로 다음과 같은 것이 있다.

나는 부족의 깃발 아래 전진한다.

126

나는 부족이 살아남게 하기 위해 전진한다.

그 철학의 밑바탕이 되는 원리는 만일 어떤 사람이 가장 격렬하고 어지러우며 두려운 상황 속에서도 용감하고 명예롭게 행동할 수 있다면 평화로운 시절에도 용감하고 명예롭게 행동할 수 있다는 것이었다. 그런 철학을 통해서 각 부족들은 두 가지 이득을 얻을 수 있었다. 하나는 자기네 전사들이 가족과 집, 고향땅을 지키는 일에 자신의 모든 걸 다 바친다는 점. 다른 하나는 가장 어려운 상황 속에서 배운 용기와 명예의 교훈들은 모든 상황에서 자기네 부족 사람들 모두에게 이익을 안겨주리라는 점.

싸움터에서 명예를 얻어 높은 명성을 갖게 된 전사들은 그 공동체 내에서 높은 지위를 얻었다. 게다가 전쟁터에서의 리더가 견실한 자세와 지혜로운 결정 덕분에 군사적인 성공을 거둘 수 있었다고 한다면 평화 시에도 꼭 필요한 사람이 될 수 있었다. 그가 전쟁을 통해 어렵게 얻은 경험은 부족의 모든 사람에게 이익이 되는 방향으로 활용될 수 있기 때문이었다.

어느 의미에서 보자면 전쟁은 모든 문화의 꼭 필요한 한 부분이기도 했지만 폭력이나 침략의 필요성을 충족시키기 위해 전쟁이 생겨났다거나 활용되었다는 뜻에서 그렇다는 건 천만 아니다. 의도했든 의도하지 않았든, 사람들의 상호작용이 빚어내는 부정적인 측면은 긍정적인 영향을 낳는 방편으로 활용되기도 했다.

1800년대 초, 그러니까 대평원의 여러 부족이 어느 정도의 총기를 보유하고 있을 무렵, 포니 족으로 짐작되는 한 무리의 사람들이 시캉구 라코타 족이 차지하고 있던 영토의 남쪽에 침입해왔다. 그 당시 남쪽 경계선은 내달리는 강이었는데, 오늘날에는 네브래스카 중앙 북부를 흐르는 그 강을 니오브라라 강이라 부른다. 시캉구 라코타 사람들은 침입자들이 계속 북쪽으로 진군해서 김나는땅의 강(리틀화이트 강) 가까이 이르렀을 무렵에서야 비로소 그들을 발견하고 뒤쫓기 시작했다. 수적으로 심한 열세였던 침입자들이 택할 수 있는 유일한 길은 남쪽으로 퇴각하는 것이었다. 시캉구 라코타 전사들이 맹렬히 추격하는 바람에 말들이 지치자 적들은 할 수 없이 높은 곳으로 올라가서 진을 쳤다. 그곳은 김나는땅의 강 동쪽 능선 위에 자리 잡은, 소나무로 덮인 야산이었다.

침입자들 가운데 몇 명은 시캉구 라코타 전사들에게 쫓기는 과정에서 부상을 당했다. 그들은 방어진지가 구축된 뒤 부상 때문에 죽은 것 같았다. 시캉구 전사들은 적들을 포위한 뒤 그들을 진지에서 몰아내기 위해 몇 차례나 돌격을 감행했다. 하지만 그런 시도는 번번이 실패로 돌아갔고 그 과정에서 시캉구 전사 한 명이 부상을 당하고 말 한 마리가 죽었다. 그날 밤 침입자들은 야음을 틈타 포위망을 뚫으려 했지만 더 많은 사상자만 났을 뿐 아무 성과 없이 뒤로 물러서고 말았다. 이튿날 낮에도 시캉구 전사들은 몇 차례 적진을 공격했고 그때마다 적들은 맞받아쳤다.

그러자 시캉구 전사들은 자기네가 병력을 쉽게 보충할 수 있는 것은 물론이요 물도 쉽게 얻을 수 있고 식량도 넉넉한 터라 느긋하게 기다리면서 지구전을 펴기로 했다. 침입자들은 어려운 처지에 빠졌지만 기운이 빠진 기색은 추호도 보이지 않았다. 그들은 용감하게, 그리고 솜씨 좋게 진지를 지켰다. 하지만 침입자들이 갖고 있는 물과 식량, 두 정의 소총 탄약은 곧 바닥이 날 게 뻔했으므로 그 싸움이 끝나는 건 시간문제에 불과하다는 것을 양측 모두 다 알고 있었다. 시캉구 전사들은 산불을 놓아 적들을 산에서 몰아낼 계획을 세웠다. 하지만 침입자들이 용감하게 싸운 사람들이기에 시캉구 전사들은 결국 그들을 살려주기로 했다.

시캉구 부대의 지도자는 담판을 하자는 신호를 보낸 뒤 침입자들의 지도자와 만났다. 시캉구 측에서 열심히 손짓을 해서 그들을 살려 보내주겠다고 하자 상대편도 손짓을 통해 응하겠다고 했다 (손짓은 대평원의 많은 부족들이 상대방의 언어를 알아듣지 못할 때 흔히 사용했던 효과적인 소통 방법이었다). 침입자들은 자기네를 내달리는 강의 남쪽으로 무사히 갈 수 있게 해주는 것에 보답하는 의미에서 자기네가 타고 온 말들을 시캉구 측에 내주었다. 그리고 시캉구 전사들은 침입자들이 소나무로 덮인 산꼭대기에 시신들을 대충 파묻어서 만든 무덤들도 그대로 보존해주기로 했다.

이것은 우리 할아버지가 들려주신 이야기였다. 할아버지는 또, 전쟁은 사실 인간의 선한 면과 악한 면 간의 싸움이며, 상대방과 적대하는 동안에는 그 양자가 모두 나타나지만 자신이 지닌 가장 좋은 면과 가장 고약한 면 가운데서 어느 쪽을 드러낼 것인가는 각자의 선택에 달린 문제라고 말씀하셨다. 나는 그 이야기에서 시캉구 사람들이 자기네의 가장 좋은 면을 드러냈다는 점을 자랑스럽게 밝히고자 한다.

1980년대 중반, 새 도로를 건설하기에 앞서서 토양 샘플을 채취하던 기사들이 사우스다코타 주 미션 시에서 서쪽으로 18킬로미터 가량 떨어지고 리틀화이트 강에서 동쪽으로 몇 킬로미터 가량 떨어진, 로즈버드 수우 인디언 보호구역 내에 있는 한 능선 꼭대기에서 사람 뼈들을 발견한 것은 흥미로운 일이 아닐 수 없었다. 그 기사들은 로즈버드 수우(시캉구 라코타) 부족 지도자들 및 원로들과 의논을 한 뒤 새 도로 건설 부지의 위치를 다른 데로 이동시키고 그 뼈들은 제자리에 그대로 모셔두었다. 그 뼈들의 신원을 밝혀줄 결정적인 증거는 없지만, 적어도 나는 그 뼈들이 명예의 증거요, 사람들이 서로에게 겸허하게 행동한 증거의 하나라 믿고 있다.

명예가 존재하지 않는 사회는 생각만 해도 소름이 끼친다. 명예가 존재하지 않는 사회에는 혼란과 혼돈, 무질서가 판을 칠 것이다. 명예는 외적으로 강제할 수 없는 것이기에 그것을 지키기는 쉽지 않다. 따라서 각 사회나 문화, 국가가 자체 내에 존재하는 최상의 부분을 선택하느냐 최악의 부분을 선택하느냐에 따라 그 구성원들의 삶의 양상과 질은 크게 달라진다. 그 두 가지 중에서 어느 하나를 선택하는 일은 간단한 일이 될 수도 있고 좀 더 복잡한 일이 될 수도 있다.

1996년, 내 아내는 우리가 살고 있는 농촌 지역에서 차에 휘발유를 넣기 위해 한 편의점에 들렀다. 아내의 수중에는 5달러밖에 없었는데 그 액수에 맞춘다고 하다가 막상 주유 펌프를 끄고 보니 5센트만큼이 더 들어갔다. 아내가 가게 종업원에게 뜻하지 않은 실수를 했다고 알리자 종업원은 즉각 아내의 차 열쇠를 빼앗았다. 아내는 내게 전화를 걸어 사정을 설명한 뒤 내가 그 잔돈푼을 지불해주러 올 때까지 기다려야 했다.

몇 달 뒤 우리는 그 지역 북서쪽에 있는 한 작은 공동체에 간 적이 있었다. 나는 그곳에 있는 자동차부품 가게에서 내 픽업트럭에 들어갈 부품 하나를 샀는데 일 달러가 부족했다. 그 가게 주인은 내 이름이나 주소, 전화번호를 알고 있지 못했음에도 부족한 돈은 다음에 그곳에 들를 때 지불해달라고 하고 간단히 넘어갔다.

어느 주택개발업자가 딸의 약혼자인 건축가를 고용해서 한 특별한 고객이 거주할 집을 설계하게 했다. 개발업자는 건축가에게 그의 모든 능력을 다해서 설계나 기능, 아름다움이 모두 빼어난 집을 지어야 한다고 주문했다. 몇 달 지나지 않아 젊은 건축가는 장차 장인이 될 개발업자에게 설계도면들을 건네주었다. 개발업자는 설계가 잘 되었다고 칭찬한 뒤 그 집 짓는 일을 감독해달라고 부탁하면서 작업의 총 지휘권을 부여해 주고 넉넉한 예산을 건네주었다.

젊은이는 맡은 일을 열심히 했다. 그가 만든 설계도면들은 자신의 능력을 최대한 발휘해서 만든 것들이었으며, 그는 하루빨리 그 집이 완공된 것을 보고 싶어 했다. 그는 몇몇 건축 청부 회사로부터 공사 입찰 서류를 받은 뒤 두 번째로 싼 가격에 입찰한 업자가 예산에 맞춰서 제 날짜에 완벽하게 시공하는 것으로 이름이 높은 업자라는 사실을 무시하고 경험은 가장 부족하지만 가장 싼 가격에 입찰한 업자를 선정했다. 이어서 그는 그 지역에 있는 목재하치장에 가서 가장 싼 건축 재료들을 구입했다. 그 때문에 그는 돈을 많이 절약할 수 있었지만 건축의 질은 크게 떨어질 수밖에 없었다.

시공업자는 경험이 부족한 탓에 심각한 구조적 결함들을 빚어냈다. 그런 결함들을 바로잡으려면 더 많은 비용을 들일 수밖에 없었다. 건축가는 그게 싫어서 일단 바닥과 벽, 천장을 올린 뒤 남들이 결함을 눈치채지 못하게 적당히 마무리해서 돈을 절약하는 편을 택하기로 했다. 다 짓고 보니 그 집은 흡사 전시용 주택처럼 근사해 보였다. 비록 그 외관은 아주 아름다워 보였지만 건축가는 거기에 숨겨진 약점들을 잘 알고 있었다. 하지만 그는 그 집에 들어와 살 사람들은 그런 약점들을 결코 알아채지 못하리라 확신했다.

개발업자는 딸을 데리고 그 집에 왔다. 그는 새집 열쇠들을 넘겨받은 뒤 일을 잘 해냈다고 젊은 건축가를 칭찬했다. 그러고 나서 그는 그 열쇠들을 젊은 커플에게 넘겨주었다. 그 집은 바로 그가 그 커플에게 주는 결혼 선물이었다.

명예를 지키려면 우선 스스로에게 정직해야 하기 때문에 아마 명예야말로 지키기가 가장 어려운 덕목일 것이다. 자신의 불명예스러운 면을 그냥 무시하고 넘어가거나 대충 눙치고 지낼 수 있다. 그러다 보면 다른 사람들도 역시 대충 넘어가줄 것이라고 생각하기가 쉽다.

옛날에 '붉은셔츠 전사들'을 뜻하는 오글레 루테 위차피라고 하는 전사 단체가 있었다. 이 단체에서는 4년마다 한 번씩 신입회원들을 뽑기 위해 두 명의 신입회원 후보를 초대했다. 그 단체는 명성 높은 단체여서 많은 이가 거기에 들어가고 싶어 했다. 그러나 초대를 받았다고 해서 그들이 다 회원이 되는 데 필요한 시험을 통과할 수 있는 건 아니었다. 나중에 가서 보면 시험을 통과하지 못한 사람들이 주위에서 가장 명망 높은 사람들이었다는 사실은 여간 흥미롭지 않다.

붉은셔츠 전사단에서는 회원이 되고 싶어 초대에 응한 이들에게 인내심 테스트를 받으라고 요구했다. 그들은 양식과 물을 지참하지 않고 자신을 보호하는 데 쓸 칼 한 자루만 가진 채 유명한 표적, 곧 강가에 면해 있는 높은 퇴적암 절벽까지 달려가야 했다. 그리고 그 절벽 앞에 이른 뒤에는 그걸 타고 올라가 어느 바위에 묶여 있는 붉은 장식 띠를 갖고 내려와야 했다. 그들은 한 해 중에서 가장 더울 때인 중간달(7월)에 초승달이 뜨자마자 달리기 시작해야 했다. 그리고 또 하나의 조건은 사흘 내에 그 과업을 달성해야 한다는 점이었다. 시험에 초대받은 두 사람은 제비를 뽑아서 먼저 시험 치를 사람을 정했다.

회원 후보자들은 대개 넷째 날 해 질 무렵에 기진맥진한 상태로, 그리고 굶주림에 허덕이는 상태로 도착하곤 했다. 하지만 가장 참기 어려운 것은 갈증이었다. 과제를 완수한 사람은 음식과 물을 먹기에 앞서서 전사들의 호위를 받으면서 붉은셔츠 전사단 천막 안에 들어가 회수해온 장식 띠를 보여줘야 했다. 그 회원 선발 역사를 통틀어 붉은 장식 띠를 갖고 돌아오지 못한 후보자는 한 사람도 없었다. 그 붉은 장식 띠는 단단하게 감겨 있었다. 그래서 후보자는 갖고 온 장식 띠를 머리 위로 높이 쳐들어 풀어내야 했다. 그 띠가 바닥까지 늘어지면 그 사람은 회원 자격을 얻었다. 그것이 바닥까지 이르지 못하면 그는 자격을 얻지 못했다.

그것은 육체적, 정신적인 인내력을 시험해보는 과정임과 동시에 명예를 시험해보는 과정이기도 했다. 그 시험에는 두 가지 띠가 마련되어 있었다. 하나는 퇴적암 절벽 꼭대기의 한 바위에 묶어놓았고, 그것을 머리 위로 쳐들어 풀어내면 쉽게 바닥까지 닿았다. 다른 하나는 절벽까지 이르는 여정의 반을 조금 지난 지점에 서 있는 한 나무에 묶어놓았다. 그 나무는 후보자가 달려가다가 그 그늘 밑에서 잠시 쉬었다 가고 싶다는 마음이 들 만한 지점에 서 있었다. 그 띠는 절벽 위에 묶어놓은 띠보다 짧았다. 그래서 붉은셔츠 전사단의 원로들 앞에서 그 띠를 풀어낼 경우에는 그 사람이 과제를 이행하는 데 필요한 거리를 다 달리지 않았다는 사실이 금방 드러났다.

짧은 띠를 갖고 돌아온 사람은 그 자리에서 즉각 쫓겨났으며, 그 단체의 원로들은 자기네가 어째서 그런 결정을 내렸는지 구구하게 설명할 필요가 전혀 없었다. 한 번 실패한 사람이 다시 초대받은 경우는 한 번도 없었다. 그리고 붉은셔츠 전사단의 전 역사를 통틀어 가입을 거부당한 사람들이 다른 일들에서 명예를 입증한 경우는 극히 드물었다.

라코타 문화에서 붉은색은 명예의 색깔이다.

5
사랑

찬도난케
마음속에 담아두고 간직하는 것

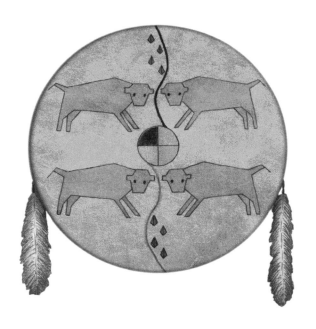

과거 나는 독수리 두 마리가 구애를 하고 짝짓기 의식을 치르는 광경을 목격하는 특권을
누린 적이 있다. 그들은 하늘 높은 곳에서 춤추기 시작했고, 높이 날아오른 뒤 서로를
단단히 끌어안아 한 몸이 되었다. 한 몸이 된 그들은 대지를 향해 수직으로 떨어졌다.

두 그루의 사시나무 이야기

사시나무들은 라코타 땅의 강가나 시냇가에서 쉽게 볼 수 있다. 그 나무들은 키가 크고 강하며, 장수한다. 한여름, 산들바람이 불어오면 그 나무 이파리들은 하늘거리고 춤추면서 기쁨에 겨운 노래를 나직하게 부른다. 네발 달린 것들, 날개 달린 것들, 땅을 기어다니는 것들, 두발 달린 것들 할 것 없이 모두가 그 노래를 듣고 흥겨워한다. 그 노래는 근심 어린 마음을 달래주고 가장 괴팍한 마음조차도 녹여주며 상처받은 마음을 치유해줄 수 있다. 다음에 들려줄 이야기는 다른 존재들로서 새로운 삶을 살기 시작한 두 그루의 사시나무 이야기다.

1837년에 백인들의 증기선이 그레이트머디 강을 따라 올라오면서 얼굴에 고름이 흐르는 병(천연두)을 퍼트려 2천 명 가까운 라코타 사람들을 죽이기 훨씬 전 무렵, 두 젊은 남녀가 여름 모임에서 만났다. 처녀는 어른 여자가 되는 의식을 막 치른 뒤였고, 청년은 적과 처음 맞서서 최초의 전공을 거둔 뒤였다. 처녀는 아름다운 검은 눈을 갖고 있었고 청년은 큰 키에 쭉 뻗은 몸매를 갖고 있었다.

그들은 서로에게서 눈길을 뗄 수가 없었다. 저녁마다 청년은 처녀의 천막집 바로 앞에서 처녀의 어머니가 주시하는 가운데 엘크 가죽으로 만든 근사한 옷으로 자신의 몸과 처녀의 몸을 함께 두르고 서 있었다. 그 옷자락에 몸을 숨긴 젊은 한 쌍은 부드러운 키스를 나누고 장래를 약속하는 말을 속삭였다. 춤추는 시간이 돌아와 여럿이 손에 손을 잡은 채 토끼처럼 깡충깡충 뛰고 빙글빙글 돌아가면서 노래할 때면 처녀는 청년의 손을 잡아 그 원무의 대열 속에 끌어들이곤 했다. 그들은 마치 한 사람이 되기라도 한 것처럼 나란히 서서 정확히 발을 맞추면서 춤을 추었다. 그리고 그들의 고운 목소리들은 부드럽게 두드려대는 북 장단에 맞춰 흘러나오는 노래를 통해 하나로 녹아들었다.

두 젊은이의 가슴이 오로지 서로만을 위한 것임을 누구나 다 알 수 있었다. 나이 든 이들은 두 젊은이의 목소리가 마치 한 사람의 목소리처럼 흘러나오는 것에 감탄을 금치 못했다. 하얀창이 말들을 끌고 와 붉은버드나무여자의 가족에게 예물로 주면서 그녀와 결혼하게 해달라고 요청하는 것은 시간문제였다. 모든 사람이 다 그렇게 되리라고 믿어 의심치 않았다.

여름 모임이 끝나자 두 젊은이는 떨어지기 싫은 걸 억지로 참고 헤어졌다. 하얀창은 처녀에게 많은 말을 모아오겠다고 약속한 뒤 말을 타고 그곳을 떠났다.

여름이 지나고 가을이 왔다. 붉은버드나무여자의 마을은 터틀버트 근방에 캠프를 쳤고, 하얀창이 속한 부족 사람들은 북쪽으로 한참 이동해서 하얀대지의 강 근처에 캠프를 쳤다. 하얀창은 아리카라 족, 크로우 족과의 전투에 몇 차례 참가해서 용감하게 싸움으로써 명성을 떨쳤다. 한번은 단독으로 적진을 습격해서 열두 마리의 말을 끌어왔다. 그 말들이 붉은버드나무여자의 가족에게 신부 값으로 넘겨줄 말들의 일부라는 것은 새삼 말할 필요도 없었다.

나뭇잎들이 단풍이 들어 떨어질 무렵 처녀의 마을 사람들은 들소를 사냥하기 위해 모래언덕들이 늘어선 지역 바로 북쪽으로 이동했다. 하얀창은 그곳에서 그 마을 사람들을 만났다. 그와 그의 두 친구는 열여덟 마리의 말을 몰고 그 마을 캠프로 들어갔다. 그러나 하늘 높이 치솟아 올랐던 그의 마음은 붉은버드나무여자한테서 몇 마디 말을 들은 순간 상처 입은 오리처럼 대번에 땅바닥에 추락했다.

처녀는 눈물을 줄줄 흘리면서 그에게 이야기했다. 그녀의 부모는 그녀를 수까마귀라고 하는 청년에게 시집보내기로 약속했다. 수까마귀는 좋은 집안 출신의 청년이었고 그녀는 성정이 반듯한 처녀라 아버지가 시키는 대로 할 수밖에 없는 처지였다.

하얀창은 그런 감정을 생전 처음 느껴보았다. 그는 가슴이 너무 아파 숨도 제대로 쉬지 못했다. 그는 정신이 몽롱해져서 명확한 생각을 할 수 없었고, 영혼이 마치 길 잃은 아이처럼 내면을 마구 휘돌아다니는 듯했다. 수치심에 사로잡힌 데다 뭐가 뭔지 모를 혼란 상태에 빠진 그는 친구들을 보낸 뒤 말을 타고 혼자 며칠 밤낮을 지향 없이 방황하다가 결국 북쪽에 있는 자기 마을에 도착했다. 마을에 들어간 그는 어머니의 천막집에 숨어 지내면서 며칠 동안 아무것도 먹지 않았다.

이듬해 봄, 수까마귀와 붉은버드나무여자가 결혼했다는 소문이

들려왔다. 하얀창은 괴로움과 좌절감을 이기지 못해 댓바람에 크로우 족과 싸우러 나갔다. 싸움터에서 그는 살고 죽는 것에 전혀 개의치 않는 사람처럼 미친 듯이 적들에게 덤벼들었다.

한편 수까마귀는 붉은버드나무여자가 아내로서 나무랄 데 없는 여자이고 천막집 안도 늘 깔끔하고 가지런하게 정리하면서 지내기는 했지만 정신과 마음이 다른 데 가 있는 것 같다는 걸 눈치챘다. 이듬해 봄에는 두 사람 사이에 딸이 태어났다. 하지만 그 바람에 붉은버드나무여자의 관심은 그에게서 한층 더 멀어진 것만 같았다. 수까마귀는 환멸감을 숨기기 위해 자주 사냥하러 나갔고, 전투하러 가자는 요청이 올 때마다 항상 응했다.

세월이 속절없이 흘러갔다. 많은 겨울이 왔다가 지나갔다. 하얀창과 붉은버드나무여자는 매해 여름철 모임 때마다 한 번씩 서로를 보았다. 두 사람은 모든 사람이 자기네를 주시하고 있다는 것을 잘 알고 있어 아주 정중하게 행동했다. 하지만 그들의 예전 관계를 알고 있는 모든 사람은 그 어떤 것도, 심지어 세월조차도 그들의 가슴 깊이 자리 잡고 있는 절절한 마음을 약화시키지 못했다는 걸 쉽게 알 수 있었다.

얼마 후 하얀창도 들소 사냥을 하다가 죽은 친구의 아내인 좋은약을 아내로 맞아들였다. 그는 그녀와 결혼하면서 그녀가 전남편과의 사이에서 낳은 아들의 아버지가 되었다. 하지만 그녀는 그가 먹을 걸 착실하게 대주고 모든 면에서 성실한 남편이기는 하지만 마음은 늘 다른 데 가 있다는 걸 알고 있었다.

더 많은 겨울이 지나갔고 그사이에 하얀창은 많은 전과를 거뒀다. 이제 그가 지휘를 맡을 때면 많은 전사들이 그를 따라 싸움터로 나갔다. 사람들은 지혜로운 조언이 필요할 때마다 그를 찾았다. 그리하여 그는 전장에서뿐만 아니라 평화로운 시기에도 사람들을 지도하는 역할을 맡았다. 그러나 좋은약을 포함한 많은 이들은 그가 자주 혼자서 시간을 보낸다는 걸 알았다. 그럴 때마다 그는 마치 다른 시간, 다른 장소를 바라보는 사람처럼 허공을 망연히 응시했다.

　붉은버드나무여자는 이제 아들도 하나 낳았기에 다른 훌륭한 라코타 어머니들과 마찬가지로 자식들을 헌신적으로 돌보았다. 그러나 그녀 역시 혼자 조용히 지낼 수 있는 시간이 올 때마다 북쪽을 망연히 바라보았다. 여름철 저녁만 되면 그러고 있을 때가 더 많아졌다.

　하얀창과 붉은버드나무여자는 잠시나마 이야기를 나눌 기회가 생기는 여름 모임을 위해서 사는 사람들 같았다. 그 모임 때면 두 사람은 잘 지내느냐고 정중하게 묻고 가족들의 근황을 물었다. 하지만 그때마다 그들의 눈은 유난히 아름답게 빛났고, 두 사람 다 오랜 잠에서 깨어나 생동하게 살아 숨 쉬는 것만 같았다.

　하얀창도, 붉은버드나무여자도 자기네의 혼인 서약을 어기지 않았고, 결혼한 사람들이 마땅히 지켜야 할 덕목에 어긋나는 짓은 추호도 하지 않았다. 그들은 진정한 행복을 포기하는 대신 그런 명예를 얻었다. 그리고 두 사람 다 가슴이 찢어지는 비통함이라는 대가를 치렀다. 그러나 수까마귀와 좋은약 역시 대가를 치렀으며, 그들로서는 그 일이 쉽지 않았다. 어느 여름 모임 때 수까마귀는 좋은약에게 편지를 보냈다. 두 사람은 남몰래 만나서 이야기를 나눴다.

　여름 모임이 끝나고 나서 꽤 오랜 시간이 지난 그해 가을, 양쪽 마을 사람들이 겨울철 양식으로 쓸 고기를 마련하기 위한 들소 사냥을 끝냈을 때, 좋은약은 하얀창에게 자기를 남쪽에 캠프를 치고 지내는 자기 친척들에게 데려다 달라고 부탁했다. 그와 마찬가지로 수까마귀 역시 친척들을 만나기 위해 북쪽으로 갈 계획이며 붉은버드나무여자도 함께 가자고 권했다.

초승달이 뜬 첫날 밤 뒤에 찾아온 아침, 두 쌍의 부부는 각자 자기네 마을을 떠났다. 이제는 아이들이 다 자란 터라 양쪽 부부 모두 자기네끼리만 단출하게 여행했다. 며칠 뒤 하얀창과 좋은약은 김나는땅의 강 부근에 이르렀다. 그곳은 사냥꾼들이 호스크리크를 따라 종종 캠프를 치는 곳이었다. 좋은약은 그곳에 캠프를 치고 며칠 동안 지내고 싶다고 했다.

수까마귀와 붉은버드나무여자는 하루 뒤에 그곳에 도착했다. 그것은 좀 거북하고 어색한 만남이긴 했지만 양쪽 부부 모두 서로를 보고 반가워했다. 첫날 저녁이 끝나가고 앞으로 다가올 매서운 겨울을 예고하기라도 하듯 북서쪽에서 싸늘한 바람이 은밀히 다가올 즈음 수까마귀는 이상한 행동을 했다.

네 사람 모두가 활활 타오르는 모닥불을 둘러싸고 앉아 있었을 때 그는 땅바닥에 막대기를 내던지면서 붉은버드나무여자에게 말했다.

"이 막대기는 당신이오. 나는 당신을 버렸소. 우리 라코타의 관습상 남편은 이렇게 해서 아내를 버릴 수 있다는 걸 당신도 알고 있을 거요. 나는 이렇게 할 만한 내 나름의 이유들을 갖고 있소. 이제 당신은 나한테서 버림받은 몸이니 가고 싶은 곳이면 어디든 마음대로 갈 수 있소."

붉은버드나무여자는 어리벙벙한 표정이 되었다. 그녀가 미처 뭐라 말하기도 전에 좋은약도 이상한 행동을 했다. 그녀는 자신의 천막집에서 하얀창의 소지품들을 내와 문 곁의 땅바닥에 내려놓았다.

그녀는 하얀창에게 말했다.

"당신의 물건들을 당신에게 돌려주겠어요. 이제 내 천막에는 그것들을 둘 곳이 없어요. 라코타 여자는 이렇게 할 수 있는 권리가 있고 남편을 이런 식으로 내쫓아버릴 수 있다는 걸 당신도 잘 알거예요. 나는 이렇게 할 만한 이유들이 있어. 이제 당신은 원하는 곳이면 어디든 마음대로 가도 돼요."

하얀창도 멍한 표정이 되었다. 잠시 후 그와 붉은버드나무여자는 어떤 일이 일어나고 있는지 눈치챘다.

수까마귀는 하얀창에게 말했다.

"저 여자의 마음속에 자리 잡고 있는 남자는 바로 당신이오. 저 사람과 평생을 함께해야 할 사람은 당신이었으니 이제부터 그렇게 지내도록 해요."

좋은약도 붉은버드나무여자에게 말했다.

"저 사람의 마음속에 자리 잡고 있는 여자는 바로 당신이에요. 당신은 오래전에 이미 저 사람과 함께 살았어야 했던 사람이니 이제 제자리를 찾아가도록 하세요. 당신네 두 사람은 해야 할 의무를 다했으니 이제 마음의 흐름을 따라가야 해요."

이튿날 아침 좋은약은 천막집을 해체했다. 수까마귀는 그녀를 그녀의 친척들이 있는 곳까지 안전하게 데려다 주겠다고 약속했다. 하얀창과 붉은버드나무여자는 처음 만나고 나서 스물다섯 번의 겨울이 지난 그날에 이르러서야 비로소 남편과 아내로서 첫날밤을 함께 보낼 수 있었다.

그들은 김나는땅의 강 골짜기에서 며칠을 보냈다. 그들은 가을의 마지막 낙엽들이 대지 위를 이리저리 굴러다니고 있음에도 강가를 따라 한가롭게 산책했다. 그들에게 비친 세상은 갓 태어난 것처럼 새로웠다. 하늘이 그렇게 푸를 수가 없었으며, 높은 창공을 나는 거위들의 외침도 이제는 슬픈 노래처럼 들리지 않았다. 태양빛이 그림자를 몰아내듯이 새로운 모든 순간이 과거의 눅눅한 기억들을 몰아내버렸다. 그들의 마음은 바람을 타고 나는 매처럼 하늘 높이 솟아올랐다.

겨울의 매서운 첫 돌풍이 그들을 그레이트머디 강 부근에 있는 아늑한 골짜기로 내몰았다. 그들은 그곳에다 천막을 쳤다. 하얀창은 거기서 북서쪽으로 멀리 떨어져 있는 날랜곰의 마을까지 가는 데 필요한 고기를 마련하기 위해 사냥을 했다.

어느 오후 하얀창이 사냥하러 나갔다가 돌아와보니 천막이 비어 있었고 불 피우는 구덩이의 재도 싸늘하게 식어 있었다. 주위를 아무리 찾아봐도 붉은버드나무여자는 보이지 않았으며 그녀의 말도 역시 사라지고 없었다. 해가 아직 남아 있어 얼마 동안은 그녀의 자취를 쫓을 수 있을 것 같았다. 하얀창은 무기를 챙겨 들고 그곳을 떠났다.

얼마 지나지 않아 그는 말발굽 자국들 위에 찍힌 그녀의 발자국들을 발견했다. 그 자취들로 미루어 붉은버드나무여자는 자신의 말을 쫓아가고 있는 것이 분명했다. 그가 그 발자국들을 추적하는 동안 눈이 내리기 시작했다. 처음에는 가볍게 내리더니 저녁 무렵

이 가까워지자 눈발이 점점 더 짙어졌다.

얼마 후 하얀창은 어떤 발자국도 찾아낼 수 없었다. 그는 그녀의 이름을 부르기 시작했다. 그는 목이 터지도록 부르고 또 불렀다. 날이 어두워지고 있었다. 그는 이제 일몰 무렵이 되었다는 걸 알았다. 눈발은 대지를 뒤덮고 시야마저 빽빽하게 가렸다. 사방이 온통 하얀빛 일색이었다. 이윽고 그는 바람을 타고 날아오는 희미한 외침을 들었다.

하얀창은 소리 나는 쪽으로 허겁지겁 달려갔다. 잠시 후 하얀 배경 속에서 검은 물체들의 모습이 나타났다. 그의 심장은 빠르게 울리는 북처럼 뛰었다. 그 물체들 중의 하나는 땅바닥에 웅크리고 있는 붉은버드나무여자였다. 그녀의 몸 밑에 있는 눈밭은 피로 벌겋게 물들어 있었다. 그녀의 몸 위에는 잔뜩 성이 난 커다란 곰 한 마리가 피 묻은 두 앞발을 쳐들고 서 있었다. 그 곰은 하얀창 쪽으로 돌아서서 우렁차게 노호했다.

하얀창은 가슴속에서 성난 여름 천둥 같은, 고통과 분노의 외침이 터져 나오는 것과 동시에 곰에게 달려들어 창을 내질렀다. 창은 곰의 거대한 가슴을 정통으로 찌르고 들어갔다. 그러나 곰은 힘이 워낙 좋아 곧바로 반격했다. 곰의 날카로운 앞발들이 하얀창을 연이어 후려치는 바람에 그의 몸은 곧 자신의 피로 뒤덮였다. 하지만 그는 굴하지 않고 곰의 가슴만 겨냥하면서 창을 거듭 찔러댔다. 그 일대의 눈밭은 곧 그들의 피로 시뻘겋게 물들었고, 싸늘한 대기는 그들의 격노와 고통의 외침으로 가득 찼다.

하얀창이 마지막으로 그 거대한 곰의 심장 깊숙이 창을 박아 넣는 바람에 드디어 곰은 기력을 잃고 눈밭에 쓰러졌고 그와 거의 동시에 하얀창도 쓰러졌다. 하지만 그는 거기서 그치지 않고 살인 곰의 목을 칼로 베어버렸다.

하얀창은 마지막 남은 기력을 다해 붉은버드나무여자에게 기어가 그녀를 품에 안았다. 그녀 역시 사위어가는 힘을 다해 그의 몸을 꼭 끌어안았다. 그렇게 해서 두 사람은 남편과 아내로서 영원의 세계에 함께 들어갔다.

두 해 여름이 지난 뒤 한 무리의 사냥꾼들이 그레이트머디 강변에서 사람 뼈들을 발견했다. 두 사람의 유골은 서로 엉켜 있었다. 그 부근에는 곰의 것들로 보이는 하얗게 표백된 뼈들이 누워 있었는데 그 늑골들 안쪽에는 창촉 하나가 박혀 있었다. 그 사냥꾼들이 그 현장에서 어떤 일이 일어났는지를 짐작하기는 그리 어렵지 않았다. 그들은 또 물가 가까운 곳의 비탈진 풀밭에서 마치 한 뿌리에서 자라난 것 같은 두 그루의 어린 사시나무들을 발견했다.

하얀창의 집안사람들과 붉은버드나무여자의 집안사람들은 두 구의 유골을 한 무덤 속에 안장했다. 세월이 흐르면서 두 그루의 사시나무는 크고 강건한 나무들로 자라났으며, 위의 가지들은 마치 손에 손을 굳게 맞잡은 것처럼 서로 뒤엉켰다.

더 많은 세월이 흐르자 사람들은 두 그루의 사시나무 그늘 밑에 와 앉아 두 젊은이의 이야기를 주고받았다. 아름다운 검은 눈을 지닌 처녀와 키가 크고 몸매가 곧은 청년의 이야기를. 그런 이야기가 오갈 때마다 부드러운 바람이 두 그루의 사시나무 이파리들을 가볍게 흔들었고, 두 나무가 내는 소리는 마치 하나로 녹아든 두 사람의 감미로운 노래 같았다.

몇 년 전, 나는 요즘 사람들이 미주리 강이라 부르는 그레이트머디 강으로 갔다. 나는 혼자서 그곳에 갔다. 그즈음 나는 소중한 사람 하나를 잃었다. 그 여자아이는 이제 막 삶이 시작되는 순간에 목숨을 잃었다. 나는 강가를 거닐면서 흐르는 강물을 지켜보았다. 그리고 아름다운 검은 눈을 지닌 처녀와 키가 크고 몸매가 곧은 젊은 전사의 이야기를 떠올렸다.

나는 어린 사시나무들로 이루어진 작은 숲 그늘에 앉아서 쉬었다. 내가 그 두 그루의 사시나무가 서 있었던 지점 부근에 앉아 있었는지를 알 길은 없었다. 하지만 나는 두 그루의 사시나무가 쓰러져 대지의 품으로 돌아가고 나서 한참 지난 뒤에도 그 그루터기들은 볼 수 있었다는 얘기를 들은 적이 있었다. 나는 어떤 그루터기도 보지 못했다. 그러나 내 주위 사방에서 이는 부드러운 바람에 어린 사시나무 이파리들이 살랑거리는 소리는 들을 수 있었다. 나는 노래하는 소리를 들었던 것도 같았다. 그런 기분이 들었던 건 아마 비탄에 잠긴 내 마음이 스스로를 위로해줄 뭔가를 절실히 필요로 했기 때문일 것이다. 하지만 그 어린 사시나무들은 아주 오래전에 그곳에 서 있었던 두 그루 사시나무들의 자식들일 가능성이 높다. 그 어린 사시나무들의 노래 속에는 약속으로 가득한 뭔가가, 상처받은 마음을 위로해주고 달래주는 어떤 힘이 있었기에 그랬으리라 내 마음은 믿고 싶어 했다.

피리 만드는 이의 이야기

그는 늙은 삼나무의 낮은 가지들 밑에서 서늘한 바람이 자신의 얼굴을 어루만져주는 서슬에 깨어났다. 한순간 구름은 자기가 어디에 와 있는지, 그리고 왜 거기 와 있는지 의아해했다. 이윽고 그는 자기가 무엇 때문에 그 삼나무 밑의 풀밭까지 왔는지를 기억해 냈고, 그 순간 고통으로 몸을 떨었다.

구름이 강변 길가에서 저녁 내내 기다린 뒤에야 비로소 나타난 새벽여자는 그에게 말했다.

"우리 아버지는 빈뿔이 가져온 선물을 받으셨어. 빈뿔은 잘생긴 사람이고 사냥도 잘하는 사람이야. 그 사람을 나를 잘 보살펴줄 거야."

구름은 항변했다.

"하지만 나는 늘 네 생각만 하면서 지내왔어. 어린아이 시절부터 너는 줄곧 내 가슴속에 있었어. 우리가 주고받은 약속을 잊어버린 거야?"

"그 약속을 할 때 우리는 어렸어. 이 험한 세상에서 어린 남자애의 약속 따위가 무슨 의미가 있겠어?"

구름은 다시 말했다.

"내가 한 그 약속은 더없이 소중한 거야. 그때 그 약속은 네 가슴을 한껏 부풀어 오르게 했어. 앞으로도 나 때문에 그런 기쁨을 거듭 맛보지 않으리라고 어떻게 장담해?"

구름은 새벽여자가 황혼 속으로 사라지는 것을 속절없이 지켜봐야 했다. 그녀는 그 길로 곧 빈뿔의 아내가 되리라. 그는 자신의 생명 자체를 시들게 하는 혹독한 괴로움을 견디다 못해 그 강을 건너 드넓은 평원을 달려갔다. 그는 마음의 고통에서 벗어나기 위해 두 다리에서 모든 힘이 다 빠져나가도록 미친 듯이 달렸다. 그리고 결국은 어떤 나무 밑에 나가떨어졌다. 혼곤한 잠의 나락으로 떨어져 서야 그는 그 고통에서 벗어날 수 있었다. 하지만 이제 그 고통은 사납게 들끓는 격류처럼 되돌아왔다.

그로서는 몸을 공처럼 잔뜩 웅크리는 것 외에는 달리 어쩔 방법이 없었다. 그는 오전 시간이 다 지나도록 돌처럼 무감각하게 누워 있었다. 바로 위의 나뭇가지에 지빠귀 한 마리가 내려앉았다. 개미들이 그의 몸을 타 넘어가고 있었지만 그는 전혀 신경 쓰지 않았다. 그는 두 눈을 번히 뜨고 있었지만 보이는 건 아무것도 없었다. 해가 중천 가까이 이를 즈음 바람이 일었다. 그는 어디선가 애절한 소리가 나직하게 들려올 때야 비로소 몸을 움직이기 시작했다. 그 애절한 소리가 그의 가슴을 울리는 바람에 상심으로 무감각해진 그도 간신히 그걸 느낄 수 있었다.

바람이 점점 더 강해지면서 그 소리는 자꾸 커져갔다. 그리고 바람이 약해지면 그 소리도 작아졌다. 그 소리는 종잡을 수 없이 흐르는 삭막하고 비탄 어린 소리였기에 구름은 그게 자신의 상심한 가슴에서 터져 나오는 외침일지도 모른다고 생각했다.

그는 누가, 혹은 무엇이 그런 소리를 내는지 알아보기로 결심했다. 하지만 어째서 그런 결정을 내렸는지는 그 자신도 알지 못했다. 삼나무 밑에서 기어 나온 그는 비틀거리면서 시냇가에 무성하게 자란 작은 숲을 뚫고 나왔다.

그가 뭔지 모를 것에 이끌려 바람에 휘어진 어느 늙은 삼나무를 향해 다가갈 즈음 그 애절한 소리는 점점 더 커져갔다. 그 삼나무 중간쯤에 그의 손목보다 더 가는 죽은 나뭇가지 하나가 달려 있었다. 아마 딱따구리들이 판 것으로 보이는 몇 개의 구멍이 난, 속이 빈 가지였다. 바람이 불 때마다 그 가지는 울어대는 것 같았다. 그렇게 해서 구름은 그 소리의 주인을 찾아냈다.

그는 바람의 변덕에 따라 오르락내리락하는 그 애절한 소리에 사로잡힌 나머지 땅바닥에 앉아서 가만히 귀 기울였다. 저녁 나절이 가까워지자 바람이 약해졌고, 그에 따라 그 소리도 약해졌다. 구름은 늙은 삼나무를 타고 올라가 속 빈 가지를 자세히 살펴보았다. 그것은 죽은 지 오래된 가지로 벌레들이 속을 파먹는 바람에 죽었고, 딱따구리들은 그 벌레들을 잡아먹기 위해 구멍을 판 것 같았다. 벌레들과 딱따구리 때문에 속이 비고 겉에 몇 개의 구멍이 난 그 가지 속을 바람이 타고 흐르면서 그런 이상하고 애절한 소리가 났다.

구름은 그 가지를 꺾어 들고 내려왔다. 그는 시냇가 둑에 앉아서 속 빈 가지의 입구 부분을 불어보았다. 하지만 소리는 나지 않았다. 그는 그게 아버지가 예전에 자기한테 준, 독수리 뼈로 만든 호각과 비슷하게 생겼다는 걸 깨닫고는 그것 역시 그 호각과 같은 기능을 할지도 모른다고 생각했다.

한쪽 구멍에 작은 나무 조각 하나를 끼워 넣고 불어보니 소리가 났다. 처음에 그 소리는 소음에 불과했다. 하지만 결국 그는 바람이 내는 것과 비슷한 소리가 나오게 할 수 있었다.

날이 저물자 구름은 마른 나무들을 모아 불을 피우는 일로 한참 시간을 보냈다. 그에게는 먹을 게 아무것도 없었고 자신을 보호할 수 있는 수단이라고는 허리에 찬 돌칼 하나뿐이었다. 하지만 그는 만사가 다 귀찮았기에 그런 건 아무래도 좋았다. 그 밤중에 거대한 회색곰이 나타나거나 적들이 몰래 다가올 수도 있었지만 그는 내면적으로 이미 죽은 사람이었다. 새벽여자는 곧 빈뿔의 아내가 되어 그의 아이들을 낳으리라. 그러니 이제 구름에게 삶은 아무 의미 없는 것이 되었다.

그는 모닥불을 밤늦게까지 피우면서 그 속 빈 가지를 불고 또 불었다. 그는 다섯 개의 구멍에 손가락들의 끝을 적절히 대주면 소리가 낮아지기도 하고 높아지기도 한다는 걸 알았다. 게다가 그 가지로 이런저런 소리를 내다보니 묘하게도 마음의 고통이 덜어졌다. 그래서 그는 당연히 그 가지를 불어 소리를 내는 데 열중했고, 결국은 또다시 탈진해서 쓰러졌다.

이튿날 아침 그는 속이 빈 가지를 두 팔로 끌어안은 채 불구덩이의 싸늘하게 식은 재 곁에 웅크리고 누운 상태에서 눈을 떴다. 그는 까칠하고 텁수룩한 모습에다 멍한 상태로 깨어났다. 배가 몹시 고팠으며 가슴은 여전히 아팠다. 그는 비틀거리는 걸음으로 시내에 내려가 세수를 하고 오랫동안 물을 마셨다. 수면에 외로운 한 젊은이의 모습이 보였다.

그는 하루 종일 그 작은 숲에 머무르면서 속 빈 가지를 불었다. 해가 질 무렵에는 바람이 내는 소리보다 더 나은 소리를 낼 수 있었다. 그 가지에서는 비탄에 빠진 그의 가슴이 내는 소리, 높고 낮은 애절한 음조들이 흘러나왔다. 구름은 그 가지의 소리가 매해 봄가을마다 하늘을 날아가는 큰 두루미들이 내는 소리와 비슷한 소리를 낸다고 생각했다. 그래서 그는 그 가지의 한끝을 칼로 깎아 두루미의 머리와 부리처럼 생긴 형상을 조각했다. 그가 그 가지로 노래를 하자 온 땅과 그 위에 사는 모든 생명체가 다 숨을 죽이고 그 상심한 가슴의 소리에 귀 기울였다.

또 다른 고적한 밤이 찾아와 그는 다시 모닥불을 피웠다. 이튿날 새벽 그는 다시 가슴의 아픔을 느끼면서 차디찬 재 곁에서 눈을 떴다. 굶주림은 쉽게 잊을 수 있었지만 가슴의 아픔만은 어찌할 수가 없었다. 그 아픔을 달랠 수 있는 유일한 약은 속 빈 피리를 부는 것이었다. 그와 바람이 그 가지에게 제 목소리를 찾아주었기에 그는 그것을 '소리 내는 것'이라는 뜻을 지닌 호카가피라는 이름으로 부르기로 했다. 그것이 피리임은 말할 것도 없다.

또 하루가 지나갔다. 구름은 피리를 불어 그의 가슴속에 가득 들어찬 바닥 모를 고통의 외침이 터져 나오게 했다. 이따금 그는 피리 불기를 멈추고 마우스피스를 고쳐 만들기도 하고 손가락 대는 구멍들을 똑같은 크기로 깎아내기도 했다.

그는 사흘 동안 아무것도 먹지 못했다. 몸이 쇠약해지고 정신도 오락가락하는 상태가 된 그는 새벽여자가 모닥불 곁에 서 있는 광경을 보았다고 생각했다. 그가 손을 뻗자 그녀는 달아났다. 아니, 그는 그렇게 생각했다. 그리하여 그는 그녀를 뒤쫓아갔다. 얼마 후 그는 피리를 불면서 자기가 어디로 가고 있는지도 모르는 채 넋 나간 사람처럼 평원을 헤매고 다녔다.

착란상태에서 잠의 늪으로 굴러떨어졌다가 깨어나보니 자신이 어느 강가에 누워 있었다. 그는 세수를 하고 물을 마신 뒤 어느 나무 밑으로 비틀거리며 걸어갔다. 그는 마음의 고통을 몰아내기 위해 피리를 불기 시작했다. 그 피리에서 흘러나오는 음조들은 높이 솟구치기도 하고 낮게 떨어지기도 했으며, 때로는 흐느끼기도 하고 또 때로는 그의 내면 깊은 곳에 자리 잡은 고통과 번민의 외침을 대신해주기도 했다.

갑자기 사람들의 목소리가 들려와 눈을 번쩍 뜨고 보니 자신이 자기 마을 맞은편에 있는 강둑 위에 서 있었다. 착란상태에서 자기도 모르게 집으로 향하고 있었던 것이다. 젊은 여자, 늙은 여자 할 것 없이 마을의 모든 여자가 다 맞은편 강둑 위에 나와서 망연히 그를 바라보며 피리 소리에 귀 기울이고 있었다. 그 여자들 가운데는 새벽여자도 끼어 있었다.

그녀를 잃은 고통이 다시 그를 홍수처럼 집어삼켰다. 그 상황에서 그가 할 수 있는 일이라고는 그저 피리를 불어 그 괴로움을 토로하는 것뿐이었다. 피리에서 흘러나오는 음조들은 비탄 어린 나직한 가락을 타고 절묘하게 오르내렸다. 구름은 자신이 처음 그 소리를 들었을 때와 마찬가지로 그 여자들도 역시 속 빈 가지의 소리에 매혹되었다는 걸 알아챘다. 그 일행 속에 남자는 한 사람도 끼어 있지 않았다. 애절하게 흐느껴 우는 그 피리 소리에 흠뻑 빠진 이들은 오직 여자들뿐이었다. 늙은 여자들, 젊은 여자들, 어린 소녀들, 그리고 새벽여자.

구름은 이제 새벽여자가 빈뿔의 아내가 되었을 것이라 확신하고 있었고, 그 때문에 피리에서는 그의 슬픔이 홍수처럼 터져 나왔다. 잠시 후 새벽여자가 강을 건너와 그의 앞에 섰다. 그의 피리가 계속 노래하는 동안 그녀는 시선을 내리깔고 있다가 자주 그를 정면으로 쳐다보곤 했다.

이윽고 그녀는 부드럽게 말했다.

"예전에 내가 알고 있던 한 청년이 내 마음을 하늘 높이 날아오르게 한 적이 있었지."

구름은 여전히 피리를 불었다.

"그런데 이제 그 사람은 내 마음을 슬프게 하는 이상한 노래만 불러. 나한테 무슨 짓을 하고 있는 거지?"

구름은 대답했다.

"내 고통에 목소리를 주고 있는 거야. 내 가슴속에 있는 그 처녀는 이제 남의 아내가 되었으니까. 성스러운 영혼들이 그렇게 하라고 내게 이 호카가피를 내려주셨어. 이제 나는 그 여자의 마음을 날아오르게 할 수 없어."

새벽여자는 물었다.

"네 호카가피로 기쁨에 찬 노래는 부를 수 없어?"

"내가 기쁨을 느끼지 못하기 때문에 이것으로 어떤 기쁨도 안겨줄 수 없어. 내가 이것에 목소리를 주고 있으니까."

"하지만 난 네가 돌아와서 기쁜걸. 네가 마을을 떠난 뒤 네가 없는 인생길은 외로운 길이 되리라는 걸 알았어. 너는 내 가슴속에 있고 앞으로도 항상 그럴 것이기 때문이지. 네가 아니면 어떤 남편도 얻지 않을 거야."

구름은 자기 귀를 의심했다. 하지만 새벽여자의 눈을 들여다보고는 그 말이 진실이라는 걸 알았다. 그의 가슴은 하늘 높이 날아올랐다. 그는 다시 피리를 불기 시작했다. 이제 그의 피리에서는 약속과 희망, 기쁨으로 가득한 노래가 흘러나왔다. 그 노래는 평원에서 춤추는 바람처럼 변화무쌍하게 오르내렸다. 그것은 생명의 노래였다.

그 피리 소리 때문에 또다시 모든 여자가 황홀경에 빠졌다.

어느덧 세월이 흘러 구름과 새벽여자 사이에서는 두 아들이 태어났다. 그 아들들이 자라자 구름은 그들에게 피리 부는 법을 가르쳐주었다. 그리고 그는 피리만드는이로 세상에 널리 알려졌다. 청년들과 소년들이 구름에게 와서 피리 만드는 법과 부는 법을 가르쳐달라고 청했기에 그는 그들 모두에게 그 방법들을 전수해주었다.

그는 그들에게 성스러운 혼령들이 어떻게 해서 자기를 그 호카가피가 있는 데로 이끌어주었는지, 어떻게 해서 자기를 비통한 절망 상태에서 꿈으로 가득한 기쁨의 상태로 인도해주었는지 이야기해주었다. 그는 그 젊은이들에게 모든 피리 소리에는 늘 애잔한 슬픔의 울림이 깃들어 있을 것이라고 했다. 그리고 그런 울림이 깃들어 있는 것은 사랑을 얻기 위해 피리를 부는 동안, 사랑을 얻는다는 것은 비탄에 빠질 가능성도 아울러 포함하고 있는 것이라는 점을 사람들에게 일깨워주기 위해서라고 했다. 사랑은 바로 그런 것이다.

그 후 반딧불들이 어둠 속에서 반짝이는 여름철 저녁만 되면 감미롭고 황홀한 피리 소리들이 그 강 골짜기를 타고 오르내리면서 젊으나 늙으나 모든 여자의 마음을 사로잡았다.

절망 속에서 탄생한 호카가피, 곧 피리는 구애와 약속, 희망, 사랑을 대변해주는 것이 되었다.

남자와 여자, 활과 화살

나는 과거에 독수리 두 마리가 구애를 하고 짝짓기 의식을 치르는 광경을 목격하는 특권을 누린 적이 있었다. 그들은 대지 위 높은 곳에서 춤추기 시작했다. 그들은 하늘 높이 날아오른 뒤 서로를 단단히 끌어안아 한 몸이 되었다. 서로를 꼭 끌어안은 그들은 대지를 향해 수직으로 떨어졌다. 그들이 땅바닥에 부딪치겠구나, 하고 생각한 순간 두 마리 새는 서로의 몸을 풀어주어 다시 날갯짓을 시작해서 일정한 고도를 확보했다. 그런 뒤 그들은 다시 같은 과정을 반복했다. 나는 깊은 외경심을 품고 그 아슬아슬한 공중곡예를 바라보면서 그것에 완전히 매혹되었다. 그러다 문득 내가, 그 독수리들이 자기네에게 주어진 운명을 받아들이고 자기네의 목표를 이루는 행위를 통해서 생명이 그 자체의 균형을 유지하고 있는 광경을 목격하고 있다는 것을 깨달았다.

이 세상 모든 것은 균형 속에서 가장 잘 작동한다. 과학자들이 말하는 대로 모든 작용에는 그것과 동등하고 상반되는 반작용이 따른다. 작용과 반작용이라는 이 건조하고 비정서적인 전제는 하나의 역동적인 진리를 암시하고 있다. 위와 아래, 앞과 뒤, 낮과 밤, 더위와 추위, 수컷과 암컷, 남자와 여자. 균형과 대칭에는 아름다움과 힘이 존재한다. 균형과 대칭을 서술하는 방식들, 그것에 적절한 이미지를 부여해주는 방식들은 무수히 많다. 하지만 나는 그중에서도 활과 화살 이야기를 가장 좋아한다. 옛 시절에는 활과 화살이 결혼식의 중요한 상징이 된 경우가 적지 않았다.

그 시절에는 대개 나이가 지긋한 노인이 결혼식을 주재하면서 모여든 하객들에게 이야기를 들려주곤 했다. 그는 양손에 활과 화살을 들고서 화살이 없는 활은 아무 쓸모가 없으며 활 없는 화살역시 마찬가지라고 이야기했다. 활이 혼자 있으면 사람들은 화살은 어디 갔나 하고 궁금해하기 마련이다. 상대가 없는 하나로는 균형이 맞지 않기 때문에 화살 혼자 있어도 사정은 마찬가지다.

그러나 활과 화살의 관계는 동반자의 관계 그 이상의 의미를 갖고 있다. 활과 화살이 유효한 것들이 되기 위해서는 화살이 표적을 향해 똑바로 날아가야 한다. 하지만 화살이 제아무리 똑바로 날아갈 수 있다고 하더라도 활의 힘이 강하지 않으면 화살은 표적에 도달하지 못한다. 상대가 없는 하나는 그 목적을 이룰 수 없다.

우리 할머니와 할아버지의 결혼은 할머니의 어머니가 성사시킨 것이나 다름없었다. 그분이 돌아가시고 나면 할머니가 꽤 많은 땅을 상속받게 되기에 그분은 자기 재산을 지키는 데 도움이 될 만한 사윗감을 얻고 싶어 하셨다. 내 외증조 할머니 몰리는 늘 우리 할아버지를 훌륭한 젊은이라 생각하셨다. 그래서 그분은 할아버지의 어머니인 엘리자베스를 만나서 이야기를 나누었고, 그 결과 혼사가 이루어졌다.

할아버지는 과묵하고 근면하고 아주 겸손한 분이셨으며, 누구를 만나든 늘 최상의 예로서 대하셨다. 나는 장모가 될 분이 할아버지의 그런 품성들을 퍽이나 마음에 들어 하셨을 것이라 생각한다. 우리 할머니, 할아버지는 1920년에 결혼하셔서 할아버지가 돌아가신 1975년까지 줄곧 함께 사셨다.

나를 키워주신 분들은 그 두 분이었다. 사실상 나는 그분들의 세 번째 자식이나 다름없었다. 그분들이 서로에게 언성을 높인 적이 있었는지 없었는지 잘 모르겠지만 아무튼 내가 있는 자리에서는 한 번도 그러신 적이 없었다. 그분들은 말뿐만 아니라 행동을 통해서도 내게 삶을 사는 법을 가르쳐주셨다. 내 아버지 쪽 할아버지 할머니를 제외하고 그분들만큼 서로를 깊이 존중해준 부부들은 다시 보기 어려웠다. 상대를 그렇게 존중해주는 태도는 무조건적인 사랑이라는 든든한 기반에서 나왔다. 나로서는 할아버지 없는 할머니, 할머니 없는 할아버지는 상상도 할 수 없었다. 과거에도 그랬고 지금도 그렇다. 그리고 그분들이 활과 화살 이야기를 들려주셨을 때 사실은 당신들에 관해 말씀하신 것이나 다름없었다.

나는 그분들에게서 약한 면을 생전 본 적이 없었다. 예외가 있다고 한다면 그건 할아버지가 돌아가시고 난 뒤 할머니의 얼굴에 간간히 쓸쓸한 기색이 어려 있던 경우뿐이었다. 나는 할머니가 돌아가시기 이틀 전까지만 해도 그분이 할아버지를 얼마나 그리워하셨는지 제대로 알지 못했다.

그때 나는 할머니가 누워 계신 병실 침대 발치 곁에 서서 간호원이 나가기를 기다리고 있었다. 잠시 후 간호원이 병실에서 나가자 할머니는 왼쪽으로 고개를 돌리고 말씀하셨다.

"강가에 있던 그 통나무집 기억나요?"

할머니는 마치 목 속에 관이 끼워져 있기라도 한 것처럼 가는 목소리로 말씀하셨다. 나는 그런 집은 기억나지 않는다고 말씀드리려다 할머니가 나를 보고 있지 않다는 걸 깨달았다. 할머니는 침대 발치 왼쪽의 어떤 한 지점을 바라보고 계셨다. 그곳에는 아무도 없었다. 적어도 내 눈에는 아무도 보이지 않았다. 하지만 그 누구도 그때 할아버지가 그곳에 계시지 않았다고 말할 수는 없으리라. 그 누구도 그때 할아버지가 할머니를 보러 오시지 않았다고 나를 설득할 수는 없으리라. 그리고 나는 이틀 뒤 새벽 나절에 할머니가 돌아가셨을 때 할아버지가 할머니를 맞아들이기 위해 그 방에 오셨을 것이라 굳게 믿고 있다.

우리는 할머니의 시신을 할아버지 바로 곁에다 안장했다. 우리 형제들과 나, 그리고 사촌 형제들이 그 묘지에 잔뜩 모여 있을 때 갑자기 나도 모르게 고개가 하늘 쪽으로 돌아갔다. 그 공동묘지 상공 높은 곳에서 두 마리 매가 나란히 바람을 타고 하늘 높이 솟구쳐 오르고 있었다.

우리 조부모님의 아름다운 관계는 평생 지속되었다. 아버지 쪽 조부모님은 마셜 할아버지가 1974년에 돌아가시기 전까지 55년간을 함께 사셨다. 두 쌍의 부부는 혼인 서약을 한 뒤 평생 그 약속을 굳게 지키셨으며, 나는 그분들이 배우자들을 진실로 사랑했으리라는 것을 추호도 의심하지 않는다. 그분들의 약속은 저승까지 이어졌다. 그리고 근 25년 전 로즈버드 보호구역에 있는 한 작은 마을에서 우리 이웃에 살았던 한 부부도 그러했다.

여자는 심장마비로 남편을 잃은 중년 부인이었다. 그녀는 매해 여름 남편이 사망한 날이 돌아오면 동트기 전에 일어나 자기 집 동쪽 편에 섰다. 그리고 해가 솟아오르면 남편을 기리는 노래를 불렀다. 그녀는 그날 하루 종일 남편을 추모하는 뜻에서 이웃 사람들 모두에게 음식을 대접했다. 그녀는 죽을 때까지 재혼하지 않았다. 우리 모두가 다 그렇게 헌신적인 사랑을 받을 수 있다면 얼마나 좋을까.

유서 깊은 라코타 카훔니, 즉 원무곡에 나오는 다음과 같은 가사는 사랑을 찾고 사랑을 얻어 균형을 이룰 수 있기를 바라는 소망과 가능성을 표현하고 있다.

우리 친척들은 네가 나에 관해 물어보고 있다고 말해.

우리는 곧 함께 지내게 될 거야.

　우리 존재의 다른 많은 측면들, 곧 우리의 가치 기준, 전통, 관습과 마찬가지로 사랑도 역시 균형과 관련된 것이다. 모든 생물종에 두 가지 생명력, 곧 암컷과 수컷이 존재하는 것은 우주의 이치가 그러하기 때문이다. 그런 진실을 부정하거나 그런 길에서 벗어날 경우에는 불균형이 빚어질 것이다. 남녀 간의 굳건한 사랑에서가 아니라 욕정의 결과로서 이 세상에 한 생명을 탄생시키는 것은 그 생명에게 불균형한 부담을 안겨주는 일이 된다. 누군가가 자연스러운 질서에서 벗어난 길을 걸을 때는 필연코 불균형이 일어난다.
　이 세상의 다른 모든 민족들의 경우에서와 마찬가지로 우리들 가운데서도 동성애가 존재한다. 그러나 우리는 그런 길을 걷는 사람들을 배척하고, 그렇게 함으로써 더 이상의 불균형을 초래하기보다는 공동체의 어엿한 일원들이 될 기회를 제공해줌으로써 그들이 설 자리를 마련해주고 있다. 그들은 우리와 다른 사람들이 아니라 우리의 일부이다. 그렇게 해서 균형이 유지되고 있다.
　앞에서 소개한 옛 노래 속에 표현된 사랑과 소망은 두 사람이 함께 살고 싶은 갈망을 넘어서는 것이다. 그것은 균형과 조화를 바라는 마음도 함께 담고 있다. 이상적인 세계에서는 서로를 진실로 사랑하고 헌신하는 두 사람은 늘 함께 살게 된다. 그러나 현실 세계에서는 일이 늘 그런 식으로만 돌아가지 않는다. 우리의 이해 범위를 넘어서는 방식으로 상황이 돌아가기도 한다.
　'두 그루의 사시나무 이야기' 속에 나오는 남편과 아내는 서로를 진실로 사랑함에도 순리를 따르기 위해 결국 자기네의 간절한 소망을 접고 물러섰다. 그들은 자기네의 사랑을 희생하는 일이 제 아무리 고통스러울지라도 그렇게 하는 것이 올바른 길이라는 걸 알았기에 그렇게 했다. 하얀창과 붉은버드나무여자의 결합은 우주 가 균형과 조화를 향해 한 걸음 더 나아감으로써 그 자체를 강화하고자 하는 것을 뜻했다. 그리고 그들이 때 이르게 목숨을 잃었을 때 생명 그 자체는 그들의 사랑과 헌신을 보상해주고 자체의 균형을 유지할 수 있는 방법을 찾아냈다.

'피리 만드는 이의 이야기'에 나오는 청년은 온 마음을 다해 사랑한 이가 자기를 버리자 당연히 망연자실한 상태에 빠져버렸다. 그의 고통과 번민은 피리를 탄생시켰고, 피리는 그가 절망 어린 마음을 토로할 수 있는 목소리가 되어주었다. 그가 피리를 불었을 때는 그가 겪은 상실의 고통이 그 혼자만의 것이 아니었기에 온 세상 만물이 움직임을 멈추고 그 소리에 귀 기울였다. 새벽여자가 없는 구름은 일몰 없는 일출, 빛이 없는 어둠, 아래 없는 위, 화살 없는 활과 같이 불균형한 존재였다.

그러나 새벽여자가 자기 마음을 따르는 것만이 유일한 길이라는 걸 깨달았을 때 균형은 회복되었고, 그렇게 해서 그 피리는 희망의 도구가 되었다. 피리가 노래할 때마다 비록 그것이 희망과 행복의 약속을 노래한다 할지라도 모든 것에는 상반된 두 측면이 있으며 세상은 균형 상태에서 가장 잘 굴러간다는 것을 늘 우리한테 일깨워주는 슬픈 음조가 어려 있을 것이다.

나는 활쏘기를 몹시 좋아하는 사람이라 활을 자주 쐈다. 우리 할아버지는 원시적인 형태의 라코타 활과 화살 만드는 법을 내게 가르쳐주셨다. 잘 만들어진 활과 화살은 그 자체로 아름답다. 활을 당길 때 활이 전해주는 그 힘의 감촉은 무어라 표현할 수 없이 짜릿하다. 아마 그것과 버금갈 만큼 짜릿한 것은 화살이 표적을 향해 힘차게 날아가는 것을 지켜보는 것 정도일 것이다. 이 단순한 활동은 하나의 심오한 진리를 입증해준다. 활이건 화살이건 간에 하나만 동떨어져 있는 것은 별 의미 없다. 중요한 것은 그 둘이 합심해서 이루어내는 목표요 함께 성취해내는 균형이다.

6
희생

이치추피

자기 자신을, 제물을 바치는 것

이 세상에서는 크고 작은 수많은 희생이 수많은 이유로 일어난다. 그리고 우리는
누군가가 우리 때문에, 혹은 우리를 위해서 희생을 치렀다는 사실을 미처 알지 못하고
넘어갈 때도 있다. 희생은 자기라는 가장 소중한 선물을 진심으로 주는 행위이다.

천둥 이야기

옛 시절에 일부 사람들은 둘 이상의 아내를 얻었다. 요즘 사람들은 둘 이상의 아내를 얻는다는 것이 어떤 것인지 궁금해한다. 이따금 우리는 그런 얘기를 하면서 웃는다. 그리고 우리 중 일부는 내심 부러워할 수도 있다. 그러나 과거, 남자가 둘 이상의 아내를 얻었다는 것은 그가 전보다 더 열심히 일해야 한다는 걸 뜻했다. 그는 더 많은 먹을거리, 더 많은 고기, 옷을 해 입는 데 쓸 더 많은 짐승 가죽을 공급해야 했다. 그러므로 그는 사냥을 더 자주 해야 했다. 그리고 더 많은 아이가 태어날 경우에는 훨씬 더 열심히 일해야 했다.

옛 시대 사람들은 꼭 쾌락 때문에만 둘 이상의 아내를 얻은 것이 아니었다. 그런 일이 일어난 데는 대개 그럴 만한 사정이 있었다. 친구가 전쟁터에서 죽는 바람에 그 아내를 거둬줘야 할 경우 같은 것. 때로는 아내가 원해서 그 아내의 여동생을 두 번째 아내로 맞아들이기도 했다. 그랬을 때 모든 일이 순조롭게 흘러가기도 했지

164

만 때로는 그렇지 않은 경우도 있었다.

　우리 땅에 말들이 들어오기 전 시대에 살았던 어떤 여자의 경우가 바로 그렇지 않은 사례에 해당했다. 그 시대 사람들은 활짝 트인 광활한 지역으로 이동했다. 많은 부족이 우리가 오늘날 대평원이라 부르는 지역에 흩어져서 살았다. 동쪽은 그레이트머디 강으로, 서쪽은 블랙힐스로, 남쪽은 내달리는 강으로, 북쪽은 칼 강으로 둘러싸인 지역에서. 다른 부족들이 하루 이틀 거리 정도로 가까운 곳에 살고 있는 경우도 있었지만 어떤 부족들은 수많은 날을 여행해야 겨우 만날 수 있기도 했다.

　블랙힐스에서 동쪽으로 얼마 떨어지지 않은 곳에 자리 잡은 한 마을에 시나루타, 즉 붉은숄이라는 이름을 가진 여자가 살고 있었다. 그녀는 평판이 좋고 먹을 것을 잘 대줄 능력이 있는 남자와 결혼했다. 그들 사이에서는 오랫동안 자식이 태어나지 않다가 뒤늦게 여자가 아들을 낳았다. 그랬기에 남편이 나이가 더 젊은 두 번째 아내를 얻겠다고 하자 여자는 몹시 놀랐다. 이웃 마을에 사는 한 노부부에게 손녀가 하나 있었는데 그 부모가 눈 폭풍으로 얼어 죽자 노부부는 손녀를 맡아서 길렀다. 노부부는 그렇게 여러 해를 지내다 손녀 목걸이를 좋은 남자에게 시집보내고 싶어져 붉은숄의 남편인 하얀날개에게 손녀를 데려가지 않겠느냐고 제의했고 하얀날개는 응했다.

　붉은숄은 그때까지 자기가 남편을 또 다른 여자와 함께 나눠야 할 날이 오리라고는 꿈에도 생각하지 못했다. 그녀는 비록 남편 옆에 앉는 아내임을 뜻하는 첫 번째 아내로서 천막집을 자기 마음대로 돌볼 권리를 갖고 있기는 했지만 질투심이 이는 것은 어쩔 수가 없었다. 그래서 하얀날개가 새 아내를 집으로 데려오기 위해 이웃 마을에 가자 붉은숄은 자기 물건 몇 가지, 남편이 그녀를 위해서 만들어준 활과 화살을 꾸려 밤중에 몰래 집을 나섰다. 그녀는 캠프의 개들이 짖지 않도록 개들에게 고기조각들을 던져주고 캠프 주변을 경비하는 야간 보초들이 눈치채지 않도록 살그머니 캠프를 빠져나갔다.

그녀는 자신의 계획을 아무에게도 이야기하지 않았다. 그 바람에 마을 사람들은 그녀의 천막집 문이 며칠 동안 계속해서 닫혀 있는 걸 보고 그녀가 집을 떠났다는 건 대략 눈치챘지만 어디로 갔는지는 전혀 알지 못했다. 마을의 일부 사람들은 과거에도 첫 번째 아내가 질투심을 이기지 못해 집을 나간 경우를 가끔씩 보았다.

붉은숄은 그레이트머디 강에서 서쪽으로 얼마 떨어지지 않은 곳에 살고 있는 부족의 일원인 사촌과 함께 지낼 생각에서 동쪽으로 걸어갔다. 그 마을까지 가려면 아주 오래 걸어야 했다. 하지만 붉은숄은 그 시대의 모든 라코타 여자들이 다 그랬듯이 강인하고 지략이 풍부한 여자였다. 그녀는 사냥하는 법과 적들을 피하는 법, 야간에 눈에 잘 띄지 않는 안전한 곳에 캠프 치는 법 등을 잘 알고 있었다. 그녀는 먹을 것이 잔뜩 들어 있는 큼직한 생가죽 자루와 무기들, 갓난아기가 들어 있는 요람을 지참하고 있었기에 빠르게 여행할 수 없는 처지였다. 아기는 별로 무겁지 않았지만 젖을 먹여야 했기에 그녀는 가끔 가다 한 번씩 걸음을 멈추고 아기에게 젖을 물렸다.

그녀는 며칠을 그렇게 걸은 뒤 주로 지친 다리를 쉬게 해주기 위해 하루 동안 낮에도 캠프를 치고 지내기로 했다. 그녀는 산사면 높은 곳에 무성하게 자란 두 군데의 서양보리수 숲 사이에 있는 나뭇가지들 밑에 아늑한 캠프를 마련하고 아들과 함께 놀면서 낮 시간을 보냈다. 그녀는 남편이 두 번째 아내를 얻기로 한 일 때문에 아직도 정신이 산란하고 마음이 괴로웠다. 하지만 그녀는 그 일을 생각하지 않으려고 애썼다.

오후가 되어 따뜻한 바람이 살랑거리고 노래하자 모자는 잠이 들었다. 해 질 무렵이 가까워졌을 때 천둥이 나직하게 울려대는 소리가 들리는 바람에 붉은숄은 잠에서 깨어났다. 폭풍우를 동반한 시커먼 잿빛 구름장들이 푸른 하늘을 빠르게 먹어 들어가는 광경이 눈에 들어왔다. 층층이 겹쳐진 두꺼운 구름장들 속에서 번개가 번뜩이면서 부드러운 바람이 돌풍으로 변했다. 서양보리수 숲들이 돌풍을 맞아 요동하거나 허리를 잔뜩 숙였다. 붉은숄은 물건들을 모아들였다. 그리고 앞으로 곧 비가 닥쳐오리라는 것을 알고 있었기에 비를 피하기에 더 나은 피난처를 찾아 나서기로 했다. 그녀는 거기서 그리 멀지 않은 곳에 키 작은 벚나무 숲이 있다는 걸 기억해내고 그쪽으로 서둘러 갔다.

여름 폭풍은 그 평원 지역 상공에 거주하는 존재들 중에서 가장 강력했다. 그것보다 더 강력한 것이라고는 온 하늘을 캄캄하게 만들고 거대한 나무들을 뿌리째 뽑아버릴 수 있는 큰 소용돌이 바람 하나뿐이었다. 붉은숄은 소용돌이 바람을 생전 본 적이 없었지만 앞으로 그것을 만날까 두려워했다. 그녀는 거센 돌풍에 넘어지지 않으려고 허리를 잔뜩 숙이고, 돌풍에 날린 나뭇잎들이 얼굴을 아프게 찌르는 바람에 고개를 한쪽으로 돌린 채 걸어가야 했다. 작은 나뭇가지들이 화살처럼 날아오고 먼지 때문에 눈이 아팠으므로 그녀는 아기의 요람 위를 잘 감쌌다.

갑자기 유난히 거센 돌풍이 휘몰아쳐오는 바람에 그녀는 먹을거리가 들어 있는 가죽 주머니를 놓쳤고 하마터면 요람도 놓칠 뻔했다. 가죽 주머니는 공중을 나는 돌처럼 멀리 날아갔다. 키 작은 벚나무 숲 가까이 이른 그녀는 이제 양 귀를 멍멍하게 할 정도로 계속 노호하는 거센 바람으로부터 아기를 보호하기 위해 땅바닥에 엎드려 자기 몸으로 아기 요람을 가린 채 그 숲까지 기어서 갔다. 먹을거리도, 무기도 사라진 상태에서 그녀는 공처럼 둥글게 휘어진 등으로 바람을 막으면서 그 숲 속으로 들어갔다.

잠시 후 굵고 싸늘한 빗발들이 거센 바람을 타고 날아와 그녀의 드러난 피부를 자갈로 두드리듯 아프게 때렸다. 그와 동시에 사방이 갑자기 컴컴해졌다. 그 상황에서 붉은숄이 할 수 있는 것이라고는 폭풍우로부터 아기를 보호하기 위해 요람을 끌어안고 땅바닥에 잔뜩 웅크리고 앉아 있는 것뿐이었다. 비는 소나기로 변해서 지면을 적시기 시작했다. 그녀의 몸은 흠뻑 젖었으며 비에 젖은 사슴 가죽 옷은 싸늘하고 무거웠다. 바람의 기세는 조금씩 약해졌지만 소나기는 온 땅을 두드리며 계속 내렸다. 주위에서 작은 물줄기들이 흐르기 시작하자 그녀는 아기가 가급적 젖지 않도록 하기 위해 풀밭에서 요람을 들어 올리고 있어야 했다. 그럴 때는 높은 곳이 가장 안전한 곳이기에 그녀는 양쪽 눈가를 타고 흐르는 빗물을 연신 닦아내면서 주위에 작은 산이나 언덕 같은 게 있나 살펴보았다.

붉은숄은 악천후에 혼자 있어본 적이 한 번도 없었다. 과거 겨울철 눈 폭풍이 그 땅을 휩쓸었을 때 그녀는 부모님의 천막집 안에서 안전하게 지냈다. 봄철이나 여름철에 느닷없이 폭풍우가 닥쳐왔을 때는 마을 사람들 모두가 천막집을 지탱해주는 말뚝들을 단단히 두드려 박고, 문을 단단히 잠가뒀다. 설사 위험한 사태가 일어난다 해도 주위에 많은 사람들이 있었기에 그리 두렵지 않았다. 그런데 싸늘한 빗발이 얼굴을 거세게 두드리는 지금, 그녀는 혼자 있다는 게 뭘 뜻하는지를 확연히 알았다. 사방이 캄캄해져서 시계가 아주 좁아진 황량한 곳에서 그녀는 혼자 고립되어 있었다.

그녀는 그 긴 골짜기의 능선 쪽으로 올라가면 행여 적당한 피난처를 발견할 수 있지 않을까 싶어 요람을 단단히 끌어안은 채 남쪽으로 나아갔다. 진창에서 자꾸 넘어지거나 미끄러지는 바람에 전진 속도가 느려져 그녀는 잘 자란 사시나무의 몸통 뒤에서 걸음을 멈추고 잠시 쉬었다. 빗발이 점점 더 굵어져 이제 주위의 낮은 땅은 온통 개울로 변했다. 아기가 낮게 칭얼대는 소리가 들리자 그녀는 이제 아기에게 잔뜩 불은 젖을 물려줄 때가 되었다는 걸 알았다. 그녀는 바람을 타고 사선으로 날아오는 빗발에 등을 돌린 자세에서 요람 뚜껑을 열고 허기진 아기에게 젖을 물렸다. 잠시나마 그녀는 소나기가 내린다는 사실을 잊고 아기와 밀착되는 느낌이 안겨주는 즐거움에 젖어 들었다. 아기가 몹시 배고팠는지 한쪽 젖가슴의 젖을 금방 다 빨아 먹는 바람에 그녀는 다른 쪽 젖가슴을 물려주었다.

붉은숄은 그 사시나무 기둥에 등을 기대고 쉬면서 푹 젖은 옷 때문에 연신 몸을 떨었다. 하지만 그녀는 그 와중에서도 아기는 그런대로 젖지 않게 할 수 있었던 것에 감사한 기분이었다. 갑자기 쳐들어온 그 폭풍우는 인생길이라는 것이 남편에게 두 번째 아내가 생긴 일처럼 예기치 않은 일들로 넘치는 여정이라는 사실을 일깨

위주었다. 그녀는 남편이 두 번째 아내를 얻은 건 자신을 물리쳐버리려고 해서가 아니라 그저 먹을 것과 입을 것을 대주고 보호해줄 사람을 필요로 하는 여자에게 있을 곳을 마련해주기 위해서라는 것을 잘 알고 있었다.

붉은솔은 아들을, 의심할 줄 모르는 그 맑은 눈을 들여다보았다. 그녀는 계집애 같은 질투심에 사로잡힌 나머지 아들을 위험에 빠트렸다. 그녀는 자신이 형편없이 왜소하고 어리석은 존재처럼만 느껴졌다. 그녀는 그 폭풍우만 지나가면 집으로 돌아가기로 결심했다. 폭풍우가 그녀의 양식과 무기를 다 빼앗아갔기에 여행을 더 계속하는 것은 더없이 어리석은 짓이 될 터였다. 그녀는 폭풍우가 자기에게 교훈을 가르쳐주려 했다고 생각했다. 그녀는 아들을 꼭 끌어안았다. 바로 그때 낮게 우르릉거리는 소리가 들려왔다.

흡사 하늘에서 이상한 종류의 천둥이 굴러 내려오는 것 같은 느낌이었다. 그 순간 그녀는 그것이 구름이나 폭풍우에서 나오는 천둥소리가 아니라는 걸 깨달았다. 그것은 깊은 골짜기를 타고 굴러오는 엄청난 양의 탁류였고, 그녀는 바로 그 골짜기 안에 있었다.

붉은솔은 어마어마한 양의 시커먼 물이 자기를 향해 밀어닥쳐오는 일 같은 건 생전 본 적이 없었다. 그 소용돌이치는 물에 부러진 나뭇가지들이 뒤섞여 구르면서 그녀를 끌어당기고 싶어 하는 손들처럼 물 밖으로 삐죽삐죽 솟아나 있었다. 그녀는 달아나도 소용없다는 걸 알았다. 무섭게 굴러 내려오는 그 물은 곧 그녀와 아들을 휩쓸어버릴 것이다. 그녀는 임박한 죽음을 외면하려고 안간힘을 쓰다가 굵은 줄기가 두 갈래로 갈라진 튼튼한 사시나무에 눈길이 닿았다. 하지만 그 위에 오를 시간은 없었다.

그녀는 벌떡 일어나 할 수 있는 한껏 두 손을 위로 뻗어 그 사시나무의 갈라진 틈 사이에 요람을 끼워 넣었다. 그리고 요람의 띠들을 그 가지들에 묶었다. 그녀는 번개같이 손을 놀리고 흐느껴 울면서도 기도했다. "위대한 아버지시여, 제 목숨이 필요하다면 가져가셔도 좋습니다. 하지만 우리 아들만은 살려주세요!" 싸늘한 물이 그녀의 두 다리를 움켜쥐더니 소용돌이치는 검은 탁류 속으로 그녀의 몸을 끌어당겼다.

붉은숄은 싸늘한, 칠흑 같은 어둠 속에서 깨어났다. 하지만 그녀의 몸은 심한 통증으로 뜨겁게 달아오르고 있었다. 그녀는 연신 기침을 했다. 그녀는 힘겹게 몸을 일으켜 앉은 자세가 된 뒤 자기 몸이 모래톱 버드나무들에 걸렸다는 걸 알았다. 강둑에서는 모래톱 버드나무들만 자라기 때문에 그녀는 자기가 강이나 시내 부근 어딘가에 와 있다고 생각했다. 물이 콸콸거리고 흐르는 소리가 귀에 들어왔다. 큰물이 자기를 덮친 일이 떠오르자 그녀는 얼른 몸을 일으키려 했다. 하지만 한쪽 발목에서 찌르는 듯이 심한 통증이 일어 그녀는 나무줄기에 등을 기대고 앉아 통증이 사라질 때까지 기다려야 했다. 그녀는 머리 위의 캄캄한 밤하늘에서 별들을 보았다. 폭풍우는 지나갔다.

그녀는 온몸을 벌벌 떨면서 무엇이든 기억을 되살려보려 애썼다. 하지만 떠오르는 것이라고는 소용돌이치는 시커멓고 음산한 탁류의 거대한 벽뿐이었다. 싸늘한 밤공기, 발목의 통증, 가슴이 젖으로 퉁퉁 불었다는 것 말고는 아무 느낌도 일지 않았고 아무 기억도 떠오르지 않았다. 바로 그 순간 그녀의 가슴이 쿵, 하고 내려앉았다. 그녀의 가슴은 젖으로 가득 차 아기에게 젖을 먹일 준비가 되어 있었다. 내 아기! 내 아기는 어디 있지?

그날 낮의 기억들이 한꺼번에 밀려오면서 그녀를 시커먼 절망의 나락 속에 밀어 넣었다. 그녀는 호우가 온 뒤 한꺼번에 밀어닥쳐온 탁류 속에서 무사히 살아남긴 했지만 아기를 잃었다. 붉은숄은 싸늘한 진창 속에서 몸을 뒤틀면서 흐느껴 울었다. 발목의 통증은 가슴을 갈가리 찢는 것 같은 슬픔의 고통에 비하면 아무것도 아니었다. 그녀는 자신의 몸뚱이 저 깊은 곳에서 터져 나오는 절망 어린 고통의 비명과 함께 머리와 옷을 쥐어뜯다가 두 주먹의 감각이 마비될 때까지 진흙 밭을 두드렸다.

이윽고 해가 폭풍우 구름을 몰아내듯이 이제껏 흐릿했던 홍수의 기억이 선명하게 떠오르기 시작했다. 튼튼한 사시나무의 기억도 떠올랐다. 자신이 그 나무의 갈라진 틈에 요람을 끼워 넣고 단단히 묶었던 일도 떠올랐다. 그녀는 다시 흐느껴 울었다. 하지만 이번의 눈물은 아직도 희망이 남아 있다는 데서 나오는 눈물이었다. 홍수가 아기를 휩쓸어가지 않았을지도 모른다. 그 사시나무가 워낙 튼튼해서 소용돌이치며 흐르는 격류의 힘을 이겨냈을지도 모른다. 그녀는 발목의 통증 따위는 아랑곳하지 않고 몸을 일으키고는 비틀거리면서 어둠 속을 걷기 시작했다. 이제 해야 할 일은 딱 하나뿐이었다. 그 나무를 찾아내는 것.

하늘에는 별이 총총했지만 달은 뜨지 않았다. 정신이 맑아지기 시작하자 사방에서 코요테들이 짖는 소리가 들려왔다. 그리고 더 먼 데서 길게 울부짖는 늑대들의 울음소리도 들려왔다. 그 어둠 속에는 코요테나 늑대보다 훨씬 더 위험한 다른 짐승들도 있었다. 곰은 두발 달린 동물들을 죽이거나 불구로 만드는 동물이었다. 큰 고양이(퓨마)도 그런 동물이었고. 그러니 아기를 빨리 찾아내야 했다.

새들이 깨어나기 시작하는 소리에 이어 동쪽 지평선 위가 희끄무레하게 밝아오고 있는 광경이 눈에 들어왔다. 새벽이 다가오고 있었다. 그것은 그녀가 거의 밤새 의식을 잃고 있었다는 걸 뜻했다. 홍수가 자기 몸을 얼마나 멀리 떠밀어냈는지가 궁금했다. 사방이 서서히 밝아오면서 어둠은 산자락들과 나무들 밑으로 밀려났다. 그런 상황에서 기다리는 일은 힘겨웠다. 하지만 그녀는 날이 좀 더 밝아질 때까지 참고 기다리는 편이 좋다는 걸 잘 알고 있었다.

어느 쪽이 동쪽인지를 알게 된 것은 큰 다행이 아닐 수 없었다. 주위가 밝아진 덕분에 그녀는 다친 발목을 살펴볼 수 있었다. 어디서 다쳤는지는 몰라도 아무튼 그쪽 발목을 심하게 접질렸다. 저 멀리 어딘가에서 들소 수컷의 울음소리와 빨간 날개를 가진 지빠귀의 아침 노래 소리가 들려왔다. 매일 아침마다 삶은 새로 시작되었다. 붉은숄은 제발 아기가 살아 있게만 해달라고 기도했다.

하늘에서는 매들이 서늘한 아침 바람을 타고 높이 솟아올랐다. 골짜기가 홍수에 떠밀려 내려온 나무들로 가득해서 눈앞에 보이는 강폭은 좁았으며 강물에서 피어오른 안개가 그 나무들 위에 가로걸려 있었다. 그녀는 그곳이 어딘지 도통 가늠할 수가 없었다. 그녀는 모든 라코타 사람들과 마찬가지로 여행하는 데 익숙했고 어렸을 때 배운 기술, 곧 자신이 지나온 발자취를 되짚어가는 일에 능숙하긴 했지만 지금은 집에서 너무 멀리 나와 있었다. 그래도 이제껏 지나온 지역은 대충 알아볼 수 있으리라.

그녀는 자기가 요람을 끼워둔 튼튼한 사시나무에서 아주 멀리 떠밀려간 게 아니었으면 좋겠다고 생각하면서 그 나무가 있을 만한 비탈을 찾아 주위를 두리번거렸다. 하지만 눈에 들어오는 풍경들은 하나같이 낯설기만 했다.

새로운 태양의 첫 빛이 그녀의 얼굴을 비춰줄 때 그녀는 몸을 일으켜 서쪽을 바라보았다. 그녀가 그쪽 방향으로 돌아선 데는 몇 가지 근거가 있었다. 폭풍우는 서쪽에서 몰려왔고, 그녀가 아기의 요람을 끼워둔 사시나무는 동쪽을 향하고 선 산비탈에 서 있었다. 홍수는 서쪽에서 덮쳐와 그녀를 동쪽, 곧 강 쪽으로 떠밀어냈다. 강은 그녀의 뒤에서 북쪽으로 흐르고 있었다. 그녀는 그 강의 남쪽, 곧 그녀의 왼쪽 편 어딘가에서 그 강으로 휩쓸려 들어가 홍수로 부푼 강물에 실려 자신이 깨어난 지점에 이르렀을 가능성이 많았다. 그녀는 이런 모든 근거들을 종합해본 뒤 남쪽으로 방향을 돌려 다리를 절룩이며 걸어갔다.

붉은솔은 시장기를 무시해버렸다. 부드러운 아침 바람에 몸이 오싹했지만 젖은 옷이 마르는 데는 도움이 되었다. 홍수로 모카신과 각반이 떠내려가는 바람에 그녀는 맨발인 데다 양다리도 그대로 노출되어 있었다. 그녀는 부러진 나뭇가지 하나를 주워 지팡이로 삼았다. 그녀는 발목을 접질려 빠르게 걸을 수 없었기에 일정한 보폭으로 꾸준히 걸었다.

오전 중반쯤 그녀는 샘가에 멈춰 서서 시원한 샘물을 마셨다. 시간이 지날수록 주위가 따뜻해져서 그녀의 가슴에서는 새로운 희망이 솟아났다. 한낮 가까울 무렵 그녀는 아픈 발목을 좀 쉬게 해주기 위해 걸음을 멈췄다. 그 순간 그녀는 자신이 홍수로 떠밀려났던 그 골짜기에 이르렀다는 걸 알았다. 부러진 나무 조각들의 엄청난 무더기들과 물살에 시달려 고개를 잔뜩 숙인 풀들은 간밤에 그곳을 휩쓴 홍수의 이야기를 말없이 전해주고 있었다.

그 튼튼한 사시나무를 찾은 순간 그녀는 숨이 막혀 입을 딱 벌렸다. 그녀는 발목이 욱신거리는 것도 무시하고 마구 내달렸다. 하지만 그 나무 앞에 채 이르기도 전에 갈라진 가지들 사이에서 요람이 보이지 않는다는 걸 알았다. 그녀는 이것이 그 나무가 아니라고 열심히 자신을 설득하려 들었다. 하지만 홍수가 할퀴고 지나간 상처가 그대로 남아 있는 골짜기는 분명 어제의 그 골짜기였다. 맥없이 나무 앞에 이른 그녀는 그 나무가 맞다는 걸 알았다. 그녀는 분명 그 나무의 갈라진 줄기들 사이에다 요람을 끼워 넣고 줄로 묶어놓았다. 그런데 요람은 거기 없었다.

붉은숄은 땅바닥에 쓰러져 흐느껴 울었다. 집에만 있었어도, 남편의 두 번째 아내 때문에 성을 내지만 않았어도 이런 일은 없었을 텐데. 그녀는 눈물을 훔치면서 땅바닥에서 일어났다. 그리고 아들이 들어 있는 요람을 찾아 연신 사방을 두리번거리면서 홍수가 휩쓸고 지나간 자취를 따라갔다. 홍수가 지나간 자취는 찾기가 쉬웠다. 거기서 홍수에 휩쓸려 내려간 자기가 어떻게 목숨을 부지할 수 있었는지 신기하기만 했다.

이윽고 골짜기가 강과 만나는 지점에 이르자 그녀는 북쪽으로 방향을 돌려 강물의 흐름을 따라갔다. 해가 서쪽 하늘에 걸릴 즈음 그녀는 자기가 깨어난 지점에 이르렀다. 그때까지 그녀는 아무것도 먹지 못했고 물도 딱 한 번 마셨을 뿐이지만 전혀 개의치 않았다. 그녀는 그저 죽고만 싶었다.

서쪽 지평선 위에는 그 전날처럼 구름장들이 걸려 있었다. 하지만 이날의 구름들은 상공에 낮게 떠 있는 먹구름들이 아니라 하얗게 부풀어 오른 구름들이었다. 작은 참나무 줄기에 기대앉은 붉은 숄은 조용히 눈물을 흘리면서 기원했다.

"구름 속에 사는 분들이시어, 제 아들을 불쌍히 여겨주세요. 그 아이는 너무 작아 아무 힘도 없답니다. 그 아이의 영혼을 위대한 아버지께 데려다 주세요. 그리고 제 아들과 함께 있고 싶으니 저도 데려가는 친절을 베풀어 주세요."

붉은숄은 슬피 울다가 잠이 들었다. 그녀는 해가 진 직후에 깨어났다. 그리고 가슴이 젖으로 퉁퉁 불은 것에서 오는 생소한 감각 때문에 자신의 넋을 빼앗아간 혹독한 상실의 고통이 되살아났다. 그녀가 온몸을 흔들면서 통곡을 하는 동안 밤이 찾아오고 있었다. 감사하게도 굶주림으로 몸이 많이 약해진 데다 또 몹시 피로해서 그녀는 다시 잠의 늪 속으로 끌려들어갔다.

그녀는 사납게 소용돌이치는 시커먼 탁류의 악몽에 시달리다 밤중에 다시 깨어났다. 서쪽 멀리서 천둥이 낮게 우르릉거리는 소리가 들려왔고 번갯불이 번쩍번쩍했다. 그녀는 이내 자신이 처한 상황을 떠올리고는 절망감에 빠졌다. 그녀는 자신이 어머니로서도, 아내로서도 실패한 여자라는 걸 알았다. 그녀는 지평선 너머에서 천둥소리가 다시 울리자 기도했다.

"제 아들에게 친절을 베풀어 주소서. 그 아이를 안전한 곳에 데려다 주소서."

그녀는 사람들이 자기를 좋은 여자가 아니라 어리석고 샘이 많아 결국 아들을 죽인 여자로 기억할 것이라 생각했다. 그녀는 마음

176

속에서 그 아이를, 티 없이 해맑은 표정으로 자기를 올려다보는 아이의 검은 눈을 볼 수 있었다. 그녀의 기억에 남은 아들의 모습은 그게 전부였다.

그녀는 이제 마을에 돌아가 자신의 어리석음 때문에 아들이 죽었다는 사실을 하얀날개에게 전하는 것이 올바른 길이라 생각했다. 설사 그가 그녀를 용서해준다고 해도 그녀는 자신을 결코 용서할 수가 없었다. 하얀날개는 좋은 사람이긴 하지만 돌아온 그녀를 환영해줄 리가 없었다. 그녀는 마을에서 쫓겨나 남은 평생 동안 혼자서 방황하는 비참한 처지에 빠질 공산이 컸다.

아들의 보드랍고 둥근 작은 얼굴이 다시 그녀의 심상에 떠올랐다. 이번에는 아들의 목소리까지도 들려왔다. 그녀는 슬픔 때문에 그런 일이 생기는 것이라 생각하면서 나직하게 흐느껴 울었다. 이윽고 그녀가 마음을 진정시키자 그 가녀린 목소리가 다시 들려왔다. 그녀는 절망감 속에서도 손을 뻗었다. 그러자 어둠 속에서 뭔가가 만져졌다. 그때 번개가 번쩍했고, 그 찰나의 순간에 그녀는 요람을 보았다. 그리고 아들이 배고픔을 이기지 못해 우는 소리를 들었다.

이제는 헛것까지 보이니 그녀의 마음은 더욱 괴로웠다. 그녀는 아들의 영상이 이내 사라질 것이라 생각했다. 한데 그렇지 않았다. 아들은 다시 울었다. 그녀는 기쁨의 환성을 지르면서 요람을 움켜쥐고는 아들의 작은 얼굴에 자기 얼굴을 바짝 들이댔다. 아들은 거기 있었다!

붉은숄은 더할 나위 없이 기뻐했다. 그녀는 미친 듯이 소리쳤다.

"감사합니다, 위대한 아버지시여! 감사합니다, 구름 속에 사는 분들이시여!"

그녀는 아들을 요람에서 꺼내 젖을 먹였다. 아들은 허겁지겁 젖을 빨기 시작해서 결국은 한없는 허기를 그득 채웠다. 이윽고 그녀는 아들을 물속에 집어넣은 뒤 모자가 함께 목욕을 했다. 모자는 비탈진 풀밭에서 잠이 들었고, 따뜻한 바람이 그들을 부드럽게 어루만져주었다. 이튿날 다시 새로운 하루가 시작되자 그들은 귀향길에 올랐다.

둘째 날 어느 어름인가에 하얀날개가 나타나 붉은숄은 다시 뛸 듯이 기뻐했다. 하얀날개는 모자의 행색만 보고서도 그들이 어려운 고비를 겪었다는 걸 알 수 있었다. 그는 캠프를 치고 그들이 편히 쉴 수 있도록 돌봐주었다.

하얀날개는 말했다.

"목걸이를 그 사람의 할아버지 할머니한테 돌려보내기로 했소. 그 사람을 아내로 삼고 싶어 하는 사람이 많이 있을 테니까."

붉은숄은 펄쩍 뛰었다.

"안돼요. 그렇게 하는 건 그 사람을 수치스럽게 하는 일이 될 거예요. 나는 늘 당신의 첫 번째 아내 대접을 받을 테니 기꺼이 그 사람을 우리 집에 들이고 싶어요."

그러고 나서 그녀는 홍수가 나서 아들을 잃어버렸는데 천둥들이 돌려주었다는 이야기를 남편에게 자세히 들려주었다.

붉은숄은 아들이 돌아올 수 있었던 이유에 대해서는 전혀 궁금해하지 않았지만 어떤 과정을 거쳐서 그런 일이 일어났는지는 평생 궁금해했다. 그것은 즐거운 미스터리요 가끔 믿기 어려운 현실이었다. 그녀는 그것을 일종의 선물로 여겼다. 그녀는 그런 선물에 감사함을 표하기 위해서 자신을 선물로 바쳐야 한다고 생각했다. 그래서 그녀는 하얀날개의 첫 번째 아내로서 마땅히 차지해야 할 자리를 차지하면서 목걸이를 여동생처럼 따뜻하게 맞아주었다. 얼마간 시간이 지난 뒤 두 여자는 친한 사이가 되었고, 그들을 아는 모든 사람들 사이에서 두 사람 다 사심 없고 헌신적인 어머니들이라는 평판을 얻었다.

붉은숄의 아들은 키가 크고 강건한 소년으로 자라났으며 어머니를 잘 모셨다. 아들이 열다섯 살이 되자 하얀날개는 붉은숄이 지은 이름을 아들에게 붙여주었다. 그리하여 그 아들은 와키냔 아글리피, 곧 '천둥들이 돌려보내주시다'라는 이름으로 평생을 살았다.

붉은숄은 장수를 누렸으며, 많은 이들에게서 선하고 지혜로운 여인이라는 평판을 얻었다. 사람들이 그녀를 지혜로운 이라고 칭송할 때마다 그녀는 그들에게 감사의 뜻을 표하면서 아들이 그런 이름을 얻게 된 유래를 조용히 들려주었다. 어리석음조차도 지혜의 길로 인도될 수 있다는 사실을 알려주었고.

그녀를 아는 사람들은 봄철이나 여름철, 특히 하늘을 온통 뒤덮고 사납게 소용돌이치는 먹구름장 속에서 번갯불이 번쩍이고 천둥이 울릴 때면 조용히 귀 기울여 들었다. 붉은숄이 자기 집 밖에 서서 구름 속에 사는 이들을 기리는 노래를 부르는 소리를.

자기를 선물로 주는 일

라코타의 창조 설화에 의하면 우리 종족 사람들은 대지에 난 구멍을 통해서 세상에 나왔다고 한다. 그런데 한 사람만은 대지 속에 그대로 남아 있었다. 밖으로 나온 사람들은 빛과 온기가 있는 그 땅이 마음에 들어 그대로 머무르기로 결정했다. 그 사람들은 부족한 게 아무것도 없었으므로 그것은 당연한 결정 같았다. 모든 사람이 다 행복해했다.

그런데 얼마 후 어려운 시절이 닥쳐왔다. 가뭄이 그 땅을 황폐하게 하는 바람에 기근이 닥쳐왔다. 사람들은 먹지를 못해서 약해지고 죽어가기 시작했다. 뒤에 남은 한 사람은 떠난 사람들에게 어떤 일이 일어났는지 목격했다. 그리고 그들이 고통받는 것을 보고 슬퍼했다. 그 마지막 사람은 구멍 밖으로 나와 타탕카, 즉 들소가 되어 자꾸 번식을 한 끝에 온 대지가 들소로 뒤덮였다. 그러자 사람들은 들소를 사냥해서 그 고기를 먹은 덕에 목숨을 건졌다.

세월이 흐르면서 사람들은 들소를 이용하는 다른 방법들을 발견했다. 그들은 들소 가죽으로 자기네가 거처할 곳을 덮는 덮개를 만들고, 뼈로는 인형과 무기를 만들고, 털로는 밧줄을 만들고, 뿔로는 숟가락과 컵을 만들었다. 그들은 들소의 모든 부분을 다 이용했다. 그 사람들은 다시 강해졌다. 사실 그들은 전보다 더 강해졌다. 그 때문에 그들은 노래와 춤으로 들소의 희생을 기렸다.

1876년 6월, 리틀빅혼 전투가 벌어지기 여드레 전에 성난말이 이끄는 7백 명 내지 9백 명가량 되는 라코타 전사들과 샤히옐라(북부 샤이엔족) 전사들은 리틀빅혼에서 남쪽으로 24킬로미터 떨어진 로즈버드크리크에서 조지 크루크 장군이 이끄는 1,300명의 미군과 맞부딪쳤다. 성난말이 이끄는 전사들은 미군과 하루 종일 전투를 벌인 끝에 그들을 더 이상 전진하지 못하게 했다.

그 전투가 벌어지는 동안 샤히옐라의 유명한 전투 지도자 한 사람이 적진으로부터 불과 몇 미터 떨어지지 않은 곳에서 타고 있던 말에서 떨어졌다. 그가 맨몸으로 달려서 그곳을 탈출하려 했을 때 샤히옐라 진영에서 말을 탄 전사 한 사람이 튀어나오더니 적의 치열한 포화를 뚫고 달려와 그 샤히옐라 지도자를 구해냈다. 그 전사는 송아지다니는길이라고 하는 여자였다. 그녀는 목숨을 걸고 자기 오빠를 구해냈다.

리틀빅혼 전투에서 라코타 족이 대승을 거두고 나서 열한 달이 지났을 때 오글랄라 라코타 지도자 성난말은 중대한 결정을 내렸다. 그는 미국 정부에게 항복하기로 결정했다. 그를 따르는 9백 명 가운데서 전사들은 130명도 채 되지 않았다. 나머지는 노인들과 여자들, 아이들이었다. 성난말은 바로 그들을 위해서 그런 결정을 내렸다. 미군은 리틀빅혼에서 굴욕적인 패배를 맛본 뒤 라코타 사람들을 더욱 맹렬히 공격했다. 성난말이 당면한 가장 큰 문제는 싸울 전사들의 숫자가 부족하다는 점이었다. 미군과 비교할 때 그들의 숫자는 너무나 부족했다. 라코타 전사 한 사람을 잃는다는 것은 그 가족이 아버지나 아들을 잃게 됨을 뜻하는 것은 물론 부족의 비전투원들 전체를 보호하는 데도 큰 타격을 받는다는 걸 뜻했다.

라코타 사람들(그리고 대평원의 다른 부족들)은 미국인들과 달리 공동체의 나머지 사람들과 따로 떨어져서 지내는 상비군을 두고 있지 않았다. 흔히 전투부대라 부르는 한 떼의 전사들이 며칠 동안, 어떤 때는 몇 주 동안 수색 정찰 임무를 띠고 밖에 나가 있을 때가 있었다. 하지만 그들은 임무를 마치면 늘 자기 가족이 있는 캠프나 마을로 돌아왔다. 그들이 비전투원들을 전혀 보호받지 못하는 상태로 방치해두는 경우는 극히 드물었다. 따라서 싸울 수 있는 연령층에 이른 남자들은 싸우는 일뿐만 아니라 다른 많은 일도 함께 맡았다. 그들 대부분은 전사이면서 동시에 남편, 아버지, 사냥꾼, 말 조련사, 교사 등의 정체성도 함께 갖고 있었다.

군사적인 면에서 볼 때 평균적인 라코타 전사들은 강력한 게릴라 전사였고 미군의 평균적인 기병이나 보병과 일대일로 맞붙는다고 할 때 그들보다 전투 능력이 더 뛰어난 사람들이었다. 바로 그런 이유로 성난말의 전사들은 비전투원들을 안전한 곳에 숨기고 자기네의 뛰어난 기동력을 이용해서 적들을 자기네한테 유리한 지점으로 유인해서 싸우고자 했다. 그러나 노인들과 여자들, 아이들을 숨길 만한 안전한 곳을 찾아내고 그들이 먹을 만한 양식을 확보하는 문제는 좀처럼 해결하기 어려웠다. 설사 그런 일이 가능하다 해도 좀 더 경험 많은 노련한 전사들은 미군이 제대로 보호받지 못하는 라코타 비전투원들을 찾아낼 경우에는 곧바로 공격할 것이라 확신했다.

미군의 그런 잔혹한 성향은 이미 잘 알려져 있었다. 1855년, 윌리엄 하니 장군이 이끄는 부대는 시캉구 라코타 남자들 대부분이 사냥 나가고 없는 틈을 타서 그 캠프를 공격했다. 이때 하니의 병사들이 여자들과 아이들을 무차별 학살하는 바람에 훗날 시캉구 사람들은 하니를 여자살인자라 불렀다. 1868년, 제7기병대는 캔자스의 워시타 강가에 자리 잡은 평화로운 샤이엔 마을을 공격했는데 이때 죽거나 부상당한 사람들의 대부분은 여자들과 아이들이었다. 물론 미군이 저지른 만행 가운데서 가장 잔혹했던 것은 1864년 시빙턴이 지휘하는 부대가 콜로라도 주 샌드크리크에서 샤이엔 족 여자들과 아이들을 무차별 학살한 사건이었다. 하니 부대가 시캉구 라코타 캠프를 공격했을 당시 열다섯 살이었던 성난말은 그들이 공격한 뒤의 참상을 직접 목격했고 그때부터 평생토록 백인들을 불신했다.

성난말과 다른 전사들은 자기네의 앞날이 어떠하리라는 걸 충분히 내다볼 수 있었다. 백인들의 숫자가 너무 많았기에 더 이상 저항했다가는 자기네 부족 전체가 몰살당할 게 분명했다. 사실, 그는 자기가 얼마나 올바른 판단을 내렸는지 제대로 알지 못했다. 1870년대 말, 대평원의 남쪽에서 북쪽 전체에 걸쳐서 살고 있는 40여 부족의 총인구는 아마 25만에서 30만 정도에 불과했을 것이다. 그런데 미국 백인들의 총인구는 2,500만이었다. 그 당시 라코타 족의 총인구는 1만 5천 명 이하로 줄어들었고 그나마 그 대부분은 이미 보호구역들에서 살고 있었다.

그리하여 항복하자는 결정이 내려지면서 9백 명의 사람들이 불확실한 미래를 위해 자기네의 자유를 희생했다. 성난말은 그 희생이 무엇을 뜻하는지 이미 잘 알고 있었다. 시캉구 족 출신인 그의 숙부 점박이꼬리는 타고난 강한 전사였고 젊은 시절 시캉구 사람들의 지도자 역할을 한 인물이었는데 1855년에 이르러 미국군에게 항복했다. 그는 남이 저지른 죄, 곧 백인들을 공격했다는 죄목을 대신 뒤집어쓰고 몇몇 다른 시캉구 남자들, 그들의 가족들과 더불어 캔자스 주의 리번워스 요새로 끌려가 감옥에 갇혔다.

점박이꼬리의 친척들은 그때까지 리번워스 요새로 끌려가서 살아 돌아온 라코타 사람이 아무도 없었으므로 그를 죽은 사람이나 다름없이 여기고 슬퍼했다. 하지만 점박이꼬리는 살아서 돌아왔으며, 과거와는 달리 백인들에게 존경심까지 품고 있었다. 그것은 백인들이 좋은 사람들이어서가 아니라 그들의 숫자가 너무 많았기 때문이었다. 그로부터 22년 뒤 성난말도 역시 똑같은 교훈을 얻었다.

삶은 우리한테서 많은 것을 요구한다. 우리 모두는 자신을 위해서 여러 가지를 희생해야 하며, 다른 이들을 위해서 더 많은 걸 희생해야 하는 경우도 적지 않다. 희생은 여러 가지 형태로 이루어진다. 세계 전역에 널려 있는 공동묘지들은 의무, 애국심, 이데올로기라는 이름 아래 최후의 희생을 치른 사람들로 가득하다. 우리는 모든 인디언 부족 사람들 가운데서 얼마나 많은 전사들이 자기네 땅을 지키려, 백인들의 침략에 맞서서 자기네의 생활방식을 지키려다 죽었는지 결코 알지 못할 것이다.

전쟁이나 그 밖의 대격변들이 일어날 때마다 늘 영웅들이 등장한다. 하지만 고맙게도 우리 대부분의 사람들에게는 삶이 아주 평범한 형태로 전개된다. 하룻밤 자고 났더니 자기가 거주하는 동네가 전쟁판이 되었다거나 정치사회적 격변 상태에 휘말리는 경우는 극히 드물다. 하지만 그럼에도 불구하고 가끔 어느 정도의 희생은 치러야 한다. 이를테면 자식이 본인의 꿈을 이룰 수 있도록 도와주기 위해 부모가 두 가지 일을 해야 하는 경우 같은 것. 자식의 꿈과 관련된 것은 자식의 대학 등록금이나 농구경기용 나이키 운동화 등과 같이 다양할 것이다. 그리고 대부분의 부모는 아무 불평하지 않고 열심히 노력할 것이다. 이런 식의 희생적 활동이나 행위는 자신을 선물로 주는 일이 된다.

자기라는 선물은 인간이 줄 수 있는 가장 뜻깊은 선물이다. 어느 병원에서 새로운 연구 시설을 지을 수 있도록 그 병원에 수표를 끊어주는 부자는 너그러움의 한 표본임이 분명하다. 너그러움은 인간 삶에서 꼭 필요한 미덕이다. 하지만 그 사람이 자기가 가진 모든 돈을 희사하지 않았다면 그 사람은 희생을 한 것이 아니다.

한 남자에게 아내와 딸이 있었다. 그는 매일 늦게까지 열심히 일했고, 모녀가 원하거나 필요로 하는 물건을 마련해주지 못한 적이 한 번도 없었다. 그 덕에 딸의 방은 값비싼 인형들로 가득 찼고, 딸은 최신 유행복들을 입고 다닐 수 있었다. 어느 날 저녁 그는 무심코 딸의 방에 들렀다가 값비싼 인형들이 천덕꾸러기들처럼 방 뒤구석에 아무렇게나 늘어서 있는 광경을 보고 어리둥절해했다. 딸의 침대 곁, 눈높이 정도의 벽에는 손으로 쓴 글씨가 적혀 있는 종이쪽 하나가 핀으로 꽂혀 있었다. 남자는 그게 자기 글씨라는 걸 알았다. 그 쪽지는 그가 딸의 생일파티에 참석할 수가 없어 급하게 써 갈긴 메모였다. 거기에는 "미안하다. 사랑한다. 아빠가." 라는 내용이 적혀 있었다. 그가 그 쪽지와 함께 남겨둔 값비싼 보석 선물은 어디에서도 보이지 않았다. 그는 딸에게 물었다.

"어째서 이 하찮은 쪽지를 벽에 붙여놓고 있는 거냐?"

딸은 대답했다.

"내가 갖고 있는 것들 중에서 진짜 아빠 것은 그것 하나뿐이니까요."

라코타의 영적인 의식들 가운데서 가장 성스러운 것은 위와냥와치피, 곧 '해를 바라보며 춤추기'다. 이 의식은 태양춤으로 더 널리 알려졌다. 인디언이 아닌 이들에게 태양춤은 아마 가장 흥미로우면서도 가장 많은 오해를 불러일으키는 의식일 것이다. 인디언이 아닌 이들 대부분은 그들이 '고행'이라 부르는 의식, 곧 일부 참여자들이 감내해야 하는 피부 꿰뚫기를 보고 기겁을 하거나 소스라치게 놀라곤 한다. 꿰뚫기는 그 춤을 추겠다고 서약한 남성들에게 행해진다. 서약한 이들은 가슴 윗부분 두 군데를 꿰뚫은 뒤 거기에 뼈로 만든 꼬챙이 두 개를 끼워 넣는다. 그리고 그 뼈 꼬챙이들에 줄을 묶고 그 줄의 다른 한 끝을 마당 중앙에 세워진 기둥에 묶는다. 그들은 춤을 추면서 그 줄을 팽팽하게 잡아당기는데, 그것은 뼈 꼬챙이들이 살을 찢고 튀어나오게 하기 위해서다. 다른 일부 참여자들은 등가죽을 꿰뚫기도 하고, 몇 개의 들소 두개골을 끌고 다니면서 춤을 추기도 한다.

미국 정부는 많은 기독교 교회들이 태양춤을 미개하고 야만적인 춤이라 규정하면서 들고일어나자 이를 불법화했다. 태양춤은 희생을 상징하는 의식이었지만 미국 백인들은 그 춤이 무엇을 위한 의식인지 끝내 알지 못했고, 또 알려고도 하지 않았다.

태양춤은 우리 문화에서 희생이 순수하면서도 실질적인 미덕이 되어야 한다는 메시지를 우리한테 입증해주고 있기 때문에 아직도 우리 삶의 일부로 남아 있다. 태양춤을 추는 사람들은 생살을 꿰뚫는 고통과, 꼬챙이들이 살을 찢고 튀어나오는 끔찍한 고통에도 불구하고 스스로를 아낌없이 내준다. 별 볼 일 없는 이유들 때문에 그런 고통을 기꺼이 감내하겠다고 나서는 이들은 없을 것이다. 예컨대 그 춤에 참여하는 것은 감사하는 행위 같은 것이 될 수도 있다. 하지만 그런 행위는 늘 진실한 상징적 행위며, 자신을 희생하는 일이 제아무리 고통스러운 일이 된다 할지라도 우리 삶에서 꼭 필요할 때가 있다는 점을 우리한테 일깨워주는 행위다. 태양춤을 추는 것은 하나의 가장 소중한 선물, 곧 자기라는 선물을 진심으로 주는, 혹은 바치는 행위다. 우리 모두가 온 마음을 다해서 내주는 선물.

삼촌이 대학에 다닐 때 할머니가 삼촌을 위해서 빨래를 해주시던 기억이 난다. 세상에서 빨래하는 일이 자신의 가장 소중한 일이라고 말한 사람은 우리 할머니가 처음이 아닐까 싶다. 그 당시 삼촌은 우리가 사는 데서 400킬로미터가량 떨어진 사우스다코타 대학에 다녔다. 삼촌은 빨랫감을 여행가방 속에 집어넣어 소포로 부쳤다. 그러면 할머니는 큰 양동이에 빨랫감들을 집어넣고 빨래판에 비벼 빤 뒤 마당에 묶어놓은 빨랫줄에 널어 말리셨다. 그리고 빨래가 다 마르면 다림질을 하셨다. 햇살이 좋고 바람이 잘 불면 그 모든 일이 하루 만에 끝났다.

할머니가 밤늦게까지 등잔불빛에 의지해서 하얀 셔츠들을 다리시던 기억이 지금까지도 선연하게 남아 있다. 다림질이 끝나면 할머니는 그 옷들을 하나하나 꼼꼼하게 개켜서 여행가방 속에 다시 꾸려 넣으셨다. 그다음에는 할아버지와 내가 그 가방을 차에 실은 뒤 집에서 멀리 떨어진 큰 도로까지 나가 그 길가에 있는 우체통 속에 집어넣어야 했다. 우리는 그런 과정을 2주에 한 번씩 반복해야 했다.

그 시절에는 대학 캠퍼스에 동전을 넣어 사용하는 세탁기가 별로 없었기에 삼촌은 분명 식구들이 그렇게 애써주는 것을 고맙게 여겼을 것이다. 1940년대 말에는 우리 사는 곳에 전기가 들어오지 않았기 때문에 그렇게 빨래를 해서 보내려면 많은 노동력이 들었다. 나무 때는 난로 위에서 물을 끓여야 하고, 마당의 빨랫줄에 빨

래를 널었다가 다시 걷어와야 하고, 무거운 쇠다리미를 난로 위에
올려놔서 달궜다가 다림질을 해야 했다. 앞으로도 내가 '빨래하
기'라는 말을 들을 때면 늘 이런 식의 이미지들이 자동적으로 떠오
를 것이다.

　조부모님은 나를 위해서도 많은 희생을 치르셨다. 아직까지도
무엇 때문인지 이유를 잘 모르기는 하지만, 아무튼 나는 고등학교
를 졸업하기 전까지 학교를 최소한 열두 번 이상 옮겨 다녀야 했
다. 그 때문에 조부모님은 몇 번이나 내가 다니는 학교 근처로 이
사하셨다. 할머니는 내 옷들을 자주 빨아주고 단추를 달아주고 양
말을 꿰매주는 등의 일을 해주셨다. 나는 할머니가 그런 일들을 해
주신 것에 감사했다. 하지만 나는 할머니가 그런 일들을 일반적인
할머니들이 사랑하는 손자를 위해서 으레 하는 사소한 일들 정도
로 여기셨다는 것을 잘 알고 있다. 할머니가 나와 내 형제들을 위
해서 해주신 사소한 일들은 수없이 많았다. 나는 아직도 그런 점에
감사하고 있는데, 그것은 할머니가 내 바지에 헝겊을 대서 꿰매주
시고 옷을 새로 다림질해주셨기 때문이 아니라 그런 일들에 따라
오는 교훈 때문이다. 할머니는 내게 스스로를 아낌없이 내주는 법
을 가르쳐주셨다.

　이 세상에서는 크고 작은 수많은 희생이 수많은 이유로 일어난
다. 그리고 우리는 누군가가 우리 때문에, 혹은 우리를 위해서 희
생을 치렀다는 사실을 미처 알지 못하고 넘어갈 때도 있다. 격렬하
고 험악한 상황들은 늘 비범한 사람들이 보여주는 사심 없는 용기
와 희생 때문에 그들을 세상에 크게 부각시켜주곤 할 것이다. 인류
역사에서는 성난말, 점박이꼬리, 송아지다니는길 같은 이들이 무

수히 등장한다. 우리는 그들의 행위와 희생을 결코 잊지 못할 것이다.

평범한 일반 사람들도 역시 살아가는 과정에서 희생을 치르며, 그렇게 함으로써 희생할 줄 아는 것도 인간 본성의 하나라는 사실을 우리에게 일깨워준다. 우리는 버스나 지하철에서 노약자들에게 자리를 양보하고, 차례를 기다리며 줄 서 있다가 사정이 급한 사람을 자기 앞에 끼워 넣어주기도 한다. 우리는 매표구 앞에 줄 서 있다가 나이 든 여행자들이 있으면 그들이 짐을 앞으로 옮기는 일을 대신해준다. 엄마들은 아이들에게 새 옷을 사주기 위해 헌 옷만 입고 지낸다. 아빠들은 휴가여행을 떠난 이웃집 사람들 집을 봐주고, 그 집 앞 잔디에 물을 주거나 잔디를 깎아준다. 이런 일들은 간단한 행위들이다. 하지만 그런 행위들은 우리 모두에게 인간이 본래부터 지니고 있는 품위와 긍지를 보여주고 기꺼이 본받을 만한 모범을 제공해준다.

1964년 가을, 내 사촌 이즈리얼 나이프와 나는 리틀화이트 강과 빅화이트 강이 만나는 지점 근처로 사슴 사냥을 하러 나갔다. 이즈리얼은 백인들만 있으면 아주 소심해져서 말을 거의 하지 않았다. 사실, 그는 식당에 가서도 자기가 먹을 걸 꼭 내가 대신 주문하게 했다. 하지만 인적 없는 오지에서 우리끼리만 있을 때나 주위에 백인들이 전혀 없는 곳에서는 내 귀가 따가울 정도로 한껏 수다를 떨기도 했다.

그날 우리는 사냥 실적이 신통치 않아 이즈리얼의 아버지가 차를 몰고 와서 우리를 태워주기로 한 곳까지 피로한 다리를 끌고 터덜터덜 걸어갔다. 우리가 리틀화이트 강 바로 서쪽 부근에 이르렀을 때 어느 숲에서 무슨 일로 소동이 일어나는 것 같은 소리가 들려왔다. 가만히 들어보니 사람들의 욕설과 고함 소리였다. 우리는 이내 그 소음의 진원지를 찾아냈다. 알고 보니 다른 주에서 온 두 명의 백인 사냥꾼이 뒤쫓던 다섯점박이흰꼬리사슴 수컷 한 마리가 어쩌다 튼튼한 세 가닥의 철사 줄로 이루어진 울타리에 뿔이 걸려 뒤엉키는 바람에 그런 소동이 일어났다.

　두 사냥꾼은 철조망에 걸린, 죽은 사슴의 뿔을 뽑아내려 무진 애를 썼지만 아무 소용이 없었다. 사실 그 사람들은 사슴을 풀어낸다고 하는 게 사태를 더 악화시켜 그 사슴뿔은 철사 줄들에 더 칭칭 감기기만 했다. 두 사냥꾼은 자기네 깜냥으로 온갖 수단을 다 써보았지만 아무 소용이 없자 그 사슴의 목을 잘라내 머리 부분은 철조망에 걸린 채로 그냥 남겨두고 떠나기로 했다. 그들이 날 길이가 30센티미터쯤 되는 보위 사냥칼을 하나씩 꺼내 들었을 때 나는 그들에게 수렵 감시인이 머리 없는 사슴 시체를 볼 경우에는 의심을 할 것이라고 충고했다.

　이즈리얼과 나는 철조망에 뒤엉킨 사슴뿔을 어떻게 풀어낼까 연구했다. 우리는 철사 줄들이 휘감고 있는 뿔의 몇 군데 주요 지점들에 튼튼한 나뭇가지들을 끼워 돌려서 철사 줄들을 풀어냈다. 그러자 철사 줄들에서 놓여난 사슴이 땅바닥에 떨어졌다. 나는 하마터면 목이 잘릴 뻔했던 죽은 사슴이 그제야 크게 안도했으리라 단언한다. 그다음 우리는 맨 밑의 철사줄 밑으로 사슴 시체를 조심스럽게 끌어내서 두 백인 사냥꾼에게 인계했다. 그들은 놀라서 눈을 둥그렇게 떴다.

　한 사람이 물었다.

"어떻게 풀어냈어요?"

또 한 사람이 물었다.

"왜 이런 일을 한 거죠?"

그러자 이즈리얼이 대답했다.

"누군가는 해야 할 일이었으니까요."

그는 마뜩치 않아 하는 것 같으면서도 자못 재미있다는 투로 말했다. 아무튼 나로서는 그가 백인에게 말을 하는 걸 생전 처음 보았다.

두 백인이 우리한테 돈을 내밀었지만 우리는 거절했다. 우리는 그곳을 떠났다. 우리가 좀 걸어가다가 뒤돌아보니 두 사람은 입을 헤벌린 채 여전히 우리를 멍하니 바라보고 있었다.

내가 말했다.

"돈을 받는 것도 괜찮을 것 같은데 그랬어."

이즈리얼은 말했다.

"그렇긴 하지. 하지만 생각해봐. 저 두 사람은 앞으로 사슴 사냥하러 갈 때마다, 혹은 사슴을 볼 때마다 두 인디언 청년이 생각날 거야."

자기라는 선물은 놀라운 일을 해낼 수 있다.

7
진실

워위자케

참된 것, 있는 그대로의 것

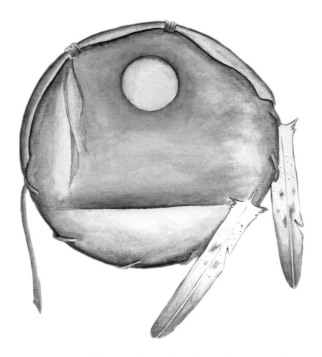

진실을 알아보기 어려울 때가 있다. 진실은 축복의 선물이 될 수도 있고 힘겨운 부담이
될 수도 있다. 진실은 가끔 바람과 같다. 우리는 그것을 볼 수 없으나 그것이 어떤
영향력을 갖고 있는가는 볼 수 있다. 진실은 우리가 걷는 인생길에 세워진 이정표다.

협잡꾼의 노래 이야기

이크토미가 곰이 버리고 떠난 굴속에서 하룻밤을 자고 난 뒤 그곳에서 기어 나왔을 때 그의 배는 배고프다고 아우성을 치고 있었다. 그는 굶주린 상태에서 깨어났으나 그에게 그런 일은 늘 있다시피 한 일이었다. 그는 잠자는 걸 무엇보다도 더 좋아했기에 배고플 때가 많았다.

하지만 그는 별로 걱정하지 않았다. 그는 늘 주린 배를 채울 수 있는 방법을 찾아냈으니까. 그러나 그가 뛰어난 사냥꾼이기 때문에 그런 방법을 찾아낼 수 있었다는 뜻은 아니었다. 그의 사냥 솜씨는 형편없었다. 그가 재주라고 할 만한 것으로 딱 하나 갖고 있는 것은 남들을 속여먹는 재주였다. 그는 그 일대에서 으뜸가는 사기꾼이었다. 그는 사기를 치거나 다른 이들의 실수를 이용해서 먹고사는 걸 좋아했다. 이크토미의 있는 그대로의 실상은 바로 그러했다.

그는 두 눈을 비벼 잠기운을 몰아내고 주위를 돌아보았다. 화창한 여름 오후였다. 가벼운 바람에 사시나무 이파리들이 노래하고 풀잎들이 춤을 췄다. 그런 소리들에 붉은날개지빠귀들과 들종다리들이 즐겁게 지저귀는 소리들이 합세했다. 거기서 그리 멀지 않은 곳에는 참나무 숲이 있고 그 숲에서 자라는 자두나무의 시원한 그늘 아래에서는 흰꼬리사슴들이 졸고 있었다.

이크토미는 자기를 편안하게 해줄 수 있는 것들이 아니면 전혀 신경 쓰지 않았다. 그런데 그곳에는 주린 배를 채울 수 있을 만한 것이 하나도 보이지 않았다. 그래서 그는 쉽게 배를 채울 만한 것들이 있나 찾아보기 위해 평원을 가로지르기 시작했다. 버찌, 자두, 서양보리수 열매는 아직 익지 않았다. 그는 전에 덜 익은 산딸기를 따먹었다가 복통으로 고생했던 일을 잊지 않고 있었기에 그것들을 무시하고 지나갔다. 강에는 메기들이 살고 있었지만 그것들을 잡으려면 미끼로 쓸 메뚜기를 잡아야 했다. 그런데 메뚜기는 동작이 너무 빨라서 잡기가 어려웠기 때문에 오늘은 메기를 잡지 않기로 했다.

그는 어느 언덕을 한참 오른 끝에 그 꼭대기에서 잠시 쉬었다. 그가 거기 앉아 작은 언덕들이 파도처럼 끝없이 굽이쳐 흐르는 평원을 둘러보고 있는데 어디에선가 웃음소리가 바람을 타고 날아왔다. 그는 땀으로 흠뻑 젖은 데다 배도 고픈 터라 기분이 먹구름장처럼 거무칙칙했다. 그런 판국에 웃음소리를 들으니 짜증이 났다. 하지만 그 소리의 정체가 뭔지 궁금해서 귀를 바짝 세우고 들었다. 성가시게 귓전을 앵앵거리고 나는 모기 소리 비슷한 그 소리는 여럿이 한꺼번에 웃는 소리였다.

호기심이 짜증스러운 기분을 눌러 이겼다. 과거의 경험상 색다른 뭔가가 있으면 조사해보는 게 좋았다. 그러다보면 먹을 게 생기는 경우가 많았으니까. 이크토미는 그 웃음소리에 잔뜩 귀 기울이면서 소리 나는 방향으로 걸어가기 시작했다. 그런데 그 일대에는 수많은 구릉들이 잔뜩 펼쳐져 있어서 바람이 장난을 칠 수 있다는 게 문제였다. 웃음소리는 그의 뒤에서 들려오는 것 같다가 잠시 후에는 왼쪽에서, 그다음에는 오른쪽에서 들려오는 것 같았다. 이크토미는 몇 개의 언덕을 허우적거리고 넘어간 끝에 웃음소리가 좀 더 커졌다는 걸 알았다. 그리고 이제는 물탕 튀기는 소리도 들려왔다. 그는 그 근방에 깊이가 얕은 아담한 호수가 있다는 걸 알고 있었기에 거기에 가보기로 했다.

이크토미는 또 다른 언덕 꼭대기에 이른 뒤 씩 웃었다. 오늘 그는 운이 좋은 것 같았다. 그 아래에 펼쳐진 호수 수면에는 꽤 많은 오리가 떠다니고 있었다. 오리들은 수면에서 웃고 춤추고 첨벙거리면서 즐거운 시간을 보내고 있었다. 오리들은 자기네끼리 즐기느라 바빠서 이크토미는 거들떠보지도 않았다. 그의 배에서 꼬르륵거리는 소리가 아까보다 더 크게 들려왔다.

이크토미는 풀섶 뒤에 몸을 숨기고는 좋은 방안이 없을까 궁리하기 시작했다. 그는 배고플 때 머리가 가장 잘 돌아갔으므로 이때도 금방 머릿속에서 기막힌 아이디어가 번뜩 스치고 지나갔다. 그는 흐뭇한 미소를 지으면서 물 마른 시내로 살그머니 내려가 이내 나뭇가지들을 잔뜩 모았다. 그는 나뭇가지들을 차곡차곡 쌓아 가지런한 나뭇단으로 만든 뒤 등에 짊어지고는 오리들이 있는 호수로 내려가기 시작했다.

그는 등에 짊어진 나뭇단이 꽤나 무거운 것처럼 허리를 잔뜩 숙이고는 뭔가 대단한 할 일이 있는 사람처럼 심각한 표정을 한 채 언덕 꼭대기에서 호수로 내려갔다. 앞만 똑바로 바라보면서 걸을 뿐 춤추며 노래하는 오리들 쪽으로는 시선 한번 주지 않았다.

그가 미리 예상했던 대로 한 오리가 이크토미를 발견하고 친구들에게 소리쳤다.

"조심해! 이크토미가 나타났어!"

이크토미는 평소에 뭐든지 닥치는 대로 다 잡아먹었기에 오리들은 그의 정체를 잘 알고 있었다. 오리들의 일부는 하늘로 날아올랐고 나머지는 움직임을 딱 멈추었으므로 호수는 금방 고요해졌다. 그런데 묘하게도 그는 불안해하는 오리들을 알은 채도 하지 않았다. 그는 뭔가 급한 일이라도 있는 양 등짐의 무게에 허리를 잔뜩 숙인 채 내처 걸어가기만 했다.

하늘로 날아올랐던 오리들은 호수에 다시 내려앉았다. 그들 모두는 등짐을 짊어진 이크토미가 자기네를 싹 무시하고 제 갈 길만 뚜벅뚜벅 걸어가는 이상한 광경을 유심히 바라보았다. 이 세상의 어떤 존재든 간에 무시당하는 걸 좋아하는 이는 아무도 없다. 그런데 이크토미는 이 세상에 오리 같은 것들이 있는지 알지도 못한다는 식으로 오리들을 싹 무시하고 있었다. 그는 계속 걸어갔고 그의 배는 계속 꼬르륵거렸다. 잠시 후 그는 오리들 곁을 지나쳐 호수에서 멀어져가기 시작했다. 오리들은 분해서 더 이상 참을 수가 없었다.

오리들 중의 하나가 소리쳤다.

"이크토미!"

이크토미는 못들은 체하면서 내처 걸어갔다.

이번에는 모든 오리가 한목소리로 외쳤다.

"이크토미!"

이크토미는 걸음을 멈추고는 두 눈을 끔벅거리면서 옆을 힐끗 쳐다보았다. 이윽고 그는 호수 쪽으로 천천히 고개를 돌려 오리들을 쳐다보았다. 그는 놀란 표정이 되었다.

그는 소리쳤다.

"어이 친구들, 안녕하신가? 거기서 뭐하고 있어?"

오리들은 대답했다.

"춤추며 즐겁게 놀고 있지. 오늘은 날이 정말 좋아!"

"즐겁게 노는 거 좋지!"

이크토미는 그렇게 툭 한마디 던지고는 몸을 돌려 다시 걸어가기 시작했다.

오리들은 어찌할 바를 몰라 몹시 당황했다. 이크토미가 평소의 이크토미 같지가 않았다. 오리들로서는 도무지 이해가 가지 않았다. 그들은 기필코 그 이유를 알아내고 싶었다.

오리들은 소리쳤다.

"기다려! 지금 뭐하고 있는 거야? 왜 그 땔나무들을 나르고 있는 거야?"

이크토미는 눈썹의 땀을 닦으면서 빨리 가고 싶어 안달하는 것 같은 표정을 한 채 말했다.

"이건 땔나무가 아니야. 이건 노래들이야. 아주 성스러운 노래들. 이걸 저 강가에서 벌어지는 축제 행사장에 가져가고 있는 중이야."

그는 등에 짊어진 나뭇단을 잘 추스른 뒤에 다시 걸어가기 시작했다.

"거기서 나를 기다리고 있기 때문에 해가 지기 전에 얼른 가야해."

오리들은 구미가 바짝 동해서 일제히 소리쳤다.

"기다려! 기다려! 아직 가지 마. 우리가 춤출 수 있게 그 노래 하나만 들려줘."

이크토미는 걸음을 멈추고는 잠시 망설이는 표정이 되었다. 이윽고 그는 대답했다.

"안 돼. 갈 길이 멀고, 거기서는 내가 빨리 오기만을 기다리고 있어. 게다가 이것들은 성스러운 노래들이라구. 내가 이 노래 하나를 뽑아서 너희에게 불러줄 이유가 어디 있어? 나는 너희를 잘 알지도 못하는데."

오리들은 소리쳤다.

"가지 마! 그 노래들 중에서 하나만 들려줘!"

이크토미는 한숨을 내쉬고는 걸음을 멈췄다. 그는 어쩔 수 없다는 듯이 두 손을 휘저으면서 말했다.

"좀 쉬어가야겠네."

이크토미는 풀밭에 주저앉았다. 배에서 다시 꼬르륵거리는 소리가 났다.

"오늘 아침 해가 뜬 이래 줄곧 걸었어. 숨을 좀 돌리고 나면 너희에게 한 곡쯤은 불러줄 수 있을 거야. 하지만 모르겠네……. 이것들은 성스러운 노래들인데. 너희가 이 노래들을 들어서 좋을지 잘 모르겠어."

오리들은 목청 높여 소리쳤다.

"아냐! 아냐! 우리는 노래를 듣고 싶어! 딱 하나만 들려줘!"

오리들은 모두 물가로 헤엄쳐 나와서는 풀밭 위를 뒤뚱거리고 걸어가 이크토미를 빙 둘러쌌다. 오리들의 동그란 작은 눈들은 그에게 노래를 불러달라고 간청하고 있었다. 오리들은 하나같이 통통하게 살이 올라 있어 이크토미는 재빨리 손을 뻗어 한 마리를 잡아채고 싶은 마음을 참느라 무진 애를 썼다. 불에 구운 오리고기는 연하고 육즙 맛이 그만인데. 그의 뱃속에서 천둥 치는 소리가 나는 바람에 그는 그 소리를 감추느라 껄껄거리고 웃었다. 그는 한숨을 내쉬고는 눈썹을 치켜올렸다.

"좋아, 좋아. 너희한테 한 곡을 불러주고 나서 내 갈 길을 가도록 하지."

오리들은 기쁨에 넘쳐 꽥꽥거리고 기대감에 부풀어 깔깔거리고 웃으면서 호수로 돌아갔다. 그들이 성스러운 노래에 맞춰 춤을 출수 있는 기회는 흔히 오는 게 아니었다. 이크토미는 오리들이 뒤뚱거리면서 돌아가는 모습을 보고 흘러나오려는 군침을 가까스로 삼켰다. 하지만 그는 어떻게 해서든 그 계략을 성공시키지 못하면 다시 굶주릴 수밖에 없다는 것을 잘 알고 있었다.

잠시 후 그는 나뭇단을 조심스럽게 풀어서 나뭇가지들을 땅바닥에 좍 펼쳐놓은 뒤 하나하나 세밀히 들여다보았다. 그는 그중에서 하나를 집어 들더니 콧노래를 부르면서 흥얼대다가는 고개를 가로저었다. 그는 그걸 내려놓고 다른 걸 집어 들었다. 당연히 오리들도 호기심을 갖고서 그 광경을 지켜보았다.

오리들은 물었다.

"뭐하고 있는 거야?"

"너희한테 불러줄 노래를 찾고 있는 중이야. 너희가 듣기에 좋은 노래를 찾아내야 해."

"좋아, 적당한 노래를 골라줘. 우리는 잠자코 기다리고 있을 테니까."

이크토미는 나뭇가지들을 차례로 집어 들어 살펴보고, 매번 콧노래를 부르면서 뭐라고 흥얼거리곤 했다. 그러다 마침내 그는 자기가 원하던 걸 찾아냈다. 그것은 물론 쭉 곧고 튼튼한 막대기였다. 그것은 그가 하려고 마음먹고 있는 일에 딱 맞았다. 오리들에게는 그게 딱 맞는 노래였고.

이크토미는 엄숙하게 선언했다.

"이게 딱이야!"

그 말에 오리들은 환호하면서 박수를 쳤다. 오리들은 귀청이 따가울 만큼 요란하게 꽥꽥거렸다. 하지만 이크토미는 싱긋이 웃었다.

"자, 이건 성스러운 노래니까 내가 노래를 부르기 시작할 때 너희가 꼭 해줘야 할 게 있어."

오리들은 소리쳤다.

"말해줘. 뭘 해야 할지 말해줘!"

"내가 노래하기 시작하면 너희는 눈을 꼭 감고 있어야 해. 이건 성스러운 노래라서 큰 힘들을 갖고 있거든. 눈을 뜰 경우 너희한테 어떤 큰일이 일어날지 나도 잘 몰라. 나는 이 노래들이 큰 힘을 갖고 있다는 걸 알고 있기 때문에 나도 눈을 감을 거야. 이 노래들은 힘이 엄청나서 눈을 뜨고서는 부르지 못한다고 들었어. 그러니 듣는 사람들도 당연히 눈을 감아야 하지. 무슨 얘긴지 알겠어?"

오리들은 일제히 합창했다.

"알겠어! 알겠어!"

이크토미는 풀이 잘 자라 푹신한 곳을 찾아낸 뒤 그 막대기를 들고 앉았다. 그는 몇 번 헛기침을 하고 말했다.

"미리 경고해두는데, 내가 노래하는 동안 너희가 눈을 뜰 경우 너희 눈은 빨개질 거고, 앞으로도 내내 그럴 거야. 그러니 어떤 일이 일어나든 간에, 어떤 소리가 들리든 간에 무조건 눈을 꽉 감고 있도록 해. 이건 성스러운 노래니 내가 노래하는 동안 어떤 힘들이 작용할지 누가 알겠어?"

"우리들은 눈을 꼭 감고 있을 거야."

이크토미는 다시 헛기침을 하고 눈을 감은 뒤 잠시 고개를 숙였다. 그러고 나서 그는 노래하기 시작했다.

"헤야 헤이 헤이 헤이 헤야 헤야……."

이크토미는 뛰어난 노래 솜씨를 갖고 있었으므로 그의 목소리는 절묘하게 오르내렸다. 그의 뛰어난 노래 솜씨는 그의 속임수와 잘 맞아떨어졌을 것이다.

오리들은 이크토미의 근사한 목소리에 반했다. 그들은 눈을 감고 호수로 헤엄쳐나가 춤추기 시작했다.

이크토미는 배가 텅 비어 마구 아우성치는 시장기 때문에 그 노래에 자신의 절절한 마음을 있는 대로 쏟아부었다. 오리들은 두 눈을 질끈 감은 채 노래에 맞춰 몸을 이리저리 흔들고 연신 물을 튀기며 날갯짓을 했다. 이크토미는 한쪽 눈을 살짝 뜨고 살펴보았다. 호수 수면에서는 오리들이 일으킨 물보라가 뿌옇게 피어났다. 눈앞에 먹을 게 잔뜩 널려 있어 이크토미의 입속에는 침이 그득 고였다. 하지만 그는 노래를 점점 더 크게, 계속 불렀다.

오리들이 춤에 완전히 몰입했다고 확신한 이크토미는 자리에서 일어나 물가를 따라 걸어갔다. 처음에는 이쪽으로, 다음에는 저쪽으로. 그리고 그 역시도 춤을 추기 시작했다. 혹시나 어떤 오리가 눈을 뜬다 해도 자기가 춤을 추고 있다는 인상을 주기 위해서였다. 하지만 눈을 뜬 오리는 하나도 없었다.

이크토미는 자기 목소리가 여러 방향에서 들리게끔 물가를 이리저리 왔다 갔다 한 뒤 조심스럽게 물속으로 들어갔다. 오리들이 첨벙거리면서 춤을 추는 동안 그는 서서히 오리들을 향해 다가갔다. 그러고는 노래를 계속하면서 막대기를 쳐들어 시험 삼아 허공을 몇 번 후려쳐보았다.

마침내 그는 자신의 노래에 맞춰서 수면 위를 까딱까딱하고 있는, 통통하게 살찌고 맛있는 육즙이 그득 들어차 있는 오리들 사이로 들어갔다. 오리들은 이크토미의 얼굴에 군침이 줄줄 흐르고 게걸스런 웃음이 어려 있다는 것도 알지 못한 채 춤추는 일에만 열중했다.

이크토미는 오리들 중의 하나를 막대기로 후려쳤고 그 서슬에 물이 크게 출렁거렸다. 하지만 다른 오리들은 전혀 눈치채지 못했다. 그는 그걸 보고 용기를 얻어 다시 막대기를 휘둘렀다. 그는 잠깐씩 사이를 둬가며 연신 오리들을 내리쳤다. 얼마 후 수면에는 죽은 오리 일곱 마리가 둥둥 떠 있었지만 다른 오리들은 춤추는 일에만 빠져 있었다. 벌써부터 이크토미의 눈앞에서는 불 위에서 이글거리며 구워지고 있는 오리들의 모습이 어른거렸고, 그 바람에 굶주린 그의 배는 금방이라도 뒤집힐 것처럼 요동했다.

이제 이크토미는 조심성도 내던져버리고 노래를 하면서 막대기를 마구 휘둘러댔다. 그 바람에 또 다른 몇 마리의 오리가 목숨을 잃어 이제는 물이 첨벙거리는 소리도 많이 줄어들었다. 그때 한 오리가 눈을 떠 이크토미가 막대기를 휘두르는 광경과 아울러 자기 친구들 몇몇이 목숨을 잃고 물 위에 둥둥 떠 있는 광경을 보았다.

그 오리는 소리쳤다.

"모두 정신 차려! 빨리 날아가, 날아가! 안 그러면 이크토미가 우리 모두를 다 죽일 거야!"

다른 오리들도 일제히 눈을 뜨고 동료들의 죽은 시체들을 보았다. 그리고 일제히 날갯짓을 해서 굶주린 이크토미의 마수에서 벗어나 공중으로 날아올랐다.

이크토미는 노래를 그치고 흥겹게 웃으면서 자신이 거둔 전리품들을 회수하기 시작했다. 살아남은 오리들은 지평선 위에서 길게 대열을 지은 채 그의 시야에서 서서히 사라져갔다.

그런데 그 오리들은 이크토미가 노래하는 동안 눈을 떴기 때문에 눈이 빨갛게 변했다. 오늘날까지도 그 후손들의 눈은 빨갛다. 이따금 우리는 혹시 이크토미가 오지 않나 살펴보려고 빨간 눈으로 좌우를 연신 두리번거리면서 호수 위를 날거나 수면 위를 둥둥 떠다니는 오리들을 볼 수 있다.

이크토미는 성스러운 노래들이라고 해서 모아들인 나무들로 불을 피운 뒤 그 불에 오리들을 잘 구워 배가 터지도록 먹었다. 그다음 그는 잠잘 곳을 찾아냈다.

사정이 이러하니 앞으로 이크토미가 와서 여러분을 위해 노래를 불러주겠다고 할 경우 그자가 노래하는 동안 절대로 눈을 감지 않기를 바란다. 그런데 문제는 이크토미가 여러분한테 나타날 때 어떤 모습으로 나타날지 아무도 모른다는 점이다.

있는 그대로 보기

동부에 살던 한 사람이 평소 늘 동경해왔던 느리고 자연스러운 생활방식대로 살고 싶어 서부로 이주해왔다. 그리고 가을 무렵 어느 산자락에 시골풍의 통나무 집 한 채를 샀다. 그 집에서 난방을 하는 데 쓸 만한 것이라고는 나무 때는 난로 하나뿐이어서 그는 땔나무를 모으기 시작했다. 얼마 지나지 않아 그는 자기 집 곁에 땔나무를 잔뜩 쌓아올렸다.

하지만 그의 겨울나기 준비라고 해보았자 실내 온도를 높이는 것뿐이었으므로 그는 겨우내 난방을 할 수 있는 땔나무를 충분히 모아두었는지 확신할 수가 없었다. 그래서 그 지역에 사는 몇 사람에게 물어보기로 했다.

한 이웃사람이 말했다.

"저 산꼭대기에 올라가 봐요. 거기에 지혜로운 인디언 노인 한 사람이 살고 있으니까. 그 사람이 당신에게 적절한 조언을 해줄 수 있을 거요."

그렇게 해서 동부 출신 사람은 그 산을 올라갔다. 계단과 에스컬레이터에 익숙한 사람에게 그 산을 오르는 일은 쉽지 않았다. 하지만 결국 그는 그 산꼭대기에 올라가서 작은 통나무 오두막 앞에 앉아 있는 인디언 노인을 만났다.

그는 찾아온 용건을 곧바로 말했다.

"우리 집에 나무로 난방을 할 수 있는 난로가 하나 있습니다. 그런데 겨울을 나려면 땔나무를 얼마나 마련하면 좋을까요?"

노인은 의자에서 일어나더니 그 산꼭대기 한끝으로 걸어가 하늘을 올려다보고 주위의 숲을 바라보고 산 밑을 내려다보았다. 그리고 다시 의자 있는 데로 돌아와 앉아서 말했다.

"더 모아야 해요."

동부 출신 사람은 산 밑으로 내려와 나무하러 나갔다. 그리고 일주일여가 지났을 때 그 집 크기의 반만 한 정도의 땔나무를 모았다. 그는 기분이 더 나아졌다. 하지만 이내 의심스런 기분이 들기 시작했다. 그는 다시 인디언 노인을 만나러 가기로 했다. 이번에도 역시 그 산꼭대기에 오르는 일은 쉽지 않았다. 하지만 인디언 노인은 여전히 그곳에 있었다. 그는 솔직하게 털어놓았다.

"더 많은 땔나무를 모았습니다. 한데 여전히 충분한지 어떤지 확신할 수가 없군요."

그 말을 듣고 인디언 노인은 의자에서 일어나 산꼭대기 한끝으로 걸어가 하늘을 올려다보고 주위의 숲을 바라보고 산 밑을 내려다보았다. 그리고 다시 의자 있는 데로 돌아와서 말했다.

"더 모아야 해요."

동부 출신 사람은 산 밑으로 내려와 다시 나무하러 나갔다. 보름이 채 지나기 전에 그는 전에 모아둔 땔나무의 양만큼을 더 모아들였다. 그리고 이제 이만하면 겨우내 따뜻하게 지낼 수 있겠다고 자신했다. 그런데 그는 산꼭대기에 사는 인디언 노인이 어느 정도의 나무를 모아야 하는지를 어떻게 알았는지 여간 궁금하지 않았다.

그는 노인에게 물어보기로 했다.

　이번에도 동부 출신 사람은 한참 고생한 끝에 산꼭대기에 올라가 인디언 노인을 다시 만났다. 그는 말했다.

　"이제 겨울을 나기에 충분하고도 남을 만큼 많은 나무를 모았습니다. 좋은 충고를 해주셔서 감사드립니다. 그런데 댁의 지혜가 어디에서 나오는지 궁금하군요. 댁이 하늘을 올려다보고 숲을 바라다본 것은 봤습니다만. 제가 겨울을 나는 데 필요한 나무의 양을 그렇게 해서 알아내신 건가요?"

　인디언 노인은 대답했다.

　"사실은 그렇지 않아요. 이 산 저 밑에 백인 한 사람이 살고 있는데 그 사람도 땔나무를 모아들이고 있었지요. 댁이 보면 믿어지지 않으리만큼 많은 양의 나무를. 나는 그렇게 해서 안 거랍니다."

　나는 할아버지가 육십 대쯤 되셨을 때 진실이 뭔지 말씀해주실 수 있느냐고 여쭤본 일이 있었다. 그러자 할아버지는 이렇게 말씀하셨다.

　"내가 그걸 알 수 있을 만큼 충분히 오래 산 것 같지는 않구나. 내가 알고 있는 것이라고는 그저 진실이 없다면 이크토미가 이 지상에서 가장 막강한 존재가 되었을 거라는 점뿐이다. 그건 진실이다."

　나는 반세기 이상을 산 끝에야 비로소 할아버지의 그 대답이 뭘 뜻하는지 어느 정도 깨닫기 시작하고 있는 것 같다. 진실을 알아보기 어려울 때가 가끔 있다. 진실은 축복의 선물이 될 수도 있고 힘겨운 부담이 될 수도 있다. 친절한 것이 될 수도 있고 잔혹한 것이 될 수도 있다. 그것은 종종 우리를 피해 달아나며, 무어라 표현하기 어려운 것이 되기도 한다. 진실은 가끔 너무 깊이 숨어 우리가 스스로를 구하기 위해 그것을 찾으려 해도 찾을 수 없는 경우가 있고, 또 너무나 교묘하게 위장하고 있어서 우리가 수시로 그 위를 지나가면서도 알아채지 못할 수도 있다. 그러다 다음 순간에는 우리가 원하든 원치 않든 간에 대낮처럼 명백한 것이 된다. 결국 우리는 진실 없이는 살 수 없다는 걸 알게 된다.

할아버지는, "진실은 우리가 걷는 인생길에 세워진 이정표다."라고 말씀하셨다. 붉은 길에는 많은 이정표가 있다. 만일 우리가 검은 길을 선택할 경우에는 진실에 대한 환상만 존재하게 된다. 진실도, 환상도 우리에게 영향을 미칠 수 있다.

양편 군대가 서로 대치하고 있는 가운데 두 대장이 벌판에서 만났다. 첫 번째 대장이 말했다.

"내 휘하에는 하나같이 무기를 쓰는 데 능하고 전투 경험이 풍부한 만 명의 전사가 있소. 그러니 승리는 내 것이 될 거요. 당신은 뭘 갖고 있소?"

두 번째 대장이 대답했다.

"오직 진실뿐이오. 이번 전쟁에서 우리 편 사람들이 아주 많이 죽어 이제 나는 천 명의 아이들로 이루어진 군대로 당신네와 맞서고 있소. 이런 진실은 당신네를 파멸의 나락에 떨어뜨릴 수도 있고 명예를 드높여주는 것이 될 수도 있소."

첫 번째 대장은 만 명의 군대가 전투태세를 갖추고 서 있는 자신의 진영으로 돌아왔다. 그는 그 전사들에게 무기를 거두라고 지시한 뒤 조용한 곳에 들어가 적이 이야기한 진실을 깊이 생각해보았다. 이튿날 새벽 그는 천 명의 아이들로 이루어진 군대의 진영으로 부관을 보내 양식을 선물하면서 화친을 제의하게 했다. 그런 뒤 첫 번째 대장은 고국으로 돌아와 재판을 받기 위해 자기네 나라 사람들 앞에 섰다. 그는 심약한 행동을 했다 해서 불명예스러운 처지에 떨어질 것을 각오하고 있었다. 하지만 그는 재판을 받은 뒤 불명예스러운 처지로 떨어지기는커녕 왕이 되었다.

진실은 가끔 바람과 같다. 우리는 그것을 볼 수 없으나 그것이 어떤 영향력을 갖고 있는가는 볼 수 있다. 진실은 또 해가 뜨고 지는 일과도 같다. 우리는 아침에 해가 동쪽 지평선 위에 떠올랐다가 저녁이면 서쪽 지평선 너머로 사라지는 것을 본다. 스스로 돌고 있는 천체 위에서 살고 있는 사람들의 관점에서는 해가 '뜨고 지는' 것처럼 보인다. 하지만 사실, 해는 뜨지도 않고 지지도 않는다.

우리의 물리적인 세계에서 가장 중요한 것은 있는 그대로의 진실이다. 예컨대 라코타 인들이 살고 있는 세계에서 해마다 사계절이 똑같은 방식으로 순환하고 있다는 것은 어김없는 진실이다. 겨울철이면 호수와 강이 얼어붙었다가 봄이 되면 녹는다는 것, 살아 있는 모든 것은 죽으며 그런 변화는 누구도 피할 수 없다는 것도 역시 어김없는 진실이다.

진실은 삶의 시행착오들이 낳은 결과물이다. 우리는 그런 시행착오들을 통해서 "악이 없으면 선을 인식하기가 더 어렵다.""전쟁의 가장 중요한 희생자는 진실이다.""손안에 들어온 새는 숲 속에 있는 새보다 두 배 이상의 가치가 있다." 등과 같은 교훈들을 배운다. 어떤 진실들은 우리가 얻은 환상들에서 나온다. 일테면 "선은 항상 악을 이긴다."라는 환상 같은 것에서. 진실은 장님들이 코끼리 더듬는 이야기에 나오는 진실들처럼 주관적이다. 진실은 또 "인간은 하늘을 날지 못할 운명이었다."는 진실처럼 시대에 따라 변하기도 한다.

모든 인간이 갖고 있는 보편적인 약점이 하나 있다면 그것은 우리가 환상이 아니라 분명한 해답을 원하기 때문에 세상에 진실이 존재한다고 믿고 싶어 한다는 점이다. 따라서 우리는 진실처럼 보이는 모든 것에 취약하다.

진실은 두 부분으로 이루어져 있다. 하나는 절대적으로 주어지는 것. 다른 하나는 우리가 믿고 받아들이는 것. '협잡꾼의 노래 이야기'에서 이크토미와 오리들은 하나의 진실, 곧 그의 막대기들은 성스러운 노래들이라는 진실을 만들어냈다. 이크토미는 배가 고팠기 때문에 오리들이 그걸 진실이라 믿어주기를 바랐다. 그런 반면 오리들은 춤을 추고 싶었기 때문에 그걸 진실이라 믿고 싶어 했다. 그 진실의 효력은 한 오리가 눈을 뜬 뒤 이크토미가 자기네를 죽이고 있으며 자기네가 도망치지 않을 경우에는 모두 다 죽을 것이라는 또 다른 진실을 깨달을 때까지만 지속되었다. 만일 오리들이 이크토미가 진실이라 주장하는 것을 의심했더라면 그것은 단 한순간도 진실이 되지 못했을 것이다. 그랬더라면 모든 오리가 다 살았을 것이고 이크토미는 굶주린 채 그냥 떠나야 했을 것이다.

우리 라코타 사람들도 이크토미의 노래를 몇 번이나 들었다. 수십만의 백인 이주자들이 오리건 통로를 따라 미주리에서 오리건으로 이동하는 과정에서 필연적으로 라코타 영토를 통과할 수밖에 없었던 1851년 무렵, 래러미 요새에서는 평화협정을 맺기 위한 회의가 열렸는데 그때 미국 강화위원들은 우리한테 이렇게 말했다.

"그 사람들은 그 땅을 얌전히 통과하기만 할 겁니다. 그리고 그 사람들은 그저 양쪽 마차 바퀴들의 폭만한 정도의 땅만 필요로 할 뿐입니다."

1868년에 체결된 래러미 요새 협정에서는 사우스다코타 주의 반에 해당하는 서쪽 지역 전체를 수우 족 대보호구역으로 확정하고 이 결정이 "해가 뜨는 동안, 강물이 흐르는 동안, 풀들이 자라는 동안"에는 계속 유효할 것이라고 규정했다.

진실은 가끔 고통스럽다. 하지만 진실이 존재하지 않을 경우에는 환상만이 존재한다. 진실은 우리 라코타 사람들이 아직도 대지 위를 걷고 있다는 것이다. 진실은 우리가 혹독한 변화를 이겨내고 살아남았으며 그 덕에 전보다 더 지혜로워지고 강해졌다는 것이다. 환상은 우리가 우리보다 더 강하고 더 우월하고 더 도덕적인 사람들, 우리가 신에게서 부여받은 천부적인 권리보다 더 많은 권리를 부여받은 사람들에게 패배했다고 하는 것이다. 진실은 우리가 숫자로 압도당했다는 것이다. 우리는 우리보다 더 많은 총을 갖고 있고 우리가 가진 것을 점점 더 많이 필요로 했던, 점점 더 많은 사람들에게 짓눌렸다.

우리가 정복당한 사람들이라는 것은 환상이다. 우리가 생존자들이라고 하는 것이 진실이다. 우리는 우리의 '정복자들'이라고 하는 사람들이 우리한테 던져줄 수 있는 최악의 것을 받아들였고, 아직도 굳건하게 버티고 있다. 우리가 과거의 일부요, 연구하고 분석하고 측정하고 해부하고 궁극적으로 심판할 수 있는 어떤 대상들이라고 하는 건 환상이다. 우리가 가장 혹독한 시련들을 버텨낸 전통과 관습과 가치관들을 보유한, 아직도 강한 생명력을 지닌 하나의 문화라고 하는 것이 진실이다.

우리 모두는 각자 나름의 진실을 갖고 있으며, 어떤 진실들은 다른 진실들보다 받아들이기가 더 쉽다. 뉴욕 지하철은 항상 늦는다. 대평원의 진흙 밭은 심한 비가 내린 뒤에는 바닥없는 늪이 된다. 내 처남은 멍청이지만 다른 사람들은 그를 성자라 믿는다. 매일 통근하는 일은 엿 같다. 우리 부모님은 내가 열여섯 살이기 때문에 나를 미워한다. 나는 내가 열여섯 살이라서 내가 싫다. 짝사랑은 지옥이다. 미네소타 바이킹스(미식축구팀의 하나)는 또다시 내게 큰 실망감을 안겨주었다. 나는 아내 없이는 살 수가 없다 등등.

이 세상의 모든 진실 가운데서 가장 확고부동한 진실이 하나 있다. 그것은 예외 없이 적용되는 엄연한 진실이므로 과거부터 진실이었고, 앞으로도 항상 진실로 남을 것이다. 그 진실은 바로 죽음이다. 그것은 미국 사회가 가장 두려워해서 피하려 하는 진실이다. 그러나 그것은 다른 모든 진실을 측정할 수 있는 진실의 표준임이 분명하다. 지속적이고 정확하다는 면에서 그 진실과 비교할 수 있을 만한 것은 다시없다.

대체로 죽음은 금기에 해당하는 주제다. 그래서 사람들은 흔히 그것을 음산한 거두는 자, 싸늘한 밤, 죄의 응보 같은 완곡한 용어들로 바꿔 부르곤 했다. 인디언이 아닌 이들은 무심결에라도 죽음이라는 말을 거의 입에 담지 않는다. 어쩌다 그 말을 입에 올릴라치면 행여 누가 들을세라 숨을 죽이며 낮게 소곤댄다. 미국 사회에서 죽음을 부정하는 일반적인 관행을 가장 잘 보여주는 것은 영안실이나 묘지를 찾아가는 행위다. 장의사들은 "당신이 사랑하는 이를 앞으로 오래도록 보호해드릴" 관들을 판다. 그들은 바로 그와 같은 이유로 석재나 시멘트로 만든 납골당, 크고 화려한 묘지를 조성한다. 가급적 오랫동안 죽음을 부인하기 위해서.

우리는 자기가 잘 알지 못하는 것들은 꺼림칙하게 여기는 것이 보통이다. 대부분의 사람들은 죽음이 뭔지 알지 못하기 때문에, 혹은 죽음에 관해서 좋지 않은 것들만 알고 있기 때문에 그것을 두려워한다. 죽음을 부인하거나 피하려고 제아무리 애를 써도 결국 친구나 사랑하는 이의 죽음을 통해서 그것은 조만간 우리에게 다가온다. 우리 중 많은 이들은 사랑하는 이의 상을 치르며 슬퍼한 뒤 그것이 마치 막간극, 한밤의 도둑, 악당, 살인자라도 되는 양 그것에 화를 낸다. 죽음은 누구도 죽이지 않는다. 인명을 죽이는 것은 질병, 사고, 폭력, 노년, 어리석은 행동 등이다. 죽음은 삶의 과정의 일부일 뿐이다.

죽음에 관한 진실은 아주 단순하다. 죽음은 결국 일어날 것이라는 것. 우리가 그 진실을 제아무리 열심히 부인하려들고 맞서 싸우려든다 할지라도 그것만큼 피할 수 없는 진실은 다시없다. 죽음은 우리 모두에게 찾아올 것이다. 제아무리 막강하고 유명하고 부유하고 아름답고 유력하고 무례하고 야비한 사람도 결국은 죽는다. 죽음과 싸울 방법은 없다. 우리는 살기 위해 싸울 수 있다. 하지만 죽음과의 싸움에서 우리는 항상 패배할 것이다. 그런 관점에서 죽음을 바라보는 것은 죽음이 적이라는 환상을 낳는다. 하지만 죽음은 우리의 적이 아니다. 죽음은 결국 우리의 가장 진실한 친구다.

죽음에 관한 가장 심오하고 마음 든든한 진실은 그것이 삶의 일부라는 것이다. 삶은 탄생으로 시작해서 죽음으로 끝난다. 우리는 다른 여행을 할 때와는 달리 그 여행이 결국 어떻게 끝날 것인지 안다. 우리는 태어나는 순간부터 죽어가기 시작하며, 그것은 결국 잘 산다는 것은 잘 죽는다는 것을 뜻한다. 죽음이야말로 모든 삶의 가장 참된 측정 수단이다.

죽음에 관한 마지막 진실, 혹은 어쩌면 최대의 진실이라 할 수 있는 것은 죽음이 최고의 평형 장치라는 점이다. 살아 있는 모든 존재들은 그 진실과 연결되어 있다. 모든 생명체는 탄생과 함께 시작해서 죽음과 함께 끝나는 똑같은 여정을 우리와 더불어 밟는다. 이 세상의 어떤 존재도, 어떤 종도, 가장 막강하고 가장 오만하고 가장 지혜로운 이도 그런 진실을 끝내 바꾸지 못할 것이다.

세상에는 확실한 것들도 많지만 진실을 가장한 환상들은 더 많이 있다. 삶의 경험과 지식이 풍부한 이들은 우리에게 그 차이를 깨닫도록 도와줄 수 있을 것이다. 첫 번째 대장은 자기가 들은 진실을 받아들이고 자신의 인물됨에 맞게 그 진실에 대응함으로써 충분한 보상을 받았다. 동부 출신 사람은 다른 이들의 사례에서 진실을 찾아낸 이의 지혜 덕에 큰 도움을 받았다. 그런 반면 이크토미는 환상을 진실인 것처럼 제공했으며, 그는 앞으로도 늘 그렇게 행동할 것이다.

진실은 우리가 만들어내는 것이기도 하다. 그것은 우리 자신이 추구하는 목적에 도움을 준다. 라코타 사람들은 백인들이 서부로 이주하는 것을 침략으로 보았다. 백인들은 그것을 당연한 권리라 여겼다. 라코타 사람들은 자기네가 사는 땅을 가족이나 친척처럼 여겼다. 백인들은 그것을 필수품 같은 것으로 보았다. 궁극적으로 우리가 할 수 있는 것이라고는 자신의 진실에 따라 사는 것뿐이기에 어느 쪽의 판단도 잘못된 게 아니다. 그러나 가끔 하나의 진실

214

이 다른 진실을 은폐하기도 한다. 이크토미를 경계하라.

한 여자가 갑자기 병이 들었는데 병원에서 진단해본 결과 불치병이라는 판정이 나왔다. 그녀는 자신의 죽음을 받아들일 수 있었지만 자식들 때문에 여간 걱정이 되지 않았다. 그녀는 살날이 얼마 남지 않았다는 걸 알고 어느 날 네 자식에게 연락해서 자기가 머물고 있는 요양원에 와서 오후 시간을 함께 보내자고 했다. 그녀는 아이들이 오기 전에 목욕을 하고 말끔한 옷을 입고 머리도 잘 가다듬었다. 그녀는 몸이 몹시 쇠약해져서 지병에서 오는 고통으로 시달리는 것은 둘째치고 의자에 앉아 있기도 힘든 상태였다.

네 자식은 엄마가 부탁한 대로 오후 시간을 엄마와 함께 보냈다. 아이들이 방문한 동안 그녀는 마치 모든 게 다 순조롭다는 듯이 의자에 태연하게 앉아서 아이들과 함께 수다를 떨었다. 그렇게 해서 그 오후 시간은 즐겁고도 평온무사하게 지나갔다. 아이들이 떠날 시간이 되자 여자는 아이들을 차례로 끌어안고 환하게 웃어주었다. 아이들이 병실을 떠나자마자 여자는 참았던 아픔을 이기지 못하고 쓰러졌으며, 그날 밤에 바로 사망했다.

여러 달이 지난 뒤 네 아이가 한데 모였을 때 그들의 화제는 자연히 엄마와 함께 보낸 마지막 날에 관한 이야기로 돌아갔다. 그들 모두는 즐겁고 화기애애하게 그 시간을 보낼 수 있었다는 것에 감사했다. 그리고 하나같이 엄마의 마지막 모습들을 결코 잊지 못할 것이라고 했다. 하지만 아들 하나가 약간의 실망감을 드러냈다.

"그때 엄마는 무척 아팠을 거야. 그런데 마치 아무 일도 없는 것처럼 태연하게 행동했어. 엄마는 어째서 우리한테 솔직하게 나오지 않은 걸까?"

큰누나가 그 말을 받았다.

"엄마는 진실하게 행동하셨어. 몸이 아픈 것은 우리가 기억할 필요가 없는 진실이었어. 우리가 기억해둬야 할 진실은 그 몇 시간 동안이나마 아픔을 접어둘 수 있었던 엄마의 힘과 사랑이야."

우리 할아버지도 1975년 3월 4일, 당신과 할머니가 사셨던 작은 연립주택에서 돌아가시기 전에 내게 비슷한 선물을 주셨다. 돌아가시기 며칠 전 할머니와 나는 할아버지가 임종하실 때가 가까워졌다는 걸 직감했다. 할아버지는 시간이 지날수록 점점 더 기력이 떨어졌다. 할머니는 나보다 훨씬 더 의연한 자세로 그 상황을 다스리고 계셨다. 나는 나름대로 태연한 척하려고 애썼지만 할아버지는 내가 고통스러워하고 혼란스러워하고 있다는 것을 훤히 아셨다.

어느 날 아침, 내가 차를 타서 입에 떠 넣어 드리자 할아버지는 이미 바닥난 힘을 다해 몇 모금 마셨다. 그러고 나서 내 손을 어루만지셨다. 그 순간 나는 할아버지의 엄청난 정신력을 느낄 수 있었다. 당신은 말씀하셨다. 비록 목소리는 약했지만 그 말씀은 선연하게 들어왔다.

"타코자, 마카 위초니 킨 헤체나 크텔로."

그건 "얘야, 삶은 계속된다."라는 뜻이었다.

할아버지는 내게 한 가지 진실을 일깨워줌으로써 또 한 가지 진실과 직면하도록 도와주셨다. 당신이 일찍이 내게 주신 모든 선물 가운데서 그것은 가장 큰 선물이었다.

8
연민

와운실라피
염려하고 교감하는 것

우리들 대부분은 삶의 어느 시점에선가 잠잘 곳, 방세 낼 돈 등을 필요로 하는 상황과 맞닥뜨린다. 경우에 따라서는 그저 누군가가 자기를 염려해주고 있다는 것만 알아도 큰 위안이 된다. 그런 순간을 최소한 한 번이라도 경험하지 못한 사람은 운이 좋은 사람일 것이다. 아니면 잘못된 길로 들어선 사람이거나.

독수리 이야기

라코타 노인들은 블랙힐스 남쪽 가장자리에 있는 대지의 구멍에서 우리 종족이 탄생했다는 이야기를 곧잘 들려준다. 그것은 탄생설화다. 내가 여러분에게 들려주려 하는 이 이야기도 탄생설화다. 만일 이 세상에 연민이라는 게 없었다면 그 설화의 결말은 즐겁고 행복한 형태로 끝나지 않았을 것이다.

옛날 옛날에 그 사람들은 호수가 많은 지역에서 살고 있었다. 숲속에는 사슴, 큰사슴, 엘크(사슴 종류 중에서 가장 큰 사슴) 같은 동물들이 많아서 그것들을 사냥해서 먹을 것과 옷을 마련할 수 있었다. 호수들에는 온갖 종류의 물고기가 그득했고 오리와 거위도 많았다. 그 사람들은 강했다. 그들의 적들은 그들을 두려워했고 그 덕에 평화가 유지되었다. 그들은 모든 면에서 흡족한 삶을 누렸다.

그러던 중 유난히 추운 겨울이 닥쳐왔다. 눈이 높이 쌓였다. 겨울은 일찍 찾아왔다가 늦게까지 머물렀다. 산딸기가 익는 달인 오월에 이르러서야 모든 눈이 다 녹았다. 여름철에는 많은 비가 내렸고, 호수와 강은 부풀어 오르기 시작했다. 비는 계속 내렸다.

사람들은 우기가 결국은 끝나리라는 걸 알고 있었다. 그들은 비가 새는 것을 막고 장마가 끝날 때까지 버텨내기 위해 나무껍질과 억새로 덮은 자기네의 둥그런 집들을 계속 수리했다. 하지만 장마는 끝나지 않았다. 호수와 강은 점점 더 부풀어 올라 마침내 넘쳐나기 시작했다. 그런데도 비는 계속 내렸다. 하늘은 여전히 먹구름들로 뒤덮여 있었다.

호수와 강에서 넘쳐난 물의 수위가 점점 더 높아지는 바람에 사람들은 자기네 집에서 쫓겨났다. 그들은 더 높은 곳으로 올라가 새 집을 지었다. 하지만 물은 계속 밀려들어오고 있었다. 얼마 지나지 않아 그 대홍수로부터 피할 곳이 남아나지 않았다. 사람들은 높은 언덕이나 능선으로 계속 올라가야 했다. 동물들조차도 넘쳐나는 물을 피해서 달아났다.

사냥꾼들이 사냥을 할 수 없게 되는 바람에 먹을 것이 부족해졌다. 사람들이 사용하던 가재도구들도 물속에 잠겨버렸다. 불을 피울 수 있는 마른 나무들이 없어서 사람들은 추위에 떨었다. 그들 중에서 가장 먼저 죽은 이들은 몸이 너무 약해서 추위와 굶주림을 이겨내기 힘든 노인들이었다. 곧이어 많은 사람들이 병이 나 기침을 하면서 드러누웠다. 일부 사람들은 자기네의 병을 치료할 만한 약이 없어서 점점 더 쇠약해진 끝에 차례로 죽어갔다. 그즈음 폭풍이 불어왔다.

북쪽에서 불어오는 그 바람은 사납고 맹렬했다. 폭풍이 닥쳐오자 지상을 뒤덮은 큰물은 흉포한 존재로 돌변하여 달아나려 하는 사람들을 사정없이 붙잡아 채서 그 싸늘한 어둠 속으로 끌어들였다. 며칠 지나지 않아 한 사람을 제외한 모든 사람이 죽었다.

한 젊은 처녀가 높은 산의 암벽에 찰싹 달라붙어 있었다. 애초에 그녀는 식구들과 함께 그 산을 오르기 시작했지만 폭풍에 떠밀린 사나운 파도가 그들 모두를 삼켜버렸다. 이제 혼자가 된 그녀는 추위와 굶주림에 시달리고 비탄에 빠진 상태에서 바위들 틈에 웅크리고 앉은 채 죽을 때가 오기만을 기다리고 있었다. 그녀는 굶주림과 슬픔으로 기진맥진한 나머지 혼곤한 잠의 늪에 떨어진 뒤 며칠 동안 깨어나지 못했다.

큰물을 광포하게 들뛰게 했던 폭풍은 비구름들도 몰아내버렸다. 근 한 달 만에 처음으로 모습을 드러낸 해가 위안과 치유의 따뜻한 숨결을 대지에 불어넣었다. 폭풍은 지나가고 그 대신 훈훈한 산들바람이 불어와 대지를 부드럽게 어루만져주었다.

대홍수는 물러갔지만 그것이 지나간 자리에는 죽음만 남았다. 그 자리에는 부러지고 뿌리 뽑힌 나무들, 갈가리 찢겨진 산자락, 격류에 짓눌린 풀밭과 덤불숲만 널려 있었다. 젊은 처녀는 높은 산 꼭대기에서 대홍수가 휩쓸고 지나간 자취를 내려다보았다. 그녀는 그것이 어머니와 아버지, 남자 형제들과 여자 형제들을 모두 휩쓸어가버렸다는 사실을 결코 잊지 못하리라. 햇살이 따사롭게 비치고 동물들이 돌아오기 시작했다는 것도 그녀에게는 아무 의미가 없었다. 그녀는 혼자였다. 그녀의 비탄 어린 울음은 온 땅을 뒤덮었고, 네발 달린 모든 것들과 날개 달린 모든 것들은 그 울음소리에 움직임을 멈추고 가만히 귀 기울였다.

젊은 처녀는 그 산을 떠나지 않았다. 슬픔과 절망, 외로움에 짓눌린 채 밤이고 낮이고 가만히 앉아 있기만 했다. 먹을 것과 물이 부족해서 그녀는 점점 더 쇠약해져갔다. 그러던 어느 날 오후 그녀가 눈을 뜨고 보니 근처에 있는 바위 위에 큰 독수리 한 마리가 앉아 있는 모습이 보였다. 깃털이 검은색에 가까운 흑갈색을 띠고 있는 그 독수리는 몸집이 엄청나게 컸다. 그녀는 그 독수리가 마음만 먹었다 하면 그 강력한 발톱으로 자기 살을 금방이라도 찢어버릴 수 있다는 걸 잘 알고 있었기에 겁을 집어먹었다. 하지만 그녀는 자기 몸을 보호할 수 있는 어떤 수단도 갖고 있지 못했다.

처녀의 시선은 자기도 모르게 독수리의 부드러운 갈색 눈에 끌려갔다. 독수리는 호기심 어린 시선으로 그녀를 바라보고 있었다. 그녀는 자신에게 닥쳐올 운명을 잠자코 기다리다가 문득 어떤 위험도 없다는 사실을 직감했다. 이윽고 독수리는 입을 열었다.

"네가 혼자 있는 걸 줄곧 봐왔어."

처녀는 나직하게 흐느껴 울기 시작하다 울음을 그치고 말했다.

"맞아. 홍수가 우리 식구들을 다 빼앗아갔어. 그것은 우리 종족, 아니 두발 달린 동물을 모조리 다 데리고 가버렸어. 나는 혼자야."

"마음이 슬프겠다. 네가 우는 소리를 들었어."

"우리 식구들은 다 죽었어. 우리 종족도 다 죽었어. 세상에는 나 혼자뿐이고 내게 남은 건 슬픔뿐이야. 슬픔은 밤이고 낮이고 내게서 떨어지질 않아."

독수리가 말했다.

"그럼 내가 네 친구가 되어줄게. 내가 널 위해 뭘 할 수 있는지 말해줘."

처녀는 울먹이면서 말했다.

"넌 아무것도 할 수 없어. 나는 혼자야. 나는 이렇게 혼자 있다가 죽을 거야."

독수리가 말했다.

"그렇지 않아. 주위를 돌아봐. 네발 달린 네 친척들이 있잖아. 나같이 날개 달린 것들도 있고. 기어 다니는 것들도 있고. 그 모든 것들이, 우리 모두가 여기 있어."

"하지만 우리 종족은 다 사라져버렸어. 내가 마지막 남은 사람이야." 처녀는 흐느껴 울었다. "나 같은 동물은 하나도 남아 있지 않아. 그러니 나는 우리 종족 사람들과 다시 만나기 위해 죽을 날만 기다릴 거야."

"네가 죽으면 이 지상에서 너 같은 동물은 완전히 사라져버릴 거야. 그러면 너희 종족이 살았던 곳은 적막해져버릴 거야. 그렇게 되어서는 안 돼. 너는 살아남아야 해."

독수리는 양 날개를 펼치고 공중으로 날아올랐다.

처녀는 물었다. "어디 가는 거야? 내 곁을 떠나려고?"

독수리는 말했다.

"네게 먹을 걸 가져다주려는 것뿐이야. 곧 돌아올 거야."

그는 그렇게 말하고 날아갔다가 잠시 후 큰 물고기를 잡아왔다.

처녀는 말했다.

"이걸 구워 먹기 위해 불을 피워야 해. 이건 굽지 않고는 먹을 수가 없어."

"불을 피우는 데는 뭐가 필요하지?"

"땔나무. 마른나무."

독수리는 그 말을 듣고 빠르게 날아갔다. 그는 그곳과 숲 사이를 몇 차례 왕래하면서 땔나무를 잔뜩 모아들였다. 처녀는 우선 나무와 끈으로 불 피우는 기구를 만든 뒤 불을 피워서 물고기를 구웠다. 그녀가 살을 한 점 한 점 먹을 때마다 그만큼 힘이 솟아나는 것 같았다. 그녀는 그 힘이 전신을 타고 흐르는 걸 느낄 수 있었다. 독수리는 불을 무서워했기에 처녀가 생선을 먹는 동안 뒤로 멀찌감치 물러나 앉아 있었다.

독수리는 말했다.

"너희 두발 달린 것들은 대단한 일을 해낼 수 있어. 너희는 불을 피울 수 있어. 날개 달린 우리나 네발 달린 것들은 굳이 불을 피울 필요가 없긴 하지만 말야."

"맞아. 불은 우리가 이런 것들을 먹을 수 있게끔 적당히 익혀줘. 불은 우리를 따뜻하게 해줘. 어둠을 몰아내는 데 따뜻한 불만 한 것은 다시없지. 적당한 불은 좋은 친구와도 같아."

독수리는 처녀가 밤새 불을 피워 몸을 따뜻하게 할 수 있게끔 더 많은 땔나무를 구해다 주었다. 이튿날 아침 그녀가 눈을 떴을 때 그는 사라지고 없었지만 불은 여전히 연기를 피워 올리고 있었다. 그녀는 불을 활활 살아나게 하면서 그가 어디 갔나 하고 궁금해했다. 그는 한동안 그녀의 외로움을 달래주었고 그녀는 그 점에 감사했다. 오전 시간이 점점 지나가는데도 그는 여전히 돌아오지 않았다. 그녀는 그가 꿈에 나타난 게 아닐까 의심했다. 하지만 눈앞에는 분명 모닥불과 바짝 마른 물고기 껍데기가 있었다.

독수리는 한낮이 되어서야 돌아왔다. 이번에 그는 토끼를 잡아왔다.

독수리가 말했다.

"날이 참 좋네. 살아 있다는 건 역시 좋은 일이야."

처녀는 독수리가 돌아온 것에 기뻐했다. 처녀는 토끼의 가죽을 벗기고 불에 구운 뒤 독수리가 흥미롭게 지켜보는 가운데 맛있게 먹었다.

독수리는 말했다.

"해가 지는 쪽에 근사한 골짜기가 있어. 집을 짓기에 좋은 곳이. 거기에는 물이 있고 겨울의 매서운 바람도 피할 수 있어. 그리로 가는 게 좋을 거야."

"싫어. 난 여기 그대로 있을 거야. 난 여기다 집을 지을 수 있어. 그냥 그러고 싶어."

독수리는 처녀의 슬픔이 너무나 크고 깊다는 걸 알 수 있었다. 그는 또 처녀가 자기와 같은 종의 동물들 중에서 마지막으로 남은 동물이기에 늘 슬퍼할 것이라는 것도 알았다. 독수리는 호수들과 골짜기들 위를 날아다녀보았지만 두발 달린 다른 동물은 하나도 발견하지 못했다. 처녀는 혼자서 늙어가다가 결국 혼자서 죽을 것이다.

독수리는 매일매일 처녀가 먹을 것과 땔나무를 날라다 주었다. 그리고 행여 위험한 일이 일어날까 싶어 처녀가 있는 산 위를 자주 맴돌았다. 그러다 한번은 곰을 발견하고는 거듭 공격해서 몰아낸 적도 있었다.

처녀는 날로 건강해졌다. 그러자 처녀는 자신의 용모를 걱정하기 시작했다. 처녀는 옷에 묻은 먼지를 털고 빗을 만들어 머리를 빗었다. 대홍수 전에 처녀는 그 지역에서 가장 예쁜 축에 속해서 그 일대 사방에서 젊은 청년들이 구애하기 위해 그녀의 집을 찾아왔다. 물론 이제 그녀는 지상에서 가장 아름다운 처녀였다.

어느 날 처녀는 독수리가 돌아오기를 기다리면서 그 산꼭대기에 올라갔다. 그곳에서는 넓은 골짜기 하나와 여러 개의 호수가 한눈에 내려다보였다. 주위 경관이 꽤 아름다웠다. 대홍수가 할퀴고 지나간 상처들은 이제 보이지 않았다. 하지만 나 혼자서 뭘 할 수 있지? 그녀의 뇌리에서는 그런 생각이 스치고 지나갔다. 과거 그녀는 여느 처녀들과 마찬가지로 잘생긴 멋진 청년과 결혼해서 아이들을 낳아 기르면서 살겠다는 꿈을 꿨다. 그녀는 남편과 더불어 호숫가 마을에 있는 부모님 집에서 그리 멀지 않은 곳에다 집을 짓고 살 작정이었다. 남편은 사냥을 하고 그녀는 집을 지키면서 둘이 함께 늙어갈 것이다. 그런데 이제 그녀는 냉혹하고 끔찍한 진실과 맞닥뜨린 채 산꼭대기에 홀로 서 있었다. 그녀는 자기 종족 사람들 중에서 마지막으로 남은 사람이었다. 이런 판국에 뭘 해야 하지?

창공 저 높은 곳에서 작은 검은 점 하나가 보이더니 점점 더 커지기 시작했다. 이윽고 그녀는 독수리의 큰 날개들 밑으로 바람이 소용돌이치는 소리를 들었다. 독수리는 땅 위에 내려앉았다. 그녀는 쫙 펼쳐진 독수리의 튼튼한 두 날개와 그것들이 보여주는 힘에 감탄해마지않았다. 하지만 그는 다른 힘도 갖고 있었다. 그녀의 외로움을 몰아내줄 수 있는 힘.

처녀는 물었다.

"나는 뭘 하면 좋을까? 네가 없으면 내 곁에는 아무도 없을 거야. 내가 독수리라면 너와 함께 하늘을 날아다닐 텐데. 그러면 나는 하늘 높은 곳에서 네가 보는 것을 볼 수 있을 거야. 세상에 혼자 남은 외톨이도 되지 않을 거고."

"자, 우리 함께 날아보자. 내가 공중으로 날아오를 때 내 두 다리를 꼭 잡아."

처녀는 시키는 대로 했다. 둘은 산꼭대기에서 하늘로 날아올랐다. 처음에 그녀는 두려운 나머지 잔뜩 긴장했다. 하지만 독수리가 하늘 높이 솟아오르면서 그녀는 지상에서 보던 것과는 전혀 딴판인 대지를 볼 수 있었다. 그녀는 외경심에 몸을 떨었다. 대지 위에 있는 모든 것이 점점 더 작아지자 자신이 막강한 존재가 된 것 같은 기분이 들었다. 저 아래로는 그때까지 상상도 할 수 없었던 풍광이 펼쳐져 있었다. 그들이 점점 더 하늘 높이 솟아오르면서 대지에 있는 것들, 곧 숲과 산, 호수, 강 같은 것들은 자꾸 작아졌지만 대지 그 자체는 점점 더 커져가 처녀는 그 경이로운 광경에 마음이 절로 겸허해졌다.

그들은 처녀의 두 팔이 견딜 수 있는 한껏 하늘을 날다가 지상으로 내려왔다. 처녀는 산으로 돌아오는 게 내키지 않았지만 팔이 아파 어쩔 수 없었다.

처녀는 말했다.

"고마워. 하늘을 마음대로 날 수 있는 네가 부러워."

"나는 네 친구야. 앞으로도 늘 그럴 거고."

그들의 우정은 날로 깊어져갔다. 독수리는 처녀에게 먹을 걸 구해다 주었고, 처녀는 바위에 독수리의 모습을 새겼다. 처녀는 매일 조금씩 더 멀리까지 나가보았고, 얼마 지나지 않아 집을 지을 계획을 이야기했다. 처녀는 그 산꼭대기에 집을 지을 생각이었다. 독수리는 처녀가 전보다 더 자주 웃는 모습을 볼 수 있었다. 하지만 그녀의 눈에는 아직도 슬픔이 어려 있었다.

늦여름의 화창한 어느 날, 독수리는 바람을 타고 처녀가 있는 산

위 높은 곳으로 솟아올랐다. 가을이 오고 있었고 겨울도 머지않았다. 이미 북쪽에서 싸늘한 바람이 간간이 불어오고 있었다. 처녀가 겨울날 준비를 하지 않을 경우에는 목숨을 잃을 것이다. 독수리는 근심에 싸였다.

그는 하늘을 향해 외쳤다.

"위대한 아버지시여, 더없이 힘 있는 분이시여, 어째서 저 처녀를 돌봐주지 않으십니까?"

한 목소리가 이에 응답했다.

"이미 돌봐주었다. 나는 너를 그에게 보냈다."

독수리는 말했다.

"저는 저 처녀가 도움을 필요로 하고 있고 또 좋은 사람이기에 도와줘왔습니다. 하지만 저는 먹을 것만 갖다 줄 수 있을 뿐입니다. 저는 저 처녀가 참으로 필요로 하는 걸 줄 수가 없습니다. 저 처녀에게는 자기와 같은 부류들이 있어야 합니다."

목소리는 대답했다.

"한 가지 방법이 있다."

"말씀해주십시오, 위대한 아버지시여. 할 수 있는 한껏 처녀를 돕겠습니다."

"너도 역시 훌륭하다. 너는 친절한 마음을 갖고 있으며, '대생명계' 속에서 네 자리를 차지할 만한 자격이 충분히 있다. 너만 한 힘을 가진 존재는 거의 없다. 너는 쉽사리 네 자리를 잃지 않을 것이다. 그런데 네가 참으로 저 두발 달린 것을 돕고 싶어 할 경우에는 그 자리를 잃을 것이다."

"무슨 뜻인지 잘 알겠습니다, 위대한 아버지시여."

"그를 도우려면 네가 두발 달린 것이 되어야 한다. 그렇게 될 경우 다시는 바람을 타고 날지 못할 것이다. 다시는 가장 높은 산꼭대기 위에서 대지를 내려다보지 못할 것이다. 선택권은 네게 있다. 너는 두발 달린 것이 될 수 있다. 그리고 너희는 수컷과 암컷으로서 힘을 합해 이 대지 위에 그와 같은 것들을 탄생시킬 수 있다. 아니면 지금 그대로 남아 있을 수도 있고."

독수리는 젊은 처녀와 함께 앉아서 굳게 침묵한 채 그날 밤을 보냈다. 그는 고민했다. 처녀는 독수리의 갈색 눈에서 평소에 자주 보이던 생기 있는 빛이 사라졌다는 걸 알아채고 물었다.

"뭐 걱정되는 일이라도 있니?"

독수리는 대답했다.

"응, 어디 좀 다녀와야겠어. 생각할 게 아주 많아서 말이야."

"돌아올 거지? 네가 내 곁을 떠난다면 난 견디기 힘들 거야."

"돌아올 거야. 무슨 일이 있든 간에 나는 늘 네 친구로 남아 있을 거야. 떠나기 전에 네게 먹을 걸 가져다줄게. 산에 그대로 머물러 있도록 해. 멀리 가지 말고."

이튿날 처녀는 산꼭대기에 올라가서 하늘을 올려다보았다. 많은 매들이 공중을 맴돌고 있었고 독수리도 몇 마리 보였다. 그녀는 까마득히 높은 데서 맴도는 검은 반점들 중에서 어느 것이 자기 친구인지 궁금해 했다. 이튿날에도 그는 나타나지 않았다. 그다음 날도 그러했고. 그녀는 외로움이 한밤에 출몰하는 적처럼 자신을 노상 따라다니는 바람에 어서 빨리 그가 돌아오기만을 고대했다.

독수리는 과거 그 어느 때보다도 더 높은 천공으로 날아올라 그 어느 때보다도 더 넓은 대지를 보았다. 그것은 결코 잊고 싶지 않은 장관이었다.

그는 외쳤다.

"위대한 아버지시여, 저 여기 있습니다."

목소리가 응답했다.

"나는 네가 어떤 마음을 먹었는지 알고 있다. 너는 요 며칠 동안 많은 고민을 하다가 결국 하나를 선택했다."

"예, 그렇습니다. 저는 어떻게 해야 좋을지 알고 있습니다."

"그건 한번 가면 다시는 돌아올 수 없는 길이다."

독수리는 말했다.

"저의 부류는 많이 있습니다만 처녀는 혼자입니다. 그를 그와 같은 부류의 마지막 존재가 되게 할 수는 없는 일입니다. 그가 이대로 사라질 경우 대지와 그 위에 사는 모든 것은 마음 아파할 것입니다. 저로서는 달리 어쩔 수가 없습니다."

"그럼 그렇게 하도록 하라. 앞으로 두발 달린 것들은 네 친절에 늘 감사할 것이다. 그들은 너를 높이 떠받들 것이다."

처녀는 여름이 끝나고 있다는 걸 알고 있었다. 북쪽에서 싸늘한 바람이 불어왔다. 그녀는 산자락을 돌아다니면서 불 피울 나무들을 모았다. 그녀는 이따금 한 번씩 하늘을 올려다보았다. 하지만 그는 아직 돌아오지 않았다.

그녀의 뒤에서 목소리가 들려왔다.

"누군가를 기다리는 거야?"

그것은 친숙한 목소리, 그녀가 아주 잘 알고 있는 목소리였다. 드디어 그가 돌아왔다. 처녀는 환하게 웃으면서 돌아보았다. 하지만 이내 미간을 찌푸렸다. 그녀의 눈에는 아무것도 보이지 않았다.

"나 여기 있어."

친숙한 목소리가 다시 말했다. 키가 크고 잘생긴 청년 하나가 바위 뒤에서 성큼 걸어 나오는 순간 처녀는 하마터면 기절할 뻔했다.

처녀는 소리쳤다.

"어떻게 이런 일이! 나는 우리 동족이 나만 빼고 모두 홍수에 휩쓸려갔다고 생각했는데!"

청년은 말했다.

"그건 사실이야."

"그럼 넌 어디에서 온 거지?"

"하늘에서."

처녀는 그 놀라운 사실에 충격을 받아 청년을 멍하니 쳐다보기만 했다. 그런데 그 청년의 목소리는 아주 친숙했다. 그것은 독수리의 목소리였다. 그녀는 혼란과 두려움을 떨쳐버리고 청년에게 좀 더 가까이 다가갔다. 그 깊은 갈색 눈에도 역시 친숙한 어떤 빛이 어려 있었다.

청년은 물었다.

"우리가 함께 하늘로 날아올랐던 것 기억해? 그때 내가 너를 대지 위 높은 곳으로 데려갔었지."

처녀는 소리쳤다.

"이럴 수가! 바로 너로구나!"

"나는 돌아오겠다고 약속했고 이제 그 약속을 지켰어. 다시 나를 만나서 기쁘지 않아?"

처녀는 한달음에 달려가 청년의 품속에 뛰어들었다. 그리고 죽을 때까지 결코 맛볼 수 없으리라 여겼던 어떤 감정을 느꼈다. 그 후 그녀는 청년의 곁에 갈 때마다 마치 하늘을 나는 것 같은 기분을 맛보았다.

그해 겨울이 닥쳐오기 전 두 사람은 어느 숲 가장자리에 집을 한 채 지었다. 세월이 흐르면서 그들은 많은 아이들의 어머니와 아버지가, 그리고 두발달린새 종족의 시조들이 되었다. 그녀는 아이들에게 그들의 아버지가 과거 어떤 존재였는지, 어떤 일을 했는지 이야기해주었다. 그 아이들은 큰독수리들이 하늘을 날 때면 하늘을 유심히 바라보았다. 그럴 때 그들이 자기네의 친척들을 바라보는 것이었다는 것은 두말할 필요도 없다. 그들은 자기네 아이들에게 그런 사실을 알려주었고, 그 아이들이 장성해서는 다시 자기네 아이들에게 그걸 알려주었다.

이제 여러분은 어째서 우리가 독수리 깃털을 성스럽게 여기는지 이해했을 것이다. 오늘날까지도 우리 라코타 사람들은 큰독수리를 존경하며, 하늘에서 큰독수리를 볼 때마다 걸음을 멈추고 우리의 그 친척들이 우리에게 연민의 마음을 베풀어준 것에 감사드린다.

그들의 손을 잡아주어라

연민이 없다면 어둠이 세상을 지배할 것이다. 전쟁과 자연재해와 무관심 등이 불러일으키는 가난과 절망과 낙담은 조화와 성공, 번영과 마찬가지로 우리 삶의 일부를 이루고 있다. 우리 대부분은 삶의 어느 시점에서인가 잠잘 곳, 방세 낼 돈 등을 필요로 하는 상황과 맞닥뜨린다. 경우에 따라서는 그저 누군가가 자기를 염려해주고 있다는 것만 알아도 큰 위안이 된다. 그런 순간을 최소한 한 번이라도 경험하지 못한 사람은 대부분의 사람들보다도 더 운이 좋은 사람일 것이다. 아니면 잘못된 길로 들어선 사람이거나. 연민의 감정을 느낄 수 있는 능력은 곧 결핍을 이해할 수 있는 능력이다. 어떤 사람이 뭔가가 없어서 힘들어한다는 것을 알아채고 이를 채워주려 하지 않을 경우 우리의 정신은 어둠의 나락으로 떨어진다.

내가 아홉 살 때인 1950년대 중반의 어느 여름, 로즈버드 수우 인디언 보호구역 북부에 자리 잡은 한 작은 마을의 어느 라코타 집 안에서 어린애가 하나 죽었다. 그 아이의 장례식 날 나는 할머니를 따라 마을에 있는 오래된 상점 위층에 있는 그 집에 갔다. 아이의 부모는 몹시 가난해서 관을 사거나 장의사의 도움을 받을 수 없는 처지였다.

그날은 숨이 턱턱 막힐 정도로 후텁지근한 날이었고, 그 집의 작은 방들에는 창문을 죄다 열어놓았는데도 바람 한 점 들어오지 않았다. 주방의 테이블 위에는 구두 상자보다 별로 크지 않고 검은색 리본으로 가장자리를 두른 마분지 상자 하나가 놓여 있었다. 그 안에는 가장 좋은 옷을 입고 있는 죽은 아기가 들어 있었다. 아기를 들여다보니 그냥 잠들어 있는 것만 같았다. 가구가 거의 없는 그 집에는 그 가족의 친척들과 친구들 몇 명이 모여 앉아 있었다. 우리가 그 집에 들어갔을 때 이야기를 하는 사람은 아무도 없었다. 고통스러운 무거운 침묵이 그곳을 지배하고 있었다.

아기 어머니는 나도 아는 사람이었다. 우리 할머니의 친척뻘 되는 이로, 검은 옷을 입은 그녀는 주방 식탁 곁에서 대충 만들어낸

관 속에 누운 그 작은 시신을 지키고 앉아 있었다. 혹은 그렇게 보였다. 그녀의 곁에는 내 나이 또래의 딸이 앉아 있었다. 할머니는 모녀의 손을 잡아주고는 내게 말씀하셨다.

"이분들의 손을 잡아드려라."

나는 몹시 수줍어하면서 할머니가 시키는 대로 했다. 나는 먼저 아기 어머니의 손을 잡았고 이어서 딸의 손을 잡았다. 그것은 내게 연민의 감정을 표현하는 첫 훈련이었다.

할머니는 누군가가 갖다 준 의자에 앉아 하얀 손수건으로 연신 눈물을 닦아내면서 조용히 우셨고, 나는 그 곁에 서 있었다. 세월이 지난 뒤 나는 그때 할머니가 그저 죽은 아기의 가족을 위로해주기만 한 게 아니라 그들의 고통과 상실감을 함께 느끼고 그 일부— 아마도 최대한 많이 —를 당신이 받아내셨다는 것을 깨달았다.

연민은 바로 그런 것이다. 다른 이의 어려움, 고통, 상실을 함께 나누는 것. 그것은 상처받고 고통받은 이들이 홀로 그것을 감당하지 않게끔 부담의 일부를 나누려 하거나 고통을 덜어주려 마음을 쓰는 것이다.

베트남전에 참전했던 한 젊은 해병은 처절한 전투 — 이런 전투는 순식간에 일어나지만 평생토록 지속되는 혹독한 결과를 낳곤한다 — 를 수없이 겪었는데, 어느 날 꽝트리 성에서 다시 치열한 총격전이 벌어지고 귀청을 찢는 요란한 굉음들이 울리는 가운데 갑자기 자신의 오른팔 아랫부분이 허공으로 날아가는 광경을 보았다. 그는 넋이 나간 상태에서 그것이 거기서 몇 미터쯤 떨어진 억새밭에 떨어지는 걸 바라보았다. 그로부터 몇 초 후, 모습을 보이지도 않았던 적들은 순식간에 전투를 중단하고 물러났다.

뒤이어 찾아온 긴장감 어린 음산한 침묵 속에서 해병은 아랫부분이 떨어져 나간 팔의 그루터기 부분을 멍하니 내려다보았다. 그 짧고 치열한 교전에서 부상을 당한 사람은 그 하나뿐이었다. 위생병이 그를 돕기 위해 달려왔을 때 그 해병은 의식을 잃었다. 나중에 두 명의 해병이 충격을 받은 데다 모르핀 기운으로 정신이 혼미해진 그를 임시로 만든 들것에 눕혀서 옮겼다. 또 다른 젊은 해병 하나가 떨어져 나간 그의 팔뚝을 들고 그 뒤를 따라왔다.

  묘하게도 부상당한 해병은 그 광경을 보고 큰 위안을 받았으며, 잠시 후에는 모르핀 기운에 취해 곯아떨어졌다. 그 소총소대가 부상자 후송용 헬기와 만나기 위해 대기하는 동안 부상당한 해병의 동료는 그 팔뚝을 계속 들고 있었다. 다른 상황에서라면 대부분의 사람들이 다 그런 행동을 섬뜩하고 불유쾌한 행동으로 여겼을 것이다. 하지만 이 경우에 그것은 연민에서 나온 행동이었다.

  우리의 심신이 무엇인가로부터 타격을 받아 우리 마음이 어둠의 나락으로 떨어질 때는 흔히 연민만이 유일한 치료약이 된다. 괴로움으로부터 자유로운 사람은 아무도 없다. 그리고 혼자서는 그것을 감당할 수 없는 경우가 적지 않다. 절망의 고통이나 사랑하는 이를 잃은 슬픔으로부터 초연할 수 있는 사람은 아무도 없을 것이다. 하지만 비슷한 상실감을 경험한 누군가가 함께 슬퍼해줄 때 우리는 큰 위안을 받을 것이다. 가장 고통스러울 때 자신이 혼자가 아니라는 걸 깨닫는 순간 우리는 큰 위로를 받는다. 슬픔과 절망, 혹독한 결핍으로 고통받는 이들의 '손을 잡아주는' 물리적인 행위는 연민의 외적인 표현이다. 그런 단순한 행위를 할 때는 흔히 아무 말도 하지 않으며, 또 그럴 필요도 없다. 그것은 그런 행위 자체가 엄청나게 많은 말을 대변해주기 때문이다. '그들의 손을 잡아주는' 행위는 "나도 그런 일을 겪은 적이 있었다."라는 걸 뜻한다.

동료의 팔에서 떨어져나온 팔뚝을 들고 십여 킬로를 걸은 젊은 해병은 누구에게도 그 연유를 설명하지 않았다. 그는 그럴 필요가 없었다. 그 상황이 연민 어린 행동을 요구했기에 그는 그저 본능적으로 그렇게 행동했을 따름이다.

우리 할머니는 당신이 열아홉 살이고 여동생이 열여덟 살이었을 때 스페인 독감으로 여동생을 잃었다. 할머니는 죽음이 불러일으킬 수 있는 고통을 너무나 잘 알고 계셨기에 아기를 잃은 젊은 엄마 혼자서 상실의 고통을 감당하도록 내버려두지 않으셨다.

할머니는 사람들의 마음을 잘 헤아려주고 지혜로운 조언을 해주시는 것으로 유명한 분이어서 장례식이나 추도식 같은 모임이 있을 때면 늘 연설을 해달라는 부탁을 받으셨다. 그럴 때마다 할머니는 연민의 필요성을 꼭 언급하셨다. 할머니의 조언은 간단했다.

"어렵고 힘든 사람들이 있으면 그들의 손을 잡아주세요."

유감스럽게도 우리 인생에서 "그 후 오래오래 행복하게 잘 살았다."는 경우는 흔한 일이 아니다. 하지만 다행스럽게도 우리 대부분 사람들의 내면에는 연민의 감정이 자리 잡고 있다. 우리 중의 일부는 그것이 사실임을 입증하려는 의지가 다른 이들보다 더 강하다. 그럴 수 없거나 그렇게 할 마음이 없는 이들은 스스로를 재평가해봐서 자기가 정말로 순전히 혼자 힘만으로 고통과 괴로움을 참고 견딜 수 있는지를 잘 알아봐야 할 것이다.

나는 내가 혼자 힘만으로 그럴 수 없다는 것을 잘 알고 있다. 우리 부모님과 조부모님은 내가 감정을 제대로 다스릴 힘이 없어 혼란에 빠져 있거나 괴로워할 때마다 나를 도와주셨다. 그리고 내 막역한 친구인 한 작가는 내 얘기를 주의 깊게 들어주었을 뿐만 아니라 자기 돈을 서슴없이 내주기도 했다. 그가 도와주지 않았더라면 우리 가족과 나는 대도시에서 빈털터리 상태로 오도 가도 못하는 막막한 처지에 내몰렸을 것이다. 얼마 전에 아버지를 잃은 그 친구는 우리 아버지의 상태가 나빠져서 내가 혼란에 빠져 있었을 때 늘 내 얘기를 귀담아들어주곤 해서 큰 위로가 되어주었다. 동부 출신의 다른 친구들도 우리 가족의 재정적인 어려움을 덜어주기 위해 "이 돈 언제 갚을 거야?"라고 묻지도 않고 큰돈을 선뜻 빌려주었다.

내 친척과 친구들은 내게 따뜻한 마음을 나누는 법을 가르쳐주었는데 그것은 그들이 그렇게 하려고 의도해서가 아니라 본래 그런 사람들이었기 때문이다. 그들이 베풀어준 선물에 내가 진정으로 감사하고 가장 잘 보답하는 길은 '어려운 처지에 놓인 이들의 손을 따뜻하게 잡아주는 일'일 것이다.

여러 가지 어려움과 곤란한 문제들은 우리 삶의 일부이며 때로는 자기 혼자, 때로는 여럿이 함께 그런 어려움들에 직면하곤 한다. 그리고 이따금 우리는 상대가 우리에게 마음을 써주는지 어떤지 잘 알지도 못하는 상태에서 그렇게 해주리라 기대하는 것만으로도 어려운 상황을 돌파해나갈 수 있다. 1930년대에 로즈버드 인디언 보호구역에서 근무했던 한 우편집배원은 바로 그런 교훈을 얻었다.

삼월 말의 어느 춥고 흐린 날, 그는 배달 구역을 거의 다 돌아 이제 마지막으로 들르곤 하는 집에다 편지 한 통만 전하면 되었다.

거기서 마지막 집 사이에는 평소 거의 매일 우편물을 전해줘야 했던 두 농가가 있었는데 그날은 마침 우편물이 없었다. 그는 일을 빨리 끝내고 집으로 돌아가기 위해 지름길에 해당하는, 평소에는 잘 다니지 않던 오솔길을 이용하기로 했다.

그런데 그 길을 따라 차를 달리는 동안 눈이 내리기 시작하더니 이내 사방에 두터운 하얀 커튼이 드리워진 것처럼 눈발이 짙어져 시계가 불과 몇 미터 정도로 좁아졌다. 평소에 다니던 길이라면 눈 감고도 갈 수 있을 정도이지만 그 지름길은 별로 익숙하지 않았다. 그 바람에 그는 핸들을 잘못 틀었고 그 순간 자신의 낡은 포드 차가 눈으로 덮인 비탈길에서 옆으로 미끄러져 내려가 물 마른 골짜기 밑바닥에 쳐 박히고 말았다. 그는 그 차로 몇 번이나 그 언덕을 다시 거슬러 올라가려 해보았지만 바닥이 함박눈 때문에 진창으로 변해버려 도저히 올라갈 수가 없었다.

집배원은 자기가 처해 있는 상황을 검토해보고 자기가 어떤 방법들을 선택할 수 있나 곰곰이 생각해보았다. 그는 삼월 중순, 함박눈이 내리는 가운데 어느 골짜기 밑에 갇혀 있었다. 평소 차들이 거의 다니지 않는 오솔길에서 40미터 아래에 있는 골짜기에. 그 대평원 북부지방에서 한평생을 살아온 그는 삼월에 함박눈이 내렸다 하면 그 후의 경과를 도무지 예측할 수 없다는 것을 잘 알고 있었다. 그는 거기서 3킬로미터가량 떨어져 있는 넓은 간선도로까지 걸어갈 수도 있었다. 하지만 만일 그것이 눈 폭풍으로 돌변할 경우 그는 변변한 옷도 걸치지 못한 상황에서 눈 폭풍에 휩싸이고 말 것이다.

몇 분이 지난 뒤 그는 그 골짜기와 앞의 언덕을 잘 살펴보기로 했다. 운이 좋으면 차가 올라갈 수 있을 만한 완만한 경사지를 찾아낼 수도 있으리라. 그리고 차 뒤편의 보조의자 밑에 타이어체인이 있다는 걸 기억해내고 그는 뛸 듯이 기뻐했다. 그러나 그는 차에서 내려서는 순간 축축한 눈길에 미끄러져 바닥에 자빠지면서 한쪽 무릎을 접질리고 한쪽 어깨에 심한 충격을 받았다.

그는 아픔을 무릅쓰고 간신히 일어났다. 그리고 차 뒤편의 보조의자를 제치고 체인이 있나 들여다보았다. 다행히도 체인은 있었다. 하지만 한쪽 무릎을 다치는 바람에 그 골짜기와 그 일대를 살펴보러 갈 수가 없었다. 게다가 눈밭에 부딪친 오른쪽 어깨가 처음에는 그저 얼얼하기만 하더니 갑자기 불에 덴 것처럼 아프기 시작했다. 그는 오른팔이 묘하게 늘어진 걸 보고는 아무래도 빗장뼈가 부러진 것 같다고 판단했다. 그는 다시 차 안으로 돌아가 앞으로 어떻게 하면 좋을지 곰곰이 생각해보았다.

무릎은 부어오르고 있었고 어깨는 쑤셨고 눈은 여전히 내리고 있었으며 그가 거기 있다는 것을 아는 사람은 아무도 없었다. 대차대조표상으로 따져볼 때 악천후와 그의 부상은 빚에 해당했다. 그의 차와 타이어체인은 자산에 해당했다. 그러나 그 체인을 유용한 것이 되게 하려면 뒷바퀴들에 채워야 했다. 그렇게 하려면 우선 잭으로 뒷바퀴 둘을 차례로 들어 올려야 했다. 그런데 빗장뼈가 부러진 데다 부어오른 무릎이 그의 몸무게도 제대로 감당할 수 없는 처지에서 체인 채우는 작업을 한다는 건 불가능한 일이었다. 그런 상황에서는 잠자코 기다리고 있는 게 가장 현명한 방법 같았다. 언제고 결국 눈은 그칠 것이다. 그리고 그가 귀가하지 않으면 그의 아내는 걱정이 되어 이웃 사람들에게 연락을 할 것이다.

그런데 가장 가까운 이웃은 그의 집에서 6.5킬로미터나 떨어진 곳에서 살고 있었고, 그의 집에는 그가 몰고 다니는 것밖에 차가 없으므로 아내는 거기까지 걸어가야 할 것이다. 설령 오늘 밤이나 내일 수색 작업이 펼쳐진다 해도 그는 차들의 왕래가 거의 없는 오솔길 골짜기 밑바닥에 고립되어 있었다. 그는 사람들이 결국은 수색 작업을 펼칠 것이라 확신했다. 그의 이웃 사람들은 인정 있고 따뜻한 사람들이기 때문이다. 그리고 그들이 그가 이용한 지름길을 수색할 가능성도 약간은 있었다. 하지만 그 상황에서 그가 할 수 있는 최선의 방법은 눈이 더 쌓이기 전에 뒤 타이어들에 체인을 채운 뒤 오솔길까지 올라가는 것이었다.

그는 이웃 사람들이 자신의 안위를 걱정하리라는 믿음 덕에 힘을 얻어 그런 방법을 시도해보기로 했다. 하지만 잭의 좁은 밑바닥이 축축한 땅바닥 속에 가라앉거나 옆으로 넘어졌다. 그는 몇 번을 더 시도해본 끝에 멀쩡한 한 팔로 타이어들에 체인을 채우는 건 불가능한 일이라는 결론에 이르렀다. 곤경에서 벗어날 수 있는 다른 방법이 뭐 없을까?

차 안에는 모직 담요 한 장, 장갑, 기름종이로 싼 반쯤 먹다 남은 고기 조각, 조그만 등유 랜턴이 있었다. 그리고 자신의 귀가가 너무 늦어질 때 이웃 사람들이 자신을 찾아 나서리라는 느낌이 있었다. 그는 회중시계를 들여다보고는 아내가 자신의 귀가를 기다리는 시간이 되었다는 걸 알았다. 이제껏 그는 날씨가 제아무리 나빠도 늦게 귀가하는 경우가 거의 없었기 때문에 앞으로 한 시간쯤 지나면 아내는 분명 걱정할 것이다. 한 시간가량 지나면 날이 어두워질 것이고 그때쯤이면 아내와 아들이 이웃 농장으로 걸어갈 것이다. 거기까지 가는 데는 한 시간가량 걸릴 것이다.

그는 최소한 세 시간 정도가 지나야 비로소 누군가가 그를 찾기 위해 평소 그가 다니던 길로 차를 몰고 나설 것이라 계산했다. 그 정도의 시간이면 거기서 3킬로미터 이상 떨어져 있는, 오솔길과 간선도로가 만나는 분기점까지 거슬러 올라갈 수 있으리라. 하지만 눈발의 기세는 좀처럼 수그러들 기미를 보이지 않고 있고, 지금쯤은 오솔길이 눈으로 완전히 덮여 있어서 순전히 기억에만 의지해서 걸어가야 할 것이다.

그는 좀처럼 결정을 내릴 수가 없어 한동안 갈팡질팡했다. 차 안에 그대로 남아 있는 것이 현명한 일일 것이다. 그곳은 좋은 피난처니까. 그는 등유 랜턴을 켜서 밤새 따뜻하게 지낼 수 있을 것이다. 하지만 삼월에 흔히 그렇듯이 기상이 더 악화될 경우에는 수색하는 일이 힘들어질 것이고 그 바람에 그는 여러 날 그곳에 고립될 수도 있었다.

마침내 그는 결정을 내렸다. 그는 부상당한 어깨 부위를 따뜻하게 해주기 위해 담요를 접어 그곳을 잘 감싼 뒤 외투를 입었다. 그러고 나서 성냥과 고기 조각을 주머니 속에 집어넣고 장갑을 끼고 모자를 쓴 뒤 외투의 단추들을 잠갔다. 그렇게 준비를 갖춘 그는 눈이 쏟아지는 바깥으로 나갔다. 피부에 선뜩 와 닿는 냉기는 날이 더 추워지고 있다는 걸 알려주었다.

그는 30분 동안 한 발 한 발 힘겹게 옮기고, 중간에 여러 번 미끄러져 넘어지기도 하면서 비탈길을 오른 끝에 마침내 꼭대기에 이르는 데 성공했다. 접질린 무릎과 빗장뼈가 부러진 어깨가 욱신욱신 쑤셨다. 그는 그 주위를 몇 바퀴 돌면서 조사하다가 결국 그

곳이 길이라는 걸 알려주는, 눈밭 속으로 약간 우묵하게 들어간 지점을 찾아냈다. 그런 다음 그는 분기점이 있는 동쪽으로 가기 위해 어느 쪽이 동쪽인지 알아내야 했다. 만일 방향을 잘못 판단하면 그는 동쪽 길로 갔을 경우의 두 배인 6킬로미터 이상을 걸어가야 간선도로와 만날 수 있을 것이다.

그는 악전고투한 대가로 잘 알지 못하는 길을 무난히 따라가는 데 성공했다. 그 길을 따라가다가 자주 걸음을 멈추고는 길이라는 걸 알려주는, 얕게 들어간 부분을 찾아내기 위해 성한 발로 눈밭을 파헤쳐봐야 했다. 그렇게 하다 보니 몸은 따뜻해졌지만 전진 속도는 대단히 느렸다.

떠난 지 세 시간쯤 지났을 때 그는 울타리가 쳐진 곳에 이르렀다. 오른쪽으로 돌아서서 그 울타리를 따라 한참을 걸어갔지만 간선도로로 나갈 수 있는 대문은 좀처럼 나타나지 않았다. 이윽고 그는 돌아서서 반대 방향으로 다시 걸어가기 시작했다. 30분간을 쩔뚝거리며 걸어가자 마침내 대문이 나타났다.

그는 간선도로로 나갔지만 그 길로 차가 지나간 흔적은 전혀 보이지 않았다. 그는 대문 쪽으로 돌아온 뒤 어깨를 감싼 담요를 대문 기둥에 묶어서 만든 작은 텐트 밑에 주저앉았다. 텐트는 그의 몸이 축축한 눈으로 더 젖는 걸 막아주었다. 문득 그는 접질린 무릎과 부러진 빗장뼈에서 이는 심한 통증 때문에 이를 너무 세게 악물고 있어서 턱이 아프다는 걸 깨달았다. 그는 임시변통으로 만든 텐트 밑에서나마 보온을 유지하기 위해 성한 팔 하나만 어렵사리 움직여서 등유 랜턴에 불을 붙이는 데 성공했다. 그가 대문 기둥에 등을 기댔을 때 멀리서 차량 엔진 돌아가는 소리가 들려왔다.

그는 힘겹게 몸을 일으켰다. 그리고 랜턴을 들고 다리를 절룩이면서 간선도로로 뛰어나가 기다렸다. 잠시 후 빽빽한 눈발을 뚫고 조수석에 그의 아내를 태운 이웃 사람의 트럭이 나타났다.

그 후 그가 사람들에게 그 이야기를 들려줄 때마다 빠트리지 않고 언급하는 한 대목이 있었다.

"그때 나는 이웃 사람들에게 의지할 수 있다는 걸 잘 알고 있었습니다."

아늑한 피난처인 차에서 빠져나올 수 있는 힘을 그에게 제공해 준 것은 바로 그것이었다. 그날 밤 어느 어름인가에서 함박눈은 눈폭풍으로 돌변했다. 따라서 그때 그가 차에서 빠져나오지 않았다면 며칠이 지난 뒤에야 겨우 부상당한 부위들을 치료받을 수 있었을 것이다. 그의 차를 그 골짜기에서 회수하는 데는 몇 주가 걸렸다. 이웃 사람들의 친절함을 굳게 믿었던 그 집배원은 훗날 죽을 때까지 그 사람들 중의 누군가가 자신의 도움을 필요로 할 때마다 밤낮을 가리지 않고 달려가서 도와주곤 했다.

9
용감함

워오히티케
용기를 내거나 보여주는 것

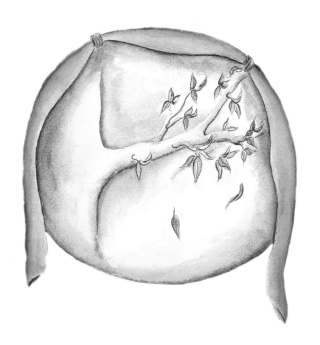

용감함은 우리 삶이 꼭 필요로 하는 것이다. 우리 삶은 늘 암, 절망, 기회의 상실,
사업거래상의 실수, 허리케인의 습격, 어두운 뒷골목 같은 도전 과제들을 우리한테
제시할 것이다. 하지만 모든 도전은 일종의 초대 같은 것이기도 하다. 지속적인 초대.

수호자 이야기

옛날, 우리 부족 사람들은 필요할 때마다 사냥과 전투를 함으로써 생존했다. 따라서 라코타 소년들은 공급자이자 보호자, 즉 사냥꾼이자 전사가 되는 기술을 익혀야 했다. 소년들이 무기를 만들고, 자취를 추적하고, 활 쏘는 기술 같은 것들을 익히려면 손재주가 좋고 시력이 좋아야 했다.

어떤 소년이 활솜씨가 좋고 추적하는 솜씨가 뛰어난지를 알아보기는 별로 어렵지 않았다. 하지만 좋은 사냥꾼이자 전사가 되려면 용감하기도 해야 했다. 그리고 모든 소년이 다 용감한 건 아니었다. 우리는 모든 사람의 내면에 용감한 기질이 내재되어 있다고 믿었다. 하지만 우리는 소년들에게 자기가 용감한 사람이 될 수 있다는 것을 자각할 기회를 부여해줘야 한다는 것도 역시 알고 있었다.

우리 할머니는 오래전에 내게 한 소년의 이야기를 들려주셨다. 그 소년의 아이 적 이름은 호카, 즉 오소리였다. 사람들이 그에게 사나운 동물 이름을 붙여주긴 했지만 사실 그는 조용한 아이였다.

그는 아기였을 때도 거의 울지 않았다. 훗날 그는 또 다른 이름을 얻었다.

호카는 뭐든 열심히 배웠다. 열두 살 무렵 그는 대부분의 어른들보다도 활을 더 잘 쏘았다. 열네 살이 되었을 때는 놀라운 활솜씨를 갖췄다. 그는 땅바닥이나 풀섶에 난 자취만 보고도 어떤 동물이 언제 어느 길로 지나갔는지 알 수 있었다. 그는 말이 도통 없었고, 자주 혼자서 마을 밖을 돌아다녀서 그의 아버지는 걱정을 했다. 호카의 숙부들 중 한 사람은 그 아이가 어느 정도의 능력을 갖췄는지 알아볼 때가 왔다고 말했다.

어느 날 그 숙부는 사냥 팀을 조직하고 호카를 거기에 끌어들였다. 어른이 되기 직전 나이에 이른 소년에게 사냥이나 전투를 돕는 역할을 하게 하는 것은 오랜 관례였다. 그런 조수는 캠프 안팎에서 여러 가지 잡일을 했지만, 또 그런 경험을 통해서 많은 걸 배울 기회를 얻기도 했다.

그 사냥 팀은 엘크를 잡을 계획이었다. 한 주술사가 의식용 옷을 지을 수 있는 질 좋은 엘크 가죽을 필요로 했고, 그 마을의 일부 노인들이 신선한 고기를 먹고 싶어 했기 때문이었다. 그래서 그 사냥 팀은 적절한 준비를 갖춘 뒤 출발했다.

그들은 사시나무와 참나무가 빽빽이 자란 어느 골짜기에 사냥 캠프를 설치하기에 적당한 곳을 찾아냈다. 호카는 몇몇 사냥꾼이 정찰하러 나간 동안 캠프 치는 일을 거들었다. 정찰하러 간 이들은 좋은 소식을 갖고 돌아왔다. 이튿날 아침 그 사냥꾼들은 여분의 무기와 물, 양식이 들어있는 주머니들을 든 호카를 데리고 사냥감들을 추적했다. 그들은 사냥에 성공했다. 그들은 몸매가 잘 빠진 엘크 두 마리를 잡아들고 캠프로 돌아왔다.

그들은 엘크들의 가죽을 벗기고 살을 발라냈다. 호카의 숙부는 자기네가 다음 날에도 다시 사냥하러 나갈 것이고, 호카는 혼자 뒤에 남아 캠프를 지켜야 한다고 말했다. 캠프를 지키는 일은 큰 책임이 따르는 일이었다. 코요테, 늑대, 곰 같은 것들이 신선한 고기 냄새를 맡고 몰려올 수가 있으므로 누군가가 뒤에 남아 지켜야 했다. 캠프를 지킨다는 것은 그보다 더 중요한 다른 의미도 갖고 있었다. 즉 노인들과 여자들, 아이들처럼 힘없는 이들이 있는 마을을 지키는 일이기도 하다는 것. 어른이 되기 직전 나이에 이른 소년에게 이것은 꼭 배워 익혀둬야 할 중요한 과제였다.

해가 뜨자마자 그 사냥꾼들은 호카에게 해 질 무렵 돌아오겠다고 말하고는 캠프를 떠났다. 호카의 숙부는 소년에게 자기네가 잡은 엘크 고기는 마을의 많은 가족에게 먹일 소중한 것이므로 아무 탈 없이 지켜야 한다고 했다. 그리고 주술사에게 줄 엘크 가죽들도 역시 아주 소중한 것들이니 햇볕이 잘 드는 곳에 잘 펴 말려야 한다고 말했다. 호카는 활과 화살을 챙기고는 캠프를 잘 지키겠다고 약속했다.

그 캠프는 시냇물 근처에 자라는 참나무들과 사시나무들로 잘 가려져 있었다. 하지만 그것은 또 적이 그 나무들을 이용해서 가까이 숨어들어올 수 있다는 것을 뜻하기도 했다. 엘크 고기는 젊은 사시나무 두 그루의 갈라진 가지들 사이에 걸쳐놓은 장대에 매달아놓았고 베어낸 버드나무 가지들로 덮어놓았다. 엘크 고기는 버드나무 가지들로 잘 덮어놓아 눈으로 보이지는 않지만 네발 달린 포식자들의 예민한 코까지 피할 수는 없었다. 호카는 그런 점을 익히 잘 알고 있었다. 하지만 맨 처음 찾아온 것은 네발 달린 짐승이 아니라 검고 하얀 빛을 띤 덩치 큰 까치였다. 그 기회주의자는 자기가 엘크 고기를 발견했다는 사실을 온 골짜기에 알렸다. 얼마 지나지 않아 까치들이 떼로 몰려와서 캠프를 에워쌌다.

호카는 이따금 한 번씩 흙덩어리를 던져서 까치들을 쫓아냈다. 하지만 까치들은 번번이 다시 날아와 호카를 성가시게 했다. 그리고 녀석들이 질러대는 요란한 소리도 여간 귀에 거슬리지 않았다. 호카는 꼬리가 짧은 고양이(보브캣), 큰 고양이, 코요테, 곰, 늑대 같은 것들도 가끔 까치들의 요란한 소리를 따라온다는 걸 잘 알고 있었다. 늑대나 코요테는 두발 달린 동물을 공격하지 않았다. 하지만 곰과 큰 고양이는 문제가 달랐다. 그래서 호카는 무기들을 가까이 끌어당기고 주위에 둘러선 나무들을 잘 살펴보았다.

오전 중반쯤이 되자 호카는 까치들에게 흙덩이를 던지는 일에 그만 싫증이 나 물주머니를 채우기 위해 시내로 내려갔다. 호카는 캠프로 돌아오다가 곰 발자국을 닮은 큰 발자국을 발견했다. 그는 그 발자국을 꼼꼼하게 살펴보았다. 그 발자국은 깊지는 않았으나 꽤 넓었다. 물가로 내려갈 때 자신이 그걸 보았는지를 한참 생각해 보았지만 본 기억이 없었다. 그는 캠프로 돌아와 활시위를 팽팽하게 해두고 화살들을 가까운 데다 놓아두었다.

활로 곰을 죽일 수도 있다. 과거 몇몇 사냥꾼이 그렇게 한 적이 있었다. 하지만 그들은 어른이었고 그보다 더 강하고 그의 활보다 더 튼튼한 활을 갖고 있었다. 그는 부상을 입고 성이 난 곰이 사냥꾼들을 죽이거나 중상을 입혔다는 얘기를 몇 번 들은 적도 있었다. 곰에게 한쪽 발목을 물려 발목뼈가 부러진 굽은다리가 바로 그런 사람이었다. 돌진해오는 들소 다음으로 가장 위험한 네발 달린 짐 승은 등에 혹이 하나 달린 곰(불곰)이었다.

호카는 눈과 귀를 활짝 열고 좀 더 주의 깊게 살펴보았다. 그 일 대의 작은 숲에서 움직이는 것이라고는 숲을 타고 흐르는 바람을 받아 가볍게 일렁이는 나뭇잎들, 풀잎들, 관목들뿐이었다. 들리는 소리라고는 덩치 큰 까치들의 시끄러운 울음소리뿐이었고. 호카 가, 그 발자국이 예전 것이었나 보다고 생각하는 순간 까치들이 뭔 가에 겁을 집어먹고 달아나기 시작했다. 그것들은 요란하게 깍깍 거리면서 그 숲 저 멀리로 날아가버렸다. 다른 새들도 역시 달아나 버려 그 일대는 갑자기 괴괴한 정적에 휩싸였다.

호카는 활을 들고 몸을 낮춘 뒤 어떤 나무 기둥에 등을 기대고는 활줄에 화살 한 대를 먹였다. 까치들을 겁먹게 한 것은 코요테보다 더 위험한 짐승임이 분명했다. 아무래도 조짐이 좋지 않았다. 짧은 꼬리가 달린 회색 고양이, 노란 큰 고양이, 늑대, 곰같이 사나운 사 냥꾼들만이 모든 다른 동물들을 쫓아낼 수 있으니까.

호카는 귀를 바짝 세우고 사방을 면밀히 살펴보았다. 괴괴한 침 묵만 이어질 뿐, 바람까지 달아나기라도 한 것처럼 주위에서 움직 이는 것은 아무것도 없었다. 호카는 해를 올려다보았다. 아직 한낮 도 되지 않았다. 그것은 사냥꾼들이 돌아오는 해 질 녘이 되려면 한참을 기다려야 한다는 걸 뜻했다. 그는 그 기괴한 침묵 상태를 몰아온 어떤 존재와 홀로 맞서고 있었다.

그런 상태는 한참 계속되었다. 그는 뭔가가 그곳을 그냥 지나간 것이었으면 좋겠다고 생각했다. 그 순간 덤불 속에서 바스락거리 는 소리가 들려왔다. 그는 활을 쏠 수 있는 자세를 취했다. 그는 멀리서 곰들을 본 적은 있었어도 가까이서 본 적은 전혀 없었다. 한 번은 아버지와 함께 사냥하러 나갔다가 노란 큰 고양이가 사슴을 쓰러뜨리는 광경을 본 적이 있었다. 그 고양이는 번개같이 빠르게 움직였고 힘도 아주 좋았다. 그는 그 숲 속에 뭐가 있는지 아직 알지 못했다. 하지만 그것이 모습을 드러낼 때 화살 한 발 정도는 쏠 수 있을 것이라 생각했다. 운이 좋으면 두 발을 쏠 수 있을지도 모르고.

또다시 침묵이 이어졌다.

호카는 긴장을 좀 늦췄지만 화살 먹인 활은 여전히 들고 있었다. 그는 나무 기둥에 등을 기댄 채 고개를 천천히 한 바퀴 돌려 주위를 둘러보았다. 여전히 숨 막히는 정적 외에는 아무것도 없었다.

그는 곰이나 큰 고양이가 빈터를 가로질러 자기에게 달려들 경우 어떻게 하면 좋을까 생각해보기 시작했다. 두 짐승 모두 동작이 아주 빨랐다. 둘 다 두발 달린 동물을 쉽게 따라잡을 수 있었다. 그러니 기껏해야 화살 하나를 날리는 게 고작일 것이다. 그리고 화살 하나로 그렇게 큰 짐승들을 죽이기는 힘들 것이다. 그의 곁에 있는 나무는 가지들이 높이 솟아오른 커다란 사시나무였다. 등에 혹이 난 곰은 나무를 오르지 못하기 때문에 그것이 곰이라는 게 판명되면 곰의 앞발이 미치지 못하는 그 나무의 높은 곳으로 피신할 수도 있을 것이다. 하지만 큰 고양이는 나무에 오를 수 있기 때문에 얘기가 달랐다. 호카는 한참 생각했다. 어떻게 하면 좋을까?

그는 그곳을 떠나 사냥꾼들을 찾아보는 게 어떨까 생각해보았다. 하지만 그 사람들은 그가 엘크 고기를 지켜주기를 바라고 있었다. 사냥하는 일은 쉽지 않다. 사냥은 많은 기술과 인내심을 필요로 하는 고된 작업이다. 그가 사냥꾼들을 찾아 나서기 위해 그곳을 떠나가 있는 동안 곰이나 노란 큰 고양이가 고기를 채간다면 그가 그 책임을 져야 했다. 그렇게 될 경우에는 그가 달아난 것처럼 보일 것이기 때문에 모두가 그를 비웃을 것이다.

호카는 깊은 한숨을 내쉬었다. 그 캠프를 지키는 것 말고는 다른 방도가 전혀 없어 보였다. 하지만 그는 곰이나 노란 큰 고양이가 자기에게 어떤 식으로 나올지 잘 알고 있었다. 그 장면이 떠오르는 순간 그는 흠칫 몸을 떨었다. 사냥꾼들 중의 한 사람이 창을 하나 남겨두고 가서 그는 그것을 가져왔다. 화살들이 빗나가거나 두 발 이상 쏠 수 없는 상황에서는 그 창이 자신을 지킬 수 있는 마지막 수단이 될 것이다.

다시 바스락거리는 소리가 들려왔다. 이번에는 왼쪽이었다. 호카는 그쪽으로 활을 돌렸지만 보이는 건 아무것도 없었다. 이번에 들린 소음은 전보다 더 컸다. 그것은 오소리나 여우같이 작은 동물들이 낼 만한 소리가 아니었다. 그보다 덩치가 훨씬 더 큰 동물이 낸 소리임이 분명했다.

뭔가가 움직였다. 시커멓고 크고 빠른 뭔가가. 호카는 눈꼬리로 그 움직임을 포착했다. 그는 숨을 헐떡이면서 재빨리 그쪽으로 방향을 돌렸다. 검은 물체는 나무들 뒤로 사라졌다. 숨이 가쁜 상태에서 활을 쏘면 화살이 빗나가기 때문에 호카는 호흡을 가다듬으려 애쓰면서 기다렸다. 이제 그는 분명히 알았다. 저 밖에는 뭔가가 분명히 있다! 그의 심장이 마구 두방망이질했다.

그는 두려움을 이겨낼 만한 이유들을 찾아내려 애썼다. 노란 큰 고양이는 뒤에서 추적하는 게 장기인 짐승이므로 그는 그게 노란 큰 고양이는 아닐 것이라 추측했다. 그것은 사냥감에게 모습을 들키지 않은 채 뒤에서 바짝 접근해 와서 한순간에 뛰어오른다. 저 밖에 있는 것은 황갈색이 아니라 그보다 더 어두운 색을 띠고 있었다. 검은색에 가까운 색을. 그러니 그건 곰일 수밖에 없었다. 저 밖에 뭔가가 있고 조만간 그는 그것과 맞닥뜨려야 했다. 그는 북쪽의 어느 마을에 살았던 사냥꾼 얘기를 떠올리고는 큰 고양이보다는 차라리 곰과 맞닥뜨리면 더 좋겠다고 생각했다.

호카의 할아버지는 그레이트머디 강 근처에서 사냥을 한 사람의 얘기를 들려주었다. 그 사람은 큰 고양이 한 마리가 자기를 주시하고 있다는 걸 알았다. 그것은 그가 시내를 건너고 숲으로 들어갈 때까지 내내 따라왔고 그가 나무로 올라가자 거기까지 따라 올라왔다. 그 고양이가 펄쩍 뛰어 그에게로 날아오자 사냥꾼은 창으로 찔렀다. 창이 고양이의 몸을 꿰뚫은 순간 고양이와 사냥꾼 모두 나무에서 숲 바닥으로 떨어졌다. 사냥꾼은 운이 아주 좋았다. 그는 무사히 살아남아 그 이야기를 들려줄 수 있었고, 그 고양이의 가죽으로 근사한 활집과 화살통을 만들 수 있었다.

호카는 노란 큰 고양이만은 제발 만나지 않았으면 했다. 사실 곰과도 만나고 싶지 않았지만 지금은 선택의 여지가 없는 것 같았다. 그는 또다시 자기 주위의 숲을 죽 훑어보았다. 입속이 바짝바짝 타올랐다. 셔츠 소매들이 활시위의 움직임을 방해하지 않게끔 셔츠를 벗어버렸다. 화살통에서 화살 세 대를 꺼내 자기 앞의 땅바닥에 꽂아놓았고, 스무 대 가량의 화살이 가득 들어찬 화살통을 왼쪽 허리에 찼다. 빨리 쏘기만 한다면 최대한 네 대는 쏠 수 있으리라. 그럴 시간만 주어진다면.

뒤에서 풀섶을 스치는 큰 소리가 나는 바람에 호카는 화들짝 놀랐다. 그는 커다란 검은 물체가 곧 자기를 향해 돌진해올 것이라 예상하고 재빨리 돌아서서 활을 겨눴다. 소음은 뚝 그쳤다. 그는 숨을 죽인 채 전방을 주시하고, 귀를 바짝 세우고 기다렸다. 그의 오른쪽 저 멀리서 낮게 으르렁거리는 소리가 들려왔다. 곰이 어느새 그의 옆구리로 돌아온 것이다. 그게 곰이 맞다면 말이다.

그는 기다렸다. 그러다 문득 땅바닥을 내려다보고는 화살통에서 화살이 모두 쏟아져 나왔다는 걸 깨달았다. 그는 떨리는 손으로 화살을 모두 주워 화살통 속에 집어넣었다. 그는 마음을 가라앉히기 위해 깊은 숨을 몇 번 몰아쉬고는 오른쪽 숲을 노려보았다. 그것은 왼쪽에서 오른쪽으로 돌고 있었다. 그 영리한 녀석은 앞으로 어떤 일이 벌어질지 훤히 내다보고 있는 게 분명했다. 그리고 그의 그런 판단은 옳았다.

또다시 숲에서 낮게 으르렁거리는 소리가 날아왔다. 호카는 개들이 으르렁거리는 소리도 들어보았지만 이 소리는 깊은 구멍 같은 데서 울려 나오는 소리 같았다. 그 상황에서 그가 할 수 있는 일이라고는 반쯤 늘어뜨렸던 활을 그쪽 방향으로 쳐드는 것밖에 없었다. 사냥꾼들이 어서 빨리 와주었으면. 하지만 해가 지려면 아직 한참 멀었다. 그는 생각했다. 내가 그 곰을 피해 좀 더 안전한 곳으로 달아난다면 숙부는 얼마나 화를 낼까? 물론 그걸 알 방법은 없었다. 나중 일이야 어찌되든 간에 그는 우선 죽을힘을 다해 거기서 달아나고 싶었다. 하지만 그는 그런 마음을 지그시 억누르고 옆의 사시나무 위로 올라가기로 했다.

그 나무에 올라가면 호카는 엘크 고기 냄새를 맡고 온 어떤 짐승을 제대로 볼 수 있었을 것이다. 만일 그 짐승이 곰이라면 소리를 질러서 쫓아버릴 수도 있으리라. 곰이 끄떡도 하지 않는다면 나무 위에서 자리를 잘 잡고 녀석에게 화살을 날릴 수도 있다.

호카는 창하고 활과 화살을 챙겨 들고 재빨리 나무 위로 올라갔다. 그는 어른 키 두 배 높이 정도 되는 데서 굵은 줄기들이 갈라진 부분을 발견했다. 그는 거기에 창을 꽂아두고 그 근처에 있는 가지에 화살통을 걸어놓았다. 거기서는 빈터가 눈에 더 잘 들어왔다. 그가 줄기들이 갈라진 자리에 걸터앉았을 때 다시 으르렁거리는 소리가 들려왔다. 그는 소리 나는 쪽으로 재빨리 고개를 돌린 덕에 검은 물체 하나가 덤불 속을 내달리는 광경을 볼 수 있었다. 그것은 그 캠프를 빙빙 맴돌고 있는 것 같았다.

나무 위에 걸터앉고 보니 절로 안심이 되었다. 호카는 두 발로 적당한 가지들을 디뎌 몸의 균형을 잡은 뒤 활시위에 화살을 한 대 먹였다. 호카가 곰이라 확신하고 있는 검은 물체는 키 작은 관목 덤불 속에서 멈춰 서 있었다. 그 덤불은 화살이 충분히 닿을 만한 거리 내에 있었다. 그는 두 그루의 관목 사이를 쏴야 했다. 하지만 그는 그 정도의 거리라면 그것을 맞출 수 있을 것이라 확신했다. 검은 물체는 숨어 있던 곳에서 천천히 일어섰다. 그것은 정말 곰이었고 그의 쪽을 바라보고 있는 것 같았다! 그는 설령 녀석을 맞추지 못한다 해도 그 근처에만 화살이 날아가면 녀석이 겁먹고 달아날 거라 생각했다.

호카는 활시위를 당기면서 조심스럽게 표적을 겨냥한 뒤 화살을 쏘았다. 화살이 곰을 향해 날아가자 곰은 재빨리 몸을 숙여 그의 시야에서 사라져버렸다. 녀석이 놀라서 외치는 소리가 들린 듯했고 곧이어 덤불을 헤치고 달려가는 소리가 들려왔다. 그다음에는 다시 침묵이 찾아왔다.

그는 부상당한 동물은 위험하다는 얘기를 들은 적이 있었다. 그는 곰이 자기를 해치기 위해 나무에 올라오려 할 것이라 예상하고 또 다른 화살을 활시위에 먹인 채 기다렸다. 하지만 침묵은 계속되었다.

곰이 으르렁거리는 소리도, 덤불을 헤치고 달리는 소리도 들리지 않았다. 호카는 마지막으로 곰을 보았던 지점을 계속 주시하면서 녀석이 성이 나서 튀어나오기만을 기다렸다. 하지만 아무 일도 일어나지 않았다. 그 숲 어디에서도 곰이 움직이는 기척 같은 것은 들리지 않았다. 그는 사방을 거듭 둘러보았다. 가까운 데 있는 참나무에서 다람쥐 한 마리만 움직이고 있을 뿐이었다.

호카는 여전히 화살을 쏠 태세를 풀지 않았다. 그가 할 수 있는 일이라고는 그저 기다리는 일뿐이었다. 그는 화살 한 대로 과연 그 곰을 죽인 건지 궁금했다. 아무리 생각해도 그랬을 성싶지 않았다.

해는 어느새 중천에 이른 뒤 대평원의 서쪽 지평선을 향해 서서히 미끄러져 내려가기 시작했다. 호카는 그 안전한 곳을 좀처럼 떠나고 싶지 않아 계속 기다리기만 했다. 그는 활을 나뭇가지에 걸어놓고는 나무줄기들이 갈라진 틈에 걸터앉아 편안히 쉬었다. 까치 한 마리가 숲 사이로 날아와 엘크 고기 위에 덮어놓은 나뭇가지 위에 내려앉더니 귀에 거슬리는 소리로 자기 동료들에게 신호했다. 그제야 호카는 안도의 한숨을 내쉬었다. 그것은 이제 곰으로부터 위협을 받을 일 같은 건 없다는 걸 뜻했다.

점점 더 많은 까치들이 날아와 엘크 고기를 덮어놓은 가지 위에 죽 늘어앉았다. 호카는 화살을 한 대 날려 녀석들을 쫓아버릴까 하다가 녀석들이 자기의 보초병 역할을 하고 있다는 걸 깨닫고는 그만뒀다. 뭔가 위험한 상황이 닥쳐올 경우 녀석들은 금방 날아가 버릴 것이다. 그리고 녀석들이 모두 힘을 합해도 엘크 고기를 가져갈 수는 없었다. 그래서 그는 까치들을 가만 내버려두었다.

오후 시간은 계속 흘러갔고 나무들의 그림자는 점점 더 길어졌다. 호카는 그만 내려가도 되겠다 싶어 나무에서 내려온 뒤 재빨리 땅바닥에 불을 피웠다. 모닥불 냄새와 거기서 피어나는 연기는 어떤 동물도 그리로 다가오지 못하게 하는 역할을 할 것이다. 그 연기는 또 두발 달린 적에게 그곳에 캠프가 있다는 걸 알려주는 역할도 할 테지만 그는 모든 걸 운에 맡기기로 했다. 그의 친구인 까치들은 여전히 엘크 고기를 먹고 싶어 안달을 하고 있어서 뭔가가 다가올 경우 그에게 신호해줄 것이다. 그래도 그는 방심하지 않고 무기들을 여전히 손에 쥐고 있었다.

호카는 곰이 어떻게 되었는지 궁금했다. 까치들이 두려워하는 기색이 전혀 없어 호카는 주위를 돌아보기로 마음먹었다. 마지막 순간에 그는 활을 내려놓고 창을 잡았다.

그는 정신을 바짝 차린 채 나무에서 나무로 조심스럽게 이동해서 아까 곰이 숨어 있었던 관목 덤불에 이르렀다. 가슴이 두근거렸다. 그는 주위를 더 잘 살펴보기 위해 나무 위로 기어올라갔다. 아무것도 보이지 않았다. 그는 다시 땅바닥에 내려선 뒤 조용히 덤불 밑을 살펴본 끝에 나무들이 부러져 나가고 풀들이 짓밟힌 자취들과 아울러 핏자국을 발견했다.

그의 화살이 표적에 명중한 것이다!

그는 모닥불이 있는 데로 돌아가 불을 다시 활활 살아나게 한 뒤 기다렸다. 까치들은 여전히 엘크 고기 위에서 소란을 피우고 있었다. 저 밖 어딘가에 상처 입은 곰이 있어 그는 이제 경계를 늦출 수가 없었다. 아, 사냥꾼들은 어쩌지! 호카는 부디 곰이 사냥꾼들을 발견해서 공격하지 않기만 바랐다.

갑자기 어디선가 고함 소리가 나는 바람에 호카는 깜짝 놀랐다. 사냥꾼들이 동쪽에서 돌아오고 있었다. 곰이 달아난 쪽은 서쪽이었다. 호카는 안도의 한숨을 내쉬었다. 그날 평생토록 사람이 그렇게 반갑기는 처음이었다. 두 사냥꾼이 짊어지고 있는 장대에는 커다란 뿔을 지닌 수사슴 한 마리가 매달려 있었다. 모두 다 피곤해 보였고 호카의 숙부는 부상을 입은 것 같았다. 호카는 그들을 훑어만 보고도 상황을 대충 짐작할 수 있었다.

그들 중 한 사람이 수사슴에게 화살을 쐈다. 그런데 화살을 맞은 수사슴이 황당하게도 그들이 숨어 있는 곳으로 돌진해 와서 호카의 숙부를 짓밟았다. 숙부는 크게 다친 게 아니라고 했지만 어쨌든 피를 흘렸다.

숙부는 호카에게 물었다.

"여기 상황은 괜찮으냐?"

"네, 고기는 저기 그대로 매달려 있어요."

"오늘 아침 우리가 떠난 이래 별일 없었니?"

호카는 잠시 생각했다. 그들에게 곰 얘기를 하고 싶었다. 하지만 그들은 그의 말을 믿지 않을 공산이 컸다. 호카는 말했다.

"예, 아무 일도 없었어요. 까치들이 몰려온 것만 빼구요. 저것들은 아직까지도 저 고기를 가져가려 하고 있어요."

사냥꾼들은 호카를 쳐다보며 흥겹게 웃었다.

그들 중의 한 사람이 말했다.

"캠프를 잘 지켰다."

호카는 싱긋이 웃었다. 그들은 그 사람이 아주 정확한 말을 했다는 것을 미처 알지 못했다. 호카는 말했다.

"여기에 곰들이 있다는 얘기를 들었으니 오늘 밤에는 계속 경비를 서는 게 좋을 것 같아요."

숙부가 말했다.

"진짜 사냥꾼처럼 말하는구나. 어른이 다 되었어. 그래, 돌아가면서 경비를 서도록 하자꾸나. 곰들은 아주 영리하고 교활하니까. 녀석들이 어떤 짓을 저지를지 몰라. 특히 고기 냄새를 맡았을 때는 말야."

호카는 머지않아 훌륭한 젊은이가 되었다. 이름을 정해주는 행사를 치르던 날 그의 아버지와 숙부는 그에게 나이친지, 곧 수호자라는 이름을 붙여주었다. 그는 그 이름을 결코 욕되게 하지 않았다. 그는 솜씨 좋은 사냥꾼이요 강건한 전사였다. 늘 가족에게 풍성한 먹을거리와 따뜻한 옷을 공급해주었으며 그런 것을 필요로하는 주위 사람들도 잘 돌봐주었다. 그는 전사로서 많은 전공을 세웠지만 늘 조용히 지내기만 할 뿐 결코 뽐내지 않았다. 그의 어머니와 아버지는 아들의 그런 점을 무척 자랑스러워했다.

수호자는 어느 아름다운 처녀에게 구애를 해서 결혼 승낙을 받았다. 그들은 곧 결혼해서 딸 하나를 낳았다. 수호자의 숙부는 그의 딸에게 줄 선물을 갖고 왔다. 그것은 화살이었다.

숙부는 아기의 어머니와 아버지가 듣는 자리에서 아기에게 말했다.

"오래전에 어떤 곰이 내게 이걸 주었단다. 그 곰은 자기가 만난 가장 용감한 청년한테서 이걸 맞았지. 이제 이걸 네게 주마. 이것에 깃든 혼이 네게 흘러가도록 이것을 꼭 움켜잡아. 그러면 장차 너는 자라서 용감한 사냥꾼이자 전사들의 어머니가 될 게다. 이것은 원래 네 아버지의 것이었어. 내가 알고 있는 가장 용감한 사나이의 것."

용감하다는 것

용감하다는 건 무엇일까? 그리고 어째서 그게 인간의 삶에서 꼭 필요한 덕목이 될까?

가장 용감한 행위는 싸움터에서만 볼 수 있다고 믿는 이들이 적지 않다. 죽거나 큰 부상을 입을 수 있으며, 또 때로 그럴 가능성이 상당히 높다는 것은 분명 모든 인간이 당면할 수 있는 현실들 중에서 가장 두려운 것에 속할 것이다. 그러나 우리 삶이 오만 가지 방식으로 용감성을 요구하기 때문에 우리는 그런 행위를 그것과 관련된 전체적인 맥락 속에서 살펴봐야 할 것이다.

1951년 1월, 로드버드 수우 인디언 보호구역에서 다섯 살 난 한 소년이 할머니로부터 신선한 고기가 가득 들어 있는 자루 하나를 산 밑에 살고 있는 친척들에게 갖다 주라는 부탁을 받고 산을 떠났다. 보름달이 떠 있긴 했지만 날은 이미 어두워졌으며, 친척집까지

가려면 내린 지 얼마 되지 않는 눈밭 길을 4킬로미터가량 걸어야 했다. 소년은 과거 그 길을 꽤 많이 다녀 길을 잘 알고 있었다. 하지만 밤중에 혼자 다닌 적은 한 번도 없었다.

소년이 걸음을 옮길 때마다 발밑에서 눈밭이 바삭바삭 부서질 정도로 대기가 싸늘하고 건조하여 일월 밤 치고는 꽤 상쾌한 밤이었다. 쾌청한 하늘 가득 별들이 빛나고 달빛이 눈밭에 환하게 반사되는 아름다운 겨울밤이었다. 소년은 아무 근심도 없는 편안한 상태에서 눈밭 길을 걸어갔다. 소년은 천으로 된 고기 자루를 다른 손으로 옮긴 뒤 걷는 리듬에 맞춰서 앞뒤로 흔들기 시작했다. 저 멀리 어딘가에서 코요테가 짖었고, 올빼미의 트레몰로풍 외침이 그 뒤를 이었다. 소년에게는 그 모든 게 다 친숙했다. 코요테나 부엉이의 울음소리, 달빛이 환하게 밝은 밤, 눈밭, 추위, 그리고 대지가.

그러나 그 길을 반쯤 갔을 때 좀 이상한 일이 일어나면서 기분이 찜찜해지기 시작했다. 그 이상한 현상은 지속되었고 그 바람에 찜찜하던 기분은 곧 두려움으로 바뀌기 시작했다. 앞에서 얘기했다시피 소년은 고기 자루를 앞뒤로 흔들면서 걸어갔다. 그런데 자루가 뒤로 갈 때마다 뭔가에 살짝살짝 닿고 있었다.

소년의 내면에서는 자동적으로 수많은 생각과 이미지가 소용돌이쳤다. 하지만 소년은 자루를 앞뒤로 흔드는 일을 감히 멈출 엄두를 내지 못했다. 덩치가 어마어마하게 크고 시커멓게 생긴 어떤 것, 거품이 끓고 있는 입 밖으로 하얀 송곳니를 드러내고 있고 길고 날카로운 발톱을 가진 굶주린 야수의 이미지 같은 것들이 소년의 내면을 가득 채웠다. 그것들은 우선 고기 자루를 쫓고 있었고,

그다음에는…….

소년은 자기가 두 가지 길 중에서 하나를 선택할 수 있다는 걸 알았다. 그는 자루를 던지고 달아날 수도 있었고 자루를 그대로 든 채 달아날 수도 있었다. 그의 할머니는 무슨 일이 있어도 그 고기를 친척들에게 꼭 전해야 한다고 신신당부했기 때문에 아무래도 고기를 들고 달아나는 게 더 명예로운 일이 될 것 같았다.

소년이 어느 길을 택할까 궁리하는 동안에도 자루는 뒤로 날아갈 때마다 뭔가를 계속 건드리고 있었다. 그 정체 모를 시커먼 것들은 고기라도 얻지 않고서는 절대로 고이 물러나지 않을 것 같았다.

그때 문득 소년의 머릿속에서 좋은 아이디어가 유성처럼 번뜩 스치고 지나갔고, 그 순간 소년은 망설이지 않고 그 아이디어를 곧장 행동으로 옮겼다. 소년은 들고 있던 자루가 뒤로 날아갈 때 있는 힘을 다해 뒤로 세게 흔든 뒤 과거 어느 때보다도 더 쏜살같이 앞으로 내달릴 작정이었다. 하지만 소년은 달아날 필요가 없었다.

소년은 깨갱 하는 소리에 기겁을 하듯 놀라서 번개같이 튀어 달아나려다 순간적으로 그 소리의 정체가 뭔지 알았다. 그것은 그의 개였다. 크게 안도한 소년은 돌아서서 개를 꼭 끌어안았다. 그리고 소년과 개는 그 심부름을 무사히 완료한 뒤 집으로 돌아와 할머니에게 아무 탈 없이 잘 다녀왔다는 소식을 전했다.

바로 그해에 네브래스카 동부의 위네바고 족 출신인 붉은구름 미첼 병장은 한국에서 미군 보병의 일원으로 싸우고 있었다. 어느 날 그의 소총분대는 수적으로 훨씬 더 우세한 북한군과 치열한 교

260

전을 벌인 끝에 부득이 후퇴해야 했다. 그때 붉은구름 병장은 그 분대의 맨 뒤에 포진한 채 분대원들이 후퇴하는 것을 돕기 위해 적에게 엄호사격을 가했다. 그는 계속 다가오는 적들에게 맹렬한 사격을 퍼부음으로써 적들의 반격이 자기한테로 향하게 했고, 그 덕에 그의 분대원들은 안전한 곳으로 무사히 피신할 수 있었다. 하지만 한참 그러고 있다 보니 어느새 북한군 병사들이 그가 있는 곳까지 전진하는 바람에 그는 적의 총탄을 맞고 목숨을 잃었다. 사후에 그는 미국 국회가 주는 명예훈장을 받았다.

다섯 살배기 소년의 용기를 전우들을 위해 목숨을 바친 한 보병 병사의 이루 말할 수 없는 용맹함과 비교할 수는 없을 것이다. 하지만 우리는 감연히 추측해볼 수 있다. 즉, 붉은구름 미첼이 어린 시절의 어느 땐가에 "캠프를 지켜야" 하는 결정적인 순간을 맞이한 적이 있고 또 자기가 그 상황에서 꼭 필요한 용맹성을 발휘할 능력이 있다는 것을 깨달았던 적이 있었으리라고.

다행히도 우리 대부분은 전투를 경험해야 할 필요가 없을 것이다. 하지만 우리는 삶이 제시하는 수많은 도전과 맞서야 하고 여러 가지 장애를 극복해야 할 것이다. 학교폭력, 러시아워의 교통체증, 부상, 질병, 무관심, 자신이 부족하다는 느낌, 실직 상태, 뭘 해야 좋을지 모르는 상태, 인종 편견, 신체장애 등. 현실에서 이런 것들은 끝없이 많을 것이다. 이따금 혹은 자주 닥쳐오는 신체 손상의 가능성은 둘째 치고 우리의 행복감과 자부심은 끝없이 위협받고 있다.

삶이란 그런 것이다.

1950년대와 60년대에 이르자 보호구역에 사는 아메리카 원주민들이 그때까지 겪었던 온갖 수모 정도로는 충분하지 않다는 듯 그들의 사회에 또 다른 도전 과제가 주어졌다.

미국 주류 사회의 일부는 우리가 행복에 이를 수 있는 유일한 길은 가능한 한 하얗게 되는 것이라는 점을 지속적으로 환기시켜주었다. 그들 중에서도 특히 선교사들과 교육자들이 그런 구호를 가장 요란하게 외쳐댔다. 그들은 우리에게 열심히 일하는 것이야말로 그 해답이라고 주장했다. 그들은 아메리칸 드림을 받아들이라고 촉구했다. 그중에서도 가장 두려운 것은 그들이 갖고 있는 플랜이었다. 즉 '재배치'로 알려진 '고용 알선 프로그램'.

인디언 사무국이 시행하는 재배치 프로그램의 배후에 깔린 기본 원칙은 나름대로의 장점이 없지 않았다. 인디언 남자들이 가족을 부양하기 위해서는 전문 기술과 근로 경험이 필요했다. 따라서 재배치 프로그램은 가족을 부양하면서 전문 기술을 배울 수 있는 곳들에 인디언들을 이주하게 함으로써 그 둘 다를 제공해주고자 했다. 그러나 몇 가지 요소들 때문에 그 프로그램은 실패로 돌아갔다.

재배치 계획에 따르겠다고 서명한 인디언 가족들은 자기네의 보호구역을 떠나 클리블랜드, 미니애폴리스, 로스앤젤레스, 덴버, 오클랜드, 댈러스 같은 대도시들로 이주했다. 그 대부분은 과거 대도시에 살아본 적이 한 번도 없어서 자기네가 장차 어떤 상황과 맞닥뜨리게 될지 거의 알지 못했다. 그리고 그들이 대도시의 삶에 안착할 수 있게 해줄 만한 준비는 전무하다시피 했다. 따라서 그들이 대도시에 가서 처음 느낀 것은 문화 충격이었다. 하지만 그 용어는 그 당시 그들이 느낀 첫 감정을 비교적 온건하게 표현한 것에 불과했다.

그들이 당면한 최악의 현실은 그들의 전반적인 생활 상태였다. '고용 알선 프로그램'이 적절한 후속 지원을 해주지 않는 바람에 그 대부분은 빈민가에서 생계비에도 미치지 못하는 저임금을 받으면서 생활해야 했다. 그러니 대도시에 재배치된 이들의 마음에 대뜸 떠오른 첫 생각이 최대한 빨리 고향으로 돌아가자는 것이었다는 점은 쉽게 수긍이 간다.

성공 사례도 좀 있기는 했지만 전체적으로 보아 재배치 프로그램은 그 목적을 달성하지 못했다. 인디언 가족들 대다수는 프로그램을 끝내지 않은 채 보호구역에 있는 고향으로 돌아갔다. 상당수 사람들은 여비가 없어 히치하이킹을 해서 갔다. 거의 모든 미국 원주민 가족들이 재배치 계획과 맞서 싸운 경험을 갖고 있었고 그와 관련된 끔찍한 일화들은 수없이 많았다.

그렇게 해서 온 첫 번째 결과는 혼란이었으며, 그것은 연방정부, 그중에서도 특히 인디언 사무국을 불신하게 되는 또 다른 이유가 되었다. 결국 재배치 프로그램은 인디언들이 직면해야 하는 도전 과제들의 기나긴, 그리고 지속적인 리스트의 한 항목임이 드러났다. 인디언들이 생존하기 위해 반드시 넘어서야 할 크나큰 과제, 그것은 우리 캠프를 습격한 곰이었다.

삶이란 그런 것이다.

거북여자는 용감하게 인생을 산 사람들 중의 하나였다. 그녀는 몇 년 전에 죽었으며 내가 알고 있는 한 평생 결혼을 하지 않고 지냈다. 그녀는 손가방 속에 거북을 넣고 다녀 그런 별명을 얻었다.

그녀는 또 거북 장신구들과 거북 부적도 갖고 다녔다. 그녀가 집이라고 지칭하는 곳이 어딘지 말하기는 어려웠다. 그녀는 여자 혼자 몸으로 간선도로나 시골길로 해서 온 데 사방을 다 돌아다녔기에 인디언들뿐만 아니라 백인들 사이에서도 널리 알려진 사람이었다. 그녀는 오랫동안 한 보호구역에서 다음 보호구역으로 친척들을 찾아다니면서 사우스다코타를 종횡으로 누비고 다녔다. 그녀는 거북처럼 느리게 여행했지만 결국은 늘 자기가 가려고 했던 곳에 도착했다.

그녀의 이름은 엘지 플러드였다. 그녀는 누구를 만나든 항상 환하게 웃으면서 인사했다. 그녀가 선택한 생활방식 때문에 그녀를 아는 사람들은 누구나 다 그녀의 안위를 염려했다. 사우스다코타에 사는 사람들의 중의 일부는 인디언들에게 호의적이지 않았기 때문에 엘지의 친구들이나 친척들이 그녀의 안위를 걱정하는 데는 나름대로 충분한 이유가 있었다. 내가 알기로 엘지는 한두 차례 작은 사건을 겪기는 했지만 큰 피해를 당한 적은 한 번도 없었다. 그녀는 조용하고 오만한 구석이 전혀 없는 사람이요 예의와 용감함의 표본 같은 사람이었기 때문에 나는 늘 그녀를 좋아하고 찬탄했다.

스물두 살에 백혈병으로 죽은 맥 캐시도 그런 사람이었다. 이 젊은이는 내가 졸업한 고등학교 후배였다. 그는 내가 알고 있는 젊은이들 중에서 가장 활달한 사람의 하나였다. 하지만 내가 가장 감명을 받은 건 자신이 죽어가고 있다는 걸 알면서도 품위와 용기를 잃지 않았다는 점 때문이었다. 우리는 대개 나이 든 사람들에게서 그런 유형의 정신력을 기대하며, 그런 정신력을 본보기로 삼아서 열심히 살려고 노력한다. 그런데 죽음이 임박한 젊은이가 그렇게 용기 있고 품위 있는 태도를 보일 경우 우리는 절로 감동과 감화를 받지 않을 수 없다.

우리 집안에도 내게 감명을 안겨준 이가 최소한 둘은 있다. 1989년, 내 누이 바바라의 딸 킴은 열일곱 번째 생일이 가까워올 무렵 차량 충돌사고로 죽었다. 인간의 삶에서 자식을 잃는 것만큼 비통하고 절망적인 일은 다시없을 것이다. 이 세상 그 어떤 것도 우리를 죽이지 못한다는 걸 알 때 우리는 더 강해진다는 말이 있다. 바바라는 그런 상황에서도 강하고 용기 있게 사는 법들을 찾아냈다. 그 때문에 그녀는 늘 내게 감동을 안겨줄 것이고, 따라야 할 모범을 내게 보여주었다는 점에서 늘 감사한 마음을 잃지 않을 것이다.

우리 아버지 조셉 마셜 2세는 미8군에서 복무하셨으며, 1945년에는 오키나와 섬에서 일본군을 소탕하는 전투에도 참전하셨다. 아버지는 열두 살 때 평생 처음으로 용감함을 시험하는 상황과 직면해서 당당하게 그 위기를 이겨내셨다. 그 당시 아버지는 말을 타고 가족에게 줄 먹을거리를 갖고 가다가 눈 폭풍을 만나 길을 잃었다. 아버지는 타고 있던 말에서 내려 알아서 집을 찾아가야 했던 상황을 통해 용감함과 신뢰에 관한 소중한 교훈을 얻으셨다. 하지만 아버지가 직면해야 했던 가장 험난한 도전 과제는 암이었다.

지난해 5월 아버지는 결장에서 자라는 악성 종양을 제거하는 수술을 받으셨고 그다음에는 몇 달 동안 화학치료를 받으셨다. 하지만 그런 방법은 불치의 병으로 위협받는 생명을 조금 더 연장하는 효과만 낳았을 뿐이었다. 아버지는 일흔일곱 살의 연세임에도 과거 여러 차례 역경을 딛고 일어선 분답게 용기 있고 품위 있는 태도로 더없이 힘겨운 시련과 조용히 맞서셨다. 그보다 훨씬 전에는 알코올 중독과 맞서서 끝내 거기서 벗어나기도 하셨으니까. 아버지는 암을 이겨내지는 못하셨지만 우리 모두에게 용감하게 사는 법을 가르쳐주셨다. 아버지는 2001년 4월 14일에 사망하셨다.

용감함은 우리 삶이 꼭 필요로 하는 것이기 때문에 없어서는 안될 미덕이다. 우리 삶은 늘 암, 절망, 기회의 상실, 사업거래상의 실수, 허리케인의 내습, 참혹한 결정, 어두운 뒷골목 등과 같은 도전 과제들을 우리한테 제시할 것이다. 하지만 모든 도전은 일종의 초대 같은 것이기도 하다. 지속적인 초대.

예전의 라코타 사냥꾼이자 전사였던 사람들은 양물푸레나무로 자기가 쓸 활을 만들었다. 가장 튼튼한 활을 만들려면 잘 말린 나무를 써야 했다. 그와 같은 재질의 나무를 얻는 데는 두 가지 방법이 있다. 전통적인 방식은 적당한 키와 굵기를 가진 양물푸레나무를 찾아내어서 베어낸 뒤 최소한 5년간 잘 건조시키는 것이다. 그러나 라코타 전사들은 벼락 맞은 성숙한 양물푸레나무가 있는지 늘 잘 살펴보고 다녔다. 그런 나무는 번개의 어마어마한 힘에 의해 순간적으로 건조되었고, 따라서 그런 나무로 만든 활은 가장 튼튼하고 강했다. 벼락 맞은 양물푸레나무는 희귀했다. 하지만 그런 나무는 가장 힘겨운 고초를 겪었고 가장 힘겨운 고초는 가장 강한 힘을 낳으므로 라코타 전사들은 그런 나무를 최고로 쳤다.

삶이란 그런 것이다.

나는 우리 모두의 내면에 용감함이 내재되어 있으며, 필요할 때는 우리 중 한 사람이 캠프를 지킬 수 있다고 믿고 있다. 삶은 우리에게 그런 싸움터로의 초대장을 발부함으로써 그렇게 할 수 있는 기회를 부여할 것이다. 그리고 세월이 흐르면서 그런 도전 과제들은 우리 인성의 틀을 형성해주고 우리를 강하게 만들어줄 것이다. 매번 그런 과제들과 직면하면서 이기든 지든 간에 우리는 역경과 고초에 의해서 잘 단련될 것이다.

버찌가 익는 달(6월)의 어느 무더운 날 이른 오후, 푸른 제복을 입은 군인들이 말을 타고 그 마을 남쪽 끝으로 진격해왔다가 돌아섰다. 그 위험한 상황에 재빨리 대응한 전사들에 의해 격퇴당한 것이다. 곧이어 또 다른 한 무리의 군인들이 그리시그래스 강을 건너 북쪽에서 마을을 공격하기 시작하면서 새로운 위험이 닥쳐왔다. 전사들은 그들도 역시 물리쳐 북쪽으로 몰아냈다.

그리시그래스 강 서쪽을 따라 3킬로미터가량 길게 늘어선 그 큰 마을은 그런 난리를 맞아 엄청난 혼란과 소음에 휩싸였다. 마을이 공격당할 때는 늘 그러했듯이 여자들과 아이들은 적의 공격을 피해 달아났다. 한 늙은 여자는 강 건너편에서 치열하게 벌어지고 있는 전투에 참가한 집안 청년들의 안위를 걱정했다. 그녀는 어린 손녀딸의 손을 잡고 그 강을 건너갔다. 전투에 참가하기 위해 그들의 곁을 달려가던 전사들이 그들에게 빨리 마을로 돌아가라고 소리쳤으나 늙은 여자는 그렇게 하지 않았다.

여자와 손녀는 어느 작은 고원에 올라갔다. 거기서는 전투하는 광경을 한눈에 내려다볼 수 있었다. 대지 위에는 갈색 먼지 구름이 뿌옇게 피어올랐고 군인들과 전사들이 치열하게 총격전을 벌이는 통에 요란한 소음이 계속 이어졌다. 여자와 손녀는 라코타 전사들과 샤히옐라(북부 샤이엔 족) 전사들이 군인들을 가차 없이 밀어붙이는 바람에 미국 기병들이 연이어 앞으로 내달리다 쓰러지는 광경을 볼 수 있었다.

군인들이 북동쪽에 있는 높은 언덕을 차지했을 때 늙은 여자와 손녀는 낮으면서도 가파른 어느 언덕 위에 이르렀다. 그런데 갑자기 한 무리의 군인들이 패주하면서 그 여자가 있는 언덕 쪽으로 도망쳤다. 하지만 진격하던 전사들이 재빨리 달려와 한 명의 적군을 제외한 나머지 모두를 처치했다. 늙은 여자는 승리가 임박했다는 걸 감지할 수 있었다. 그러나 말이 없는 이가 상당수를 차지했던 인디언 전사들이 마지막 남은 군인들을 격멸하기 위해 늙은 여자가 있는 언덕 쪽으로 밀고 올라오는 통에 총격전은 계속되고 있었다.

늙은 여자는 그 광경에 압도되어 흐느껴 울기 시작했다. 그러다 이윽고 노래하기 시작했다. 그녀는 자기네 부족을 수호하는 그 용감한 전사들을 찬미하는 용기와 명예의 노래를 불렀으며, 그 맑고 힘찬 노랫소리는 치열한 교전의 소음을 뚫고 높이 솟아올랐다. 그녀는 기도하듯 두 팔을 높이 쳐들고 용기를 불러일으키는 노래들을 연이어 불렀고, 그녀의 손녀는 할머니의 치마폭에 찰싹 붙어 서서 두려움과 찬탄의 빛이 어린 눈을 둥그렇게 뜨고 그 격전장을 정신없이 바라보았다.

잠시 후 총성이 그치면서 승리의 함성이 메아리쳤다. 전투는 끝이 났고 라코타와 샤히옐라 전사들은 승리했다. 하지만 늙은 여자는 눈물을 줄줄 흘리면서 여전히 노래했다. 말을 탄 전사 하나가 그들에게 다가왔다. 그의 얼굴은 전투의 긴장감과 승리의 쾌감으로 벌겋게 달아올라 있었다. 그는 말에서 내린 뒤 늙은 여자의 양 팔에 붉은 장식띠를 얹어주었다. 그는 전투하는 동안 허리에 붉은 장식띠를 두른 채 한 지점을 사수하곤 하는 정예 전사 그룹의 일원인 성난개 전사였다. 그들의 붉은 장식띠는 승리할 때까지, 혹은 죽을 때까지 싸우겠다는 서약을 뜻하는 것이었다. 그는 늙은 여자를 보았고 그녀의 노랫소리를 들었으며, 그 용기에 감복했다. 그가 말을 타고 떠나자 또 다른 전사가 나타나 붉은 장식띠를 여자의 양 팔에 얹어주었다. 그리고 전사들이 연이어 나타나 같은 행동을 하는 바람에 얼마 지나지 않아 늙은 여자의 몸은 온통 붉은 장식띠로 뒤덮였다.

내가 어렸을 때 또 다른 늙은 여자가 내게 그 이야기를 들려주었다. 그녀는 할머니가 물려준 붉은 장식띠들과 자신의 은발을 함께 엮어서 땋아 내렸다. 1876년 리틀빅혼 전투라고도 하는 그리시그래스 전투가 벌어졌을 당시 할머니가 용기를 불러일으키는 노래를 부르는 동안 그 곁에 찰싹 붙어 섰던 어린 소녀가 바로 그녀였다. 그녀는 할머니가 당신을 잊지 말라는 뜻에서 그 붉은 띠들을 물려주셨다고 했다. 하지만 그 붉은 띠들은 그녀 역시 용감한 사람이될 수 있다는 사실을 거듭 깨우쳐주는 역할도 했다. 그녀는 늘 그 띠들을 보면서 의연하게 사는 법을 배워 익혔다.

용감하다는 것은 역경 속에서도 여전히 용기를 잃지 않거나 용기 있게 행동하는 것, 꿋꿋한 자세로 고통과 직면하는 것을 뜻한다. 용감하게 행동하는 법을 알지 못한다는 생각이 들 때는 주위를 돌아보라. 그러면 그걸 알고 있는 누군가가 있을 것이다. 그 사람을 따르도록 하라. 그 사람을 충분히 오래 따른다면 용기를 갖는 법을 배우게 되거나 당신의 내면에 잠복해 있던 용기가 저절로 분출해 나올 것이다. 그런 일이 일어날 때는 주위를 돌아보라. 그리고 누군가가 당신을 따른다 해도 전혀 놀라지 말도록 하라.

10
꿋꿋함

칸테와사케
정신과 감정의 굳건한 힘

'할머니의 길'은 찾기 어렵지 않다. 그 길은 우리 삶의 모든 길들과 연결되어 있다.
그것은 승리가 늘 가장 강한 이들이나 가장 빠른 이들에게만 돌아가는 게 아니기 때문에
그럴 것이다. '할머니의 길'에서는 초조해서 안달하거나 포기하려 들 이유가 전혀 없다.

ᗡᗡᗡ

늙은 여자의 개 이야기

오래전, 우리 라코타 사람들이 그레이트머디 강 서쪽의 드넓은 초원 지대로 들어오기 전 시대에 수많은 작은 폭포가 딸려 있는 강 일대에서 대규모 여름 집회가 열렸다. 그 집회는 모든 것을 새롭게 하기 위한 집회였다. 사람들은 태양춤을 추었다. 그것은 또 오랜 친구들과 친척들을 만나고 지난번의 대규모 집회 이래 어떤 사람들이 저승에 갔는지를 알게 되는 기회이기도 했다.

아주 많은 사람이 모여들었다. 성대한 잔치가 열렸고, 사람들은 과거에 거둔 승리 이야기를 나누고, 전사들의 위업을 기리고, 밤늦도록 춤을 추었다. 작은폭포들 강의 가장자리에는 캠프들이 길게 늘어서 있었다. 그 야영지 전체의 길이는 가장 튼튼한 활로 쏜 화살이 날아가는 거리의 열 배도 넘었다.

하얀백조라는 작은 마을 출신의 아름다운 젊은 처녀 잊지않다는 자신의 천막집 문 앞에 앉아서 호저(몸과 꼬리의 윗면이 가시털로 뒤덮인 야행성 동물)의 가시들을 물들일 준비를 하고 있었다. 그녀는 판

판한 돌 위에 호저 가시를 하나씩 올려놓고 엄지손톱으로 꾹꾹 눌렀다. 그녀만큼 강한 인내심을 갖고서 꾸준히 그런 작업을 해내는 여자들은 그리 많지 않았다.

잊지않다는 일에 열중하면서도 수많은 사람이 모여서 북새통을 이루는 광경에 틈틈이 눈길을 주지 않을 수 없었다. 아이들이 둘로 갈라진 꼬리를 지닌 제비들처럼 날렵하게 인파 사이를 헤집고 뛰어다녔다. 여러 무리의 노인들이 사시나무 그늘에 앉아 이야기를 나누거나 물물교환을 했다. 할머니들도 끼리끼리 모여 앉아 있었다. 어딘가에서 누군가가 북을 가볍게 치고 있었다. 그녀는 아직 결혼을 하지 못한 몸이기에 쌍쌍이 걷는 부부들이나 연인들을 볼 때마다 은근히 부러워했다. 그녀는 한쪽 다리가 구부러져 절뚝거리며 걸어야 하는 처지라서 구혼하러 오는 청년이 거의 없었다.

그 인파 속에서 커다란 짐 보따리를 든 호호백발 할머니가 멋지게 생긴 커다란 개의 목을 묶은 줄을 쥔 채 나타나더니 잊지않다의 모닥불 앞에서 걸음을 멈췄다.

"여자라면 누구나 다 잘 꼰 호저 가시들로 머리나 옷을 장식하고 싶어 하는 법이지. 하지만 호저 가시들을 알록달록하게 물들이고 잘 꼬는 일을 하고 싶어 하는 여자들은 별로 없어. 아가씨는 호저 가시 다루는 솜씨가 아주 뛰어나구먼그래."

잊지않다는 대답했다.

"우리 엄마와 할머니한테서 이걸 다루는 법을 배웠어요. 괜찮으시다면 여기 좀 앉아서 쉬었다 가세요."

노파는 빙그레 웃으며 짐 보따리를 내려놓았다. 노파는 기력이 없어 보였다. 하지만 그녀의 검은 두 눈에는 개똥벌레의 빛과 흡사

한 환한 빛이 어려 있었다. 은빛 머리를 두 갈래로 땋아 내린 노파의 얼굴에는 기나긴 세월의 자취를 알려주는 고랑들이 깊이 패어 있었다.

"고마워. 많은 모닥불 곁을 지나쳤지만 나 같은 늙은이한테 쉬었다 가라고 권한 사람은 아가씨가 처음이야."

그때까지도 노파는 개의 목과 연결된 줄을 여전히 쥐고 있었다. 잊지않다는 자리에서 일어나 버드나무 가지로 만든 의자를 노파에게 건네주었다. 노파가 의자에 앉자 개도 그 곁의 바닥에 쭈그리고 앉았다.

"이건 좋은 의자로군. 아주 편안해."

"차하고 스튜가 좀 있어요."

처녀는 그렇게 말하면서 네모난 모양의 부적을 목에 걸고 있는 개를 유심히 살펴보았다. 그 부적의 가장자리는 초록색 호저 가시들로 장식되어 있었다.

"근사한 부적이네요."

"고마워. 내가 직접 만들었지. 친절하게 대해줘서 고마워. 내 이름은 좋은목소리야. 오늘 막 여기 도착했지. 친척들에게 줄 약초들을 좀 갖고 있는데 그 사람들은 여기 살지 않아. 그래 계속 더 갔다가 되돌아와야 해. 요 근래 들어 이번처럼 성대한 여름 집회는 처음 봐."

잊지않다는 손님에게 차와 스튜를 대접했다. 노파는 왠지 모르게 호감이 가는 사람이었다. 노파는 여느 노인네들과 마찬가지로 스튜의 맛을 깊이 음미하면서 조용히 먹었다. 스튜를 다 먹은 노파는 그것을 담았던 커다란 들소 뿔 컵을 돌려주고는 그보다 더 작은 컵에 든 차를 마셨다. 그녀의 옷은 먼지투성이였고 모카신은 다 해졌다. 먼 거리를 여행한 게 분명했다.

잊지않다는 물었다.

"얼마나 멀리 가셔야 해요, 할머니?"

"뭐 그렇게 멀지는 않아. 그런데 친척들에게 약초 달이는 법을 가르쳐줘야 해서 갔다 오는 데 며칠 걸릴 거야."

"오늘밤 주무실 곳이 없으면 우리 어머니와 제가 자는 곳에서 함께 주무셔도 돼요. 우리와 함께 지내다 가세요."

"고마워. 모처럼 침대에서 자는 것도 좋지. 먼 거리를 여행했으니까. 하지만 난 지금 바로 떠나야 해. 여기서 재워주는 것 말고 달리 나를 좀 도와줄 수 있을까?"

잊지않다는 말했다.

"기꺼이 도와드리겠어요, 할머니."

"좋아. 이 개는 내 개야." 노파는 개의 머리를 부드럽게 어루만져주면서 말했다. "얘의 할머니는 늑대였다고 해. 얘의 덩치가 이렇게 크고 힘이 좋은 건 바로 그 때문이지. 얘는 사냥 솜씨가 아주 뛰어나. 내가 본 개들 중에서 단연 최고야. 그리고 얘는 내 친구야. 얘는 아무 불평하지 않고 내 말을 잘 들어. 불손하게 대들지도 않고. 그런데 나는 오늘 아침에야 얘의 한쪽 발바닥에 가시가 박힌 걸 발견하고 뽑아주었어. 그래, 좀 쉬게 해줘야 해. 내가 돌아올 때까지 얘를 좀 데리고 있어 줄 수 있을까? 얘는 조용하고 아무 말썽도 부리지 않아."

"기꺼이 맡아드릴게요."

잊지않다는 그렇게 약속했다. 개도 그 말을 알아들었다는 듯이

꼬리를 살랑살랑 흔들었다.

"얘는 이름이 있나요?"

"좋았어!" 노파는 환하게 웃으면서 힘겹게 일어섰다. "얘는 이름이 없어. 좋은 이름이 뭐 없나 한번 생각해봐. 얘를 맡아준 대가로 나중에 아가씨한테 선물을 줄게. 꼭 기억해둬. 이 세상에서 내 식구라고는 얘 하나뿐이라는 걸."

노파는 그렇게 말하고는 개를 묶은 줄을 잊지않다에게 건네주고는 커다란 보퉁이를 집어 들었다. 노파는 서둘러 걸어가 인파 사이로 종적을 감췄다. 잊지않다는 개 줄을 연기 구멍을 떠받쳐주는 장대에 묶어놓은 뒤 개에게 고기 조각 하나를 던져주었다. 개는 꼬리를 흔들면서 고기 조각을 얼른 물어 꿀떡 삼키고는 호기심 어린 환한 갈색 눈으로 잊지않다를 올려다보았다.

그녀는 개한테 말했다.

"네 이름을 짓기는 어렵지 않지. 네 할머니가 늑대니까 나 같으면 너를 늑대눈이라 부르겠어. 네 눈은 아무래도 네 할머니 눈을 닮은 것 같아."

잊지않다의 어머니인 옥수수여자가 마실을 나갔다가 돌아와 물었다.

"웬 개야?"

"얘는 며칠 동안만 우리 집에 있을 거예요. 좋은목소리라는 할머니의 것이에요. 얘는 한쪽 발을 다쳤고 할머니는 여행을 더 계속해야 하는 사정이라 다시 돌아올 때까지 얘를 좀 돌봐달라고 부탁했어요. 내가 얘한테 늑대눈이라는 이름을 붙여주었어요."

개는 꼬리를 살랑살랑 흔들었다.

276

옥수수여자는 말했다.

"아주 근사해 뵈는 개로구나."

노파가 말한 대로 개는 아무 말썽도 피우지 않았다. 그 개는 잊지않다가 그 야영지를 돌아다닐 때마다 충실하게 따라다녔다. 하루가 지날 때마다 더 많은 이들이 새로 도착하는 바람에 야영지의 규모는 자꾸 커져갔다. 그곳에는 주인의 소지품들이 높이 쌓인 썰매의 끌채를 끌고 온 개들이 잔뜩 있었다. 아주 어린 개들을 제외한 모든 개가 다 덩치가 크고 튼튼했다. 하지만 늑대눈만큼 덩치 큰 개는 하나도 없었다.

늑대눈은 늘 그녀의 곁에 찰싹 붙어 다녀 어디다 묶어둘 필요가 전혀 없었다. 그리고 야영지의 온갖 군상을 구경하는 걸 그녀 못지않게 좋아했다. 그녀는 늑대눈이 마치 좋은 친구라도 되는 양 그 개에게 자주 말을 걸었다. 그럴 때마다 늑대눈은 주의 깊게 귀 기울였다. 밤이면 그는 천막집 바깥에서 문 바로 곁에 웅크리고 앉았고 이튿날 아침 문이 열릴 때까지 제자리를 잠시도 떠나지 않았다.

어느 날 오후, 다리를 저는 한 사내가 잊지않다의 천막집으로 다가오더니 걸음을 멈추고 말했다.

"나는 오래걷는이라고 하오."

그의 목소리는 우렁찼고 두 눈은 부리부리했다. 그는 좋은 옷을 입고 있었고 아주 중요한 사람이라는 인상을 물씬 풍겼다. 잊지않다는 그의 이름을 들은 적이 있었다. 그는 위대한 전사였다.

"이 앞을 지나가다가 댁의 개를 봤어요. 힘이 아주 세서 무거운 짐도 거뜬히 끌 것 같더군."

잊지않다는 맞장구를 쳤다.

"좋은 개죠. 덩치가 크고 힘도 세요. 하지만 얘가 끌채 끄는 법을 배웠는지는 잘 모르겠네요."

"그런 건 금방 배워요. 나한테는 이런 개가 필요해요. 싸움터에서 부상을 입은 지 한 달쯤 되었지. 한쪽 다리에 화살을 두 대나 맞았고 그 부상이 아직 다 낫지 않아서 내 물건들을 날라줄 개가 필요해요. 뭘 주면 이 개를 나한테 넘겨주겠소?"

잊지않다는 말했다.

"아, 얘는 남한테 넘길 수가 없는 개예요. 제 것이 아니거든요. 좋은목소리라는 할머니의 개예요. 그분이 돌아올 때까지 제가 돌봐주고 있죠."

사내는 조바심치며 말했다.

"그 할머니는 어디로 갔소? 그 할머니라면 나하고 거래를 하려들 텐데."

"그렇지 않을 걸요. 그 할머니는 얘가 이 세상에 남은 유일한 식구라고 하셨어요. 그리고 그 할머니가 어디로 가셨는지는 저도 몰라요. 언제 돌아오실지도 모르구요."

전사 사내는 쉽게 물러서지 않았다.

"아가씨한테 많은 걸 줄 수 있소. 나는 사냥 솜씨가 좋아서 무두질한 엘크 가죽을 잔뜩 갖고 있지. 올 겨울을 따뜻하게 지내게 해줄 수 있는 곰 가죽 옷은 어때요?"

잊지않다는 사내의 말을 인정했다.

"둘 다 좋은 물건들이죠. 하지만 얘는 제 개가 아니라서 손님하고 거래할 수가 없어요."

오래걷는이는 이제 참을성을 잃어가고 있었다.

"이 개 임자인 그 할머니는 내 물건들을 좋아할 게 분명해. 내가 알고 있는 다른 할머니들하고 전혀 다르지 않을 거요. 아가씨가 이 개를 그렇게 좋은 물건들하고 바꿨다는 걸 알면 크게 기뻐할 거요. 무두질한 엘크 가죽 두 장과 곰 가죽 옷 두 벌을 주겠소! 그 정도면 이 개의 값어치보다 훨씬 더 높을 거요. 자, 이게 마지막 기회요!"

잊지않다에게는 사내의 말투가 마음에 들지 않았다. 하지만 그는 위대한 전사였고 그녀는 남편도 없는 젊은 처녀에 지나지 않았다. 그녀는 그가 더 화를 내지 말았으면 했다. 그녀는 조용히 말했다.

"얘가 제 개라면 이렇게 좋은 조건을 그냥 넘기지 않을 거예요. 하지만 얘는 제 것이 아니라서 팔 수가 없어요."

"내 단언하는데 너는 그 고집으로 망하고 말거다!"

오래걷는이는 씹어뱉듯이 말하고는 몸을 홱 돌려 가버렸다. 잊지않다는 사내가 그렇게 말할 때의 그 사나운 눈빛을 앞으로 좀처럼 잊지 못할 것이다.

그날 저녁 그녀는 어머니에게 그 전사가 개를 사러 왔던 일을 자세히 이야기했다. 그러자 옥수수여자는 말했다.

"그 사람은 여기 온 모든 부족 사람들에게 널리 알려진 사람이야. 부인이 둘이나 되고 재산도 다른 데로 실어갈 수 없을 정도로 많아. 그래서 이제까지 자기가 원하는 것이면 뭐든 다 기필코 얻어내곤 했지. 그러니 다시 찾아올 거야."

그날 밤 잊지않다는 낮에 왔던 전사가 그 개를 데려갈까 걱정이 되어 개를 천막집 안에서 자게 했다. 하지만 그 사내는 다시는 찾아오지 않았다.

　이튿날 그녀는 어머니가 말린 고기를 야영지 남쪽 끝으로 옮기는 일을 거들었다. 한 가족이 사랑하는 할머니가 돌아가신 뒤 할머니의 장사를 지내느라 재산을 모두 탕진해버렸다. 이제는 주위 사람들이 그 가족을 돕기 위해 먹을거리, 속옷이나 외투 같은 필수품들을 제공해주고 있었다. 늑대눈은 마치 잊지않다가 오래전부터 자기의 주인이기라도 한 것처럼 늘 그녀의 뒤를 따라다녔고 그녀 역시 점차 늑대눈을 좋아하게 되었다. 그 개는 겉으로는 차분해보였지만 내적으로는 강한 힘을 갖고 있었다. 이제 사람들은 그녀의 굽은 다리가 아니라 그를 쳐다보았다.

　상을 당한 집안에는 여덟 번째 겨울을 난 여자아이가 하나 있었다. 그 아이는 태어날 때 급하게 태어났다고 해서 서둘러라는 이름을 갖고 있었다. 서둘러는 늑대눈한테서 좀처럼 눈길을 떼지 못했다. 물론 늑대눈은 최근에 할머니를 잃은 어린 소녀에게 다정하게 대해주었다. 소녀의 어머니 나뭇잎은 그 개에게 큰 관심을 보였다.

　"저렇게 큰 개는 처음 봤어요. 그런데 아주 점잖은 것 같아요. 아가씨가 저 개를 키웠나요?"

　잊지않다는 말했다.

　"아뇨. 쟤는 어떤 할머니 개예요. 그 할머니가 친척들을 만나러 가면서 저한테 잠시 돌봐달라고 맡겨뒀어요. 할머니는 곧 돌아올 거예요."

　나뭇잎이 말했다.

　"우리 서둘러한테는 친구가 필요해요. 저 애는 할머니하고 아주 가깝게 지냈는데 이제 할머니가 돌아가셔서 아주 외로워하고 있어요. 우리 어머니가 돌아가신 뒤로 저 애는 도통 웃질 않더니 오늘 댁의 개를 보고서야 처음으로 웃음을 보이는구려."

잊지않다는 나뭇잎이 뭘 요구하는지 알았기에 퍽이나 당황했다.

"우리는 한동안 여기서 머물 거예요. 그리고 서둘러가 저 개와 놀 수 있게 내일 다시 오겠어요."

나뭇잎이 말했다.

"내 남편과 나는 저 개를 얻는 대가로 우리가 내놓을 수 있는 걸 기꺼이 다 내놓을 용의가 있어요. 우리가 갖고 있는 개들 중에서 한 마리를 드리면 어떨까 해요. 딸애가 우리 집 개들은 전혀 좋아하질 않아서 그래요."

"얘가 제 개였다면 기꺼이 따님에게 넘겨주었을 거예요. 할머니를 잃은 슬픔이 얼마나 큰가를 저도 잘 아니까요. 우리 할머니도 제가 열네 번째 겨울을 맞은 해에 돌아가셨어요. 하지만 저는 좋은 목소리라는 할머니에게 얘를 잘 돌봐주겠다고 약속했어요. 그 할머니가 돌아오신 뒤 한번 얘기를 해보세요."

나뭇잎은 실망한 기색이었다. 하지만 그녀는 위대한 전사 오래 걷는이와는 달리 정중한 태도를 잃지 않았다.

"딸아이가 그 개하고 놀 수 있게 우리가 내일 댁의 천막에 들를 게요."

이튿날 오후에 모녀는 잊지않다의 천막을 찾아왔다. 늑대눈은 어린 소녀의 따뜻한 관심을 잘 받아주었다. 이윽고 집으로 돌아갈 시간이 되자 소녀는 환하게 웃으면서 손을 흔들었다. 그 이튿날에 는 잊지않다가 개를 데리고 소녀의 집을 찾아갔으며, 늑대눈이 떠날 때가 되자 소녀는 아쉬워하는 표정이 되었다. 서둘러와 나뭇잎이 처녀의 집에 찾아왔을 때도, 처녀가 개를 데리고 모녀의 집을 찾아갔을 때도 소녀는 여전히 안타까워하고 아쉬워했다. 늑대눈이 잘 도와준 덕에 얼마 지나지 않아 어린 소녀는 웃는 법을 확실히 기억해냈다.

잊지않다는 좋은목소리에게 무슨 일이 생긴 게 아닌가 걱정하기 시작했다. 그 할머니가 어디 있는지 알 길이 없었기에 어디에다 할머니의 안부를 물어볼 수도 없었다. 그저 할머니가 돌아오기만을 기다리는 것밖에는 별 뾰족한 수가 없었다. 그동안 그녀는 그 개에게 점점 더 애착을 갖게 되었다.

그다음 날 새벽 그녀가 집 안에 있는 모닥불 구덩이에서 밤새 타고 남은 불씨들을 퍼 담아서 밖으로 내갔을 때 바깥 모닥불 구덩이의 싸늘하게 식은 재 곁에 어떤 노인이 앉아 있는 광경이 보였다. 그녀는 그가 누군지 금방 알아보았다. 그는 강력한 힘을 지닌 주술사 스쳐날아가기였다. 들소 뿔 모자 밑으로 보이는 그의 긴 머리는 반백이었다. 그의 얼굴은 마치 돌로 조각해놓은 것처럼 엄숙해보였지만 목소리는 낮고 부드러웠다.

그는 그녀를 보고 말했다.

"안녕. 오늘 아침은 날씨가 좋구나."

"안녕하세요. 막 불을 피워 차를 데워 마시려던 참이었어요. 할아버지께서도 한 잔 드시겠지요?"

"고맙구나. 뜨거운 차는 항상 좋지."

그는 불구덩이 곁에 마른 나뭇가지를 한 줌 옮겨놓고 기다렸다. 그사이에 잊지않다는 천막 안에서 갖고 온 숯들을 호호 분 뒤 그 위에 마른 풀들을 얹어놓았다. 잠시 후 작은 불꽃들이 피어나자 그녀는 그 위에 마른 나뭇가지들을 올려놓았다.

잊지않다가 그렇게 불을 피우는 동안 옥수수여자가 개를 데리고 천막에서 나왔다. 그녀는 바깥 불구덩이 곁에 주술사가 앉아 있는 것을 보고 크게 기뻐했다. 그렇게 힘 있는 주술사가 자기 집을 찾아왔다는 건 상서로운 일이었기 때문이다. 옥수수여자는 말했다.

"안녕하세요. 아침 날씨가 참 좋네요. 이렇게 누추한 집을 찾아 주시어 영광입니다."

"고맙소. 나이가 들어갈수록 이렇게 맑은 아침이 점점 더 소중하게 여겨져요."

이윽고 차가 준비되자 잊지않다는 손님에게 차가 들어 있는 들소 뿔 컵을 건네주었다. 모녀가 식사 준비를 하는 동안 주술사는 조용히 차를 마셨다. 모녀는 그가 아무 이유 없이 자기네 집에 들를 리가 없다는 걸 잘 알고 있었다. 그들은 그 이유가 뭔지 몹시 궁금했지만 주술사가 직접 이야기할 때까지 참을성 있게 기다렸다.

이윽고 주술사는 입을 열었다.

"댁들에게 부탁할 게 있어서 찾아왔어요. 이번 집회는 아주 성대한 집회요. 많은 사람들이 몰려왔고 나는 성스러운 제사를 여러 차례 주관했어요. 이제 나는 앞으로 며칠 동안 해야 할 일이 하나 있어요. 지난 네 번의 여름철 동안에는 전혀 치르지 않은 제사를 치를 일이. '꿈그리미 천둥님들'을 모실 제사 말이오."

잊지않다는 그 제사가 어떤 것인지 알고 있었기에 즉각 개를 쳐다보았다. 그 제사를 치르려면 개를 한 마리 삶아야 했다. 그녀는 아무 말도 하지 않았다.

"우리들에게 '꿈그리미 천둥님들'은 아주 힘 있고 중요한 전사들을 상징하는 분들이요. 그분들은 이 제사로 당신들을 도와주라고 내게 부탁하셨소. 내가 꼭 해야 할 일들의 하나를 하려면 개가 한 마리 필요하기에 여기를 찾아온 거요. 그런데 캠프를 지키는 늙은 개를 솥에 집어넣어 삶을 개로 쓸 수는 없어요. 그 개는 여러 가지로 훌륭한 자질을 갖고 있어야 해요.

그간 댁의 집 개를 죽 살펴보았는데 이 개야말로 내가 필요로 하는 개요. 이 개는 조용하고 강하며, 좋은 기운을 타고난 것 같소. 당신들도 잘 알다시피 '꿈그리미 천둥님' 한 분이 끓는 물속에서 삶은 개의 머리를 잡아 뽑아내면 나머지 분들이 개의 살을 잡수시지. 그러니 우리가 죽여서 사용할 개는 아주 좋은 개가 아니면 안 돼요. 좋은 개를 쓰지 않을 경우에는 제사의 효력이 약해서 어떤 좋은 결과도 얻지 못할 거요. 그래서 나는 이 댁 개를 넘겨달라고 부탁하기 위해 여기 온 거요. '꿈그리미 천둥님들'은 이 댁 개의 힘을 필요로 해요. 그분들에게 이렇게 좋은 개를 선물할 경우에는 선물한 분들에게 큰 행운이 돌아갈 거요."

잊지않다는 두려움에 질렸다. 스쳐날아가기는 아주 강한 힘을 가진 사람이었다. 그녀는 한숨을 쉬면서 말했다.

"말씀하신 대로 이 개는 아주 좋은 개입니다. 이 개는 힘이 아주 좋고 좋은 기운을 타고난 개입니다. 하지만 이 개는 제 개가 아닙니다. 저는 어떤 할머니에게 이 개를 잘 돌봐드리겠다고 약속했습니다. 그 할머니는 친척들을 만나러 가면서 곧 개를 찾으러 오겠다고 제게 말씀하셨어요. 이 개가 제 것이라면 '꿈그리미 천둥님들'께 이 개를 선물로 드리는 것을 큰 영광으로 여겼을 겁니다. 하지만 사정상 그럴 수가 없습니다."

스쳐날아가기는 그녀에게서 들은 말을 곰곰이 되새겨보았다. 그의 얼굴에는 실망한 기색이 뚜렷이 드러나 있었다. 이윽고 그는 입을 열었다.

"어떤 사정인지 잘 알겠소."

그는 차를 다 마시고는 옥수수여자한테서 들소 고기 스프가 가득 담긴 들소 뿔 그릇을 받아 들었다. 그는 그 스프를 마시는 동안 아무 말도 하지 않았다. 잊지않다와 그녀의 어머니는 서로 시선만 교환하면서 조용히 기다렸다.

"이렇게 맛있는 스프는 정말 오랜만에 먹어봅니다그려."

주술사는 들소 뿔 그릇을 돌려주면서 말했다. 그는 자리에서 일어나 싱긋이 웃으면서 말했다.

"이 녀석은 참 좋은 개인데다 운 좋게도 이렇게 좋은 친구까지 됐구려. 후한 대접을 해줘서 고맙소."

노인은 돌아서더니 뒤도 한 번 돌아보지 않고 가버렸다.

오후에 서둘러가 찾아왔다. 그리고 그 아이가 땅바닥에 앉아서 개하고 놀고 있을 때 군중들 속에서 체구가 작은 사람 하나가 불쑥 나타나더니 그 집 앞에서 걸음을 멈췄다. 좋은목소리였다. 잊지않다는 사람을 다시 만나는 게 그렇게 반가운 일이 될 수도 있다는 걸 평생 처음 알았다.

"할머니, 다시 만나 뵈어서 너무 기뻐요. 잘 다녀오셨죠?"

노파는 짐 보퉁이를 내려놓고 앉았다.

"여행은 항상 좋지. 여행을 할 때마다 뭔가를 배우니까. 좋은 것이든 나쁜 것이든 말이야. 나 역시 아가씨를 다시 만나니 좋구먼그래. 아가씨가 내 개를 잘 돌봐주었다는 것을 알게 되어 기쁘고."

노파는 여자아이를 힐끗 쳐다보고 다시 개를 쳐다보았다.

"너는 슬픈 여행을 하고 있구나. 양 뺨에 재를 바른 걸 보니 상을 당한 모양이로구나."

잊지않다는 말했다.

"맞아요. 서둘러는 할머니를 잃었어요."

노파의 얼굴에 슬픔과 연민의 빛이 스치고 지나갔다.

"할머니들은 가장 좋은 친구들이지. 할머니를 대신할 수 있는 건 아무것도 없어."

노파는 그렇게 말하고는 짐 보퉁이 속에서 작은 털 공 같은 것을 꺼냈다. 그것은 강아지였다.

"가끔 새 친구들을 얻으려고 애쓰는 것도 나쁘지 않지. 오는 길에 요 녀석을 발견했어. 요 녀석한테는 함께 달리면서 놀아줄 젊은 사람이 필요한데 나는 그렇게 할 수가 없어. 네가 날 좀 도와줄 수 있겠니?"

노파는 서둘러한테 물었다.

"얘한테는 너 같은 친구가 필요하단다."

여자아이가 강아지를 품에 안았을 때 그 얼굴에서는 새로 떠오르는 아침 해처럼 환한 웃음이 피어났다. 나뭇잎이 물었다.

"어떻게 사례를 해야 하죠?"

좋은목소리는 여자아이를 향해 빙긋이 웃으면서 말했다.

"부디 네 할머니를 잊지 않도록 하렴. 사례 같은 건 필요 없어."

모녀가 강아지와 함께 그곳을 떠날 때까지 여자아이의 얼굴에서는 환한 웃음이 떠나지 않았다.

잊지않다가 말했다.

"그 아이한테 강아지를 선물해주시다니, 너무도 친절하세요. 운 좋게도 여행하는 도중에 강아지를 발견하셨네요."

"우리가 찾는 법만 알고 있다면 우리 인생은 여러 가지 선물을 안겨주지."

"돌아오셔서 기뻐요. 잘 다녀오셨다는 것도 그렇고. 할머니의 개한테는 제가 늑대눈이라는 이름을 붙여주었는데, 이 아이는 덩치가 너무 크고 힘이 좋아서 몇몇 사람들이 이 아이를 갖고 싶어 해요."

노파는 말했다.

"나도 알아. 그동안 이 아이를 잘 돌봐줘서 고마워. 엘크 가죽, 곰 가죽 옷, 행운 같은 건 누구나 다 갖고 싶어 하는 것들이지. 여러 사람이 이 아이를 얻고 싶어 했어. 위대한 전사, 상심한 여자 아이, 힘 있는 주술사가. 하지만 아가씨는 꿋꿋한 마음을 가졌지. 아가씨는 나하고 한 약속을 지켰어. 정말 고마워."

잊지않다는 깜짝 놀랐다.

"그걸 어떻게 아셨어요?"

"내가 알았다는 것만 중요해. 나는 또 이 세상에서 아가씨만큼 꿋꿋한 마음을 갖고 있는 사람은 거의 없다는 것도 잘 알고 있지. 다른 사람들 같았으면 그렇게 좋은 물건들을 주겠다는 말에 혹해서 대번에 이 아이를 넘겨주고 말았을 거야. 그래 놓고 나한테는 이 아이가 어딘가로 내빼버렸다고 했겠지. 이 일로 아가씨는 꼭 보상을 받을 거야."

노파는 짐 보퉁이에서 나무를 깎아 만든, 긴 용기 하나를 꺼내 잊지않다에게 건네주면서 말했다.

"이걸 아가씨 다리에 매일 바르도록 해. 이건 갈라진 뿔을 가진 영양의 발목뼈로 만든 연고야. 아가씨도 알다시피 영양은 평원에서 가장 빠르게 달릴 수 있는 동물이지. 그것들의 발목은 가늘지만 아주아주 강해."

그날 밤 좋은목소리는 잊지않다와 옥수수여자의 천막집에서 잠을 잤다. 이튿날 새벽 잊지않다는 잠에서 깨어난 뒤 노파의 침대가 비어 있는 것을 보고도 별로 놀라지 않았다. 개도 역시 사라졌다. 그녀는 가슴이 텅 빈 것 같은 공허한 느낌과 함께 하루 종일 이런 저런 일들을 하면서 지냈다. 그날 저녁 그녀는 잠자기 전에 발목에 연고를 발랐다.

그렇게 허전하고 공허한 나날이 계속 흘러갔다. 그녀는 늑대눈과 그의 호기심 어린 눈빛이 그리웠다. 하지만 그녀는 노파도 역시 그리워했다. 특히 발목이 전보다 훨씬 더 부드러워졌다는 걸 알았을 때.

어느 날 저녁 잊지않다는 사람들이 춤추는 광경을 구경하러 나갔다. 그녀는 춤을 출 수 있는 사람들을 부러워하면서 빙글빙글 돌아가며 춤추는 사람들의 대열 밖에서 우두커니 서 있기만 했다. 그녀는 예전부터 절룩거리며 걷는 모습을 남들에게 보이는 게 싫어서 늘 그늘 속에 숨어 있곤 했다. 여러 남녀가 나란히 서서 손에 손을 잡고 뱀 춤을 추며 길게 굽이쳐 돌아가는 모습을 보고 있자니 갑자기 내리는 싸늘한 비와도 같은 쓸쓸하고 외로운 기분이 한꺼번에 밀려들었다. 여러 개의 북에서 나는 소리가 마치 심장의 고동처럼, 생명 그 자체의 부드러운 리듬처럼 울려 퍼졌다. 그녀는 춤추면서 서로의 눈만 정신없이 응시하는 그 쌍쌍의 남녀들을 바라보면서 이 세상에서 자기 혼자만 그 흐름과 리듬 밖에서 홀로 동떨어져 있는 것 같은 기분에 사로잡혔다.

그녀는 마음속에서 좋은목소리에게 말했다.

"이럴 줄 알았으면 그 짐 보따리 속에 제 남편감을 넣어갖고 와달라고 부탁할 걸 그랬어요, 할머니."

잠시 후 그녀는 돌아서서 자기 집 쪽으로 천천히 걸어갔다.

이튿날 아침 그녀가 바깥의 불구덩이에서 불을 피우고 있을 때 누군가가 다가와 아침 나절의 긴 햇살을 가로막고 섰다. 낮고 깊은 울림을 지닌 목소리가 말했다.

"저는 이제 막 도착한 사람입니다. 아가씨가 이 고기로 요리를 해서 제게 한 끼 식사를 제공해줄 용의가 있으시다면 이 고기를 모두 아가씨에게 드리겠습니다."

잊지않다는 그 낯선 사람을 보기 위해 양 손바닥으로 눈 위를 가렸다. 그는 호기심 어린 눈빛을 지닌 키 큰 젊은이였다. 그가 넓은 어깨에 걸치고 끌고 온 끌채 위에는 갓 잡은 사슴 한 마리가 실려 있었다.

잊지않다는 말했다.

"댁이 고기를 발라주시면 요리를 해드리겠어요."

그러자 청년은 고기를 바르기 시작했다. 잊지않다는 그 사람이 자기보다 약간 더 나이가 들었으며, 강인해 보이면서도 호감 가는 인상을 갖고 있다는 걸 알 수 있었다. 그녀가 불을 다 피웠을 때 옥수수여자가 천막집에서 나왔다.

"우리한테 신선한 고기가 생겼어요, 어머니. 고맙게도 이 젊은 분이 이걸 갖다 주셨어요."

청년은 일어나서 옥수수여자에게 인사했다. 그 순간 잊지않다는 청년의 목에 작은 부적이 걸려 있는 걸 보고 놀라서 입을 벌렸다. 그것은 푸른 호저 가시들로 가장자리를 장식한 부적이었다. 잠시 후 고기 굽는 냄새가 주위에 감돌기 시작하자 그녀는 조심스럽게 고기를 손질하기 시작했다. 청년은 살 바르는 일을 다 끝낸 뒤 그 고깃덩어리들을 천막집 곁에 있는 건조대에 걸어놓았다. 그녀는 이따금 한 번씩 청년의 목에 걸린 부적을 바라보곤 했다. 그것은 노파가 데리고 왔던 개의 목에 걸린 것과 똑같았다.

청년은 말했다.

"강가에 내려가서 좀 씻고 오겠습니다."

잊지않다는 말했다.

"돌아오실 때는 고기가 다 준비되어 있을 거예요."

그녀는 그가 다리를 약간 절면서 걷는다는 걸 눈치챘다. 청년은 자신의 무기들과 큰 짐 보따리 곁에 끌채를 가지런히 눕혀놓았다.

옥수수여자가 말했다.

"저 사람한테는 아직 부인이 없는 것 같구나."

잊지않다는 그 말에 아무 반응도 보이지 않았다. 하지만 그녀의 가슴은 쿵쿵거리며 뛰고 있었다.

잠시 후 그는 돌아왔다. 커다란 고기꼬치 하나가 그를 기다리고 있었다. 그는 바닥에 앉아서 예의바른 자세로 기다렸다.

잊지않다가 물었다.

"부상을 입으셨나요? 다리를 좀 저시는 것 같아서요."

"아, 별 거 아닙니다. 일전에 가시가 발바닥에 박히는 바람에. 어느 분이 그걸 빼내주셨죠."

"먼 데서 오셨나요?"

"예. 아주 오랫동안 여행을 했습니다. 이 일대는 생전 처음 와본 곳이라서 길을 잃었습니다."

"어디로 가시나요?"

그는 싱긋이 웃으면서 대답했다.

"그저 삶이 인도하는 데로 가죠. 궁금한 게 많으시군요."

잊지않다는 말했다.

"예. 그리고 궁금한 게 또 하나 있어요. 어느 부족 출신이고, 성함은 어떻게 되시나요?"

그는 다시 싱긋이 웃었다.

"하얀늑대 부족 출신이 아닐까 싶습니다. 제 부모님은 제가 아주 어렸을 때 돌아가셔서 제 친척 아주머니들과 몇몇 할머니들이 저를 키워주셨죠. 저도 이름이 있습니다만 어떻게 해서 그런 이름이 붙었는지는 기억이 나지 않아요. 제 이름은 늑대눈입니다. 댁의 이름은 어떻게 되시죠?"

할머니의 길을 걷기

우리 라코타 문화를 비롯한 모든 아메리카 원주민 문화에서 할머니들은 우리가 배우고 실천하고자 애쓰는 모든 미덕의 축도나 다름없다. 그분들이 가장 잘 대변해주는 한 가지 미덕이 바로 꿋꿋함이다. 1970년대에 열린 한 원주민 모임 때 나는 아버지의 어머니, 그리고 우리 집안 할머니들 중의 한 분인 하얀말 낸시 할머니 뒤에 앉아 있었다. 나는 그분들이 지난번 모임 이후로 세상을 뜬 사람들이나 손자들에 관해 나누는 이야기 속에 폭 빠져 있었다. 낸시 할머니는 내가 열심히 귀담아듣고 있다는 걸 알고 내게 더 가까이 다가앉으라고 손짓하셨다. 그때 낸시 할머니는 무슨 이유에서인지는 몰라도 내게 이렇게 말씀하셨다.

"앞으로 성공적인 삶을 살고 싶거들랑 '할머니의 길'을 걸어가도록 해라."

'할머니의 길'은 바로 꿋꿋함이다. 이제 나는 우리 라코타 사람들이 '할머니의 길'을 걷지 않았더라면 그 모임에서 내가 두 할머니와 자리를 함께하는 일 같은 것은 일어나지 않았으리라는 걸 잘 알고 있다.

방랑하는 사냥꾼들처럼 자유롭게 떠돌았던 우리의 생활방식을 끝장낸 두 가지 요인은 들소—타탕카—의 소멸과 밀물처럼 우리 땅을 잠식해버린 유럽인들의 침입이었다. 유럽인들은 의도적으로 들소들을 도살했고, 우리는 해일처럼 계속 밀려들어오는 그들의 공격을 막아낼 수가 없었다. 그 바람에 수천 년까지는 아니라 해도 최소한 수백 년 동안 지속되어왔던 생활방식이 거의 하룻밤 사이에 끝장나버렸다. 우리는 보호구역 안에 유폐되는 신세로 전락했다. 거기서 우리는 지리적인 한계 속에 갇혀버렸을 뿐만 아니라 우리에게서 우리 문화를 박탈하려는 집요하고도 철저한 공세에 시달렸다. 우리는 농부가 되어야 했다. 우리는 백인들의 주장대로 '고된 노동의 미덕'을 배우고 '생산적인 시민'으로 변모해야 했다. 그 과정에서 우리의 영적 신앙들은 조롱받거나 모욕당했다.

그 새로운 생활방식을 라코타 사람이 받아들이는 것은 쉽지 않았다. 우리 중 일부는 그런 방식을 진심으로 받아들이고 변모했지만 우리 대부분은 마지못해 따르는 척했다. 우리는 그들에게 군사적으로 저항할 수가 없었고, 따라서 우리가 택할 수 있는 유일한 방법은 그저 그들의 방식을 따르는 시늉만 하고 어떻게 해서든 그 상황을 참고 견디는 것뿐이었다. 우리는 그들의 반격을 불러일으키지 않을 만한 저항 방식을 찾아내야 했다. 그 유일한 방법이 바로 '할머니의 길'을 걷는 것이었다.

역사학자들과 사회학자들, 인류학자들은 1890년과 1940년 사이의 기간을 그저 변화의 시기로만 보고 있다. 미국 정부의 관점에서는 그것이 야만적인 라코타 사람들을 순하게 길들이고, 그들을 교화시키기 위한 집중적인 노력이 진행되던 시기로만 비쳤다. 내가 알기로 그 당시 라코타 사회 내에서 진행되던 변화의 정서적, 사회적 결과들을 면밀히 살펴본 사람은 아무도 없었다. 그런 사람들이 있었더라면 여성들이 새로운 질서의 전면에 나섰다는 사실을 발견했을 것이다.

원래부터 라코타 여성들은 힘들어하는 식구들을 위로해주고 먹을 걸 마련해주면서 가족의 중심 역할을 했고, 따라서 가족 생활은 그들을 중심으로 해서 돌아갔다. 여성들의 이런 역할은 변하지 않았다. 그 시기 동안 그들의 그런 역할은 변한 게 아니라 과거보다 훨씬 더 강화되었다. 여성들은 가장이라는 남성의 역할을 빼앗지 않았다. 여성들은 너무도 현명해서 남성들에게 남은 마지막 책임을 박탈하지 않았다.

라코타 역사에서 가장 힘겨웠던 한 시기 동안 여성들은 유서 깊은 사회적 역할을 충실히 이행함으로써 라코타 문화를 구해냈다.

그들은 기숙학교들이 자기네 자식을 빼앗아가는 슬픈 현실에도 불구하고 가족을 단합시켰다. 아주 어렸을 때 기독교계 기숙학교에 끌려가다시피 했던 한 여성은 자기 어머니에게 그 학교에서는 라코타 어를 일절 쓰지 못하게 한다고 울면서 호소했던 일을 기억하고 있다. 그 학교 기숙사 보모들은 귀를 바짝 곤두세우고 지내면서 그런 규칙을 어기는 아이가 발견되면 지체 없이 심한 체벌을 가했다. 그때 그 여성의 어머니는 딸에게 조용한 저항의 내밀한 흐름을 상징하는 다음과 같은 간단한 충고를 해주었다.

"속삭여라."

미국 정부와 기독교 목회자들이 추구했던 목표가 달성되었더라면 우리 라코타 사람들은 모조리 기독교로 개종하고, 영어만 사용하고, 우리의 '이교도적인' 옛 생활방식을 수시로 매도하고, 우리 자신으로부터 우리를 구원해준 유럽계 미국인들을 찬미하는 노래를 노상 불러댔을 것이다. 우리 문화가 아직까지도 존재하는 것은 우리의 조부모들과 증조부모들의 상당수가 조용하면서도 꿋꿋하게 버텨온 덕분이다.

그들은 공공연히 저항하기보다는 조용히, 그러나 완강하게 자신들의 방식을 고수해 나가는 편을 택했다. 자녀들이 머리를 짧게 깎고 영어를 쓰는 아이들이 되어 기숙학교에서 돌아올 때면 부모들은 비통한 마음을 애써 감춰야 했다. 미국 정부가 태양춤을 불법화했을 때 우리의 신앙에 충실했던 사람들은 아무도 볼 수 없는 곳에 가서 춤을 췄다. 사제들과 목사들이 그들의 천하고 사악한 생활방식들을 지적하면서 장광설을 늘어놓을 때면 그들은 빙긋이 웃으면서 고개를 끄덕여주고는 일요일마다 성당이나 교회에 갔다. 그리고 수요일에는 땀천막에 모였다. 그들은 자기네의 자존심이 라코타 전래의 이야기들을 살아남도록 하는 것만큼 중요하지 않다는 것을 잘 알고 있었기에 영어를 배우고 그 언어로 후손들에게 자기네의 이야기들을 들려주었다.

요컨대 그들은 라코타 사람됨의 본질을 지키고 구하기 위해 자기네가 쓸 수 있는 마지막 무기, 곧 꿋꿋한 자세를 활용했다. 라코타 인의 두 세대가 할머니의 길을 걸어갔다. 우리가 지난 150년간 잃어버려온 모든 것, 심한 외상을 입어가며 이루어진 생활방식의 변화들이 언젠가는 그 길에 가로놓인 하찮은 장애물 정도에 지나지 않는 것이 될 날이 올 것이다. 그것이 최종적인 결말이 될 것이다.

꿋꿋함은 조용한 힘을 뜻한다. 꿋꿋함은 용감함이나 인내심과 긴밀하게 연관된 미덕이다. 라코타 사람들은 그것을 용감함, 너그러움, 지혜와 더불어 4대 미덕의 하나로 꼽는다. 하얀말 낸시 할머니가 정확하게 명명한 '할머니의 길'이라는 말은 1951년과 52년 사이의 유난히 혹독했던 겨울철을 떠올려주곤 한다.

그 당시 우리 조부모님과 나는 가장 가까운 간선도로에서 5킬로미터가량 떨어지고 가장 가까운 마을에서 11킬로미터가량 떨어진 통나무집에서 살고 있었다. 그해에는 이삼 일간 계속된 심한 눈 폭풍이 최소한 두 번 이상 닥쳐왔다. 그중 하나는 유난히 더 강력했다. 나는 폭풍이 음산하게 울부짖는 소리를 듣고 몹시 긴장했다. 나는 그때 내가 몹시 불안해하는 걸 할머니와 할아버지가 눈치채셨으리라 확신한다. 그분들은 속으로는 어땠는지 몰라도 적어도 겉으로는 아주 태연해 보였다. 그분들은 추위나 바람, 바깥에서 쌓이고 있는 눈에 대해서는 한 마디도 하지 않으시고 그저 매일 하던 일만 묵묵히 하셨다.

그때 애니 할머니가 가죽 가방을 장식할 구슬을 꿰고 계셨던 장면이 지금도 생생하게 떠오른다. 사실 할머니는 나한테도 실에 구슬을 꿰게 하면서 우리 어머니와 삼촌들의 어릴 적 이야기를 들려주셨다. 나는 할머니의 차분한 목소리와 태도 덕분에 마음이 편안해졌고 눈 폭풍도 대수롭지 않게 여기게 되었다.

그로부터 몇 년 뒤 내가 할아버지와 함께 물 마른 어느 강바닥을 따라 걷고 있을 때 갑자기 돌풍이 분 적이 있었다. 할아버지는 강가의 모래톱 버드나무 숲을 가리키셨다. 그 버드나무들은 맹렬한 바람에 일제히 허리를 숙이고 있었다. 거기서 그리 멀지 않은 곳에서 참나무 가지가 부러지는 요란한 소리가 들려왔다. 모래톱 버드나무는 줄기가 가늘고 키도 2미터 내외에 불과하며 강가나 개천가에서 빽빽하게 자라는 나무다. 우리는 그 버드나무들이 돌풍에 허리를 잔뜩 숙이고 있는 광경을 지켜보았다. 그것들은 맹렬한 바람에 많은 이파리를 잃기는 했지만 허리가 부러진 건 하나도 없었다. 그런데 아주 튼튼해 보이는 참나무는 돌풍을 견뎌내지 못했다.

꿋꿋함은 모래톱 버드나무와도 같다. 우리가 그런 강인한 힘을 얻으려면 바람에 허리를 숙이는 법을 배워야 한다.

1979년, 내가 아버지의 어머니인 블랜치 마셜 할머니와 함께 지낼 때의 일이었다. 그 무렵 어느 날 밤 할머니는 장남이 사고로 사망했다는 소식을 접하셨다. 나는 할머니의 사위가 정중한 자세로 할머니에게 그 얘기를 전하는 걸 귀담아들었다. 블랜치 할머니는 두 손을 무릎 위에 가지런히 모은 채 역시 정중한 자세로 그 얘기를 들으면서 간간히 눈물을 훔치시곤 했다. 뒤이은 며칠 동안 할머니는 고귀하고 품위 있는 힘의 화신 같았다. 장례식 날 할머니는 뚜껑이 열린 관에 맨 마지막으로 다가가셨다. 그리고 아들을 끌어안으실 때야 비로소 흐느껴 울면서 당신의 내면에 가득한 슬픔을 드러내셨다. 할머니는 그렇게 고통스러운 상황에서도 시종 꿋꿋한 자세와 품위를 잃지 않으셨는데 그런 자세는 아메리카 원주민 여성들, 그중에서도 특히 할머니들이 갖추고 있는 고유한 품성이 아닌가 싶다.

꿋꿋함은 십대의 딸이 배꼽 피어싱에 딱 맞는 피어스를 찾아냈다(이때 당신이 "안 돼." 하고 하면 딸은 훈족의 아틸라같이 사나운 괴물로 돌변한다)고 선언하는 순간을 무난히 이겨내게 해주는 덕목이다. 꿋꿋함은 기대했던 승진을 하지 못한 충격과 실망감을 참아낼 수 있도록 도와준다. 꿋꿋함은 먼 나라에서 벌어진 전투나 외국의 어느 항구에서 벌어진 폭력 사건으로 소중한 자식을 잃었을 때 매 순간을 참고 견뎌낼 수 있도록 도와준다. 꿋꿋함은 우리가 어느 날 갑자기 뜻밖의 사태와 맞부딪쳤을 때 우리에게 구원의 손길을 내밀어준다.

나는 그것이 조용히 견뎌낼 수 있는 힘, 자신의 장점들을 최대한 활용해서 한 번에 한 걸음씩 내디딜 수 있는 능력 같은 것이라 믿는다. 그것은 기민한 재치, 조용한 자신감, 깊은 믿음, 소박한 인내심 같은 것을 모두 포괄하는 품성이라고도 할 수 있다.

아주 오래전, 대평원에서 모든 동물이 달리기 시합을 한 적이 있었다. 그 시합 전에 덩치 큰 동물들은 제각기 자기가 최고라고 뽐냈다. 들소는 자신의 엄청난 힘을 자랑했다. 영양은 물론이고 매와 송골매도 자기네의 빠른 속도를 자랑했다. 사슴도 이에 뒤질세라 자기가 세상에서 제일 날랜 동물이라고 주장했다. 늑대, 여우, 코요테는 자기네를 무시했다가는 큰코다칠 거라고 주장했다. 모든 동물이 다 자기가 최고라고 굳게 믿고 있었기에 누가 정말 제일 빠른지는 알 도리가 없었다.

그래서 모든 동물이 한자리에 모여 회의를 한 결과 단번에 그 의문을 해결하려면 경주를 하는 수밖에 없다는 데 의견의 일치를 보았다. 모든 동물 부족들은 자기네 부류 중에서 가장 빠른 동물을 선발해서 파하사파, 곧 블랙힐스를 네 바퀴 도는 경주에 내보내야 했다. 그렇게 해서 경주가 열리는 날 블랙힐스 일대의 평원에는 수많은 동물이 잔뜩 모여들었다. 들소에서 생쥐에 이르는, 대평원에 거주하는 모든 동물 부족이 대표를 내보냈다. 그리고 그 시합에는 네발 달린 것들뿐만 아니라 날개 달린 것들, 땅바닥을 기어 다니는 것들도 모두 다 참가했다. 그것은 실로 엄청난 장관이었다.

시합에 참가할 선수들은 그날 새벽에 모두 모였고, 동쪽 지평선에서 해가 떠오를 때 일제히 출발했다. 대부분의 동물들이 예상했던 대로 영양이 단연 앞서서 달렸고 송골매와 매가 그 뒤를 이었다. 들소와 사슴, 곰, 큰 고양이도 선두권을 형성했다. 경주가 시작되자 그 산 일대에서는 천둥 같은 함성이 일었고 선수들의 뒤에서는 거대한 흙먼지 구름이 피어났다. 선수들은 최대한 빠른 속도로 달리고 날고 기어갔다.

대부분의 동물이 블랙힐스를 한 바퀴 돌았을 즈음 맨 처음에 지나치게 속도를 냈던 동물들은 뒤쳐졌다. 이제는 늑대가 선두로 치고 나갔고 큰 고양이와 여우, 산토끼, 제비, 올빼미 등이 그 뒤를 이었다. 그 밖의 동물들도 선두보다 크게 뒤처지지는 않았다.

그 산을 두 바퀴 돌 때는 많은 동물이 비틀거리기 시작했고 모두가 땀을 뻘뻘 흘렸다. 세 바퀴째에 이르러서도 선두는 여전히 늑대였고 들소와 영양, 사슴이 그보다 한참 뒤처져서 달리고 있었지만 그래도 이기겠다는 결심에는 변함이 없었다. 사실 아직까지는 어떤 동물도 자기가 질 거라고 생각하지 않았다. 그때 이상한 일이 일어났다. 몇몇 동물이 피를 땀처럼 흘리기 시작한 것이다. 그래도 그들은 여전히 달리고, 날고, 기어갔다.

네 바퀴째 가서도 늑대는 계속 선두를 지켰다. 하지만 이제는 제비, 올빼미, 종달새, 까치 같은 새들이 떼로 몰려서 그를 바짝 뒤쫓고 있었다. 대다수의 동물들은 이제 선두권에서 까마득하게 뒤처졌고, 뒤처진 동물들의 상당수는 제대로 뛰지도 못했다. 그리고 모두가 죽을힘을 다해서 달리다 보니 전보다 더 많은 동물들이 땀 같은 피를 흘리고 있었다. 결승점이 가까워졌을 때 늑대가 뒤를 돌아보니 아무것도 보이지 않았다. 그런데 그의 머리 위에서 뭔가가 파닥거리는 것 같은 이상한 소리가 들려왔다. 알고 보니 그것은 까치였다.

오늘날 까치는 새들 중에서 가장 우아하게 생긴 새는 아니다. 사실 까치는 공중을 날 때 가장 서투르고 굼떠 보이는 새다. 그런데 그 시합에서 까치는 줄기차게 날개를 휘저었다. 늑대는 서서히 기력을 잃기 시작했다. 그의 엄청난 지구력도 바닥을 드러내기 시작해서 시간이 지날수록 속도가 자꾸 느려지는 바람에 검은색과 흰색이 뒤섞인 까치가 선두로 치고 나가 우승했다. 그 시합에서 그 굼떠 보이는 새가 우승을 하리라고는 누구도 예상하지 못했다.

오늘날에도 까치가 공중을 날 때면 모든 동물이 그의 우승에 경의를 표하기 위해 걸음을 멈추고 하늘을 쳐다본다. 그리고 그때 그 동물들이 흘린 피 때문에 오늘날 블랙힐스 부근의 땅은 붉은 빛을 띠고 있다.

나직하고 부드럽게 말하곤 하는 젊은이 로렌조 스타스는 한 가지 꿈을 갖고 있었으나 그 꿈을 가로막는 장애가 너무 많았다. 그의 집안은 넉넉하지 않았다. 사실 오랫동안 농사를 지어온 그의 아버지는 심장발작으로 때 이르게 사망했다. 그런데도 로렌조는 돈을 벌기 위해 일하고 장학금을 얻어가며 자신의 꿈을 계속 추구해나갔다. 가끔 돈에 심하게 쪼들릴 때면 학교를 잠시 쉬고 돈벌이를 해야 했다. 그러나 그는 항상 학교로 돌아갔다. 그는 단 한 순간도 자신의 꿈을 접지 않았다. 의과대학의 수료과정은 다른 대학들의 그것보다 좀 더 길었다. 하지만 이제 그는 닥터 로렌조 스타스가 되었다. 그는 현재 다우스다코타 주 와그너에 있는 인디언 보건소에 배정되어 일하고 있다. 그전에 그는 로즈버드 수우 인디언 보호구역에 있는 로즈버드 인디언 병원에서도 일한 적이 있었다. 닥터 스타스의 이름은 로즈버드 수우 부족의 명부에 올라가 있다.

우리 모두는 늘 강한 사람이 되고 싶어 한다. 우리는 최상의 상태로 경주에 참여하고 싶어 한다. 우리는 날렵하고 우아한 사람이 되고 싶어 하며, 세상에서 가장 선호하는 특성들을 현실에서 구현하고 싶어 한다. 그러나 실제 현실에서 우리는 가장 강하지 않으며 가장 빠르지도 않다. 우리는 필요한 모든 자질과 재원을 다 갖춘 상태에서 모든 상황과 맞닥뜨릴 수가 없다.

그러나 능력이나 자질, 이를 뒷받침해줄 재원 등을 제대로 갖추지 못했다 해도, 제아무리 피곤하고 낙담한 상태라 하더라도 우리는 여전히 이루어내야 할 목표, 실현해야 할 꿈을 잃지 말아야 한다. 우리가 거대한 한 걸음에 대뜸 목표를 이룰 가능성은 거의 없다. 단번에 성공하는 경우는 극히 드물다. 성공은 수많은 작은 승리들이 쌓이고 쌓여서 이루어지는 경우가 대부분이다. 닥터 스타스는 한 번의 대단한 행위로 꿈을 이루지 않았다. 그는 많은 성취를 거듭하고 그때마다 자신의 목표에 한 발짝씩 나아간 끝에 성공했다.

라코타 부모, 조부모, 증조부모들은 보잘것없어 보이는 방식들을 드러나지 않게 조용히 유지해왔고, 그렇게 해서 까치에게 승리를 안겨준 것과 똑같은 꿋꿋한 자세로 우리의 정체성과 본질을 지켜올 수가 있었다. 그 덕분에 우리 라코타 사람들은 지금까지도 여전히 강한 문화를 갖고 있다.

우리 할아버지와 할머니는 1950년대 초까지 매해 여름마다 밭에서 채소를 가꾸셨다. 앨버트 할아버지는 덩치 큰 짐말 두 마리가 끄는 쟁기로 땅을 갈아엎으셨다. 채소밭을 가꾸는 데는 늘 많은 노동력이 들었다. 우리는 씨 뿌리고 가꾸고 김매주는 일 외에 물을 대줘야 했고, 경우에 따라서는 양동이로 물을 퍼 날라야 했다. 하지만 그렇게 노력한 것에 상응하는 결과가 늘 따라왔다. 해마다 가을이 되면 우리는 겨우내 먹을 수 있을 만한 옥수수, 감자, 호박, 콩 등을 풍성하게 거둬들였다. 그리고 여름에는 달고 시원한 수박을 먹을 수 있었다.

어느 해 가을의 수확량은 평소보다 적었는데 그것은 우리가 채소밭을 공들여 가꾸지 않아서 그런 게 아니었다. 그해 6월 중순, 옥수수들의 키가 나보다 더 커졌을 때 우리는 평소처럼 감자 잎에서 벌레들을 떼어내는 지루한 일을 하고 있었다. 그때 할아버지가 서쪽 지평선 바로 위에 있는 뭔가를 발견하셨다. 엷은 검은 구름 같은 것을. 그러자 할아버지는 내게 이유를 설명해주지도 않고 대뜸 채소밭 둘레 곳곳에다 마른풀과 생풀을 쌓아놓으라고 하셨다. 나는 할머니와 함께 할아버지가 시킨 대로 했다. 그렇게 바쁘게 일하는 동안에도 할아버지와 할머니는 우리 쪽으로 날아오는 검은 구름을 연신 쳐다보셨다.

할아버지는 마른풀 무더기가 쌓일 때마다 불을 붙이셨고, 그 불이 활활 살아나자마자 그 위에 생풀을 얹어서 하얀 연기가 빽빽하게 피어나게 하셨다. 처음에 나는 어리둥절했다. 하지만 두 분이 아무 설명도 해주지 않고 바쁘게 움직이기만 하는 동안 나는 그것이 우리 쪽으로 다가오는 검은 구름과 뭔가 관련이 있다는 걸 눈치챘다. 우리가 부지런히 움직인 덕에 채소밭은 금방 두터운 흰 연기에 휩싸였다. 그러고 나서 검은 구름이 우리 머리 바로 위에 왔을 때 윙윙거리는 요란한 소음이 들려왔다. 나는 내가 메뚜기 떼의 소용돌이 속에 휘말렸다는 걸 알고 겁을 집어먹었다. 할아버지는 내게 물에 적신 삼베부대 한 장을 건네주면서 소리치셨다.

"저놈들을 죽여!"

할아버지와 내가 메뚜기 떼와 싸우는 동안 할머니는 마른풀단에 불을 피워 연기 내는 일을 계속하셨다. 다행히도 메뚜기들의 대부분은 동쪽으로 계속 날아갔다. 하지만 그래도 우리 밭에 심각한 피해를 줄 수 있을 정도로 많은 메뚜기가 우리 밭에 떨어져 내렸다.

나는 팔을 쳐들기 힘들 정도가 될 때까지 삼베부대로 계속 메뚜기들을 후려쳤다. 내가 수많은 메뚜기를 죽였는데도 우리 밭 도처에는 여전히 많은 메뚜기가 기어 다니고 있었다. 모든 작물의 이파리들이 다 그것들로 뒤덮인 것처럼 보였다. 그것들을 어찌나 많이 때려잡았던지 우리가 발을 옮길 때마다 발밑에서 우지직거리는 소리가 났다. 그래도 우리는 휘두르는 손길을 멈추지 않았다.

해 질 무렵이 되었을 때 우리가 이긴 것처럼 보였다. 하지만 그때쯤 채소밭에 있는 모든 작물의 이파리들이 다 조금씩 갉아 먹혀 성한 것이 거의 없다시피 했다. 날이 어두워진 뒤 우리는 등잔을 있는 대로 다 켜고, 횃불까지 밝힌 채 계속 일했다. 자정쯤 되자 할아버지는 우리가 채소밭을 대부분 다 구한 것 같다고 말씀하셨다. 이튿날 우리는 죽은 메뚜기들을 갈퀴로 긁어모아 불태웠다.

우리는 메뚜기 떼에게 작물의 반가량을 잃었다. 여러 주 동안 열심히 일하고 참을성 있게 돌본 성과의 상당 부분이 불과 몇 시간 만에 날아가버렸다. 그러나 할아버지도 할머니도 우리가 갑작스럽게 당한 재난에 관해 전혀 불평하지 않으셨다. 그분들은 그저 "가끔 이런 일이 일어난단다."라고만 하셨다. 그해에 우리의 수확량은 평소보다 훨씬 더 적었다. 하지만 나는 꿋꿋하게 애쓸 때는 그에 상응하는 보상이 오는 법이라는 것을 다시 배웠다.

'할머니의 길'은 찾기 어렵지 않다. 그 길은 우리 삶의 모든 다른 길들과 연결되어 있다. 그것은 아마 승리가 늘 가장 강한 이들이나 가장 빠른 이들에게만 돌아가는 게 아니기 때문에 그럴 것이다. '할머니의 길'로 들어선 사람들은 그 길에서는 초조해서 안달하거나 포기하려 들 이유가 전혀 없다는 사실을 깨닫게 될 텐데,

그것은 그 길을 이용하는 사람들이 늘 급하게 움직일 필요가 없기 때문에 그럴 것이다. 그러나 우리를 승리로 인도해줄 확률은 '할머니의 길' 쪽이 다른 어떤 길들보다도 더 높을 것이다.

11
너그러움

찬테유케

베풀고, 나누고, 따뜻한 마음을 갖는 것

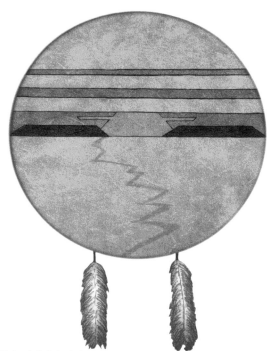

라코타 사람들은 인생에서 가장 중요한 길은 두 가지라고 믿는다. 즉 붉은 길과 검은 길.

붉은 길은 좋은 길이지만 갖가지 위험과 장애물들이 널려 있는 좁은 길이어서

여행하기가 아주 어렵다. 검은 길은 나쁜 길로, 넓어서 여행하기가 아주 수월하다.

사슴데려오다의 이야기

우리는 가끔, 우리가 다른 많은 존재들과 더불어 살고 있다는 사실을 잊기 쉽다. 두발 달린 존재들인 우리 인간들은 우리가 지상에서 가장 힘 있는 존재들이라고 믿고 있다. 우리는 숫자가 많은 데서 나오는 힘이 지혜로움이나 친절함에서 나오는 힘과 같지 않다는 것을 이해하지 못하는 듯하다.

옛날 옛날에 우리 종족 사람들은 추운 북쪽 나라에서 살았다고 한다. 그 사람들이 거기서 얼마나 오래 살았는지는 아무도 알지 못한다. 하지만 먹을 게 거의 없는 겨울철을 몇 번 겪은 뒤 그들은 부득이 새로운 거주지를 찾아내야만 했다. 눈이 너무너무 많이 왔고, 그들이 먹기 위해 사냥했던, 구불구불한 뿔이 난 사슴, 곧 순록들은 어딘가 다른 곳으로 가버린 것 같았다. 남은 일부가 보이기는 했지만 모두 늙고 병든 것들뿐이어서 고기가 질기고 힘줄 투성이었다.

결국 그 사람들은 늑대들마저 자취를 감춰버렸다는 걸 눈치챘다. 늑대들은 순록이 많이 있는 다른 어떤 지방으로 떠나버렸을 공산이 컸다. 그해 겨울은 몹시 추웠다. 그들은 늙고 병든 몇 마리의 순록에게서 얻은 고기를 조금씩 나눠 먹어야 했다. 많은 노인이 자기네한테 돌아온 고기를 어린아이들에게 나눠주었기 때문에 굶어 죽었다.

원로들이 회의를 열어 집집마다 찾아온 추위와 굶주림이라는 불청객들에 관해서 장시간 논의한 끝에 자기네도 늑대들처럼 다른 곳으로 떠나는 것이 좋겠다는 결정을 내렸다. 새로운 거주지를 찾아내야 할 때가 온 것이다. 요다음에 순록이 그곳으로 돌아온다면 그들도 돌아올 수 있으리라.

이듬해 봄, 눈이 녹기 시작하자 그때까지 살아남은 사람들은 이삿짐을 꾸려 남쪽을 향해 출발했다. 그들은 남쪽 지방에 숲이 많으며 거기 가면 아마 순록을 발견할 수 있을 것이라는 얘기를 들었다.

그들은 꽤 오래 이동했다. 그러다 보니 가지고 갔던 먹을거리가 다 떨어져가서 이제 며칠만 지나면 완전히 바닥이 날 판이었다. 게다가 짐승들이 거의 보이지 않아 그 부족의 사냥꾼들이 온갖 솜씨를 다 동원해야 모두가 먹을 만한 양의 토끼와 다람쥐를 겨우 찾아낼 수 있을 정도였다. 하필 그럴 때 봄철의 눈 폭풍이 그들을 덮쳤다. 하지만 그들은 어느 숲 속에 작은 천막들을 쳐서 북쪽에서 휘몰아쳐오는 싸늘한 강풍과 피부를 아프게 때리는 거센 눈발을 피할 수 있었다.

눈 폭풍은 며칠 동안 맹위를 떨쳤다. 그 바람에 그들은 천막 속에 웅크리고 앉아 가만히 기다리는 것 말고는 할 수 있는 게 아무것도 없었다. 마침내 어느 날 새벽 엄청난 추위가 닥쳐오면서 사방이 고요해졌다. 사람들은 작은 천막 밖으로 나왔다. 그들의 눈앞에는 지평선 한끝에서 다른 한끝까지 온통 흰 눈으로 뒤덮인 광활한 대지가 펼쳐져 있었다. 사위가 너무도 고요해서 이 지상에는 오로지 그들만 존재하는 것 같았다.

노인들은 모두가 모여 의논을 해봐야겠으니 땔나무를 모아 불을 지피는 게 좋겠다고 했다. 꼭 회의를 하기 위해서뿐만 아니라 몸을 따뜻하게 하기 위해서라도 불은 꼭 지펴야 했다. 그들은 추운 겨울철에는 어떻게 해야 체온을 유지할 수 있는지 잘 알고 있었다. 그보다 더 큰 문제는 식량이 다 떨어졌다는 점이었다. 토끼나 다람쥐 이상 가는 어떤 걸 찾아내지 못한다면 그들은 모두 굶어죽을 판이었다. 노인들은 한 가지 계획을 갖고 있었다.

부족의 모든 남자들은 노인들이 권하는 대로 숲 속에 들어가 부족 전체가 며칠간 버틸 수 있을 만한 양의 토끼와 다람쥐를 잡아왔다. 그러자 노인들은 자기네가 갖고 있는 계획을 발표했다. 노인들은 사냥 솜씨가 가장 뛰어난 두 사람을 선발해서 그 숲 속 깊숙이 들여보내 순록을 찾아보도록 하자고 했다. 그리고 그 전에 잡아온 모든 토끼와 다람쥐 고기는 그들이 임무를 완수하는 동안에 먹을 수 있게끔 잘 말리라고 지시했다. 그날 밤, 선발된 두 사냥꾼은 무기를 준비하고 여행을 하는 데 필요한 채비를 갖췄다.

이튿날 날이 밝아오자 두 사냥꾼은 눈 신의 끈을 잘 묶고 숲으로 들어갔다. 그들에게 그곳은 아주 새로운 고장이어서 모든 게 다 낯설었다. 그들은 숲을 헤치고 가면서도 가끔 걸음을 멈추고 나중에 자기네 부족에게 무사히 돌아갈 수 있게끔 자기네가 지나온 길을 잘 눈여겨봐두곤 했다.

그 숲은 나무들이 빽빽하게 서 있어서 낮에도 컴컴했다. 하지만 그 나무들의 상당수는 그런대로 친숙했다. 그중에서도 특히 둥치가 굵고 키가 큰 와지, 즉 소나무는 먼저 살던 고장에서 많이 보던 것이었다. 그때까지 그들은 토끼와 다람쥐 말고는 어떤 짐승도 보지 못했고, 또 그들이 남긴 자취도 보지 못했다. 그들은 그 새 고장에는 어떤 동물들이 사는지 궁금했다. 덩치가 거대한 백곰은 네발 달린 모든 동물들 중에서 가장 힘이 세고 사나웠기 때문에 그것만은 제발 만나지 말았으면 했다. 백곰 한 마리를 처치하려면 긴 창을 가진 많은 사냥꾼이 있어야만 했다.

그들은 지참하고 있던 말린 고기를 한 번에 조금씩만 먹었다. 토끼나 다람쥐가 가까이 있을 때면 신선한 고기를 얻기 위해 두 사람 중 한 사람이 화살을 쏘아서 잡았다. 표적을 놓칠 경우에는 대개 화살이 눈밭 깊숙이 박혀 회수하기가 어려웠다. 그들로서는 화살 한 대도 쉽게 낭비할 수 있는 처지가 못 되었다. 화살 하나를 잃어버린다는 것은 한 번의 기회를 잃는 것이나 마찬가지였다. 그들은 자기네가 부족의 희망을 걸머지고 가고 있다는 것을 잘 알고 있었기에 그런 점을 깊이 명심했으며, 또 앞으로 자기네의 임무를 기필코 달성하겠다고 다짐했다. 그들은 매일 아침마다 자기네에게 힘과 기술과 용기를 달라고 기도했다. 그리고 매일 추위, 불확실성 같은 것들과 맞서면서 그 숲 속으로 점점 더 깊이 들어갔다.

많은 날이 지난 뒤 그들은 순록의 자취처럼 보이는 발자국들을 발견했으나 발자국들의 크기는 작았다. 구부러진 커다란 뿔을 달고 있는 북쪽의 순록은 넓게 갈라진 큰 발굽을 갖고 있는데 그들이 발견한 발자국은 그보다 더 작은 발굽이 만들어낸 것이었다. 하지만 그들은 용기백배해서 그 발자국들을 따라갔다.

며칠간 그 발자국들을 추적하다보니 그들의 기력은 많이 떨어졌다. 말린 고기를 아주 아껴 먹었는데도 갖고 있던 것이 거의 다 떨어졌다. 어느 날 아침, 잠에서 깨어난 그들은 싸늘한 바람이 심하게 불어 불을 피우기 힘들다는 걸 알았다. 게다가 그 강풍이 그들이 쫓고 있던 발자국들을 지워버렸다. 그들로서는 바람이 자기를 기다리는 수밖에 없었다.

이튿날 새벽에도 날씨는 역시 추웠지만 바람 한 점 없이 고요하고 맑아서 그들은 다시 출발했다. 강추위 속에서 깊이 쌓인 눈밭을 따라 전진할 만한 체력을 유지하려면 먹어야 했다. 하지만 갖고 있던 고기가 다 떨어진 터라 빨리 먹을 걸 찾아내지 못할 경우에는 체력이 바닥나 임무를 완수하기 어려웠다.

그다음 날에도 그들은 발자국을 전혀 찾아내지 못했다. 그 숲은 이상하리만치 고요했다. 그날 밤 두 사냥꾼은 모닥불 곁에서 몸을 녹이면서 앞으로 할 일을 의논했다.

곰을보다가 말했다.

"우리 부족 사람들이 제대로 먹지도 못한 채 우리를 기다리고 있을 테니 우린 계속 가야 해."

왼손도 동의했다.

"그래야지. 하지만 우선은 발자국들을 발견한 그 풀밭으로 돌아가야 해. 그러고 나서 그 발자국들을 따라가야 해. 뭔가를 찾아낼 때까지, 아니면 힘이 없어서 더 이상 걸을 수 없을 때까지 계속 가야 해."

그다음 날 그들은 그 풀밭을 찾아냈다. 다행히 발자국들의 일부가 남아 있어 추적하는 게 가능했지만 눈 신을 신고 잔뜩 쌓인 눈 위를 걷다 보니 평지를 걷는 것보다 훨씬 더 급격하게 기력이 빠졌다. 게다가 추위까지도 그들의 남은 힘을 빼앗아갔다. 결국 그들은 캠프를 치고 마지막 남은 고기를 먹었다.

그다음 날 해 질 무렵 그들이 가진 것이라고는 추위를 몰아내줄 모닥불밖에 없었는데 그 불마저도 강추위에는 역부족이었다. 먹을 건 하나도 없었고. 그다음 날도 사정은 마찬가지였다. 그들은 어떤 짐승의 자취도 찾아내지 못했다. 그 후 그들은 매일매일 기운이 조금씩 더 쇠진해지는 것을 온몸으로 실감할 수 있었다. 그들은 자주 비틀거리기 시작했고 자주 쉬지 않고서는 앞으로 더 나갈 수가 없었다.

그날 오후에도 두 사람은 지친 몸을 쉬기 위해서 간신히 불을 피웠다. 그 전에 왼손이 눈으로 가득 찬 어느 골짜기 속에 굴러떨어지는 바람에 곰을보다가 악전고투하면서 그를 구해내고 나서 완전히 탈진 상태에 빠졌다. 두 사람은 몸을 떨면서 서글픈 눈길로 불길을 바라보았다. 그때 갑자기 나뭇가지들이 부서지는 요란한 소리와 함께 뭔가가 숲을 뚫고 나와 그들 곁을 쏜살같이 지나가더니 왼손이 굴러떨어졌던 골짜기 속으로 곤두박질쳐버렸다.

그것은 회색빛 몸에 커다란 뿔이 달린 사슴이었다. 그들이 생전 처음 보는 종류의 사슴. 벌렁 드러누운 자세로 골짜기에 떨어진 그 사슴은 깊은 눈밭 속에서 몸을 일으키려고 몸부림치고 있었다.

두 사냥꾼은 자기네의 눈을 의심했다. 곰을보다가 소리쳤다.

"활을 집어! 빨리 저것을 쏴야 해!"

두 사람은 번개같이 움직였다. 하지만 강추위로 손가락 감각이 마비되어 활시위에 화살을 먹이는 데 몹시 애를 먹었다. 그들이 간신히 화살을 먹이는 데 성공했을 즈음 덩치 큰 회색 사슴은 다시 몸을 일으킨 뒤 골짜기를 거의 다 빠져나왔다. 하지만 그들이 쏜 두 대의 화살은 곧장 허공을 가르면서 날아가 그 거대한 사슴에게 치명상을 입혔다. 사슴은 두 대의 화살을 맞은 순간 마지막으로 껑충 뛰어 골짜기 가장자리 위로 솟아오른 뒤 그대로 풀썩 떨어져 다시는 움직이지 않았다.

그날 밤 두 사냥꾼은 그 사슴 덕에 고기를 배불리 먹고 기운을 차렸다. 그 이튿날 두 사람은 사슴을 싣고 갈 끌채를 만든 뒤 그걸 끌고 눈밭을 가로질러갔다. 그 사슴은 덩치가 아주 컸으나 둘로 갈라진 발굽은 상당히 작았다. 그 정도 크기의 사슴이라면 기다리고 있는 이들의 목숨을 충분히 구해줄 수 있었다.

그들은 자기네가 거둔 성공에 용기백배하여 기운차게 돌아가기 시작했다. 밤에는 뭐가 나올지 몰라 두 사람이 번갈아가며 사슴을 지켰다. 온 길을 되짚어가기 시작한 뒤로 맞이한 둘째 날 밤 곰을보다는 자신이 꿈을 꾸고 있다고 생각했다. 그가 외투를 뒤집어쓴 채 모닥불 곁에 웅크리고 앉아 있었을 때 바싹 여윈 코요테 한 마리가 나타나서 말했다.

"지난겨울은 정말 혹독했어요. 우리 가족은 굶주리고 있어요. 친절한 마음을 베푸시어 우리한테 사슴 고기를 좀 나눠주세요. 그저 목숨만 부지할 수 있게 조금만 나눠주시면 돼요."

곰을보다는 두 눈을 비볐다. 하지만 코요테는 모닥불 빛이 비치는 경계선 부근에 여전히 앉아 있었다. 그는 왼손을 흔들어 깨윘다.

"내가 이상한 꿈을 꾸고 있는 것 같아. 저기를 좀 보고 뭐가 보이는지 내게 말해줘 봐."

왼손은 사방을 둘러보다가 코요테를 발견했다.

"코요테네. 저것이 이렇게 불 가까이 와 있는 건 생전 처음 봐."

코요테는 말했다.

"두 분은 위대한 사냥꾼들이세요. 저는 두 분이 선한 마음을 갖고 계신 분들이라는 걸 알아요."

코요테가 말하는 소리를 듣고 왼손은 깜짝 놀랐다. 코요테는 말을 계속했다.

"저는 늙은 암컷이라 세상을 살 만큼 살았어요. 하지만 제가 친절을 베풀어달라고 사정하는 건 제 가족 때문이랍니다. 우리한테 그저 조금만 나눠주시면 돼요."

왼손은 웃음을 터트렸다.

"코요테가 우리 고기를 나눠달라고 부탁하는 소리가 들리는 걸 보니 우리 둘이서 똑같이 이상한 꿈을 꾸고 있는 모양이야."

곰을보다가 말했다.

"이건 꿈이 아니야. 비쩍 마른 저 모습을 좀 봐. 그리고 정말 늙었잖아."

왼손은 코웃음을 쳤다.

"저것을 도와줄 수 없어. 우린 이 고기를 우리 부족에게 가져가야 해. 그 사람들도 굶주리고 있어!"

곰을보다가 말했다.

"저 코요테와 그 가족을 그대로 굶어죽게 할 수는 없어. 혼령들이 우리한테 이렇게 큰 사슴을 보내주는 친절을 베푸셨으니 조금은 나눠줄 수 있어."

그는 사슴의 뒷다리에서 고기 한 덩어리를 베어내 코요테에게 던져주었다.

"밤이 되면 가만히 귀 기울여보세요. 우리 가족이 감사한 마음을 표하는 노래를 부를 테니."

코요테는 그렇게 말하고는 고기를 물고 어둠 속으로 사라져버렸다.

왼손이 말했다.

"그런 바보 같은 짓을 하다니."

그로부터 이틀 뒤 한낮에 두 사냥꾼이 쉬고 있을 때 한 떼의 까치가 날아와 그들 주위의 나뭇가지들 위에 내려앉았다. 까치들 중 하나가 말했다.

"우리는 배가 고파요."

왼손이 성이 나서 소리쳤다.

"지금은 겨울이야! 겨울은 당연히 배고픈 계절이고! 우리 부족 사람들은 우리가 잡은 이 고기를 기다리고 있어. 그 사람들은 굶어 죽기 직전이야!"

까치 우두머리가 말했다.

"두 분이 뒤에 남기고 간 그 사슴의 내장은 늑대들이 먹어 치웠어요. 늑대들이 그걸 우리한테 조금 남겨주긴 했지만 그 양이 너무 적어 우리는 배가 고파요."

왼손이 미처 말리기도 전에 곰을보다는 사슴 고기 몇 점을 얇게 베어내 까치들에게 던져주었다. 그들은 요란하게 깍깍대면서 땅바닥으로 날아 내려와 고기들을 물었다. 우두머리 까치가 말했다.

"댁은 친절한 분이세요. 이 은혜에 꼭 보답하겠어요. 앞으로 우리 모습이 보이지 않고 우리의 울음소리가 들리지 않거든 어려운 시절이 닥쳐올 거라는 신호라는 걸 알아두세요. 좋은 시절이 올 것 같으면 우리가 와서 미리 알려드릴게요."

그런 뒤 까치들은 올 때만큼이나 빠르게 사라져버렸다.

왼손이 말했다.

"그런 바보 같은 짓을 하다니."

그들은 날이 저물면 캠프를 치고 동이 트면 다시 출발하곤 하면서 매일매일 최대한 멀리 가려고 애썼다. 끌채 위에 사슴을 얹고서 눈밭 위로 끌고 가는 일은 쉬운 일이 아니었다. 하지만 부족 사람들은 그들이 돌아오기만 간절히 기다리고 있을 터였다. 그리고 자기네가 떠나고 없는 동안 그 사람들이 과연 목숨을 부지할 만한 먹을거리들을 구했는지도 의문이었다.

그들이 잠시 쉬려고 걸음을 멈췄을 때 회색빛 물체 하나가 숲을 뚫고 슬그머니 다가왔다. 그것은 덩치 큰 늑대였다. 그는 한쪽 다리에 심한 부상을 입었다. 두 사냥꾼은 잔뜩 긴장해서 바라보았다. 그들은 늑대가 사람들에게 그렇게 가까이 다가온 경우를 처음 보았다.

왼손이 빽 소리쳤다.

"우리한테서 고기를 얻으러 온 모양인데 이젠 줄 수 없어!"

늑대가 말했다.

"그런 말씀을 들으니 정말 슬프군요. 댁도 보시다시피 저는 다리를 다쳤어요. 사슴을 발견할 수는 있지만 다리가 이래서 쫓아갈

수가 없어요. 제 아내가 새끼를 낳아서 신선한 고기를 갖다 줘야
해요. 그래야 아내가 어린 것들에게 젖을 줄 수 있으니까요."

왼손이 말했다.

"우리 쪽의 슬픈 얘기도 좀 들어주렴. 우리 부족 사람들은 굶주
리고 있어. 그 사람들은 여러 날 동안 아무것도 먹지 못했어."

늑대가 말했다.

"그래요. 겨울철은 우리 모두에게 가혹한 계절이죠. 저는 댁들
이 친절한 마음을 갖고 있을지도 모른다고 생각했어요."

곰을보다가 말했다.

"갖고 있지. 조금 나눠줄 만큼은 갖고 있어."

그는 왼손이 펄쩍 뛰면서 항의하는데도 불구하고 고기 한 덩어
리를 베어내 늑대에게 던져주었다.

늑대는 말했다.

"아, 고마워요. 댁은 친절한 마음을 가졌기에 앞으로 나만큼 사
냥 솜씨가 뛰어난 분이 될 거예요."

왼손은 몹시 성이 나서 소리쳤다.

"이거 뭐하는 짓이야? 우리 고기의 대부분을 다 줘버렸잖아! 우
리 부족 사람들한테 뭐라고 할 거야? 가장 솜씨 좋은 사냥꾼들이
라고 해서 우리를 내보냈는데. 우리는 이 사슴이 눈으로 가득 덮인
골짜기 속에 빠지는 행운을 만났어. 그런 일이 없었더라면 지금쯤
우리는 어딘가에서 얼어 죽었을 거야. 그런데 너는 거지들이 오기
만 하면 고기를 나눠주고 있어!"

곰을보다가 말했다.

"부족 사람들에게 있는 그대로 이야기할 거야. 노인들은 나누는

것이 좋다고 우리한테 가르쳐왔어. 그렇지 않아?"

왼손이 소리쳤다.

"더 이상은 안 돼! 지금 남아 있는 것으로는 우리 부족 사람들이 먹기에도 빠듯한 정도야!"

그 후에도 왼손의 화가 좀처럼 가라앉지 않는 바람에 두 사람은 말없이 걷기만 했다. 그날 저녁 두 사람은 물 마른 강가의 둑에 캠프를 쳤다. 곰을보다가 말했다.

"이제 하루만 더 걸어가면 우리 부족 사람들을 만날 수 있을 것 같아."

왼손은 여전히 부루퉁한 얼굴로 말없이 모닥불만 피웠다.

그날 밤 왼손은 잠들어 있고 곰을보다가 고기를 지키고 있는 시간에 이번에는 여우가 그곳으로 다가왔다.

"이렇게 추운 겨울은 생전 처음이에요. 눈이 너무 많이 쌓여서 저같이 다리가 짧은 동물은 살기가 아주 어려워요. 토끼는 눈밭 위를 잘도 뛰어다니는데 저는 푹푹 빠져요. 저한테 고기를 좀 나눠주는 친절을 베풀어주지 않을래요?"

곰을보다는 왼손이 몹시 화를 내는 것에 신경이 쓰여 외투를 둘러쓴 채 곤히 잠들어 있는 왼손을 슬쩍 쳐다보았다. 그는 왼손이 깨지 않게 나직하게 말했다.

"그렇게 하지. 너한테 나눠줄 만큼은 있는 것 같으니까."

그러고 나서 그는 맛있는 갈빗살을 뭉텅 떼어내 여우에게 던져주었다.

여우는 말했다.

"고마워요. 우리 종족은 숨는 솜씨가 아주 뛰어나죠. 댁은 친절한 마음을 가지셨기에 앞으로 그런 기술을 갖게 될 거예요."

이튿날 아침 왼손은 눈을 뜨자마자 이번에도 역시 사슴 고기가 줄어들었다는 것을 즉각 알아챘다. 그가 불같이 노해 천둥 같은 고함을 빽 질러대는 바람에 그 평원에 살고 있던 뇌조가 놀라서 후닥닥 날아갔다.

"이제 너 같은 놈하고는 함께 갈 수 없어! 너는 이 고기를 거의 다 남들한테 줘버렸어! 이제 우리 부족 사람들한테는 뭘 줄 거야?"

곰을보다가 항변했다.

"많이 남아 있는데."

"우리 모두가 다 먹기에는 충분하지 않아! 이제 너보다 앞서서 나 혼자 우리 부족 사람들한테 돌아갈 거야. 노인네들한테 네가 무슨 짓을 저질렀는지 다 얘기할 거야! 앞으로는 남은 고기에서 더 이상 떼어주지 마! 내가 젊은 사람들을 데려와서 남은 것을 잘 갖고 가게 할 테니까!"

왼손은 그렇게 말하고는 씩씩거리면서 정말로 그곳을 훌쩍 떠나버렸다. 곰을보다는 이제 혼자서 사슴을 끌고 가야 했다. 그는 꽝꽝 얼어붙은 시내의 얼음판을 이용해서 얼마쯤 앞으로 나아갈 수 있었다. 하지만 그래도 혼자서 사슴을 끌고 가는 건 여간 어려운 일이 아니었다. 혼자서 맞이하는 첫날 밤, 그는 몹시 지친 나머지 눈밭에 굴을 파고는 불도 피우지 않은 채 곯아떨어졌다. 이튿날 아침 그가 출발 준비를 하고 있는데 한쪽 날개를 다친 매 한 마리가 나타났다.

곰을보다가 물었다.

"어쩌다 그런 일을 당했니?"

매는 부리부리한 노란 눈을 번뜩이면서 말했다.

"꼬리가 짧은 고양이와 싸우다 다쳤어요. 내가 토끼를 잡은 뒤 녀석이 나를 공격했거든요. 이제 나는 다친 날개가 다 나을 때까지 하늘을 날 수 없어요. 여러 날 동안 아무것도 먹지 못했어요."

곰을보다는 매에게 사슴 고기 한 덩어리를 주었다. 그는 그 매가 다른 포식동물들의 공격을 받지 않게끔 나무 위 높은 데다 올려놔 주기까지 했다.

매가 말했다.

"정말 고마워요. 이 일대에 사는 사람들 중에서 댁만큼 친절한 분은 처음 봐요."

곰을보다는 말했다.

"우리는 북쪽에서 내려왔어. 그쪽 지방의 겨울 날씨가 너무나 혹독했고 구부러진 큰 뿔을 가진 사슴이 어디론가 사라져서 말이야. 그래서 우리도 굶어 죽지 않으려고 남쪽으로 내려와야 했지. 꽤 오래 여행을 한 끝에 우리는 어느 숲을 발견하고 거기다 캠프를 쳤어. 먹을 게 바닥나 우리 부족 사람들은 우리 중에서 두 사람을 뽑아 사냥하러 내보냈지. 하지만 한참 돌아다니다 보니 먹을 게 다 떨어졌어. 그렇게 곤란할 때 이 사슴을 잡았지. 녀석이 깊은 눈밭 속에 빠져서 허우적거릴 때."

매가 말했다.

"이 숲을 따라 계속 내려가다 보면 호수 지방이 나와요. 그곳에 는 사냥감이 아주 많아요. 그 일대의 숲에는 크고 작은 사슴이 우 글우글해요. 눈이 녹을 때면 거기 있는 호수들에서 물고기도 잡을 수 있어요."

"고마워. 우리네 사람들도 그 소식을 들으면 크게 기뻐할 거야."

그날 오후 그는 부족 사람들의 캠프에 도착했다. 그는 속이 텅 빈 늙은 나무 속에 남은 사슴 고기를 감춰두고 캠프 안으로 들어 갔다. 노인들과 지도자들이 그를 기다리고 있었다. 그들은 그에게 말했다.

"왼손한테서 어떤 일이 일어났는지 다 들었다. 이제 네 얘기를 들어볼 차례다."

곰을보다는 일어난 모든 일을 숨김없이 다 털어놓았다.

"우리는 고기를 갖고 왔어요. 제가 생각하기에 그 정도 양이면 우리 부족 사람들이 먹기에 충분할 것 같아요. 그 덕에 앞으로 남 쪽으로 계속 여행할 수 있을 거구요. 그 매의 말에 의하면 호수지 방에는 사냥감이 아주 많다고 해요."

노인들 중 한 사람이 말했다.

"조금이라도 가져오는 게 빈손으로 오는 것보다야 훨씬 더 낫 지. 네 친구인 그 매의 말이 사실이라면 우리는 호수 지방에 새 터 전을 마련할 수 있을 것 같구나."

곰을보다는 자기 부족 사람들의 얼굴에 실망하는 표정이 어린 것을 보고 우울해졌다. 그가 갖고 온 고기는 모두가 다 나눠먹기에 충분한 양이었다. 하지만 그 사슴 고기의 상당 부분을 여러 동물들 에게 나눠주지 않았다면 더 많은 양이 돌아갈 수 있었으리라. 그는 고개를 푹 떨군 채 고기를 숨겨둔 곳으로 그 사람들을 데려갔다.

그는 말했다.

"저 나무 속에 고기가 있어요."

왼손이 맨 먼저 달려들어 사슴의 한쪽 다리를 움켜쥐고 잡아당겼다. 그 다리가 너무 무거워 그는 다른 이들에게 도와달라고 요청했다. 결국 네 청년이 달려들어 사슴을 나무에서 빼내는 데 성공했다. 그런데 사슴이 통째로 고스란히 남아 있는 것을 보고 모두가 다 크게 놀랐다.

왼손은 소리쳤다.

"말도 안 돼! 어제 내가 이 친구 곁을 떠날 때만 해도 반도 안 남았었는데. 어찌 된 영문인지 알 수가 없네!"

그들이 회색 사슴의 시체를 빙 둘러싸고 멍하니 내려다보고 있을 때 아주 커다란 뿔을 단 거대한 사슴의 유령같이 하얀 형체가 홀연히 나타났다. 사람들은 모두 겁을 집어먹고 뒤로 물러났다.

'거대한 흰 사슴'은 말했다.

"나는 이 숲에 살고 있는 사슴입니다. 여기에는 우리 종족이 많이 살고 있어서 당신들은 우리 고기를 먹고 강건해질 겁니다. 우리는 앞으로 당신들이 우리의 목숨이라는 선물을 얻을 때마다 항상 감사의 뜻을 표해줄 것을 요구합니다. 그렇게 한다면 우리는 늘 당신들을 돕기 위해 여기 있을 겁니다. 우리 모두는 이 대지 위에서 함께 여행하는 존재들이니 너그러운 마음씨를 갖고 있다는 건 훌륭한 일이죠."

'거대한 흰 사슴'은 숲 속으로 사라져버렸다. 사람들은 회색 사슴을 끌고 캠프로 돌아왔다. 그리고 그날 밤 캠프에서는 큰 잔치가 열렸다. 여러 가지 우여곡절 끝에 그들은 함께 나눠 먹고도 남을 만큼 많은 양의 고기를 얻어 그 일부는 다음에 먹기 위해 저장해뒀다.

곰을보다는 많은 칭송을 받았으며 사슴데려오다라는 새 이름을 얻었다. 그는 며칠 동안 잘 쉰 뒤 다시 사냥하러 나가 또 다른 사슴을 잡아왔다. '거대한 흰 사슴'이 요구한 대로 그는 회색 사슴을 잡았을 때 그 앞에 서서 감사의 뜻을 표했다.

그 부족 사람들은 모두가 힘이 넘쳐 빨리 여행하고 싶어 안달했다. 따뜻한 봄바람이 불어와 겨우내 쌓인 눈을 모두 녹이자 그들은 캠프를 철거하고 남쪽으로 이동했다. 그들은 매가 사슴데려오다에게 이야기한 대로 사냥감이 풍부한 고장을 찾아냈다.

사슴데려오다는 그 부족 사람들이 그때까지 처음 보는 가장 솜씨 좋은 사냥꾼이 되었다. 그는 다른 사람들이 갖지 못한 여러 가지 힘과 능력을 갖추고 있는 것 같았다. 그리고 그는 어려운 시절이 닥쳐올 때마다 늘 그걸 미리 알고 있는 것 같았다. 사람들은 까치들이 마을 부근에 날아올 때마다 그가 고기 조각들을 던져주는 광경을 볼 수 있었다. 얼마 지나지 않아 마을의 모든 사람이 다 그의 행동을 따라 했다. 밤에 코요테들이 노래를 할 때마다 그는 빙그레 웃었다고 한다.

왼손은 힘겨운 생애를 살았다. 어느 여름 그는 하마터면 곰한테 목숨을 잃을 뻔했으며 창으로 물고기를 잡으려고 하다가 물에 빠져 죽을 뻔했다. 게다가 그는 다른 어떤 사람들보다도 더 자주 이상한 일을 겪곤 했다. 한번은 폭우를 동반한 폭풍이 불어왔는데 하필이면 그의 집만 날아가버렸다. 그가 사냥하러 나갈 때마다 그의 활이 자주 부러지는 것을 보고 사람들은 참 이상한 일이라고 수근댔다. 왼손이 웃음을 잃은 건 아마 힘겹고 고통스러운 일들이 너무 자주 찾아왔기 때문일 것이다.

사슴데려오다가 사냥하러 나갈 때마다 많은 남자들이 그를 따라 나섰고, 많은 사람들이 아들들을 그에게 보내 그의 사냥 솜씨를 배우게 했다. 그가 모든 사람에게 가르침을 주곤 하는 작은 의식이 하나 있었다. 사냥하러 나가서 사슴을 잡을 때마다 그는 사슴 앞에 서서 세이지(샐비어 잎. '지혜'를 뜻하기도 함) 한 다발을 제물로 바치고 조용히 묵념했다. 오늘날에도 라코타 사냥꾼들 중에는 사슴을 잡을 때마다 조용히 멈춰 서서 사슴의 생명이라는 선물을 내려준 것에 감사의 뜻을 표하는 이들이 있다.

대지로부터, 마음으로부터

라코타의 사회적 가치기준들은 물질적인 재산을 모으는 일을 높이 평가하지 않았던 것 같다. 그리고 너그러움을 장려하고 좋은 본보기로 여긴 것도 역시 사실이었다. 우리 사회에서 전통적으로 이어져 내려온 한 가지 정서를 요약한 다음과 같은 말은 어째서 너그러움이 우리 삶에서 꼭 필요한 미덕인지를 이해하는 데 도움이 될 것이다.

"어머니이신 대지는 당신이 가진 것을 우리 모두에게 베풀어 주신다. 우리도 그렇게 해야 한다."

그러므로 너그러움은 우리 마음속에서 살아 숨 쉬는 영원한 미덕이다. 사실 너그러움을 뜻하는 라코타 말 찬테유케는 '마음을 갖고 있다'를 뜻하는 말이다.

흰송아지처녀가 우리한테 피리를 주면서 가르쳐준 성스러운 의식들 중의 하나는 훙카며, 그것은 '영원히 나아가다'를 뜻하는 말

이다. 대지는 우리에게 '나는 그대들의 어머니가 되어 영원히 그
대들과 더불어 나아갈 것이다.'라고 말하고 있다. 우리 모두는 대
지의 자식들이기 때문에 선하든 악하든, 혹은 행복하든 불행하든
간에 대지가 항상 우리를 사랑하고 우리에게 양식을 대줄 것이라
는 보장을 받고 있다. 그러므로 너그러움에 관한 개념과 그 실천은
대지 그 자체로부터 온다.

　우리의 이야기들에 의하면 몇 천 년 전에 흰송아지처녀가 우리
한테 와서 한동안 우리 곁에 머물러 있었다고 한다. 그리고 그 시
기 동안 우리는 약간의 변화를 겪기는 했지만 우리 삶은 그리 빨리
변하지 않았다. 적어도 지난 300년간, 특히 지난 150년간에 우리
가 겪었던 것만큼 엄청난 어려움 같은 건 겪지 않았다. 과거 우리
의 세 세대 혹은 네 세대가 급격한 변화들을 겪기 전까지만 해도
우리는 원시적인 생활방식을 죽 고수해왔다.

　이 지상에 존재한 모든 인간 사회가 다 그러했듯이 우리도 역시
양식, 거처, 옷, 안전과 같은 기본적인 것들을 필요로 했다. 우리는
수렵과 채취를 통해서 그런 필수품들을 마련했다. 좀 더 큰 구도
속에서 살펴볼 때 우리의 생활방식은 우리를 둘러싼 환경의 지배
를 받았다. 달리 말해, 우리 조상들은 자기네 멋대로 수렵채취인들
이 된 게 아니었다는 뜻이다. 그들은 그런 방식이 최상의, 그리고
가장 논리적인 생존방식이었기 때문에 그렇게 살아왔다.

　대평원에서 살았던 대부분의 사람들과 마찬가지로 우리 조상들
역시 유목 생활을 했다. 우리 조상들은 주로 수렵채취 활동의 리듬
에 맞춰서 캠프나 마을을 이동시켰다. 우리의 으뜸가는 먹을거리
는 떼로 이동하는 동물인 들소였다. 들소는 먹을거리뿐만 아니라

천막과 그 밖의 다양한 필수품들의 재료가 되어주기도 했지만 말이다.

우리는 사슴 같은 다른 큰 동물들과 토끼 같은 작은 동물들도 역시 사냥했다. 그리고 우리는 각 계절에 맞춰 나오는 다양한 식물과 약초를 채취했다. 그 대표적인 것들은 야생귀리, 순무, 박하, 사과, 자두, 다양한 종류의 딸기들이었다. 우리는 대지가 애초에 약속한 대로 우리에게 제공해주는 온갖 것들로 우리의 생계를 꾸려왔다. 대지가 우리에게 그토록 너그럽게 대해주었기에 우리 역시 모든 생명체들과의 관계에서 그에 못지않게 너그럽게 행동해야 했다. 대지는 모든 걸 우리와 함께 나눴고 우리에게 나누는 법을 가르쳐주었다.

라코타 사람들이 모든 보호구역에서 아직까지도 널리 실천하고 있는 가장 따뜻한 관행들 중의 하나는 '희사(기쁘게 내어주는 행위)'이다. 그것은 지극히 간단한 행위이다. 축제나 의식을 거행하면서, 기념하고 추모하면서 뭔가를 내어주는 것.

우리 라코타 사람들이 함께 모여 잔치를 벌이거나 춤을 출 만한 명분은 무수히 많다. 해마다 여름철만 되면 모든 보호구역에서는, 그리고 두 명 이상의 인디언이 있는 모든 도시 공동체에서는 사람들이 모인다. 우리는 먹고 마시고 춤추면서 즐거운 시간을 갖는다. 하지만 그런 모임에는 그 이상의 것이 따라온다. 우리는 나눈다. 우리는 음식과 춤과 즐거운 시간을 나눈다.

그런 모임에서 특별한 어떤 의식을 치르지 않는 경우는 아주 드물다. 그런 의식들로는 전통적인 명명식, 어떤 이의 업적을 기리는 의식, 늙은 용사들을 기리는 의식, 추모제사 등이 있다. 모든 의식은 아주 공개적으로 행해진다. 예컨대 어느 가족이 어린 자식에게 전통적인 라코타 식 이름을 붙여주는 경우 같은 것.

그 의식에 참여하기를 원하는 사람은 누구나 다 와서 그 의식을 지켜본 뒤 새 이름을 받은 아이를 축하해주기 위해 다 같이 춤을 춘다. 그런 뒤 그 아이의 가족이 손님들에게 희사를 한다. 손님들이 그 자리에 참석해서 관심 있게 지켜봐주고 아이가 잘 되기를 빌어준 것에 감사하는 뜻에서 그 가족은 선물이 가득 든 상자나 가방, 바구니를 손님들에게 기쁘게 내어준다. 그렇게 선물하는 물건들은 캔디 바에서 말에 이르기까지 다양하다. 대표적인 선물 품목들은 별 문양이 들어 있는 누비이불, 담요, 시트, 스카프, 베갯잇, 타월, 수건, 비누, 식탁용 은제품, 벽시계, 손목시계, 장신구, 숄, 선글라스, 보온병, 펜 등이다.

희사하는 순서가 끝나면 최소한 한 사람 이상이 나서서 그렇게 귀한 선물을 나눠준 것에 감사하고 또 그렇게 성대한 잔치를 베풀어준 가족을 높이 칭송한다. 이렇게 한 사람이 대표로 나서는 경우도 있지만 여러 사람이 나서서 사례 인사를 하는 경우도 많다. 그러고 나서는 다시 춤판이 벌어진다.

추모제사에서는 희사가 특별히 중요한 한 부분이 된다. 추모제사는 대체로 사람이 죽고 나서 일 년이 지났을 때 고인을 추모하기 위해 갖는 모임이자 잔치다. 그 제사는 흰송아지처녀가 우리한테 전해준 씻김 의식과 함께 진행된다. 이런 의식은 고인의 가족과 그 공동체가 죽음과 화해하게 해주고, 고인의 넋이 저승세계에 잘 들어갈 수 있게 해준다. 그런 제사 때는 늘 고인의 가족이 참석한 사람들에게 잔치를 베풀어준다. 그 잔치 자리에서 사람들은 고인을 위해 기도하고, 지혜 있는 이로 널리 알려진 존경할 만한 원로가 나서서 사람들에게 삶과 죽음에 관해 좋은 조언을 해준다. 그 제사는 희사로 끝을 맺는다.

많은 행사, 제사, 의식에서 희사가 중요한 한 부분이 되는 이유는 아주 분명하다. 그것은 나누기 위한 한 방식이다. 물질적인 선물을 주는 그런 행위는 기쁘게 내어주기, 기쁨과 영광과 슬픔을 함께 나누는 행위를 상징한다.

그러나 너그러움은 인간에게만 국한되지 않는다. 우리는 모두 대지의 자식들이므로 모든 생명체가 다 그것과 관련되어 있다. 우리가 하는 모든 행위는 대지에게, 그리고 인간을 포함해서 그 위에서 살고 있는 모든 존재들에게 영향을 미친다. 우리가 물을 자꾸 오염시키면 우리가 마실 물은 점점 더 줄어든다. 우리가 땅을 자꾸 오염시키면 우리가 거두는 수확량은 점점 더 줄어들 수밖에 없다. 우리가 숲을 베어내면 낼수록 우리가 호흡할 산소량은 점점 더 줄어든다. 우리 인간들은 대지가 우리를 위해서 창조되었다는 생각에 뿌리를 둔 탐욕과 이기심으로 대지를 날로 더 척박하게 만들어왔다. 그런 생각보다 더 진실과 먼 것은 다시없다.

우리는 대지의 자손이다. 대지는 우리가 어떤 존재들이든 상관없이 우리 모두를 보살펴주고 우리가 필요로 하는 것들을 제공해주겠다고 약속했다. 우리는 우리가 땅의 관리자들이라는 사실을 알아야 한다. 그리고 그런 존재들로서 우리의 친척들인 모든 생명체를 돌봐줘야 할 성스러운 책임을 지고 있으며, 그런 책임에 부응할 만큼 진지하고 사려 깊게 살아야 한다. 오늘을 사는 세대와 앞으로 올 세대들 모두가 이런 책임을 지고 있다.

하나의 종으로서의 우리 인류는 대지의 너그러움 덕에 멀리까지 왔다. 대지는 우리에게 살아갈 터전과 우리 자신을 높이 끌어올릴 수 있는 수단들을 제공해주었다. 실제로는 그런 높은 비상이 우리의 상상 속에서나 이루어진 것 같긴 하지만 말이다. 우리는 이미 오래전부터 우리의 너그러움으로 대지에게 보답했어야 했다.

　우리 라코타 사람들은 인생에는 많은 길이 있지만 가장 중요한 길은 두 가지가 있다고 믿고 있다. 즉 붉은 길과 검은 길. 그 길들은 모든 상황에 대한 두 가지 관점, 모든 사람의 두 가지 측면, 우리가 살아가면서 자주 직면하곤 하는 두 가지 선택 가능성을 상징한다. 붉은 길은 좋은 길, 좋은 측면, 올바른 선택을 뜻한다. 그것은 갖가지 위험과 장애물들이 잔뜩 널려 있는 좁은 길이어서 여행하기가 아주 어렵다. 검은 길은 나쁜 길, 나쁜 측면, 잘못된 선택을 뜻한다. 그 길은 넓어서 여행하기가 아주 수월하다.

　붉은 길과 검은 길은 우리의 많은 이야기 속에 등장한다. 하지만 그 이야기들 속에서 두 길은 길들로서가 아니라 올바름과 삿됨, 선과 악, 빛과 어둠을 상징하는 인물들로서 나타난다. '사슴데려오다의 이야기'에 등장하는 두 사냥꾼이 그 한 예다. 한 사냥꾼은 너그럽지 못해서 나누고 싶어 하지 않는다. 또 다른 사냥꾼은 아주 너그러워서 여러 동물의 요청을 기꺼이 들어준다.

　그 후 두 사냥꾼이 어떤 운명을 맞았는지를 잘 생각해보라. 나눌 마음이 전혀 없었던 왼손은 좋지 않은 결과들과 자주 맞닥뜨려 힘겨운 생을 살았다. 사슴데려오다는 지나치다 할 만큼 너그럽다. 하지만 그는 자기가 도운 동물들의 솜씨와 능력으로 보상을 받는다. 너그러움에는 그에 상응하는 보상이 따른다. 어머니인 대지는 '거대한 흰 사슴'으로 나타나 생명이라는 선물을 제공해준 것에 감사하는 것 정도만 요구한다. 우리는 발걸음을 멈추고 우리 인간이라는 종에 관해 깊이 생각해보고 자신이 어떤 사냥꾼인지를 스스로에게 물어봐야 할 것이다. 더 나아가 우리는 대지가 제공해주는 생명이라는 선물을 자신이 어떤 식으로 받아들였는지도 물어봐야 할 것이다.

너그러움에는 그에 상응하는 보상이 따른다. 너그러움이 부족할 때는 그에 상응하는 결과가 따른다.

과거 라코타 사회에서도 재물을 모은 사람들이 없지 않았다. 그러나 그것이 부를 추구하는 형태로 이루어지지는 않았다. 그저 어려운 시절에 대한 예방책으로, 그리고 먹을 것과 입을 것이 없는 이들을 돕기 위해 모았을 뿐이다. 유목민이 지나치게 많은 재물을 모은다는 것은 실리적인 일이 못되었다. 일 년에 적어도 두세 번가량 이동하는 사회에서 지나치게 많은 물건을 갖고 있다는 것은 캠프를 옮길 때 싣고 가야 할 물건의 양만 늘어난다는 것을 뜻했기 때문이다. 많이 가지면 가질수록 운반해야 할 짐만 자꾸 더 불어났다.

옛날에 자기가 가진 것을 남들과 나누기 싫어했기 때문에 많은 물건을 소유한 사람이 있었다. 그의 천막은 온갖 물건들로 가득 차 있어서 마을이 이동할 때마다 그는 많은 말을 부려서 그 짐을 날라야 했다. 그는 좋은 물건을 잔뜩 갖고 있었지만 친구는 하나도 없었다. 나이가 점점 들어 가자 그는 인생 말년을 혼자서 적적하게 보내고 싶지 않았다.

그는 죽을 날이 가까워지고 있다는 걸 감지하고는 자기가 죽은 뒤 사람들이 자기를 생각해주고 또 좋게 이야기해주기를 바랐다. 그래서 그는 마을에서 가장 지혜로운 사람인 어느 늙은 여자를 찾아가서 물었다.

"어떻게 하면 좋겠소? 나는 인생 말년을 혼자 쓸쓸하게 지내고 싶지 않아요."

그러나 늙은 여자는 말했다.

"너그러워지세요."

노인은 늙은 여자의 조언을 곰곰이 생각해본 뒤 연락하는 일을 맡은 사람을 마을 사람들에게 보내 자기가 모든 사람을 다 초대하는 큰 잔치를 열 계획이라는 소식을 알리게 했다. 잔칫날이 되자 사람들이 모여들었다. 그는 미리 약속한 대로 모든 사람을 배불리 먹였다. 그러고 나서 그는 자기가 가진 모든 물건, 모든 말, 심지어는 천막집까지도 사람들에게 나눠주었다. 이제 그는 잠잘 집도, 타고 다닐 말도 없는 처지가 되었다. 그가 갖고 있는 것이라고는 입고 있는 옷뿐이었다. 하지만 그날 밤 그는 다른 사람의 집에 초대받아 그 집에서 잤다. 그리고 이튿날 밤에는 또 다른 사람의 집에 초대받아 거기서 잤다.

노인은 죽을 때까지 그렇게 살았다. 그는 가진 게 아무것도 없었지만 친구는 많았다. 그리고 사람들은 그가 너그러운 사람이라고 입을 모아 이야기했다.

12
지혜

워크사페

무엇이 참이고 옳은 것인지를 아는 것, 지식을 현명하게 사용하는 것

세상을 살아가다 보면 우리가 빨리 달릴 수 없거나 멀리 걸을 수 없을 때가 온다.
삶의 여정이 끝나기 때문이 아니라 우리가 멀리 걸어왔고, 이제는 그 여행이 우리가
얻은 보상이요 힘이기 때문에 뒤돌아볼 수 있는 삶을 갖고 있다. 우리는 지혜를 얻었다.

부드럽게 말하는 사람의 이야기

어떤 마을에 늘 조용하게 행동하고 매번 훌륭한 결정을 내리는 것으로 존경을 받은 지도자, 곧 추장이 있었다. 그는 사람들에게 자기를 지도자로 뽑아달라고 요구하지 않았다. 그는 그저 젊은 시절에 싸움터에 나갈 때마다 상황에 맞는 적절한 판단을 내리고 그 판단대로 조용히 실천할 능력이 있다는 것을 보여주었을 뿐이다. 그리고 그는 자기 가족이 필요로 하는 걸 충분히 대주었고 도움을 필요로 하는 사람들을 잘 돌봐주었다. 사람들은 그의 그런 면들을 좋아해서 그에게 추장이 되어달라고 청했다.

물론 이건 옛 시절의 일이었다. 요즘 같은 시대에는 진심으로 다른 이들을 위하는 마음이 있어서가 아니라 그저 권력과 영광만 누리기 위해서 지도자가 되려고 하는 경우가 적지 않다.

아무튼 그렇게 해서 그 사람은 마지못해 추장이 되었다. 그리고 그는 해마다 늘 적절한 판단을 내리고 마을 회의에서는 늘 진실만 말했다. 그 진실이 자기에 피해를 주든, 혹은 도움이 되든 개의치 않고 그렇게 했다. 많은 세월이 지나면서 그 마을은 그의 뛰어난 지도력 덕분에 번영하고 강해졌다.

그가 추장으로 있는 동안 두 세대의 젊은이들이 성장했다. 그리고 추장은 어느덧 지긋한 나이가 되었다. 그 마을의 몇몇 청년은 새 추장이 되고 싶어 했다. 그들은 자기네끼리 의논을 해서 이제 그 풍족하고 강성한 마을의 명성에 걸맞게, 추장보다 더 대담하고 용맹하고 예리한 젊은이에게 추장의 담요를 넘기게 할 때가 왔다는 결정을 내렸다. 그들은 자기네 마을이 그런 명성을 얻기까지 오랫동안 애써온 사람이 누구였는지 까맣게 잊고 말았다.

그 몇 명의 청년들은 은밀히 만나서 한 가지 계책을 세웠으며 그들은 그 계책이 절대로 실패하지 않으리라 확신했다. 그들은 작은 새 한 마리를 잡아서 늙은 추장을 찾아가기로 했다. 그리고 그중 하나가 이렇게 물을 작정이었다.

"추장님, 제 손안에 새 한 마리가 있습니다. 추장님은 지혜로운 분이십니다. 이 새가 살아 있나요, 죽었나요?"

추장이 "살아 있다."고 대답한다면 그 청년은 손아귀에 힘을 주어 그 새를 으스러뜨릴 작정이었다. "죽었다."고 대답한다면 손을 펼쳐서 새를 날아가게 할 것이고. 어떻게 대답을 해도 늙은 추장은 무력하고 믿을 수 없는 사람처럼 보여서 결국 사람들은 그의 지도력을 의심하게 될 것이다.

그리하여 중요한 마을 회의가 열리는 날 아침, 그 청년들은 참새 한 마리를 잡은 뒤 추장을 시험하는 역할을 할 청년을 한 사람 뽑았다.

그날 오후 마을의 모든 사람이 회의 장소에 모이자 그 청년은 그곳으로 가서 모든 사람이 다 들을 수 있도록 크게 외쳤다.

"추장님에게 여쭤봐야 할 중요한 질문이 하나 있습니다."

그러자 좌중은 물을 끼얹은 것처럼 조용해졌다. 청년은 등 뒤에 뭔가를 쥔 채 추장의 앞으로 나아갔다.

모든 사람이 청년과 추장의 주위를 빙 둘러쌌다. 청년은 다시 말했다.

"추장님, 제 손안에 새가 한 마리 있습니다. 추장님은 지혜로운 분이시니 이것이 살아 있는지 죽었는지 알아맞히실 겁니다. 자, 이 새가 살아 있나요, 죽었나요?"

몇몇 청년이 추장을 바꾸고 싶어 한다는 것을 알고 있는 이들이 많았기에 사람들은 숨을 죽이고 기다렸다. 일부 사람들은 그 청년들의 판단이 옳은 것 같다고 생각하기도 했다. 좀 더 젊은 사람이 마을을 이끌 때도 되었지. 그래서 그들은 늙은 추장의 입에서 대답이 나오기만을 기다렸다.

추장은 질문을 한 청년에게 다가갔다. 그는 땅바닥을 살펴보는 사람처럼 한동안 고개를 숙인 채 조용히 서 있기만 했다. 사람들은 자기네끼리 소곤댔다. 노추장도 드디어 답변하기 곤란한 과제에 봉착한 것일까?

이윽고 추장은 청년에게 시선을 돌리더니 빙긋이 웃었다. 그리고 사람들 앞에서 중요한 어떤 얘기를 할 때마다 늘 그랬던 것처럼 조용하면서도 단호한 어조로 말했다.

"얘야, 그 해답은 네 손안에 있다."

소문 퍼뜨리기 좋아하는 여자 이야기

어느 마을에 소문 퍼뜨리기 좋아하는 여자가 살고 있었다. 그 여자는 사실이 아닌 이야기는 결코 하지 않았다. 하지만 그 여자는 남의 비밀을 알기만 하면 아무리 사소한 것이라도 금방 마을 사람들 전체에게 떠벌리고 다녔다. 그리고 비밀을 퍼뜨리면서 늘 당사자들의 어떤 점이 잘못되었고, 애초에 이러저러하게 했으면 아무 일이 없었을 것이라는 식의 자기 의견까지 자세히 늘어놓았다.

어느 날 그 여자는 어느 젊은 부부의 말다툼을 엿들었다. 그 직후 젊은 남편은 사냥하러 나가서 근 한 달간 집에 돌아오지 않았다. 소문 퍼뜨리기 좋아하는 여자는 그 젊은 부부에게 일어난 일을 마을의 모든 사람에게 재빨리 퍼뜨렸다. 그리고 그 여자는 젊은 남편이 집을 나간 건 그의 아내가 남편과 잠자리를 같이하려 들지 않았기 때문이라고 했다. 그래서 그 부부 사이에는 자식이 없었던 것이라 했고.

젊은 아내는 마을 사람들이 소곤대는 소리를 듣고 몹시 당황하고 창피해했다. 그녀는 너무나 수치스러워 그만 어디론가 달아나 버렸다. 그녀의 오빠가 며칠 동안 고생고생하며 그녀를 찾아 나선 끝에 간신히 찾아내 집으로 데려왔다.

그 후 마을 사람들은 소문 퍼뜨리기 좋아하는 여자를 미워하고 경멸하게 되어 그 여자가 다가오기만 하면 하나같이 등을 돌렸다. 그렇게 해서 결국 그 마을의 누구도 그 여자와 말을 하지 않게 되었다. 그 후 그 여자의 남편은 그녀를 버리고 자기 가족이 있는 마을로 돌아가버렸다. 소문 퍼뜨리기 좋아하는 여자는 마을에서 가장 외로운 사람이 되었다.

그 여자는 어찌할 바를 몰라 쩔쩔매다가 마을에서 가장 지혜로운 할머니를 찾아가 자기의 어려운 사정을 털어놓았다. 그 할머니는 그 일대에서 지혜와 친절함으로 널리 알려진 이였다.

"할머니, 마을 사람들과 다시 말문을 트려면 어찌해야 할까요?"

지혜로운 여자는 그녀에게 하얀 솜털을 한 움큼 건네주면서 말했다.

"그동안 네가 소문을 퍼뜨렸던 모든 사람의 집 문 앞에다가 이 솜털을 하나씩 놓아두고 내게 다시 오렴."

그 여자는 시키는 대로 하고는 지혜로운 여자에게 돌아왔다.

지혜로운 여자는 말했다.

"자, 그럼 이제 다시 가서 네가 놓아둔 모든 솜털을 다 되찾아 갖고 오너라."

그러자 소문 퍼뜨리기 좋아하는 여자는 울기 시작했다.

"그럴 수 없어요, 할머니. 그것들이 바람에 다 날아가버렸을 텐데 어떻게 되찾아와요."

"맞아. 그 솜털들은 네가 오랫동안 퍼뜨려온, 남들을 해치는 말과도 같지. 평생을 쫓아다닌다 해도 너는 그 말들을 다시 주워 담아올 수가 없어. 그러니 이제 네가 할 수 있는 건 딱 하나뿐이야. 다시는 남을 해치는 말을 하지 않을 것. 하지만 우선은 네가 이제 절대로 그런 짓을 하지 않겠다는 걸 모두에게 알리기 위해 그동안 네가 수치스럽게 만들고 상처를 준 모든 사람에게 선물을 하나씩 드리도록 하렴."

그 여자는 지혜로운 여자의 조언을 받아들였다. 한데 그녀는 너무 오랫동안 소문을 퍼뜨려왔기 때문에 입고 있는 옷 한 벌을 뺀 나머지 모든 걸 다 남들에게 내줘야 했다. 그렇게 해서 그 여자는 단벌이라는 별명을 얻었다. 하지만 그 여자가 정말로 태도를 바꿨 다는 사실이 분명해지자 마을 사람들은 그 여자를 용서했다. 그 후 단벌은 장수를 누렸으며 조용한 여자로 널리 알려졌다.

골짜기에서 얻은 교훈

어느 라코타 노인과 열한 살 난 그의 손자가 어느 해 겨울의 '나 무들이 부러지는 달'에 눈이 잔뜩 쌓인 대평원 북부의 벌판을 가 로지르고 있었다. 그들은 사냥하러 나가서 커다란 산토끼 네 마리 를 잡아갖고 집으로 돌아가는 길이었다.

소년은 춥고 배고파서 할아버지 할머니와 함께 쓰는, 작지만 아 늑한 천막집으로 한시바삐 돌아갔으면 했다.

"할아버지, 봄이 오면 저 골짜기에 있는 지름길로 갈 수 있을 까요? 그렇게만 할 수 있다면 집에 더 빨리 돌아갈 수 있을 텐데. 이제 곧 날이 어두워지기 때문에 할머니가 우리 걱정을 하실 거 예요."

노인은 말했다.

"그 지름길은 여름에나 갈 수 있어. 지금은 추운 겨울이고. 세상 을 오래 살았지만 올겨울처럼 눈이 많이 내린 건 처음 보았다. 저 골짜기는 틀림없이 눈으로 가득 차 있을 거야. 눈이 너무 깊어서 건널 수 없을 테지."

소년은 물었다.

"할아버지가 그걸 어떻게 알아요? 첫눈이 온 뒤로 우리는 저 골짜기 근처에는 얼씬도 하지 않았는데."

노인은 참을성 있게 대꾸해주었다.

"그건 그래. 하지만 해마다 겨울만 되면 저 골짜기에는 바람에 날린 눈이 잔뜩 쌓이지. 그럴 때는 아무도 건너갈 수 없어. 코요테조차도 건널 엄두를 못 내는 걸."

소년은 단호하게 말했다.

"토끼들은 건널 수 있을 거예요."

노인은 그 이유를 설명해주었다.

"토끼들은 뒷발이 크고 넓적해서 눈밭에 빠지지 않지."

"거긴 얼마나 깊을까요? 내 다리는 긴데. 나는 저 골짜기를 건널 수 있어요."

소년은 그렇게 말하고는 할아버지를 뒤에 남겨두고 쏜살같이 앞으로 내달렸다. 소년은 달리면서 소리쳤다.

"할아버지가 오기 전에 미리 커피를 끓여놓을게요."

노인은 소년이 지름길을 향해 달려가는 광경을 멀거니 바라보았다. 그는 소년이 남긴 발자취를 따라가다 잠시 걸음을 멈추고는 들고 가던 삼베 자루에서 긴 밧줄을 꺼내 들었다. 그러고 나서 그는 계속 발자국을 따라갔다. 이윽고 그는 어떤 지점에 이르렀을 때 소년이 지나간 길 오른편으로 방향을 틀어 골짜기 가장자리를 향해 다가갔다.

골짜기 가장자리 가까운 곳에서 노인은 바람이 눈을 휩쓸고 지나가 맨땅이 거의 드러난 언덕으로 터덜터덜 올라갔다. 거기서 그

는 걸음을 멈추고 또다시 삼베 자루에 손을 집어넣어 한가운데 구
멍이 난 납작한 돌을 꺼냈다. 그는 그 구멍에 밧줄 끝을 집어넣은
뒤 밧줄로 돌을 단단히 묶었다.

그는 두 손바닥을 이마에 대 햇빛을 가리면서 눈 아래 펼쳐진,
눈으로 가득 차 있는 골짜기를 살펴보았다. 맞은편 언덕까지의 거
리 반가량을 뒤덮고 있는 긴 눈 더미가 눈에 들어왔다. 그 눈 더미
위에 나 있는 소년의 발자국들이 딱딱한 눈 표면이 함몰되어 생겨
난 커다란 구멍에서 뚝 끊겨 있었다. 노인은 빙그레 웃었다.

노인은 눈 더미 끝까지의 거리를 대충 가늠해본 뒤 밧줄로 묶은
돌을 움켜쥐고 팔을 두세 번 앞뒤로 흔들었다. 그리고 세 번째 가
서 돌을 힘껏 내던졌다. 돌은 큰 호를 그리면서 날아가 눈밭의 딱
딱한 표면에 맞고 튀어 올랐다. 노인은 밧줄을 잡아당겨 납작한 돌
을 회수한 뒤 같은 과정을 다시 반복했다. 이번에는 돌을 더 높이
던졌다. 그것은 다시 호를 그리며 날아가더니 딱딱한 눈 표면을 깨
고 들어가 그 아래의 부드러운 눈 더미를 뚫고 깊숙이 떨어졌다.

노인은 밧줄 끝을 단단히 붙잡고 소리쳤다.

"그 속에 밧줄이 있어. 그걸 꽉 붙잡으면 내가 끌어올려 줄게."

아무 반응이 없었다. 밧줄은 여전히 헐거웠다. 노인은 잠시 기다
렸다가 다시 소리쳤다.

"애야, 그 속에 밧줄이 있어. 그걸 꽉 잡고 있으면 내가 끌어올
려 줄게. 자존심 때문에 그 밧줄을 못 잡고 있지? 이제 조금 있으
면 날이 추워질 거야. 그러면 손가락들이 곱아서 밧줄을 잡고 싶어
도 잡을 수 없어."

노인은 기다렸다. 잠시 후 밧줄이 팽팽해져서 노인은 눈밭에 몸

을 단단히 고정시키고는 밧줄을 끌어당기기 시작했다. 그는 밧줄을 계속 당겼다. 눈 더미 속에서 열한 살짜리 아이를 끌어내는 일은 쉽지 않았다. 하지만 얼마 지나지 않아 눈으로 덮인 소년의 머리와 어깨가 눈 구덩이 위로 솟아올랐다. 골짜기에서 간신히 빠져나온 소년은 힘겹게 몸을 일으켰다.

노인은 손자가 고개를 푹 숙인 채 처량하게 서 있는 동안 손자의 머리와 몸에서 눈을 털어주었다.

노인은 다정하게 말했다.

"기분 나빠할 것 없다."

잠시 후 소년은 추위로 몸을 떨면서 말했다.

"내가 눈 더미 밑에 있다는 걸 어떻게 아셨어요? 할아버지는 슬기로운 분인가요?"

"흐음, 나는 그렇다고 생각하지."

"어떻게 해서 슬기롭게 되신 거예요?"

소년은 그걸 알고 싶어 했다.

"우선 나는 배울 수 있는 건 죄다 배웠지. 그래서 아는 게 아주 많아. 나는 사람과 짐승들이 남긴 자취들을 알고, 겨울이 어떤 계절인가를 알고, 자기가 뭔가를 알고 있다고 생각하는 팔팔한 사내아이들을 잘 알고 있지. 내가 알고 있는 모든 건 다 대지에서 나왔어. 그리고 대지 위, 대지 밑, 그리고 그 위 하늘에서 살고 있는 모든 것에서 나왔고. 게다가 나는 오래 살았지."

"슬기롭다는 건 그런 거예요 할아버지?"

노인은 말을 계속했다.

"아니, 그건 지식이야. 슬기롭다거나 지혜롭다고 하는 건 자기가 알고 있는 것을 적절히 활용하는 법을 아는 걸 말해. 언제 어떻게 활용해야 하는가를 아는 것. 그리고 슬기로운 사람은 가끔 가만 내버려두는 법도 알고 있어야 해."

"그게 무슨 뜻이에요?"

"나는 내가 뭐라고 해도 네가 기필코 저 지름길로 갈 거라는 걸 알고 있었단다."

소년은 여전히 몸을 떨면서 물었다.

"그런데 어째서 나를 못 가게 하지 않으셨어요?"

"네가 몸으로 직접 부딪쳐서 교훈을 배워야 한다고 지혜가 내게 가르쳐주었기 때문이지. 지혜는 나도 예전에 너와 똑같은 방식으로 똑같은 교훈을 배웠다는 사실을 떠올려주었어. 그때 우리 할아버지가 나를 저 골짜기에서 끌어내주셨지."

소년은 싱긋이 웃었다.

"할아버지도 나처럼 저 눈밭에 빠지셨어요?"

"그럼. 내가 지혜를 향한 긴 여행을 떠나기 시작한 건 바로 그날부터였어. 지금 네가 겪은 것 같은 일을 겪었을 때부터. 앞으로 눈이 가득 들어찬 이 골짜기에서 네 손자를 끌어낼 때가 오면 지금 여기서 일어났던 일을 잘 떠올리도록 하렴."

삶의 선물

어째서 노인들은 그렇게 지혜로운지 궁금했던 적이 있었다. 이제 나는 지혜가 삶의 선물이라는 걸 알고 있기에 더 이상 궁금해

하지 않는다. 삶은 우리가 인내심을 발휘하고, 용감하게 역경과 맞서고, 유혹을 받을 때 꿋꿋하게 버티고, 진실을 밝히는 일이 제아무리 고통스러워도 과감하게 밝히고, 겸허하게 걷고, 가족을 위해서 희생하고, 참으로 풍요롭게 살기 위해 너그럽게 베풀고, 대생명계의 일부인 모든 생명체를 존중하고, 개인적인 이익이 아니라 명예를 선택하고, 어렵게 사는 이들에게 따뜻하게 대해주고, 조화로운 인간관계를 이루려고 애써주기를 요구한다. 그리고 삶은 삶에 의미를 부여해주는 그런 미덕들을 몸소 실천하기를 바란다. 설령 우리가 그렇게 살지 못하는 때가 많다 해도 삶은 우리가 그렇게 살려고 애쓴 것에 상응하는 보상을 해준다. 삶은 우리에게 지혜를 부여해준다.

지혜란 무엇인가? 지식인가? 지식은 지혜의 토대가 되어주기는 하지만 지식이 있다고 해서 자동적으로 지혜가 따라오지는 않는다. 지혜는 뭘 하고 뭘 말해야 할지를, 혹은 뭘 하지 말아야 하고 뭘 말하지 말아야 할지를 아는 것이다.

예컨대 모든 아이들이 가끔 그러하듯 불장난을 하려는 손자를 지켜보는 할머니가 있다고 하자. 아이가 호기심 때문에 점점 더 불가까이 다가가면 할머니는 여차하면 바로 달려들 수 있도록 손자 곁에 바싹 붙어 앉되 위험하니 불 가까이 가지 말라는 말은 하지 않는다. 곧이어 필연적인 사태가 일어난다. 아이가 손가락으로 불길을 찔러보고는 심한 아픔에 놀라 손가락을 얼른 뒤로 뺀다. 그제야 할머니는 말한다.

"얘야, 불은 뜨겁고, 너를 아프게 할 수 있단다."

할머니의 말은 아이의 뇌리에 영원히 각인된 한 가지 사실을 확인시켜주는 역할을 한다. 그때부터 아이는 불길에 다시 손가락을 대기 전에 적어도 두 번 이상 생각을 할 것이다. 그리고 아이가 다시는 불길에 손을 대지 않을 가능성이 아주 높다. 만일 그런 일이 일어나기 전에 할머니가 불을 조심하라고 얘기했을 경우 아이는 들은 척도 하지 않았을 것이고 따라서 아이가 불길에 손가락을 대는 일을 예방하지 못했을 것이다. 그런 상황에 관한 지식은 할머니 자신이 어렸을 때 똑같은 경험을 해본 데서 나왔다. 그때까지 평생 쌓은 지식과 경험 덕분에 할머니는 아이에게 진실을 확인시켜주기에 가장 효과적인 순간이 언제인가를 잘 알고 있었다. 지혜는 또 이런 경우 위험성을 말로 그냥 설명해주기보다는 아이가 그 진실을 직접 체험해보도록 하는 게 더 낫다는 사실을 알려주었다.

지혜는 조급함, 고집스러움, 과도한 열정, 분노, 무지, 오만함을 비롯하여 우리를 반드시 해로운 길로 들어서게 하거나 어려운 상황에 처하게 만들거나 다른 사람들에게 해를 끼치게 만드는 그 밖의 많은 성향들에 대한 해독제다. 지혜는 우리가 웃음거리가 되는 상황에 처하는 것을 예방해주고 세상에 오래도록 긍정적인 영향을 미칠 수 있게 해준다. 지혜는 우리 삶의 여정에 으레 따라오게 마련인 행복과 불행, 선과 악, 성공과 실패 등과 관련된 경험들의 총체다. 지혜는 어둠과 빛 모두에서 나온다. 지혜는 우리에게 수많은 고투를 체험하는 데서만 나오는 인식과 통찰의 깊이를 제공해준다.

다섯 살 때 나는 할아버지가 사실상 당신의 힘만으로 통나무집을 짓는 광경을 본 적이 있었다. 나는 어떻게 해서든 할아버지를 도와드리고 싶었지만 결국 가장 큰 방해물만 되고 말았다. 할아버지는 당신이 나무를 가는 데 쓰는 줄 같은 도구들을 필요로 할 때 내가 그것들을 엉뚱한 데 두었다는 것 때문에, 당신이 통나무 벽에다 끼우려고 하는 나무틀에다 내가 못을 박은 것 때문에 나를 나무란 적이 한 번도 없었다.

할아버지는 내 열성적인 태도를 이용하여 당신의 일을 방해하지 않고, 또 내가 다치지 않게 할 수 있는 방법도 찾아내셨다. 할아버지는 통나무들을 하나하나 들어 올려 벽의 적당한 자리에 끼우기 전에 우선 마른 통나무들의 껍질부터 벗겨내셨다. 그런 과정에서 할아버지는 통나무의 한끝에다 도끼를 휘둘러 날을 수직으로 박아놓으셨다. 그러고는 그렇게 해놓으면 통나무가 굴러가는 걸 방지해주고 또 통나무가 움직이지 않으면 잘 마르는 데 도움이 된다고 말씀하셨다. 나는 그 도끼 자루를 움켜쥔 뒤 통나무가 제자리에서 꼼짝하지 않게 했다. 나는 내가 하는 일이 잘되어가고 있느냐고 수시로 물어보곤 했지만, 아무튼 할아버지는 그렇게 해서 나를 위험한 작업장에서 충분히 먼 거리에 떨어지게 하신 뒤 그 집을 짓는 중요한 과정을 무난히 끝낼 수 있었고, 또 내 자부심도 높여주셨다. 오늘날까지도 나는 할아버지가 그 집을 짓는 데 내가 도움을 드렸다고 진심으로 느끼고 있다.

그 통나무집이 완공된 뒤 닥쳐온 유난히 혹독한 겨울철에 나는 사납게 포효하는 눈 폭풍에 겁을 집어먹었지만 할머니는 그런 내 마음을 편안하게 해주셨다. 창밖에서 눈 폭풍이 거세게 휘몰아쳐 오는데도 할머니는 전혀 아랑곳하지 않고 조용히 당신이 할 일들만 하셨다. 할머니는 내게 장작들을 요리용 난로 곁에 쌓아올리라고 하셨다. 장작 네 개를 나란히 깔아놓은 뒤 그 위에 장작 네 개를 다시 엇갈리게 쌓아놓는 식으로. 나는 장작들을 정확하게 쌓아올리는 일에 집중하느라 밖에서 폭풍이 포효하고 있다는 사실을 잊어버렸다.

그 뒤 할머니는 가죽 가방에 구슬 장식하는 일을 도와달라고 하셨다. 우선, 할머니는 내게 수많은 빨간 구슬을 일일이 세게 한 다음 그 일이 끝나자 다시 수많은 하얀 구슬을 세게 하셨다. 그러고 나서는 긴 실에다 그 구슬들을 꿰라고 하셨다. 이번에도 역시 나는 구슬 꿰는 일에 열중해서 눈 폭풍의 존재를 잊어버렸다. 할머니가 들려주는 이야기들에 폭 빠지고 할머니에게 소중한 여러 가지 일들을 도와드리는 데 열중하다 보니 낮 시간은 빠르게 흘러갔다. 그러던 어느 순간 나는 폭풍이 잦아들었다는 걸 알았다.

할머니는 가장 두려운 것은 폭풍이 아니라 두려움 그 자체이며, 먼저 그것을 극복하는 것이 역경을 헤치고 나가는 가장 좋은 방법이라는 것을 가르쳐주셨다.

세상을 살아가다 보면 우리가 빨리 달릴 수 없거나 멀리 걸을 수 없을 때가 온다. 우리의 반사 신경은 둔해지고 머리는 잿빛이나 은빛으로 물들고, 우리가 걸어온 길들이 우리 얼굴에 나타나기 시작한다. 그 시점에서 우리는 우리 삶의 가장 중요한, 그리고 가장 보람 있는 국면에 이르게 될 것이다. 우리는 삶의 여정이 끝나가기 때문이 아니라 우리가 멀리 걸어왔고, 이제는 그 여행이 우리가 얻은 보상이요 힘이기 때문에 뒤돌아볼 수 있는 삶을 갖고 있다. 우리는 지혜를 얻었다. 지혜는 삶이 우리에게 주는 선물이다. 하지만 그것은 또 우리가 삶에게 주는 선물이기도 하다.

우리는 사람들이 이룬 업적 때문에 그들을 기억한다. 그들이 이룬 어떤 한 가지 성취 때문에, 혹은 그들이 맡은 역할 때문에 그러하기도 하고. 오랫동안 공직에 복무해온 일, 노벨상을 수상한 일, 25년간 정치범으로 복역한 일, 어느 한 시즌에 수많은 홈런을 친 일, 페블비치(미국 서부 몬테레이 해안에 있는 유명한 골프장)에서 홀인원을 한 일, 가난한 사람들을 위해 평생 사심 없이 봉사해온 일 등은 우리 기억 속에 오래 살아남을 것이다. 이 세상에는 우리가 기억하고 본뜰 만한 예들이 무수히 많다. 그러나 과거를 돌이켜볼 때나 내게 큰 위기가 닥쳐왔을 때 나는 과거 함께 지냈거나 나와 가까웠던 이들을 떠올리는 경향이 있다. 부모님, 할아버지, 할머니, 선생님들, 친구들을. 그분들은 내가 잘 알고 있고 또 지혜로운 분들이기 때문에 내가 마음으로 의지하는 분들이다.

　어떤 사람이 어떤 미덕을 가진 사람으로 세상에 알려지고 싶으냐는 질문을 받았을 때 명예라고 답했다는 이야기가 있다. 나 같으면 지혜로운 사람으로 알려지고 싶어 할 것이다. 나는 세상 사람들이 나를 삶이라는 선물에 제대로 보답한 사람으로 기억해주었으면 한다.

맺는말

위코이예 이한케

사람들

　내 최초의 기억들은 우리 부모님과 조부모님이 라코타 어로 들려준 이야기들과 관련되어 있다. 내가 들은 최초의 이야기들은 라코타 사람들에 관한 이야기들이었다. 나와 가까운 모든 사람들, 곧 라코타 출신의 부모님과 조부모님과 친척들에게 두툼한 실체감과 긍정하는 마음을 부여해주는 흥미진진하고 매혹적인 사건들과 관련된 이야기들. 사정이 그러했으니 나는 자연히 그런 환경에서 성장할 수밖에 없었고 내 생각도 그 범주 안에서 구를 수밖에 없었다. 그때를 돌이켜볼 때마다 내 머릿속에 떠오르는 건 천진한 어린 아이로서 라코타 세계 속에서 산 기억뿐이다.

　우리는 라코타 문화의 한 가지 토대를 가족과 혈연이라는 두 단어로 요약해볼 수 있을 것이다. 가족은 우리 문화의 토대요 중추다. 가족은 우리에게 실체를 부여해주고 교육하고 부양해준다. 혈연은 가족의 범주를 넘어서는 것으로 넓은 범위의 세상 및 그 안에 존재하는 모든 것과 우리가 맺고 있다고 여기는 관계를 뜻한다.

가족의 개념을 알고 있다면 다른 생명체들과의 혈연이라는 개념, 곧 모든 것은 대지의 일부라는 개념을 이해하기 어렵지 않을 것이다. 지상의 모든 존재들은 이런저런 경로를 통해서 대지에서 나왔고 생명이 끝나면 대지로 돌아갔다. 이것은 우리를 우리 주변의 모든 것과 연결시켜주는 불변의 진리였다.

우리의 모든 제사의식에서 빠지지 않고 사용되는 한 가지 말은 '모두가 내 친척'이란 뜻을 가진 미타쿠예 오야신이다. 그 말에 내포된 뜻은 우리에게 모든 생명체와의 혈연관계를 저절로 떠올려준다. 우리의 동물 이야기들 중의 상당수는 동물들을 '엘크 사람들', '곰 사람들', '새 사람들' 등으로 지칭하는데 그것은 우리가 동물들을 의인화해서가 아니라 우리의 언어에서 '사람들'이라는 말이 인간에게만 국한된 것이 아니었기 때문이다. 이런 혈연관계, 이런 관계 개념은 또한 대생명계 속에서 우리가 차지하고 있는 위치를 다시금 일깨워준다. 우리는 가장 빠르거나 가장 강한 동물이 아니었다. 그러나 우리는 합리적으로 생각할 수 있는 능력을 갖췄고, 그 덕에 힘센 곰과 빠른 사슴, 예리한 시력을 지닌 독수리와 마찬가지로 이 지상에서 생존할 수 있었다. 우리는 우리의 많은 친척들과 마찬가지로 사냥을 해서 살아왔다.

우리가 떠돌이 사냥꾼들이 된 것은 그렇게 하는 것 말고는 달리 살아갈 방도가 없었기 때문이다. 들소는 애초에 우리가 대평원으로 이주해온 이유들 중의 하나에 속하지 않았을 수도 있다. 하지만 일단 대평원으로 들어온 뒤부터 들소는 이내 우리의 생존에서 핵심적인 요소가 되었다. 들소는 대평원에서 으뜸가는 떠돌이였다. 그리고 우리는 들소에게 많은 걸 의지하고 또 대단히 긴밀한 관계를 갖고 있었기에 자연히 우리도 그들처럼 떠돌지 않을 수 없었다. 들소가 가면 우리도 따라갔다.

우리 조상들이 무적의 존재처럼 느껴질 때가 있었다. 특히 그들이 무수히 많은 들소 떼를 바라보고 있었던 때. 들소는 헤아릴 수 없이 많았고 우리는 수천 명에 불과했다. 우리는 우리에게 꼭 필요한 정도의 들소만 잡을 만큼 지혜롭게 처신하는 법을 배웠기에 그 들소들은 무한한 식량자원처럼 보였다. 우리는 대평원 북부에서 가장 큰 부족이었다.

초창기의 백인들은 혼자 오거나 몇 명 정도의 소집단을 이루어서 왔다. 하지만 1840년대 말에 이르러서는 상황이 일변했다. 이때부터 20년간의 대이동이 시작되면서 수십만 명의 백인들이 라코타 영토의 남쪽 끝을 가로질러갔다. 수십만 명의 사람들뿐만 아니라 그들의 말, 노새, 황소, 마차, 가재도구도 함께 지나갔다. 그들은 또 더 많은 질병뿐만 아니라 총 길이가 3,200킬로미터나 되는 그 통로 주변에 펼쳐진 드넓은 땅이 주인 없는 땅이니 마음대로 차지해도 된다는 오만한 사고방식도 아울러 갖고 왔다.

수백 명의 백인 들소 사냥꾼들은 애초에 그의 부추김을 받고 대평원 일대에서 들소들을 닥치는 대로 도살하기 시작했다. 사냥 애호가들도 서부로 오라는 부추김을 받고 그리로 와서 인디언들의 생명줄과 다름없는 들소들을 무차별 도살함으로써 사나운 인디언들을 길들이는 일에 한몫했다. 들소가 서식하는 지역을 달리는 열차의 객차 양쪽에서 수십 명이 줄줄이 늘어서서 라이플로 들소를 마구 쏘아 죽이는 광경도 심심찮게 볼 수 있었다.

1900년에 이르러 북위 48도선, 혹은 미국과 캐나다 국경선 남쪽에는 아마 들소가 50마리도 채 남지 않았을 것이다. 들소가 사라짐으로써 우리 조상들은 상징적이자 실질적인 힘의 원천을 잃어버렸다.

백인들은 우리에게 옛 시대는 이미 지나가버렸으므로 정식 교육을 받고 기독교를 믿는 것만이 우리의 살길이라고 했다. 우리는 더 이상 들소의 뒤를 쫓을 수 없었고, 우리의 신앙들은 이단으로 취급받았다. 백인들의 상당수는 우리가 마치 낡은 셔츠를 벗고 새 셔츠를 입듯이 우리의 방식들과 가치관들을 쉽게 바꿀 것이라 기대했다. 우리 중 많은 사람들이 기독교를 받아들였다. 그리고 우리가 쫓아갈 만한 들소가 더 이상 남아 있지 않았기 때문에 세월이 흐르면서 우리는 변해갔고, 이 나라의 다른 사람들처럼 살기 시작했다. 그러나 인디언 사무국 관리들과 교사들, 선교사들의 온갖 노력에도 불구하고, 그리고 모든 인디언에 대한 미국 대중의 가부장적 간섭주의에서 비롯된 편향적 사고방식에도 불구하고, 우리는 아직까지도 우리의 정체성을 온전히 유지하기에 충분할 만큼의 고유한 문화와 언어를 간직하는 데 성공했다.

우리 부모와 조부모 세대에 속하는 이들 중에는 교육에 대해 긍정적인 관점을 갖고 있지 않은 이들이 적지 않다. 그들이 교회나 정부가 운영하는 기숙학교들에서 겪은 부정적인 체험들을 생각하면 충분히 그럴 만했다. 그런 학교들에서의 교육이란 그들의 언어와 문화를 박탈하는 한 가지 수단에 불과했으니까. 그들에게 중학교와 고등학교 이상의 교육과정을 밟게 하는 학교들은 수상쩍고 정체 모를 학교들이었다. 그러나 1970년대 초에 이르러서는 과거

강제적인 변화의 도구였던 곳이 언어와 문화를 유지할 수 있는 한 방편이 되는 곳으로 변모했다.

전체적으로 보아 우리는 1900년 이래 중요한 것들을 많이 얻어 오기는 했으나 그 과정이 순탄했던 것만은 아니었다. 우리는 그 모든 상실과 획득에도 불구하고 아직까지 라코타 인으로 남아 있다. 과거에는 인디언 사무국이 관장했으나 이제는 인디언들이 직접 관장하는 학교들, 많은 초중등 공립학교에서는 라코타 어와 역사를 가르치고 있다. 우리를 동화시키려던 이들이 우리의 언어와 문화, 정체성을 박탈하려 애를 쓰면 쓸수록 우리는 더욱더 그것들에 치열하게 매달렸다. 앞에서 이미 언급한 바 있는 격언, 곧 '너를 죽이지 못하는 것들은 너를 더 강하게 만들어줄 것이다.'라는 격언이 진실이라면 우리는 아마 지상에서 가장 강건한 문화를 가진 민족의 하나일 것이다.

원을 그리며 걷기

'원'을 뜻하는 가오홈니는 라코타 사람들의 삶에서 아주 중요한 것이다. 그것은 우리를 둘러싼 물리적 환경을 구성하는 리얼리티의 일부이므로 실질적인 면에서나 상징적인 면에서 널리 사용되고 있다. 연못에 돌을 던지면 그 중심부에서 일어난 둥그런 파문들이 점점 더 커지면서 널리 퍼져나간다. 가을에 떨어지는 낙엽은 흔히 원을 그리면서 땅바닥에 떨어진다. 해와 달은 둥글다. 그리고 우리의 관점에서 볼 때 그들은 원을 그리며 움직인다. 대평원에서 가장 강력한 힘을 자랑하는 토네이도도 원을 그리며 움직인다.

삶 그 자체가 원형으로 순환한다. 우리의 달력은 달의 순환주기를 바탕으로 해서 나온 것이기에 열세 달이 하나의 순환주기를 이루고 있다. 그리고 거기에는 지속적으로 순환하는 네 계절이 있다. 모든 생명체는 탄생, 성장기, 성숙기, 노년기라는 생명의 순환주기를 갖고 있다.

땀천막은 간단한 원형 구조를 이루고 있는데, 내가 보기에 그것은 생명 그 자체뿐만 아니라 라코타의 신앙과 전통도 아울러 상징하는 것 같다. 그런 원형 구조물 안에서 시행되는 제사의식을 이니카가피라고 한다. 그런데 이니카가피는 단순히 땀천막을 뜻하는 말도, 다른 어떤 형태의 구조물을 뜻하는 말도 아니다. 그것은 그 제사의식과 건축 구조를 동시에 아우르는 말이다. 이니카가피는 '살아나게 함' 혹은 '소생하게 함'을 뜻하는 말이다. 그 말의 영어 번역어인 sweat lodge는 그 제사의식에 참여한 이들이 문자 그대로 땀을 흘린다는 사실에서 유래되었다.

이니카가피는 하나의 얼개가 떠받쳐주는 완전히 밀폐된 둥그런 구조물이다. 폭이 5미터가량 되고 맨 꼭대기까지의 높이가 1.5미터가량 되는 반구형 구조물을 떠올리면 될 것이다. 옛 시절에는 그 반구형 얼개를 보통 들소 가죽으로 덮었으나 오늘날에는 캔버스로 덮는다. 그 구조물 안 한가운데는 뜨거운 돌들을 놓아두는 구덩이가 있다. 출입문은 대개 동쪽으로 나 있다. 이니카가피 안에 있는 돌 놓는 구덩이의 한쪽 가장자리에서는 십여 센티미터 높이의 흙단이 일직선으로 뻗어나가 바깥의 불구덩이까지 이어진다. 바깥의 불구덩이 부근에서 땀천막 안의 돌 구덩이 앞까지 평행한 곳에는 돌 제단이 설치되어 있다. 그 제단 위에는 샐비어 잎, 파이프, 담배, 그리고 그 제사의식을 치르는 데 필요한 그 밖의 물건들이 놓여 있다.

아마 원을 가장 실질적으로 적용한 예는 주거지의 모양일 것이다. 바닥을 둥그렇게 만드는 방식은 오래전부터 이어져 내려왔다. 사실, 그런 양식을 언제 처음 사용했는지 아는 사람은 아무도 없다. 우리 조상들은 숲 속에서 반정착 생활을 할 때 돔형의 집을 짓고 그 위에 나무껍질이나 억새 등을 덮었다. 대평원으로 이동한 뒤에는 원뿔 모양의 얼개에 짐승 가죽을 덮은 집을 즐겨 지었다. 두 가지 형태의 집 모두 강풍에 잘 견딜 수 있었으며, 짓고 헐기가 비교적 쉬웠다. 그리고 두 가지 집 모두 주위에서 쉽게 구할 수 있는 재료들을 동원해서 지었다. 원뿔형 주거지 혹은 '그들이 거기 살고 있다.'라는 말을 뜻하는 티피는 운반하기도 쉬웠다.

그 두 가지 형태의 주거지에서 생활하는 것은 거기서 사는 이들에게 삶이 순환하는 것이요, 자기네가 그런 순환과정의 일부에 해당하는 모든 것과 필연적으로 연결되어 있다는 사실을 거듭 일깨워주는 역할을 했다. 전형적인 캠프 혹은 마을은 규모가 작아서 대체로 그런 형태의 주거지에서 사는 스무 가구 내지 마흔 가구의 정도의 사람들로 이루어졌다. 그들은 마을로 선택한 공간이나 지형이 허락하는 한 가급적 집들을 하나의 큰 원 모양으로 배치해서 짓곤 했다. 마을의 규모가 더 클 때는 집들을 두 개나 세 개의 동심원 모양으로 배치해서 지었다. 모든 집의 문이 동쪽에 나 있었기 때문에 마을의 출입구도 역시 동쪽에 나 있었다.

티피의 문이나 마을의 출입구를 동쪽에 마련한 데는 실질적인 이유와 아울러 정신적인 이유가 다 함께 작용했다. 가을과 겨울에 특히 더 잦은 강풍은 서쪽이나 북서쪽에서 불어왔고, 따라서 주거지의 문은 바람이 불어가는 쪽, 대피할 수 있는 쪽에 마련할 필요가 있었다. 그리고 문이 동쪽으로 면해 있으면 매일 아침 새로 뜨는 햇님에게 자연스럽게 인사하게 되고, 그렇게 해서 생명의 지속적인 순환과정을 저절로 인식하게 된다.

라코타의 미술품이나 공예품들에서 가장 흔히 볼 수 있는 문양들 중의 하나는 주술 바퀴이다. 그것을 가리키는 라코타 말은 창글레스카로, 이는 '점박이 나무'를 뜻한다. 이런 식의 표현은 나무로 만들어진 그 바퀴 혹은 테에 네 가지 색깔을 칠해놓은 데서 유래한다. 그 형태와 거기 사용된 색깔들은 생명의 힘을 상징하며, 창글레스카를 영어로 옮길 때 medicine wheel로 옮겨놓은 것도 그 때문이다. 마법을 뜻하는 페주타를 갖고 있다는 것은 어떤 힘이나 능력을 갖고 있다는 것을 뜻할 수 있다.

마법의 바퀴는 둥글고, 중앙에서 교차하는 두 개의 선이 테두리의 네 지점과 연결되어 있다. 물론 그 원은 생명을 상징하며, 두 개의 교차선은 삶의 두 길을 상징한다. 대체로 붉은색으로 칠하는 좋은 길과 검은색으로 칠하는 나쁜 길. 그래서 좋은 길을 붉은 길이라고 말하기도 한다. 그 길은 여행하기가 아주 어려운 길이다. 나쁜 길인 검은 길은 넓고 다니기도 쉽다. 이 길들은 우리 인생에 으레 따라오게 마련인 두 가지의 기본적인 선택 가능성들이며 우리는 모든 상황에서 좋은 길이나 나쁜 길 중의 어느 하나를 선택한다. 마법의 바퀴에는 네 가지 성스러운 색깔, 곧 붉은색, 노란색, 검정색, 하얀색이 칠해져 있다.

마법의 바퀴는 라코타의 전통과 정신에서 또 다른 중요한 상징이 되는 4라는 숫자를 내포하고 있다. 4는 원과 마찬가지로 삶의 일부 리얼리티들을 상징한다. 이 세상에는 봄, 여름, 가을, 겨울이라는 사계절이 있고 동서남북이라는 네 방향이 있으며, 땅, 바람(공기), 불, 물이라는 생명의 네 가지 기본 원소가 있다.

하나의 상징이자 인공물인 마법의 바퀴는 라코타의 이삼차원 미술품들이나 다른 많은 부족들의 미술품들에서 찾아볼 수 있다. 라코타의 옛 사람들에게 마법의 바퀴는 기독교인들에게 십자가가, 유대인들에게 다윗의 별이 그러하듯 성스러운 상징이다.

내게 그 원이 상징하는 최고의 원리로 보이는 것은 모든 생명체에게 차별 없이 적용되는 평등의 원리다. 달리 말해 그 어떤 생명체도 다른 생명체들보다 더 중요하지도, 덜 중요하지도 않다. 물론 우리는 서로가 다르다. 그러나 다르다는 것이 '더 위대하다'거나 '더 열등하다'는 걸 뜻하지는 않는다. 우리 모두는 공통된 여정, 마카 위초니, 곧 '지상에서의 삶'이라는 여정을 밟는다. 마카 위초니를 영어로 옮기면 '대생명계'가 된다. 이것은 인간이 다른 모든 생명체를 지배할 권리를 갖고 있다는 유대―기독교 이데올로기보다 훨씬 더 폭넓은 관점이다.

모든 생명체가 평등하다는 개념은 살아 있는 모든 것들은 먹잇감이거나 포식자라는, 달리 말해 먹히는 것이거나 먹는 것이라는 먹이사슬적 관점과 어긋나는 것이 아니다. 더 크고 강하고 빠른 것들은 더 작고 약하고 느린 것들은 죽인다. 그것은 부정할 수 없는 자연계의 작동 원리다. 어떤 이들은 그것을 적자생존의 법칙이라 부른다. 그러나 우리가 먹잇감이든 포식자든, 약자든 강자든 상관없이 우리 모두는 더 큰 세계의 일부, 아니 모든 세계 중에서 가장 큰 '대생명계'의 일부다.

이 세상에는 두더지를 곰과 동등한 존재로 만드는 진실이 존재한다. 조류든 파충류든 어류든 식물이든 상관없이 우리 생명체 모두를 하나로 연결시켜주는 진실이 존재한다. 우리 모두는 태어나서 죽는다. 이것은 지극히 단순하고 잘 드러나지 않는 조용한 진실이어서 우리 인간들은 그 진실을 덮어 가리려는 오만한 자세를 보이거나 그것을 부정하려드는 무지함을 보인다.

우리 할아버지는 당신 세대의 많은 분들과 마찬가지로 삶과 죽음에 관해 현실적인 태도를 보이셨다. 할아버지는 죽음이 삶의 한 부분이라는 말씀을 자주 하셨다. 그분에게는 죽음이 입에 올려서는 안 되는 금기의 주제가 아니었다. 그분이 내게 하신, 다음과 같은 깊이 있는 말씀 중의 하나는 모든 생명체를 하나로 연결시켜주는 그런 진실에 관한 한 가지 통찰을 제공해준다.

"너는 죽음과 싸울 수 없다. 너는 오로지 삶을 위해서만 싸울 수 있다."

우리가 누구이고 어떤 일을 하는 사람이든 상관없이 우리 모두는 태어나서 자신의 목표를 이루려고 애쓰거나 운명의 흐름 속에서 고투하다가 죽는다. 그런 의미에서 가장 크고, 가장 빠르고, 가장 영리한 존재가 가장 낮고 열등하다고 하는 존재보다 더 강하지 않다. 최후에는 대지가 우리 모두를 회수해갈 것이다.

우리는 이제 우리의 집들을 원형으로 배치하지 않는다. 우리의 마을들은 이제 공영주택 단지의 형태를 이루고 있고, 우리의 집들은 네모나다. 설사 현관문이 동쪽에 나 있다 해도 의도적으로 그렇게 된 게 아닌 경우가 대부분이다. 그런데 나는 라코타 사람들이 함께 모일 때마다 자연스럽게 원형을 이루곤 한다는 흥미로운 사실을 알아챘다. 그간 텔레비전, 사이버 공간, 가부장적 간섭주의, 인종차별주의, 무관심, 그리고 문화적 대격변을 겪은 네 세대가 직면해야 했던 그 밖의 도전 과제들이 우리를 사정없이 유린해왔음에도 불구하고 우리로 하여금 무의식적으로 우리 자신과 재접속하게 해주는 유전적인 기억의 아주 작은 요소 같은 게 있지 않나 싶다.

비록 원은 과거만큼 우리 생활의 모든 면에서 보편화되어 있지는 않으나 제의나 행사가 있는 곳에서는 아직도 그 자취가 뚜렷하게 남아 있다. 춤추는 공간들은 하나같이 둥그렇고, 동서양 어디에서고 간에 전통적인 춤의 대부분은 원을 그리며 돈다.

다행히도 원은 결코 끝나지 않는 흐름이며, 매 세대의 좀 더 젊은 사람들은 우리의 전승 문화나 전통적 가치들과 재접속하려 노력하고 있다. 삼 년 전 나는 어느 이니카가피에 참가한 적이 있었는데 그 의식을 이끈 사람은 이십대 중반의 오글랄라 라코타 젊은이였다. 어느 의미에서 원은 지속적으로 그 자체를 새롭게 하는 것이라고도 할 수 있다. 한 바퀴를 돌면 제자리로 돌아온다. 그런 이유로 내게는 이니카가피야말로 우리의 문화적 부활과 소생을 상징하는 의식이라 여겨진다.

이니카가피는 우리가 몇 세대에 걸쳐 혼란을 겪은 뒤 스스로를 재발견할 수 있게 해주는 의식이다. 그것은 바깥의 불구덩이에서 시작된다. 그 구덩이는 대체로 크고 깊다. 그 안에 땔나무들과 돌들을 쌓아놓고 불을 지핀다. 돕는 이가 돌들이 새빨갛게 되도록 달군다. 돌들이 빨갛게 달아오르면 참여자들이 땀천막 안으로 들어간다.

그 땀천막의 구조는 자궁을 상징한다. 우리는 새로 태어나기 위해 그 안에 들어간다. 리더가 먼저 들어가고 참여자들이 하나하나 따라 들어간다. 리더와 참여자들이 땀천막 안에 들어가면서 맨 처음 하는 말은 '모두가 내 친척'이라는 뜻을 가진 미타쿠예 오야신이다. 그 간단한 말과 함께 우리는 하나로 연결되고 대지의 모든 것과 하나로 통합되며, 그렇게 해서 하나의 강력한 결연을 맺는다. 참여자들은 왼쪽, 그러니까 해가 뜨는 방향으로(혹은 시계 방향으로) 원을 그리며 돌아 각자 자리를 잡고 앉는다. 모두가 앉으면 리더는 바깥에 남아 있는 돕는 이에게 신호한다. 그러면 돕는 이는 뜨겁게 달궈진 돌들을 가져와 땀천막 중앙에 있는 구덩이에다 놓는다. 그러고 나서 한 양동이의 물을 땀천막 안에 뿌린 뒤 문을 닫고 밀봉한다. 그러면 그 안은 캄캄해진다.

리더는 환영의 말과 함께 안내 사항을 전달한다. 그가 맨 먼저 '조물주'와 '어머니이신 대지', '네 방향'에 거주하는 힘들에게 감사하면서 기도를 드린다. 그러고 나서 참여자들 각자가 기도를 드리는 동안 리더는 뜨거운 돌들에 물을 붓는다. 그러면 증기가 땀천막 안에 가득 찬다. 밀폐된 실내 공간의 온도가 아주 빠르게 올라가고 모든 사람이 땀을 흘린다. 이것이 바로 정화의 의식이다. 참여자들과 함께 땀천막 안에 들어온 모든 근심 걱정, 불순함, 부정적인 기운을 씻어내는 의식. 참여자들은 노래를 부른다. 일부는 기념하는 의미에서, 일부는 기도하는 의미에서 그렇게 노래한다.

모든 참여자가 기도를 마쳤을 때 리더는 문을 열어 뜨거운 열로부터 잠시 해방되게 해준다. 그 사이에 돕는 이가 새로 달궈진 돌들을 땀천막 안의 구덩이에다 집어넣는다. 앞의 과정이 다시 반복된다. 그런 과정이 모두 네 차례 진행된다. 그 의식의 진행 시간은 참여자들의 숫자와 그들이 기도하는 데 걸리는 시간에 따라 달라진다.

　땀천막 안에서의 의식이 다 끝나면 참여자들은 밖으로 나간다. 참여자들이 땀천막을 나가면서 하는 마지막 말도 역시 미타쿠예 오야신이다. 땀천막 혹은 '자궁'에서 나가는 행위는 그들의 부활, 새로운 시작을 상징한다. 바깥에서 그들이 둥그렇게 둘러앉으면 지도자는 파이프에 불을 붙인다. 그리고 참여자들이 돌아가며 파이프를 빤다. 그 후 참여자들은 음식을 함께 나눈다.

　그 의식에 참여한 모든 사람은 자신이 모든 생명체와 하나라는 것을 머리로써가 아니라 가슴으로 깊이 실감한다. 그 의식을 구성하는 모든 것은 그런 혈연관계, 하나 됨을 상징한다. 땀천막의 둥그런 모양은 생명 그 자체를 상징하며, 자연의 사대 원소인 흙, 바람(공기), 불, 물도 그 의식의 중요한 한 부분을 이룬다. 자연의 모든 원소와 모든 친척 ― 모든 생명체 ― 이 그들과 일심동체가 되어 그들의 부담을 함께 나누고, 그들에게 앞으로 계속 나아갈 수 있는 힘을 제공해준다.

　이니카가피에 참여한 대부분의 사람들과 마찬가지로 나도 그 의식이 끝나는 것이 싫었고, 그 따뜻하고 안온한 자궁의 품을 떠나는 것이 싫었다. 대부분의 이니카가피 의식이 밤에 끝나기 때문에 땀천막에서 나오면 별들이 가득한 밤하늘이 우리를 맞아주는 경우가 많다. 그리고 이따금 중천에 뜬 달이 위안의 손길 같은 부드러운 빛을 뿌려준다. 별들과 달은 변치 않는 존재들이다. 그들은 결코 부서지지 않을 약속이요, 우리 곁에 늘 머물면서 생이 끊임없이 굽이쳐 흘러가리라는 것을 일깨워주는 존재들이다. 그들은 늘 내게 희망을 안겨준다.

우리 할아버지는 1975년 3월 4일에 이러한 순환의 여정을 끝마치셨다. 하지만 할아버지는 돌아가시기 몇 달 전 내게 당신이 또 다른 여정을 시작할 참이라고 말씀하셨다.

"생은 여기서 끝나는 게 아니야. 그것은 다른 공간, 다른 세상에서 계속된다."

가끔, 특히 겨울철에 햇무리가 보일 때면 나는 할아버지가 계신 곳이 거기려니 생각한다. 그 둥그런 햇무리 어딘가에 할머니와 함께 계실 거라고.

생은 지속되며, 끊임없이 순환한다. 해는 매일 아침 뜨고, 해가 뜨면서 새로운 기회가 오고, 새로운 희망이 움튼다. 그 전날 내가 어떤 혼란에 휩쓸렸든, 어떤 승리를 거뒀든 간에 모든 새날은 그런 기록을 재정비할, 잘못을 참회할, 또 다른 승리를 거둘, 내 삶의 여정에 새로운 한 발을 내딛을 기회를 제공해준다. 모든 새날이 다 하나의 이니카가피요, 새로이 태어나고 새롭게 되살아날 기회다. 모든 새날은 우리의 생이 경주가 아니라 여행이요 우리가 홀로 걸어가는 게 아니라는 것을 자각하면서 대생명계의 일원이 될 또 다른 기회다.

감사의 말

얼마 전 나는, 우리 각자는 우리가 현재 순간까지 겪은 모든 경험의 총합이라는 걸 통찰했다. 그리고 그런 깨달음에도 불구하고 나는 이 책에 지금의 나라는 존재가 있기까지 나를 도와준 모든 이의 이름을 일일이 다 기록할 만한 지면이 충분하지 않다는 사실을 불현듯 깨달았다. 내게 한두 가지 가르침을 준 수많은 개와 말들, 두발 달린 존재들이 아닌 다양한 존재들, 그리고 대지 그 자체는 제외하고서라도 그렇다. 내가 삶의 여정에서 맞닥뜨린 모든 존재들에게 감사한다는 것은 새삼 말할 필요도 없다. 내게 도움을 준 존재들이든 방해가 된 존재들이든 내가 그 모든 존재들에 감사하는 것은 그들 모두가 결국은 저 나름의 목적에 기여하는 존재들이기 때문이다.

이 책이 출간되기까지 내게 여러모로 도움을 주어 이 지면을 빌어 감사의 뜻을 표하고 싶은 분들이 여럿 있다. 내 대리인 조디 레인은 그의 통찰력과 따뜻한 마음, 재능을 통해서 이 책 출간의 첫 단계에서 큰 힘이 되어주었다. 바이킹 펭귄 사의 편집인이자 발행인인 재닛 골드슈타인은 내가 말하고 싶어 하는 것들의 가치를 알아봐주었기에 감사드린다. 그리고 이 책을 구체적인 형태를 갖춘 것으로 탄생하게 해준 바이킹 펭귄 사의 훌륭한 모든 분들에게도 감사드린다.

나와 내 가족이 어려움에 처했던 시절에 우리를 도와준 친구들이 없었더라면 이 책을 출간하는 의미는 훨씬 더 작아졌을 것이다. 앨런 L. 딕슨, 린다 왓슨, 에버릿 래드와 앤티고니 래드 부부, 밥 버키, 데이빗 콘블룸, 닥터 제리 베런스, 닥터 트래버 베일리, 브렌다 로저스, 앵거스 모리슨과 메리 루 모리슨 부부, 레저트 무어와 앨리스 무어 부부, 닥터 H. 스털링 펜, 그웬 마크먼과 실번 마크먼 부부, 제프 크랩트리와 래너 크랩트리 부부는 본인들이 생각하는 것보다 우리에게 훨씬 더 큰 배려와 도움을 아끼지 않은 친구들이다.

내 부모님 조셉 마셜 2세와 헤이즐 마셜이 내게 가르쳐주신 모든 것에 감사드린다. 어렸을 때 나는 장차 커서 그분들 같은 사람이 되고 싶었다.

내가 어머니 쪽 집안과 아버지 쪽 집안을 다 포함한 우리 집안의 모든 조부모님들께 감사드려야 할 이유는 하나둘이 아니다. 하지만 그분들이 내게 들려주신 이야기들과 그분들이 온몸으로 보여주신 이야기들, 그리고 당신들 세대의 다른 분들을 알게 해주신 것에 특히 더 감사드린다. 그 모든 분들은 삶과 이야기의 풍요로운 보물 창고들이었다. 그 모든 분들은 아직까지도 내 기억과 가슴속에 살아 계시다.

인내심은 중요한 미덕임이 분명하지만 누구나 다 갖출 수 있는 미덕은 아니다. 특히 자녀들이 없다면 더더욱 그렇다. 내가 간간이 인내심을 발휘할 수 있었던 것은 내 아이들인 키라, 마이클, 윌리엄, 마르고, 에린, 스티븐, 가브리엘, 앨릭산드라, 캐이틀린이 내게 여러 가지로 가르쳐준 덕분이다. 그 소중한 교훈들을 가르쳐준 너희를 나는 늘 사랑할 것이다. 내가 적은 인내심이나마 발휘하여 어떤 일이나 어떤 사람들을 참고 견딜 수 있을 때마다 늘 너희의 모습이 떠오르곤 한다.

이 세상 그 누구도 단독으로 삶의 여행을 지속하지는 못한다. 나는 내가 혼자가 아니라는 점에 무한히 감사한다. 나의 가장 힘 있는 후원자요 지속적인 후원자인 내 아내 코니가 없었더라면 그간 내가 하고자 했던 모든 일이 다 훨씬 더 힘겨운 일들이 되었을 것이다. 어떤 성취와 보상도 그것들을 함께 나눌 코니가 없었더라면 무의미한 것들이 되었을 것이다.

마지막으로, 나를 라코타 인으로 만들어주시고 내게 쉬운 길이 아니라 어려운 길을 열어주신 와칸탕카(위대한 신비)께 감사드린다. 워필라 헤차 옐로.

미타쿠예 오야신.

이야기는 즐겁다

과거 누군가가 내게 물어본 적이 있다. 우리가 일제에게 36년간 압제를 당하면서도 끝내 민족적 정체성을 잃지 않았던 이유가 뭐냐고. 내가 멀거니 그의 얼굴을 쳐다보자 그는 단호하게 말했다. "그건 우리 민족이 갖고 있었던 문화적 우월감 때문이다."라고. 그건 달리 말해 우리가 물리적인 힘으로는 일본인들에게 굴복했지만 정신적으로는 굴복하지 않았다는 이야기다.

과거 미국 중서부의 드넓은 대평원을 누비고 다녔던 라코타 사람들도 역시 물리적인 힘 때문에 외적으로는 백인들에게 굴복했지만 정신적으로는 패배하지 않았다. 아니 한때 그들은 일시적이나마 물리적인 힘에서도 유럽계 미국인들과 대등하게 맞설 수 있었다. 1876년 6월 말, 라코타의 전설적인 전사 성난말과 전투에 능한 몇몇 유명한 라코타 지도자들은 리틀빅혼 전투에서 천 명 내지 천이백 명가량 되는 라코타와 북부 샤이엔 전사들을 이끌고 나아가 커스터가 이끄는 제7기병대를 궤멸시켰다. 이것은 서부에 주둔했던 미 육군 역사상 최악의 참패였다.

하지만 미군의 이러한 참패는 잠자는 거인을 깨우는 결과를 빚었다. 분격한 미군은 그 후 집요하고도 철저한 공격을 감행해서 원주민 전사들뿐만 아니라 무력한 노인들과 여자들, 아이들까지도 무차별 학살하는 만행을 저지르며 원주민 세력의 저항을 철저히 분쇄한다. 그리고 그들의 주요 양식이요 정신적, 육체적 힘의 원천인 들소들을 무차별 도살하여 애초에 수백만을 헤아리던 들소의 숫자를 오십여 마리 미만으로 줄여버린다.

그 후 저항 의지를 상실한 원주민들은 곳곳에 흩어진 작은 보호구역에서 미 정부와 선교사들의 집요한 동화정책에 시달림을 받는 운명에 처한다. 백인들은 원주민들에게 백인처럼 살기를, '속속들이 하얗게 되기'를 강요하며 그렇게 만들기 위한 일환으로 원주민의 언어를 말살시키고 그들의 문화를 거세하려 했다.

이 책에서 저자는 아메리카의 원래 주인들인 원주민들이 백인들에게 끝내 패배한 것은 개개인의 능력이 떨어져서가 아니라 숫자에 밀렸을 뿐이라고 단언한다.

"1870년대 말, 대평원의 남쪽에서 북쪽 전체에 걸쳐서 살고 있는 40여 부족의 총인구는 아마 25만에서 30만 정도에 불과했을 것이다. 그런데 미국 백인들의 총인구는 2,500만이었다."

이렇게 압도적인 인구와 무력을 지닌 백인들에게 패배한 뒤 라코타 사람들이 자기네의 정체성을 잃지 않고 무사히 살아남을 수 있는 유일한 방도는 자기네의 고유문화를 그대로 간직하는 것이었고, 그렇게 하기 위한 주요한 방편이 '이야기'였다. 라코타 인들의 전통적 삶의 방식과 온갖 지혜가 고스란히 녹아든 이야기들. 라코타 인들은 자식들에게 라코타 어를 잊지 않게 하기 위해 어렸을 때부터 라코타의 이야기들을 들려주었고, 또 그 이야기들이 내포하고 있는 가치관들을 통해 그들의 본래 정신을 잊지 않게 했다. 그렇게 해서 라코타 문화는 압도적인 백인 문명 속에 포위되었음에도 불구하고 무사히 살아남았다.

이 책은 바로 그런 이야기들과 그 이야기들 속에 녹아들어 있는 열두 가지 미덕들을 다루고 있다. 그 열두 가지의 미덕들이 우리가 세상을 살아가는 데 없어서는 안 될 필수적인 것들임은 물론이다. 그 미덕들은 라코타 인들의 개인적, 집단적 체험을 통해서 나온 것들이나 그들에게만 국한된 특수한 것에 머물지 않고 우리에게도 거의 똑같이 많은 가르침을 줄 만한 보편성을 지닌 것들이다.

라코타 이야기들이 함축하고 있는 라코타 고유의 가치관과 윤리관을 백인들의 그것들과 비교해볼 때 어째서 라코타 인들이 그렇게 압도적인 힘을 지닌 백인들에게 끝내 굴복하지 않았는가 하는 이유는 저절로 드러난다.

백인들은 우선 인간이 다른 모든 생명체보다 우월하며 인간이 자연을 정복했다고 믿는 오만한 이데올로기를 갖고 있었다.

라코타 인들은 모든 생명체들을 자기네의 혈육 혹은 친척으로 여겨 인간과 다름없이 존중했고 겸허한 자세로 대했으며, 모든 생명체를 탄생시킨 대지와 그 밖의 자연적인 요소들에게도 깊은 외경심을 갖고 대했다.

백인들의 물질문명과 거기서 파생된 가치관들이 오늘날 이 푸른 행성의 생태계를 무참하게 교란하고 나아가 인류 절멸의 위기로까지 몰고 가는 것은 시사해주는 바가 크다.

백인들은 노인들을 그저 무력한 이들로 보고 그들을 별로 존중하지 않은 데 비해 라코타 인들은 노인들이야말로 오랜 삶의 역정을 통해서 수많은 지식과 지혜를 지닌 이들로 여겨 깊이 존경하고 따랐으며 이들에게서 기꺼이 배우고자 했다.

백인들은 개인주의와 사유재산제를 사회의 토대로 삼은 데 비해 라코타 인들은 공동체적인 삶을 지향했다.

그리고 보이는 것만이 전부요 보이는 세계 속에서 물질적인 욕망 충족을 삶의 궁극적인 행복으로 여긴 백인들의 피상적이고 단편적인 가치관에 비해 모든 생명체는 본래부터 서로 긴밀하게 연결된 하나요, 따라서 존경하고 존중해줘야 한다는 라코타 인들의 가치관은 이 우주의 리얼리티, 혹은 진리의 본성과 그대로 합치한다. 아마도 라코타 인들의 이러한 깊이 있는 가치관이야말로 그들로 하여금 백인 문명에 대한 경멸감을 낳게 하고 자기네의 정체성을 끝끝내 보존하게 한 가장 큰 원동력이 되지 않았을까 싶다.

저자는 라코타 인들의 이러한 정신적인 자산에 대한 자긍심을 갖고서 인간이 깊이 있고 풍요로운 삶을 살아가는 데 꼭 필요한 열두 가지 미덕을 재미있는 이야기들, 본인과 라코타 인들의 다채로운 체험들, 그리고 우리의 정신을 일깨워주는 빛나는 잠언들로 풀어나간다.

이 시대 한국의 도시 청소년들에게 가장 부족한 것들 중의 하나는 바로 삶의 풍요로운 체험과 지혜가 녹아든 할아버지 할머니들의 이야기일 것이다. 그들에게 할아버지 할머니는 명절 때나 잠깐 만나는 서먹한 이들이요, 만나보았자 지루한 설교나 해대는 고리타분한 노인네들이라는 이미지만 안겨주는 존재들 정도가 아닐까. 그리고 어쩌면 바로 이렇게 폐쇄적인 핵가족제도, 세대 간의 단절이 문화의 단절을 낳고 더 나아가 인간과 인간 간의 단절 풍조를 낳은 건 아닐까.

저자는 이에 대해 다음과 같이 이야기한다.

"이상하게도 나한테는 그분들이 늙은이들이라는 느낌이 들지 않았다. 나는 그저 그분들이 세상을 오래 사셨고 모든 걸 다 아는 분들이라는 느낌만 받았다."

"제아무리 나이가 들어도 여러분의 할머니가 가르쳐주신 것들을 결코 잊어서는 안 된다. 아무리 세월이 가도 나이 든 분들의 삶의 방식은 늘 존중하고 존경해야 한다. 필요할 때마다 할머니가 말씀해주신 것들을 꼭 기억해내야 한다."

저자는 어린 시절에 외할아버지, 외할머니 슬하에서 성장했다. 그는 두 분이 들려주는 많은 이야기들, 그리고 그분들의 직접적인 행동을 통해서 훗날 살아갈 때 도움이 될 만한 많은 교훈과 가르침을 받았다. 그래서 이 책에는 외할아버지와 외할머니 이야기가 대단히 많이 나오고 친가 쪽 할아버지 할머니 이야기는 거의 나오지 않는다. 게다가 라코타 사회는 남자가 결혼하면 여자 쪽 마을에서 사는 것을 비롯하여 모계 사회적 성격이 강해서 이 책에 등장하는 친척들은 대부분이 외가 쪽 친척들이다. 따라서 나는 번역할 때 외할아버지와 외할머니에 해당하는 말들을 전부 할아버지, 할머니로 통일했으며 아버지 쪽 친척들이 등장할 때는 부계의 친척들이라는 점을 밝혔다.

그리고 원주민들의 이름은 발음대로 옮기지 않고 뜻을 살려서 옮겼다. 예컨대 Sitting Bull은 시팅불이라 하지 않고 앉은소로, Crazy Horse는 크레이지호스가 아니라 성난말로 옮겼다. 이편이 훨씬 더 생생하고 정감이 있을 뿐만 아니라 Forgets Nothing(잊지않다), Brings the Deer(사슴데려오다) 같은 이름들을 영어 발음대로 표기하는 어려움과 어색함에서 벗어날 수 있을 것 같아서였다.

본문에 설명이 나오지만 참고로 밝히자면 '라코타'는 과거 아메리카 원주민들 중에서도 미주리강 서쪽의 대평원에서 살았던 원주민 대부족을 지칭하는 이름이며 흔히 '수우Sioux'라고도 부른다. 이 대부족은 다시 오글랄라, 시캉구를 비롯한 일곱 개 소부족으로 나눠진다.

문학의숲으로부터 이 책의 번역을 의뢰받았을 때는 감회가 새로웠다. 꽤 오래전 〈아메리카 인디언의 가르침The Education of Little Tree〉(같은 책이 제목을 달리하여 여러 번 출간되었다)이라는 책을 번역하면서 스스로 깊은 감동을 받은 적이 있었기 때문이다. 이 두 책은 저자도 다르고 그들의 출신 부족도 다르고 책의 성격도 달랐지만 백인들과 서구문명을 보는 관점, 아메리카 원주민 사회와 그들의 의식의 저변을 관류하는 기본 정신과 페이소스가 내적으로 깊이 통해 있어서 가끔 같은 저자의 다른 책을 대하는 것 같은 느낌에 은근히 놀라곤 했다.

문학의숲 편집자의 말에 의하면 이 책은 그간 아메리카 원주민들의 이야기를 국내에 꾸준히 소개해온 류시화 시인이 추천을 해서 출판사 측에서 출간할 결심을 하게 되었다고 한다. 나를 번역자로 추천하기도 했다고 하고. 류시화 시인과는 아직 만나본 적이 없지만 좋은 책을 번역하는 인연을 맺어준 것에 이 자리를 빌려 감사드린다.

이야기는 언제나 즐겁다. 어떤 형태의 이야기든 간에 이야기 Narrative가 빠진 삶은 대단히 삭막하고 지루하고 공허할 것이다. 그래서 우리네 세상에는 가십 혹은 뒷담화가 이렇게 난무하는지도 모르겠다. 기왕 이야기를 즐길 바에는 사람들을 죽음으로까지 내모는 참혹하고 참담한 이야기들보다는 유익하고 가치 있으며 삶을 살아가는 데 도움이 되는 재미있는 이야기를 즐기는 편이 훨씬 더 나을 것이다. 모쪼록 여기 나오는 이야기들을 즐겨주셨으면 한다.

2009년 7월

김 훈

아메리카 원주민들의 정신적 지주

〈바람이 너를 지나가게 하라〉(원제 The Lakota Way)의 저자 조셉 M. 마셜 3세는 오늘날 사우스다코타 중남부에 위치한 로즈버드 인디언 보호구역에서 태어났다. 그는 전통적인 인디언 대가족 안에서 외조부모의 손에 자라났으며, 그의 인디언 이름은 '들소가사랑해'이다. 그가 배운 최초의 언어는 라코타 족의 언어였고, 조상 대대로 전해 내려온 스토리텔링도 자연스럽게 익혔다. 이후 조셉은 조상들로부터 구전된 지혜를 현대에 되살리는 일을 해왔다. 이 책 〈바람이 너를 지나가게 하라〉에서 그는 아득한 옛 시절부터 라코타 사람들을 떠받쳐온 풍요로운 신앙, 가치관, 지혜들을 진실하게 담아내고 있다.

"우리에게 주어진 삶의 선물은 바로 지혜이다. 그리고 이 선물은 반드시 후대에 전해주어야 한다."고 조셉 마셜은 이야기한다. 이에 걸맞게 그는 라코타 조상에게서 전해 받은 삶의 지혜라는 선물을 타고난 유머 감각과 삶에 대한 굳건한 믿음으로 재창조하여 세상에 전해왔다. 특히 〈바람이 너를 지나가게 하라〉에서 그는 라코타 고유의 역사와 민속이 담긴 풍부한 이야기에 자신의 체험을 곁들여 아메리카 원주민 철학의 정수와 열두 가지 미덕들을 제시하고 있다. 라코타 인들이 보여주는 윤리적인 삶의 방식과 용기, 인내, 겸허, 사랑 등의 가치들은 서구문화에서 그들이 갖는 무게감과는 그 질이 다르다. 그들에게 있어 이 미덕들은 추상적이고 공허한 것이 아니라 나날의 삶에서 꼭 필요한 구체적인 가치였기 때문이다. 이러한 교훈들은 시간과 공간을 초월하여, 우리의 영혼에 호소하고 가슴 깊이 울려오는 진실함과 감동을 전해준다.

〈바람이 너를 지나가게 하라〉에는 시대를 초월하는 지혜를 가지고 있는 라코타 사람들의 이야기가 감동적으로 그려져 있다. 그것은 이야기를 잃어버린 세대에게 라코타 인들이 주는 특별한 선물이다. 사슴여자의 신화는 존경심에 관한 교훈을 가르쳐준다. 성난 말의 전설은 겸허함에 관한 교훈을 가르쳐준다. 독수리 이야기는 연민의 중요성을 드러내준다. 이 이야기들은 라코타 문화의 정수와 그 문화가 생존하게 된 연유를 아울러 밝혀준다. 그리고 이 이야기들이 내포한 의미들은 우리가 영위하는 나날의 삶 속에서 깊이 메아리친다. 깊이 있고 강한 흡인력을 지닌 〈바람이 너를 지나가게 하라〉는 영적이고 윤리적인 삶에 관한 새로운 관점을 추구하는 이들에게 새로운 시야를 열어준다.

아메리카 원주민들의 지도자 월머 맨킬러는 〈바람이 너를 지나가게 하라〉에 대해 "지상의 모든 문화권 사람들은 분명 여기에 나오는 이야기들 속에서 소중한 교훈을 찾아낼 것이다."라고 평했다.

조셉 마셜은 꽤 알려진 영화배우이자 역사가, 교육자이며 또한 강연자, 카운슬러이기도 하다. 그는 고등학교와 대학에서 교편을 잡았으며, 〈들소에게 사랑받다〉, 〈외로운 비둘기에게로 돌아가다〉

등 여러 텔레비전 드라마와 다큐멘터리에 배우로 출연했다. 뿐만 아니라 영화의 기술 자문 겸 나레이터로 활동하고, 여러 편의 영화 시나리오를 쓰기도 했다. 그는 외조부에게서 배운 고대의 라코타 궁술과 활과 화살 만드는 법을 연마하여 궁사로도 활동하고 있다. 또한 그는 로즈버드 인디언 보호구역에 신테 글레스카 대학을 설립했다.

　그러나 지금 조셉은 글 쓰는 일에 전념하고 있으며, 그의 여러 책들은 프랑스 어, 일본 어, 이스라엘 어 등으로 번역되어 다른 세계에도 알려졌다. 그는 〈늑대와 최초의 인류를 위하여〉〈댄스 하우스〉〈그래도 계속 가라〉〈할아버지와 함께 걷기〉 등을 출간했으며, 그의 여섯 번째 책 〈성난말의 여행〉은 구전되는 이야기를 바탕으로 쓴 '가장 위대한 라코타 전사'의 전기이다. 이 책의 오디오 버전으로 조셉은 오디오 파일 매거진 상을 수상하였으며, 〈바람이 너를 지나가게 하라〉의 오디오 역시 오디오북 퍼블리셔 상, 영성 분야 최고상 등을 탔다.

　이렇듯 아메리카 대륙 원주민의 살아있는 역사와 영혼의 정수가 담긴 오래된 이야기를 현대에 되살리는 데 평생을 바친 조셉 마셜은 와이오밍 휴머니티즈 상을 수상하였다. 현재 그는 와이오밍 주 잭슨 홀에서 살고 있으며, 아주 큰 대가족을 이끌고 있다. 그의 문학 활동을 돕는 아내 코니와 9명의 자녀, 그리고 10명의 손자 손녀들이 이 대가족의 주인공들이다.

김 훈

고려대학교 사학과를 졸업하고 1981년 〈동아일보〉 신춘문예 희곡부문에 당선된 뒤 한동안
극작활동과 번역작업을 병행했다. 근래에는 대안교육에 관심이 많아져 한동안 영성대안학교
인 '내일학교' 교사로 일하다 요즘은 제주도 위미에서 번역을 하면서 명상과 영성에 관한 책
도 쓰고 있다. 옮긴 책으로는 〈아메리카 인디언의 가르침〉 〈패디클라크 하하하〉 〈희박한 공기
속으로〉 〈매디슨 카운티의 추억〉 〈피아니스트〉 외 100여 권이 있다.

바람이 너를 지나가게 하라

1판 1쇄 발행 2009년 8월 10일
1판 6쇄 발행 2009년 9월 16일

—

지은이 조셉 M. 마셜 3세
옮긴이 김 훈

—

발행처 문학의숲
발행인 고세규

—

신고번호 제300-2005-176호
신고일자 2005년 10월 14일

—

주소 서울시 마포구 동교동 200-19번지 202호(121-819)
전화 02-325-5676
팩스 02-333-5980

—

값은 표지에 있습니다.
ISBN 978-89-93838-03-9 03840